rowohlt
rotfuchs

AUS DEM ENGLISCHEN VON MAYELA GERHARDT

MARGO LANAGAN

SEEHERZEN

ROMAN

ROWOHLT TASCHENBUCH VERLAG

Veröffentlicht im Rowohlt Taschenbuch Verlag,
Reinbek bei Hamburg, Januar 2016
Die englische Originalausgabe erschien 2012
unter dem Titel «The Brides of Rollrock Island» bei
David Fickling Books/Random House Children's Books

Lektorat Christiane Steen
Umschlaggestaltung any.way, Barbara Hanke/Cordula Schmidt
Umschlagabbildung Andrea Pun/Trevillion Images
Satz aus der Adobe Garamond PostScript, InDesign
Gesamtherstellung CPI books GmbH,
Leck, Germany
ISBN 978 3 499 21735 7

SEE HERZEN

DANIEL
MALLETT

Da unten ist die alte Hexe», sagte Raditch und spähte über den Vorsprung zum Six Mile Beach hinunter. «Sie hockt da und häkelt.»

«Egal. Wir sind ja zusammen», meinte Grinny.

«Ja, wir sind zusammen, und außerdem haben wir einen Auftrag», sagte James mit erhobenem Kopf – dabei hatte er genauso viel Angst vor ihr wie wir anderen. Er schüttelte seinen leeren Beutel. «Unsere Mütter haben uns hergeschickt, weil wir unsere Familien versorgen müssen.»

«Ja, und wir sind extra den ganzen weiten Weg hergekommen», meinte Oswald Cawdron.

«Genau!»

Also stiegen wir die Klippe hinunter. Es war ein scheußlicher Tag. Der Wind presste uns mit aller Macht gegen die Felswand, oder er versuchte, uns von ihr wegzuzerren. Dann krallten wir uns aneinander und setzten uns hin, damit wir mehr Gewicht hatten und der Wind uns nicht mitreißen konnte. Wütende weiße Gischt überzog das graue Meer; fransige Wolkenfetzen hingen vom Himmel.

Wir strömten über den Strand. Es gibt zwei Möglichkeiten, Seeherzen zu sammeln: Man geht oben zum Flutsaum, wo der Seetang angespült wird; da gibt es zwar mehr, aber weil die Herzen schon eine Weile herumliegen, sind sie härter und trockener, und viele von ihnen sind schon tot. Man kann sie zwar immer noch essen, muss sie aber länger kauen, wenn deine Mum sie nicht die ganze Nacht lang gekocht hat. Jedenfalls sind sie nicht so gut zu gebrauchen.

Diejenigen unter uns, denen solche Seeherzen nur ein enttäuschtes Seufzen ihrer Mums oder einen Klaps von ihren Dads eingebracht hätten, gingen darum runter bis ans Wasser. Grinny rannte vor und hob gleich das erste Herz auf. Niemand machte es ihm streitig; auf dem feucht glitzernden Sand lagen genügend Herzen für alle unsere Familien. Nach dem Aufsammeln halten sich die Herzen nicht lange. Sie können zwar tagelang im Seetang vor sich hin trocknen und sind immer noch einigermaßen essbar, aber sobald man sie nach Hause trägt, stellen sie die schlimmsten Dinge an: Sie fallen stinkend in sich zusammen, kriegen weißes Fell oder explodieren einmal quer durch die Speisekammer. Darum sollte man nie mehr mitnehmen, als eine Mum auf einmal kochen kann.

Wegen der Hexe blieben wir dicht zusammen. Sie saß genau auf der Strecke, die wir gehen mussten, zwischen Flutsaum und Wasser, als hätte sie vor, uns allesamt einzufangen. Neben ihr türmte sich ein großer Haufen Seegras, das sie zum Häkeln benutzte, und auf einem weiteren Stapel lagen bereits fertig gehäkelte Decken. Der Haken ihrer knöchernen Häkelnadel hüpfte und tanzte vor ihrer Schulter herum, während der Rest ihres Körpers reglos war wie ein Fels; nur ihr Kopf schwang hin und her, beobachtete uns, beobachtete das Meer, drehte sich wieder zu uns zurück.

«Oh!», hauchte James. «Vielleicht sollten wir lieber später wiederkommen.»

«Ach, jetzt guck dir doch mal diese Masse von Seeherzen an», sagte ich. «Wir sammeln sie schnell ein, laufen nach Hause, und dann haben wir's hinter uns. Was meinst du, wie deine Mum sich freut! Sieh dir mal das hier an!» Ich hob ein Herz auf; es war ein Doppeldecker – zwei Seeherzen übereinander, wie Igel im Frühling.

«Aber sie hat Duster Kimes verhext, und der ist jetzt verrückt», wimmerte James.

«Die Kimes' sind alle verrückt», gab ich zurück. Ich klang beinahe wie mein Vater, als wüsste ich bestens über alles Bescheid. «Duster hat einfach nur noch mehr Schiss als die anderen. Komm, guck dir das mal an!» Um ihn aus seiner Angststarre zu lösen, ließ ich ein schönes großes Seeherz, an dem spitze kleine Muscheln klebten, in seine Hände plumpsen.

Die Herzen, die noch im Wasser treiben, sind natürlich die besten und zartesten, aber auch welche, die bereits an Land gespült wurden und dort eingebettet in Meeresschaum feucht gehalten werden, sind noch gut, und selbst die, die noch nicht lange oben auf dem angetrockneten Schaum gelegen haben, sind noch in Ordnung. Aber die anderen Jungs hüpften immer noch oben am Flutsaum entlang und sammelten viel zu viele von den trockenen, besonders Kit Cawdron. Er war noch klein und hatte keine Ahnung, was er da tat; warum sagte Raditch ihm nicht, dass er aufhören sollte? Wir würden das meiste aus Kits Beutel wieder auskippen müssen, wenn nicht das halbe Dorf nach vergammelten Seeherzen stinken sollte.

«Die anderen müssen aber nicht so 'ne weite Strecke gehen wie wir», bemerkte Grinny neben mir.

Ich ließ ein üppiges, nass-schweres Herz in meinen Beutel fallen. «Vielleicht kommen sie ja zu uns runter, und dann können wir alle zusammen gehen.»

Kaum hatte ich ausgesprochen, war Grinny auch schon den Strand hinaufgeschossen, um die anderen zu holen. Er musste noch größere Angst gehabt haben, als ich geahnt hatte.

Ich konzentrierte mich darauf, einige der noch treibenden Herzen zu fangen, ohne mir dabei die Hosenbeine nass zu machen. Manche Leute aßen die besten Herzen roh, besonders unsere Mums; sie tranken die Flüssigkeit daraus, und wenn mehrere Mums zusammen waren, riefen sie sich verzückt zu, wie köstlich es ihnen schmeckte. Wenn sie allein waren, saßen sie schweigend da und starrten entrückt vor sich hin. Und wenn Dads anwesend waren, sagten sie zueinander: «Ich kann diese Begeisterung dafür überhaupt nicht verstehen», schnalzten verächtlich mit der Zunge und warfen das Herz zu den anderen in den Kochtopf. Wenn man das Herz im Ganzen kocht, verfestigt sich die Flüssigkeit im Innern zu einem orangefarbenen Brei. Mit diesem Brei waren wir alle von klein auf gefüttert worden, löffelweise hatte man uns davon in den Mund geschoben, und manche Jungs aßen ihn immer noch gern. Ich selbst mochte ihn auch, aber nur wenn ich krank war. Es war immerhin Babybrei, und ein Junge braucht nun mal vor allem Brot und Fleisch.

Jedenfalls kamen die Seetang-Sammler jetzt zu uns herunter, und gemeinsam bildeten wir eine große Truppe. Harper sammelte ein feuchtes Herz auf, wog es in den Händen und drehte es um, dann kippte er seinen Beutel mit den trockenen Herzen aus und fing noch einmal von vorn an. Kit Cawdron sah ihm von Zweifeln geplagt zu.

«Warum nimmst du nicht auch ein paar von denen hier, Kit», schlug ich vor, «statt diese Zahnbrecher? Dann wird deine Mum bestimmt stolz auf dich sein.»

Kit starrte auf ein glänzendes Herz zu seinen Füßen, dann erwachte er aus seiner Starre und öffnete den Beutel. Was für einen Mist er da eingepackt hatte! Wie vertrocknete Stoffbälle hüpften seine Herzen am Ufer entlang.

Sein Bruder Oswald sprang in den Meerwassersaum rein und wieder raus, ohne darauf zu achten, was Kit tat. Ich hob ein paar vernünftige, wenn auch nicht allzu große Herzen in die Höhe. «Siehst du, dass die Schale noch zu ist? Und die Seegrasfasern sind noch ganz feucht, stimmt's? Darauf musst du achten, wenn du deiner Mum eine Freude machen willst.»

«Mögen Mums lieber kleine oder große?», fragte Kit, während er ein Seeherz in die Hand nahm.

«Kommt drauf an. Will deine Mum lieber kleine, die schnell gar werden, oder richtig dicke, saftige? Meine Mum mag beides, deshalb bring ich ihr immer verschiedene zur Auswahl mit.»

Mittlerweile waren wir fast bis zur Hexe vorgerückt. Kit und ich bildeten das Schlusslicht unserer Gruppe, die sich immer dichter aneinanderdrängte und ziemlich still geworden war – kein Vergleich mehr zu der aufgeregten Truppe von vorhin. Ihr Blick war starr auf uns gerichtet. Runzelig, weiß und gierig glotzte uns das Gesicht unserer Albträume entgegen.

«Geht schnell vorbei», murmelte ich. «Weiter vorn liegen noch jede Menge.»

«Oh, *jede Menge*!», rief Misskaella. Ich fuhr vor Schreck zusammen und erstarrte.

«Aber bei der alten Misskaella will wohl niemand Rast machen und sich einhäkeln lassen, was? Niemand will, dass ich ein leckeres Würstchen im Schlafrock aus ihm mache, wie?» Ihre Augen glupschten aus ihren Höhlen wie feucht schimmernde Krebse aus einem Felswasserbecken. Ich hätte mir augenblicklich in die Hose gemacht, hätte ich auch nur ein Tröpfchen Flüssigkeit in mir gehabt.

«Wir sammeln nur Seeherzen, Misskaella», sagte Grinny höflich, und ich war ihm dankbar, dass er ihren Blick von mir ablenkte.

«Nur!», sagte sie mit einer Stimme, die Blech hätte zerschneiden können. «Wir sammeln *nur* Seeherzen!»

«Genau, für unsere Mums zum Abendessen.»

Sie schnaubte, und aus ihrer Nase flog etwas Eitriges auf die Decke. Verbissen häkelte sie weiter. Bei dem knirschenden Geräusch, mit dem die knöcherne Häkelnadel durch das Seegras fuhr, zogen sich meine winzigen Weichteile zusammen und verkrochen sich fluchtartig in meinen Körper wie aufgescheuchte Mäuse in ihr Mauseloch. «Gut so. Haltet sie schön bei Laune, eure hübschen Mums, haltet sie nur schön bei Laune.»

Vor Schreck über die Gehässigkeit in ihrer Stimme schwiegen wir, doch dann nahm Grinny all seinen Mut zusammen und sagte: «Genau das haben wir vor, gnädige Frau.»

«Komm mir bloß nicht mit ‹gnädige Frau›, du halbe Portion!»

Wieder fuhren wir zusammen.

«Zieht schon weiter, alle miteinander, und hört auf zu gaffen!», fauchte die Hexe. «Was gibt's hier schon zu sehen? Ihr findet mich hässlich? Das sind eure Väter auch und einige von euch genauso. Schau mal in den Spiegel, Baker junior, dein Gesicht sieht aus wie 'ne Faust. Ich sitz allein hier draußen rum? Na und? Ihr glaubt wohl, alle Frauen müssten solche feinen Meerdamen sein wie eure Mums, die immer nur in Grüppchen durch die Gegend spazieren. Steht hier rum und haltet Maulaffen feil wie Schaulustige bei einer Hinrichtung! Geht mir aus den Augen, bevor ich euch alle in Decken einwickle, festzurre und im Meer versenke!»

Das ließen wir uns nicht zweimal sagen.

«Bei der weiß man nie, woran man ist», murmelte Grinny, während wir davonhasteten.

«Hast dich wacker geschlagen, Grin», sagte Raditch. «Ist mir schleierhaft, wie du auch nur einen Ton rauskriegen konntest.» Kit achtete genau darauf, dass der dicke Batton Baker immer zwischen ihm und der alten Krähe blieb.

«Manchmal ist sie ganz gut gelaunt und redet normal, und dann ist sie wieder richtig wütend, so wie jetzt.»

«Manchmal sitzt sie auch einfach nur da und heult vor sich hin, und dann hat man überhaupt keine Angst», sagte Raditch. «Aber nur wenn sie vorher ein paar Gläser gekippt hat.»

Von da an verlief unsere Suche viel erfolgreicher, und als wir fertig waren, machten wir auf dem Weg zum Klippenpfad einen weiten Bogen um Misskaella.

«Von hinten ist sie nicht halb so furchtbar», flüsterte ich. Jetzt war sie nur ein dunkler Hügel neben den anderen Haufen Seegras, hinter dem in regelmäßigen Abständen der Haken ihrer Häkelnadel aufblitzte.

MISSKAELLA

PROUT

J*a, Misskaella, Robben! Seht ihr, sie ist ganz verliebt in die Tiere!*

Die Robben glänzten in der Sonne. Ich wollte auf sie zukriechen, aber Bee hielt mich am Knöchel fest, und ich kam nicht weiter. Neben meinen Ohren wiegten sich rosafarbene Blumen auf langen Stängeln. Ich hatte noch nicht genug Verstand, um zu begreifen, dass die Felsen dort vorn steil abfielen. Ich dachte, die Robben lägen direkt vor mir auf dem Boden, hielt sie für geschmeidig-glatte wimmelnde Würmer oder Tausendfüßler. Ich glaubte, ich könnte einfach eine Handvoll von ihnen fangen und sie so verstehen lernen, wie ich alles verstehen lernte: indem ich sie mir in den Mund steckte.

Ann Jelly trug mich den Zickzackpfad die Klippe hinunter, und ich schaukelte in der gekippten, steilen Welt vor und zurück. Je weiter wir hinunterkamen, desto klarer nahm ich die Robben wahr. Sie waren so groß wie erwachsene Menschen; sie waren sogar noch größer. Und noch immer streckte ich die Hand nach ihnen aus. Ich reckte mich über Ann Jellys Schulter zu ihnen hinüber, und als sie sich umdrehte, reckte ich mich an ihrem Gesicht vorbei.

Schaut mal, sie hat überhaupt keine Angst vor ihnen, sagte sie.

Die würden einfach über dich drüberrollen und dich zerquetschen, Missk, da können sie dich mit ihren großen Augen noch so lieb angucken.

Wie die stinken!

Der Leitbulle, der da unten gegen die anderen kämpft, ist das nicht das hässlichste Vieh, das ihr jemals gesehen habt?

Ich sah den Bullen nicht einmal vor lauter Robbenmüttern, die ganz in meiner Nähe lagen, und ihren Babys, die jaulend zwischen ihnen umhertollten.

Ich hatte nichts gegen ihren Geruch; für mich war er eins mit ihrem Zauber. Die Mütter sahen warm aus; ich wollte über ihre hügligen Rücken klettern, die so viel weicher aussahen als die vielen Felsen oder die scharfkantigen Strandschnecken, die ich zuvor erkundet hatte. Und sie waren so viel freier – nicht wie ich, die ich fest an Ann Jellys Seite gepresst hing und nicht dahin getragen wurde, wo ich hinwollte. Warum hielten wir so viel Abstand? Warum setzte sie mich nicht auf den Boden, damit ich auf die Robben zukrabbeln und zwischen ihnen herumklettern konnte? Warum schlug Bee schon den Rückweg ein, wo wir doch gerade erst ein einziges Mal – und in viel zu großer Entfernung – an der Herde vorbeigegangen waren? Warum mussten wir wieder zu den robbenlosen Orten dieser Welt hinaufsteigen? Wir hätten sie doch anfassen können! Vielleicht wurden sie gern gestreichelt, so wie Hunde und Katzen. Vielleicht wären ihre Jungen auf uns zugerobbt und hätten mit uns gesprochen! Ich stemmte mich auf Ann Jellys Schulter so weit wie möglich nach oben, blickte hinab auf die immer kleiner werdenden Tiere. Bestimmt wäre ich vor Abschiedsschmerz in Tränen ausgebrochen, wenn ich nicht so damit beschäftigt gewesen wäre, sie anzustaunen – ein Flossenschlag hier, eine lebende Woge dort, ein Kopf, der sich reckte, um uns nachzusehen.

Wir gingen nach Hause und tranken wie gewöhnlich Tee und aßen dazu Brot; das Geschirrklappern und die Gespräche wurden zwischen den Küchenwänden gefangen gehalten – was für ein Unterschied zu der wogenden, freien Welt dort draußen, zu Wind und Sonne. Eingepfercht saß ich zwischen Tatty und Grassy Ella hinter meiner riesigen Teetasse.

Und du hättest Missk mal bei den Robben sehen sollen, Mum, unten in der Crescent Cove!, rief Lorel über den Tisch hinweg. Hoffnungsvoll blickte ich von meinem Brot auf. Wenn sie von mir sprachen, verschwand manchmal der harsche Ausdruck aus Mums Gesicht. Manchmal lächelte sie mich sogar an.

Ach ja?, sagte Mum, goss Tee ein und stellte die Kanne ab. Sie sah mich an, und als Lorels Worte bei ihr durchsickerten, nahm ihr Gesicht einen noch verkniffeneren Zug an. Hinter meiner Tasse beobachtete ich sie erst aus dem einen, dann aus dem anderen Auge.

Sie konnte sich gar nicht an ihnen sattsehen!, rief Bee, die ich von meinem Platz aus nicht erkennen konnte. *Am liebsten wäre sie zwischen ihnen durchgekrabbelt. Wir haben sie natürlich nicht gelassen.* Jetzt klang sie nervös. Sie musste Mums Blick bemerkt haben.

Es stimmt, sie war wirklich von den Robben begeistert, sagte Ann Jelly entschuldigend. *Ich hab vorher noch nie erlebt, dass sie von irgendwas so beeindruckt war …*

Seltsam, sagte Mum. *War außer euch sonst noch jemand in der Bucht?*

Auf Mums laute Stimme hin entstand eine angsterfüllte Pause. Dann brachte Bee zaghaft hervor: *Nein, nur wir sechs.*

Nur wir sechs und tausend Robben, sagte Grassy überrascht und zerkrümelte ihr Brot.

Gut, sagte Mum. *Lasst Missk nicht aus den Augen, wenn ihr noch mal in die Nähe dieser Viecher kommt.* Sie ließ mich selbst nicht aus den Augen. *Und erzählt bloß niemandem, dass sie so begeistert von ihnen ist. Das braucht niemand zu wissen. Habt ihr mich verstanden?*

Keiner von uns sagte einen Ton. Grassy blickte zu mir herab. Ich rang meinem Gesicht ein zerknirschtes Lächeln ab, doch Grassy lächelte nicht zurück.

Ja, Mum, antwortete Bee.

Großmutter Prouts Haus roch alt, und wegen all der Jahre, in denen es niemanden außer Großmutter beherbergt hatte, war es von Finsternis durchdrungen. Sie hatte niemals Gesellschaft gewollt, sagte Dad, sondern sich in ihrem Haus von allen abgeschottet, selbst von uns, ihrer Familie. Hätte sie die Wahl gehabt, hätte sie sich wohl auch jetzt noch abgesondert, aber nun, wo sie so schwer krank war, hatten Tante Baxter und Tante Roe genügend Vorwände gefunden, um sich ins Haus zu drängen und das Zepter zu schwingen. Sie waren es auch gewesen, die uns hergebeten hatten. Es wäre das letzte Mal, dass Großmutter uns noch empfangen könnte, hatten sie gesagt.

Tante Rose ließ uns in der zugigen Stube Platz nehmen. Ein Wandschirm verdeckte die erloschene Feuerstelle; an der Wand ragte eine düstere Anrichte empor. Mum und Dad hockten auf der Kante des seltsam langen Sofas. Die Anstecknadel an Mums Schultertuch saugte alle Helligkeit im Zimmer in sich auf, sodass der Rest der Familie im Dämmerlicht sitzen musste. Ihre frisch zurückgekämmten Haare boten ihr Gesicht der Kälte dar. Ich trug ein Kleid, das Tatty mir kürzlich vermacht hatte und das mich umschlabberte, mich nicht richtig zusammenhielt; kalte Luft kroch unter dem Rock herauf. Ich kletterte zwischen Mum und Dad und stahl ihnen ein wenig von ihrer Wärme.

Niemand gab einen Ton von sich; das war beunruhigend. Keins der Mädchen tuschelte, und darum hatte Billy niemanden, den er anzischen konnte. Gebannt lauschten wir den Geräuschen, die aus dem Krankenzimmer zu uns herausdrangen, dem Geklapper und den Schritten, dem Gemurmel der Tanten, der Stille aus dem Bett. Wir Kinder kannten Großmutter Prout kaum. Ann Jelly erinnerte sich, sie einmal vor Fishers Laden gesehen zu haben, wo sie vom Wind zerzaust herumgezetert hatte (*Sie schien nicht einmal zu wissen, dass ich mit ihr verwandt bin!*). Billy, Bee und Lorel hatten sie einmal in einem Lehnstuhl sitzen sehen – vielleicht in dem Sessel mit den braunen Blumen da drüben. Ich hatte keine

Ahnung, wer sie war, wie sie aussah, ob ich sie mögen oder Angst vor ihr haben sollte. Doch ihr Sterben schien ausgesprochen wichtig zu sein – so ernst wie wir hier alle herumsaßen und warteten. Das ganze Haus, der ganze Tag, das ganze Dorf dahinter beugten sich über ihr Bett und hielten sich bereit. Wie würde es wohl sein? Ob eine fast tote Großmutter wohl ein schrecklicher Anblick war? Ich befürchtete es, weil Mum und Dad so schweigsam und still neben mir saßen.

Mit einem Rascheln ihres braunen Kleides tauchte Tante Rose im Türeingang auf. Ihr Gesicht war blass und spitz. Sie scheuchte uns mit einer Hand aus der Wohnstube hinaus, als hätten wir sie verärgert. «Sie ist sehr müde», sagte sie und sprach wie zum Beweis selbst mit matter Stimme. «Ihr könnt nicht lange bleiben.»

Sie führte uns ins Krankenzimmer und blieb neben dem Türeingang stehen. «Es ist Froman, Mum», sagte sie vorwurfsvoll, «mit Gussy und den ganzen Kindern.» Sie wandte sich um und fuchtelte wieder mit der Hand in unsere Richtung, als sollten wir vortreten, um uns eine Tracht Prügel abzuholen.

Mum schob uns Kinder ins Zimmer. Ann Jelly führte die Reihe an, die sich neben dem Bett aufstellte. Darin lag eine winzige Person, kaum größer als eine Puppe. Tatty schubste mich nach vorn; die anderen schoben mich weiter; Ann Jelly umklammerte meine Schultern. Leblos lag Großmutter Prouts blassgelbe Hand auf der Bettdecke.

«Froman», sagte Grandma. Was für eine Erleichterung, dass sie noch sprechen konnte! Ihr Gesicht jagte mir Angst ein, weil es so zerfallen und zerklüftet war, dass ich befürchtete, es könnte gleich vollständig zerbröseln. Die Rüschenborte ihrer Nachthaube bemühte sich vergebens, von ihrer furchteinflößenden Erscheinung abzulenken.

«Mum», sagte Dad mit einer leichten Verbeugung. An jedem anderen Ort hätten die älteren Mädchen ihn ausgelacht, doch hier in einem Raum mit Großmutter und ihrem herannahenden Tod brachte keins von ihnen auch nur ein Kichern zustande.

«Und Augusta?», presste Grandma hervor. Es schien grausam von Mum, einen Namen mit so vielen Silben zu haben, durch die sich die alte Dame hindurchquälen musste.

«Grandma», sagte Mum, als wäre ihr diese Anrede ebenso zuwider, auch wenn sie ihr leichter über die Lippen ging.

«Und alle Kleinen.» Grandmas Blick glitt die Reihe der größeren Mädchen entlang. «Nicht nötig, mir ihre Namen noch mal aufzuzählen. Es sind einfach zu viele, und warum sollte ich sie mir jetzt noch merken?»

«Mum, nun sag doch so was nicht!», flötete Tante Baxter. Lachend zupfte sie die Steppdecke an Grandmas Ellbogen zurecht.

Grandmas farblose Augen musterten nun die drei Kleineren von uns. Als ihr Blick den meinen traf, hielt sie inne. Bislang hatte sie Interesse vorgetäuscht, doch damit war jetzt Schluss. Sie schürzte die Lippen, die Falten glitten direkt hinterher wie beim Zusammenziehen eines Zugschnurbeutels. «Also die hier, die Kleinste», quetschte sie mit trockener, brüchiger Stimme hervor, «die gefällt mir gar nicht. Ist irgendwie aus der Art geschlagen, sieht nach Mischling aus.»

«Das ist unsere Misskaella», sagte Dad mit seiner besänftigenden Stimme. «Mit Missk ist alles in Ordnung.» Doch Mum wich zurück und beäugte mich stirnrunzelnd, als sähe sie mich zum ersten Mal.

«Die kommt nach denen, sag ich euch», meinte Großmutter. «Man sieht's an der Nase und dem Mund, an ihrer ganzen Art. Ist nicht zu leugnen. Wird schwer sein, sie zu verheiraten – sofern überhaupt noch Männer auf Rollrock Island übrig sind, nachdem dieser Schwarm von Töchtern unter der Haube ist. Was für eine Ansammlung! Nur ein einziger Junge – und noch dazu übellaunig, so wie der guckt.»

«Das ist Billy», sagte Dad nun etwas gereizter. «William, nach deinem Großvater. Er hat ein wenig Angst vor dir, Grandma, deshalb guckt er so.»

«Hmpf.»

Sie machte einem wirklich Angst, diese Großmutter-Puppe. Ich hatte geglaubt, ein sterbender Mensch wäre schwach und sanft – und traurig, weil er gehen musste. Doch sie hatte zu allem eine Meinung und dazu keine Manieren. Sie konnte sagen, was sie wollte; weil sie so alt war und im Sterben lag, hatte sie das Recht dazu. Ich merkte, dass ich mit offenem Mund dastand, während ich ihr nächstes Urteil abwartete, und klappte ihn schnell zu – womit ich wieder Grandmas Blick auf mich zog.

«Ja», sagte sie angewidert, «man sieht es ganz deutlich, wenn man sie mit den anderen vergleicht. Ist sie ein Nachzügler?»

«Sie ist vier Jahre nach Tatty gekommen, unserer Zweitjüngsten», sagte Mum.

«Das war also das Problem», sagte Großmutter. «Prout-Männer sollten in fortgeschrittenem Alter keine Kinder mehr zeugen. Prout-Frauen auch nicht. In ihren späten Jahren schlagen sie nämlich um, und das Ergebnis sind fehlgestaltete Visagen wie bei der hier, hinter denen sich wer weiß was verbirgt.»

«Oh Mum!» Tante Baxters Lachen schraubte sich in noch schwindelerregendere Höhen hinauf. «Jetzt ist Froman extra hergekommen, um dich vor deiner ewigen Ruhe noch einmal zu sehen, und du guckst nur auf seine Kinder und machst sie schlecht!» Doch aus dem Gesichtsausdruck, mit dem sie mich ansah, sprach Bestürzung. Ich hob eine Hand vors Gesicht und betastete meine Nase und meinen Mund. Doch es waren dieselbe Nase und derselbe Mund wie immer; sie hatten nichts Neues oder Ungeheuerliches an sich.

Nur Dad wurde erlaubt, Großmutter einen Abschiedskuss zu geben. Nicht, dass irgendjemand von uns es auch nur ein bisschen bedauert hätte, die Lippen nicht auf diese runzelige Wange zu drücken. Bestimmt war sie eiskalt, dachte ich. Bestimmt roch sie nach Bohnerwachs oder Pilzen.

Dann waren wir entlassen. Dad schlich schweigend die Straßen entlang, doch wir anderen waren froh, wieder draußen im Freien zu sein. Billy hob sogar ausnahmsweise mal den Kopf, und die Mädchen hüpften bei jedem Schritt.

Tatty beäugte mich, während ich an Mums Hand ging. «Auf unsere Missk hatte sie's aber wirklich abgesehen, was?»

«Psst, Tatty», sagte Mum, und Dad schnalzte missbilligend mit der Zunge. Doch schon riefen Grassy und Lorel: «Ja-a! Missk und ihr komisches Gesicht!»

«‹Fehlgestaltet› hat sie es genannt.» Nun maß mich auch Ann Jelly mit Blicken. «Was sie damit bloß gemeint hat?»

«Ich fand schon immer, dass Missk irgendwie anders aussieht.» Tatty sauste seitlich an uns vorbei. «Als ob sie nicht zur selben Familie gehört.» Jetzt starrten mich alle an. Ich zog das Gesicht in die Länge, damit meine Andersartigkeit nicht so deutlich hervortrat.

«Das *reicht* jetzt», sagte Mum. «Ihr hört doch wohl nicht auf eine sterbende Frau, die mich und meine Kinder schon immer gehasst hat? Natürlich hatte sie was an uns auszusetzen! Und wer wäre ein willkommeneres Opfer als die Kleinste von allen!»

«Gussy», mahnte Dad.

«Behaupte bloß nicht, dass es nicht stimmt», sagte Mum. «Sie wird uns nicht vermissen, und ich werde ihr auch keine Träne nachweinen.»

Er zuckte die Schultern und wandte den Blick ab, und damit schien die Angelegenheit erledigt. Doch Mum sah keinmal zu mir herunter, und ihr Griff um meine Schulter war fest und unangenehm, als müsste man mich bestrafen und nicht trösten.

«Siehst du?», fragte Bee.

«Nein», sagte Tatty. «Welcher Stein soll es denn überhaupt sein?»

Ich sah auch nichts. Ich stellte mich etwas weiter weg von der Mauer, die den Klostergarten umgab. Im schrägen Licht sahen die klumpigen Steine über dem Tor noch durcheinandergewürfelter aus als sonst.

«Der Robbenkopf von dem Mädchen ist zu *der* Seite da runtergefallen.» Lorel deutete erst nach links, dann nach rechts. «Siehst du ihre Robbenhaut? Die drei Linien da, sie laufen erst vorn zusammen und enden dann hinten in der kleinen Schwanzflosse.»

«Die Schwanzflosse ist ganz schön verwittert», sagte Bee.

«Ach, *das da* soll der Schwanz sein?», fragte Tatty zweifelnd.

«Das Mädchen steigt aus der Haut raus, seht ihr? Und die wunderschönen Haare ... das sind diese vielen Wellen da. Wobei Oma Paul immer meinte, *ihre* Oma hätte erzählt, sie hätten ganz glatte Haare gehabt, flach wie ein Brett, kein Wirbel oder Löckchen weit und breit.»

«Sie hat einen großen Kopf», sagte ich. «Und fast gar keinen Körper.»

«Siehst du, Tat? Sogar Missk kann sie erkennen», sagte Grassy.

«Einen großen Kopf und Busen», bemerkte Billy, der an der gegenüberliegenden Wand lehnte und auf einem Grashalm herumkaute. Lorel lachte dreckig. Die runden Steinbrüste und die Spuren, die der Meißel um die Brustwarzen herum hinterlassen hatte, sprangen mir ins Auge. Mein Gesicht lief heiß an. Dass jemand wirklich so was gestaltet hatte – sodass es alle sehen konnten!

«Sie sieht nicht so aus, als wäre sie besonders glücklich darüber, hier bei uns zu leben», meinte Tatty.

«Nein, das waren sogar richtige Jammergestalten, haben immer alle gesagt», sagte Grassy.

«Alle?», fragte Bee. «Wer hat dir das gesagt? Mit mir hat noch nie jemand länger darüber geredet. Mums Mund schnappt sofort zu wie eine Mausefalle, und Dad findet garantiert etwas, das er erledigen muss. Nur Grandma Paul erzählt manchmal ein bisschen, aber meistens zieht sie nur beleidigt die Augenbrauen hoch.»

«Vielleicht findet sie es *langweilig*», stöhnte Billy. «Schließlich ist das ewig nicht mehr passiert.»

«Niemand zwingt dich hierzubleiben, Billy», bemerkte Bee bissig. «Geh doch Fußball spielen, wenn du es bei uns so sterbenslangweilig findest.»

«Viele sagen, es stimmt gar nicht – dass Mädchen aus Robben rausgekommen sind», meinte Lorel.

«Wie sollte das auch funktionieren?», fragte Tatty. «Das wäre ja so, als ob eine Katze einen Hund zur Welt bringt oder ein Pferd eine Ziege.»

«Dabei wird aber niemand geboren», erklärte Ann Jelly. «Es ist dasselbe Lebewesen. Nur die Haut fällt ab, und darunter kommt das Mädchen zum Vorschein.»

«Ach, pfft!», machte Tatty. «Wer hat denn so was je gehört?»

«Ich zum Beispiel», gab Grassy zurück. «Was stimmt denn wohl mit *deinen* Ohren nicht?»

«Und man muss die Haut *verstecken*», sagte Bee düster. «Denn wenn sie sie findet, schnappt sie sich die Haut und verschwindet auf Nimmerwiedersehen, ganz egal, wie freundlich man zu ihr war und wie viele Kinder sie an Land bekommen hat.»

«Sie lässt ihre *Kinder* zurück?», rief Ann Jelly, und auch ich war entsetzt. Ich wusste, dass Mum uns nicht mochte, aber dass sie uns verließ, konnte ich mir dann doch nicht vorstellen. Misstrauisch starrten wir die vollbusige Frau oben auf der Mauer an. Sie starrte ungeniert zurück.

«Als hätte sie nie welche gehabt», fügte Bee hinzu. «Und sie kommt nicht mal zurück, um sie zu besuchen.»

«Was für schreckliche Wesen», sagte Lorel. «Was sollte ein Mann bloß mit so einer wollen?»

Ann Jelly und ich saßen zusammen mit Gerty in der Sonne auf der Treppe zu Strangleholds Haus.

«Rutscht mal beiseite», sagte Gertys Mum. «Ich muss runter zu

Mays, Eier kaufen. Bleibt hier sitzen, bis ich zurück bin, Gerty. Ich will mir nachher nicht vorwerfen lassen, dass mir Prouts Nesthäkchen entwischt ist.»

Wir ließen sie vorbei und sahen ihr nach, wie sie die Straße entlangeilte. Sie blieb kurz stehen, um Ardle Staines' Mum zu begrüßen, dann lief sie weiter und verschwand hinter der Ecke.

«Kommt, ich zeig euch was.» Gerty rappelte sich auf.

Ann Jelly blickte mich an, zog die Augenbrauen hoch und sprang auf.

Nach dem Sonnenschein draußen konnte ich im Haus erst nur das hintere Fenster erkennen. Das Elternschlafzimmer war ganz finster; daraus drangen das Gelächter und die zischelnden Laute der beiden Mädchen hervor. Ich trat hinein und wartete, bis ihre Umrisse allmählich erkennbar wurden. Zwei Schattengestalten beugten sich über eine geöffnete Truhe an der Wand.

«Bringt nichts durcheinander», mahnte Gerty. «Es ist dahinten. Haltet die Kleider und Decken weg, damit nichts auf sie überspringt.»

Sie schien die Rückwand der Truhe mit den Händen zu lösen und hob sie hoch. Dann dreht sie sie um, und ich erkannte den Draht, mit dem das Bild einmal an der Wand gehangen hatte, und die gläserne Vorderseite, in deren eingefangenem Licht sich der Vorhangsaum spiegelte.

Sie beugten sich über das Bild.

«Es ist eine Person», sagte Ann Jelly.

«Eine Dame», sagte Gerty.

«Ich kann nichts sehen», sagte ich.

Gerty zog die Vorhänge ein wenig auseinander. Ich schob mich näher heran, neben Ann Jelly. Groß und dunkel blickten die Augen der Dame aus ihrem Gesicht heraus. Sie sah aus, als stünde sie unter Schock, und geistesabwesend starrte sie an uns vorbei, als warte sie auf eine Erklärung für das Erlebte.

«Wer ist das?», fragte Ann Jelly.

«Eine Vorfahrin.»

«Aber sie sieht keinem von euch ähnlich! Niemand von euch hat solche Augen oder Haare.»

«Ja, das verblasst ziemlich schnell, sagt Mum. Dann setzt sich der rothaarige Typ wieder durch – Gott sei Dank, sagt sie.»

Diesen Mund hatte ich schon einmal gesehen. Ich hatte ihn vor dem Spiegel abgetastet; ich hatte die Lippen fest aufeinandergepresst, so wie ich es jetzt tat, damit sie nicht so auffielen. Aber mit *diesem* Gesicht wären sie wunderschön gewesen; sie hätten zum Rest gepasst und wären nichts, wofür ich mich schämen musste.

«Warum hängt sie denn nicht bei euch an der Wand?» Ich griff nach dem Porträt und rüttelte an dem Draht. «Ist doch alles dran, um sie aufzuhängen.»

«Sie ist ein Geheimnis, sagt Mum. Sie ist unsere größte Schande. Sie muss versteckt bleiben.»

«Wie heißt sie denn?», fragte Ann Jelly.

«Das weiß niemand mehr, sie ist schon so lang aus unserer Familie verschwunden. Ist sie nicht wunderschön?»

«Sie sieht aus wie eine spanische Königin», sagte Ann Jelly gedankenverloren. «Wie die aus Mr. Wexfords Märchenbüchern oben in der Schule.»

«Ja!», stimmte Gerty erfreut zu. «Vielleicht war sie damals eine Königin, da unten im Meer.»

Sie zogen die Vorhänge weiter auf und betrachteten die Dame eingehend aus der Nähe. «Wie schmal ihre Hände sind», staunte Ann Jelly.

«Sie haben sie ein bisschen lächeln lassen, seht ihr das?», fragte Gerty und fuhr mit dem Finger über die gemalten Lippen, sodass ich mir schnell auf die eigenen biss. «Ihre Augen sehen aber trotzdem traurig aus.» Sie verdeckte die geschwungenen Lippen der Dame; klagend blickten ihre Augen seitlich unter Gertys Hand hervor.

«Wir müssen sie wieder verstecken. Mum darf nicht wissen,

dass ich sie euch gezeigt habe. Ihr dürft nichts verraten – Misskaella verrät nichts, oder?»

«Nicht wenn ich's ihr verbiete», sagte Ann Jelly und blickte mich durchdringend an.

«Ich sag nichts.» Doch sie hätte mir gar nicht drohen müssen. Mir fehlten die Wort- und Weltgewandtheit, um diese spanische Königsdame zu beschreiben oder um zu erklären, wie fremd und zugleich vertraut sie mir war.

Sie ließen das Bild wieder hinter die Decken gleiten und klappten den Deckel zu. Ich tat so, als würde ich ihnen dabei helfen, dabei war ich zu klein, um mich tatsächlich nützlich machen zu können. Ich wollte mir nur nicht die Gelegenheit entgehen lassen, das Holz anzufassen, das so alt war und so reich verziert – wie geschaffen als Versteck für ein Geheimnis. Meine kleine rundliche Hand wirkte auf den geschnitzten Blumen absolut ungehörig. Ruckartig zog ich sie weg.

Wir gingen nach draußen und setzten uns wieder hintereinander auf die Treppenstufen. Wir wechselten kaum ein Wort miteinander, bis Gertys Mum zurückkam und sagte, wir säßen dort wie aufgereihte Äffchen. Wie befreit sprangen wir auf, um zu spielen. Erleichtert hüpften wir unserer Ungezogenheit, Beklommenheit und dem Blick der Dame auf dem Bild davon.

Einige Monate nach meinem neunten Geburtstag wachte ich eines Morgens auf und stellte fest, dass sich alles um mich herum dehnte und streckte, als wäre die Welt ein brodelnder Topf Wasser, dessen Deckel jemand abgehoben hatte, sodass der Dampf ungehindert entweichen konnte. Ich bin bestimmt krank, dachte ich, doch ich hatte nirgendwo Schmerzen, mein Magen war ruhig, und ich konnte aufstehen und ganz normal herumgehen. Außer mir schien niemand zu bemerken, wie vergrößert und verstärkt alles geworden war, wie das Wesen aller Dinge in meinem Herzen herumflatterte und umherwogte. Meine Schwestern schnatterten miteinander wie jeden Tag und trieben mich an, damit ich mich beeilte.

Als ich zur Tür hinaustreten sollte, um zur Schule zu gehen, zitterte ich innerlich vor Angst wie eine Feldmaus, die unter einem schützenden Stein hervorgescheucht wird, während am Himmel eine Schar bedrohlicher Habichte kreist. Niemand schien auch nur zu ahnen, welch enorme Willenskraft es mich kostete, vom Hausflur auf die erste Treppenstufe hinauszutreten. Draußen angekommen, fühlte ich mich für einen Augenblick wie eine Königin; würdevoll war ich meinem Palast entschritten und wurde von meinen Untertanen jubelnd empfangen, weil ich ihrer Welt Ehre erwiesen hatte, indem ich in sie eingetreten war; doch schon war ich wieder die jämmerliche Misskaella, die Wände und Schornsteine um mich herum zuckten und flackerten, anstatt still dazustehen, wie es sich für sie gehörte.

Ich folgte den anderen in einigem Abstand, ihren gebeugten Rücken beim Aufstieg, ihren Kopfdrehungen beim Sprechen; jetzt lachten sie – blasse Gesichter über den abschüssigen feuchten Pflastersteinen. Wie gut sie es hatten, nicht den Verstand zu verlieren wie ihre Schwester!

«Jetzt hör endlich auf, so rumzutrödeln, Missk!», rief Tatty mir zu.

Immer wieder musste ich mich mit eigenen Augen überzeugen, dass kein wirklicher Wind die Luft verzerrte oder verbog. Ich fürchtete jeden Moment, mein Körper würde erfasst und hoch hinausgeschleudert werden oder sich Körnchen für Körnchen in dem unsichtbaren Wind dort oben auflösen. Bestimmt würde mein Verstand in Kürze kollabieren, weil er all das mit ansehen musste, weil er durch die Haut der Dinge hindurchsehen konnte, bis zu den Knochen und ins Fleisch hinein, bis zum böigen Atem und pumpenden Blut. Bestimmt würde ich sterben oder einen schrecklichen Anfall bekommen. Zum ersten Mal sah ich das wahrhaftige Leben, und die Wahrhaftigkeit drohte mich zu überwältigen; kein Mensch konnte einen solchen Anblick länger ertragen – und ein neunjähriges Mädchen sollte ihn *überhaupt nicht* ertragen müssen. Welche Macht in jedem Pflasterstein brodelte, in jedem Staubkorn dazwischen! Schritt für Schritt und in kleinen Häppchen löste sie sich heraus, Moos kroch hier und da in die Ecken, ein Schuljunge eilte den Weg entlang, um sich zu uns zu gesellen, sein Gruß ein schwaches Piepen in dem Grollen-das-kein-Grollen-war! Oh, der Himmel! Ich war dankbar für die Wolken, das gedämpfte Licht, denn meinem furchtsamen Blick kam es vor, als hielten sie dieses andauernde Ereignis im Zaum, obwohl eine andere, neue, wagemutigere Misskaella hinter diesen Augen bereits begriff, dass ein paar Wolken diesem wild entschlossenen Aufflackern nichts entgegenzusetzen hatten. Es würde trotzdem hervorgesprungen kommen, emporgewuchtet von den darunterliegenden Kräften.

Das Schulgebäude stand so felsenfest und fürchterlich da wie eh und je, inmitten einem Meer aus Kindern, die aufgeregt umherschwirrten und beinahe sichtbare Schreie von sich gaben. Die Glocke läutete, ihr Klingen kräuselte die Luft, verschmolz mit der Energie, die von unten heraufquoll, und flog in leuchtenden Kringelbändern ins Grau hinein.

Drinnen züngelten die Flammen meines Verstandes den ganzen Tag über an der Welt, ohne sie zu verbrennen; Winde heulten und bewegten doch nichts, trugen nichts mit sich fort. Jede Handlung, jeder Gegenstand innerhalb des winzigen Klassenzimmers war mir ein Rätsel – Mr. Wexfords unerschütterliche Selbstsicherheit, unsere eigene Bereitwilligkeit mitzusingen, uns dieses vorzustellen und jenes auf unsere Schiefertafeln zu schreiben. Zeitweise gab die feste Beschaffenheit aller Dinge nach, und das Schulgebäude schien aus Traum-Materie errichtet worden zu sein, verputzt mit Illusion; die massiven Pulte schienen genau wie alles andere Gefahr zu laufen, hochgeschleudert und über den Himmel verteilt zu werden. Wann würde ich endlich den Anfall oder die Ohnmacht erleiden, die all dem ein Ende setzte?

Am Nachmittag watete ich zu Hause durch die glitzernde Luft und benutzte all die schillernden Gegenstände, die ich zum Ausführen meiner Hausarbeiten benötigte. Als ich alles erledigt hatte, rief ich Bee zu: «Ich geh runter in die Stadt, ein bisschen an der Mole spazieren, falls Mum fragt.»

«Ja gut», murmelte Bee vom Bett herüber, die Nase in einem Buch vergraben. Ich hatte absichtlich ihr Bescheid gesagt, weil sie die zerstreuteste meiner Schwestern war, bei der zudem die geringste Gefahr bestand, dass sie mir eine weitere Arbeit aufdrückte oder mich unbedingt begleiten wollte.

Ich trat aus dem flimmernden Haus hinaus. Draußen erschauderten die Pflastersteine und Häuser, Regen spie umher, und die Wolken funkelten zornig; die Luft war bitterkalt, ohne jedes Frühlingsversprechen. Ich ging bergab durch das Dorf, Augen und Ohren in Alarmbereitschaft, von Kopf bis Fuß mit Gänsehaut überzogen. Ich zwang mich, langsam zu gehen, obwohl ich am liebsten gerannt und mit dem großen Hüpfen dort um die Wette gehüpft wäre, es anfeuern und von ihm angefeuert werden wollte.

Um Bee nicht angeschwindelt zu haben, ging ich tatsächlich über die Mole, einmal bis zum Ende und wieder zurück. Meine Augen belogen mich: Sie behaupteten, das Dorf säume das Gebiet oberhalb des Hafens, so wie immer. Doch mein Inneres beharrte darauf, dass die Häuser gemächlich bergauf kletterten und dass mich eine farblose Materie von ihrem mühsamen Aufstieg trennte, von den winzigen funkelnden Fenstern, den vielen Augen des Dorfes. Hinter mir und um mich herum bebte der Horizont im aufsteigenden Wind, als stünde das Meer kurz davor, aus seinem Becken herauszubrechen und für immer zu verschwinden.

Ich folgte dem Hauptstrand in nördlicher Richtung, damit niemand von Potshead aus sehen konnte, was ich vorhatte. Sobald ich mich aus der Sichtweite des Dorfes entfernt hatte, bog ich in den aufsteigenden Dünenpfad ein, der an Thrippences Hütte vorbeiführt, kämpfte mich weiter vorwärts über den glitschigen Sand. Querfeldein stapfte ich über McCombers Felder; keine Menschenseele ging dort die Straße oder den Hügel entlang, nur McCombers wiederkäuende Kühe glotzten mich an. Ganz oben kletterte ich über den Zauntritt, dann hatte ich die gerade Straße erreicht. Ich fing an zu laufen; ich war kaum noch gelaufen, seit die Leute über meinen Anblick lachten, doch jetzt – oh, wie wunderbar es war, ganz allein zu sein und keine abwertenden Blicke auf mir zu spüren! – flog ich beinahe vorwärts und fühlte mich dabei weder unbeholfen noch lächerlich. Kalt und übermütig spie mir der Regen ins Gesicht; die Straße, die vor mir lag, schien ebenso glücklich darüber wie ich, menschenleer zu sein; zu beiden Seiten, oben auf der Hügelkuppe und weit draußen über dem Meer, fing das ausgeschüttelte Tuch der Schöpfung hier und da leuchtendes Feuer; die Flammen stiegen eilig empor, verschwanden und wurden von unten neu gespeist.

Als ich mich dem Felsvorsprung näherte, wurde ich langsamer, dann spähte ich hinüber. Wie Garnrollen in einer Schublade lagen die Robben dort unten, grau und silbern, beige und braun, einige gefleckt, andere nahtlos einfarbig von der Nasen- bis zur Schwanzspitze. Die tiefbraunen Babyrobben bewegten sich unternehmungslustig zwischen ihren faulenzenden Müttern umher. Mir fiel wieder ein, wie ich selbst als Baby herumgerobbt war; genau wie damals verspürte ich auch jetzt den starken Drang, die Klippen hinunterzuspringen und unten inmitten der Robben zu landen. Die fontänenartige Luft würde mich doch sicher halten, mich wie ein Weidenboot auf einer Welle tragen?

Stattdessen eilte ich schwesternfrei und allein am Rand der Bucht entlang. Ich begann den Abstieg über den Klippenpfad, und es fühlte sich an, als wäre ich in ein wärmeres Wasserbecken gestiegen oder in einen anderen Windeinfall geraten. Ich berührte meine Haare, die vom natürlichen Wind nur noch leicht verweht wurden, während der vorherige Luftstrom sie unerbittlich nach oben gezerrt hatte.

Auf halbem Weg nach unten blieb ich stehen, weil in der Jungtierkolonie Unruhe aufgekommen war. Der Bulle und die jungen Männchen hatten das Kämpfen im seichten Wasser hinter der Robbenherde eingestellt und beobachteten aufmerksam, wie ich mich ihnen näherte. Immer mehr Robbenmütter reckten die Hälse. Langsam ging ich weiter den Pfad entlang. Je näher ich ihnen kam, desto deutlicher erkannte ich, dass ihre plumpen perlmuttartigen Pelzkörper – und sogar die zarten Flossen und Schwanzflossen – von Sternen, Samen und Körnchen überzogen waren, die wie Blüten ein Frühlingsfeld bedeckten und miteinander verbunden werden konnten. Wenn die Zeit, Gezeiten und Umstände es erlaubten, konnte ich sie dazu bringen, sich im Mittelpunkt der Robbe zu vereinen und den Umriss eines Mannes oder einer Frau zu bilden. Mir wurde klar, dass die Figur auf der Klostermauer, die Frau, die der Robbenhaut entstiegen war, keinem Hirngespinst entstammte und dass alle Informationen, die Potsheads Bewohner so bruchstückhaft preisgaben, genau wie diese Körnchen zusammenpassten und eine Geschichte ergaben. Eine Geschichte, die sich wiederholen konnte, wenn der Zufall wollte, dass jemand wie ich daherkam. Ich hatte es gewusst und es doch nicht gewusst. Ich war überrascht, obwohl mit einem Mal so viele Fragen beantwortet waren.

Ich stand von Energie umwogt im schattigen Eingang zur Bucht. Ich biss die Zähne zusammen und trat vom Pfad auf den Felsen; ich hob den Blick und sah den Robben in die Augen.

Der Leitbulle unten im seichten Wasser warf brüllend und knurrend den Kopf hin und her. Die rastlosen Mütter richteten sich mit Hilfe ihrer Flossenspitzen auf und musterten mich argwöhnisch; eine oder zwei heulten auf; zwischen ihren weichen vibrierenden Hügeln und Tälern kämpften sich die tiefbraunen

Robbenbabys hindurch und purzelten weiter vorn auf die feuchten purpurfarbenen Felsen. Sobald sie mit ihren Flossen festen Grund ertastet hatten, stürmten sie auf mich zu wie Schafe, die über ein verschneites Feld auf einen frisch abgelegten Heuballen zulaufen, oder Schweine, die beim Geklapper eines Eimers voller Essensreste durch den Stall angeprescht kommen.

Einige der Mütter walzten ihnen auf die Flossenspitzen gestemmt hinterher, schoben sich wogend über die Felsen. Was würden sie tun, wenn sie bei mir ankämen? Der Feuereifer und die Unbeholfenheit der Babyrobben beunruhigten mich – und wie groß die Mütter waren! Ob sie mich umzingeln und zerquetschen wollten? Liebten oder hassten sie mich? An ihren schwarz schimmernden Augen konnte ich es nicht ablesen, ebenso wenig an ihrer welligen Haut, den rosafarbenen klaffenden Mäulern und den undeutlichen schroffen Lauten.

Ich wich zurück und ging wieder den Pfad hinauf. Die Robben hasteten weiter vorwärts, die Mütter wurden beim Näherkommen immer größer, die Babys immer schneller! Ihre Umrisse waberten und strahlten, hinterließen Spuren in der Luft; ich konnte nicht sicher sagen, was davon der Magie dieses Tages zuzuschreiben war und was dem Wetter, das sich zu einem Sturm zusammenbraute – oder ob es sich schlicht um einen Trugschluss meiner Augen handelte, hervorgerufen durch meine neue Krankheit.

Ich stolperte den Klippenpfad hinauf. Auf halber Strecke hielt ich keuchend inne und sah hinunter. Die Robbenbabys waren in Aufruhr, einem war es gelungen, sich auf die erste Stufe des Pfads hinaufzuhieven. Nun verspürte ich nicht mehr das geringste Verlangen, mich unter sie zu mischen. Wie viel wilder sie doch waren als Menschen! Und selbst wenn sie zahm gewesen wären, hätten mir ihre Zahl und ihre Masse Angst eingejagt.

Ich trat die Flucht an, lief nach Hause, verbannte die Robben aus meinem Gedächtnis, versuchte, die aufgeladene Luft um mich herum zu ignorieren, innerhalb des Flackerns nur wirkliche

Dinge wahrzunehmen. Ich ließ mich auf die Stufe vor unserem Hauseingang fallen und blieb schwer atmend dort sitzen – in der Hoffnung, dass sich alles um mich herum beruhigen würde, wenn ich meinen Körper und die tosende Angst darin zur Ruhe brachte. Die Häuser gegenüber ragten aus den schmuddeligen Wolken heraus. Bowes' Hund gaffte mich mit offenem Maul an, wirkte in einem Augenblick gedrungen und dicht behaart, im nächsten groß wie ein Esel, dessen riesige Silhouette sich wie in einem Traum vor den Häusern abzeichnete; sein Hüftknochen ragte auf Höhe der Dachvorsprünge hervor. Ich wandte den Blick ab.

Bee, Lorel und Ann Jelly kamen um die Ecke gebogen. Mein Blick saugte sich an ihren vertrauten Gesichtern fest – wie unbefangen sie diese albtraumhafte Straße entlangschlenderten! Ach, wäre ich doch bloß eine von ihnen, wären mir diese Visionen und Empfindungen doch erspart geblieben! Ich sehnte mich schmerzlich danach, so gewöhnlich zu sein, wie ich es noch gestern gewesen war, so einfältig und verdrossen und entmutigt. Ob ich wohl jemals das Glück haben würde, in jene kleine Welt zurückkehren zu dürfen, die ich so gut gekannt und so sattgehabt hatte?

«Was ist denn mit dir los, Missk?», fragte Lorel. «Wovor bist du weggerannt, dass du so zerzaust und abgehetzt aussiehst?»

«Ich bin vor nichts weggerannt», sagte ich und versuchte, das Bild der galoppierenden Robbenbabys und ihrer wogenden Mütter aus meinem Kopf zu verbannen. «Ich bin einfach nur so gelaufen. Oben an McCombers Feldern entlang.»

«Einfach nur so gelaufen? Ach, ihr jungen Dinger!», lachte Ann Jelly. «So viel Energie und nichts zu tun, um sie aufzubrauchen. Los, komm mit ins Haus und schrubb die Böden, mach dich nützlich!»

Ich folgte ihnen nach drinnen, hielt mich den gesamten Nachmittag im Haus und Leben der Prouts versteckt und gab mir alle Mühe, die grässliche Angst, die in mir tobte, zu ignorieren. Nicht ein einziges Mal, nicht einmal, als ich mich abends ins Bett legte, gab ich der Versuchung nach, die Tür zu meinem Gedächtnis zu öffnen und die Robben herauspurzeln zu lassen, die mir mit rudernden Flossen hinterherheulten, während ich den Pfad hinaufflüchtete.

Als wir uns am nächsten Morgen auf den Schulweg machen wollten, öffnete Bee als Erste die Haustür, schrie auf und schlug sie schnell wieder zu. Mit weit aufgerissenen Augen drückte sie sich dagegen.

«Was zum Kuckuck …?» Mum war im Eingang zur Küche erschienen.

Wir anderen starrten die starrende Bee an.

«Robben!», rief sie. «Wie riesige *Nacktschnecken*! Eine liegt direkt vor der Tür, die anderen sind über die ganze Straße verteilt.»

«Lass mich mal sehen, lass mich mal sehen!», rief Tatty und schob Bee beiseite. Mum stellte sich neben sie, und gemeinsam steckten sie die Köpfe zur Tür hinaus, blickten die Straße rauf und runter. Draußen standen Leute und riefen sich etwas zu, lachten, blickten sich verblüfft an. Schmerzhaft schwoll die Angst in meiner Kehle an. Ich wünschte, ich könnte unter mein Bett kriechen und mich dort verstecken.

«Hier sehen sie viel größer aus als am Strand, findet ihr nicht?», fragte Tatty.

Wir anderen drängten zum Eingang, um auch etwas sehen zu können. Ich erhaschte einen Blick auf das Hinterteil einer Robbe. Obwohl sie auf den Pflastersteinen vor der Stufe zum Eingang lag, reichte sie mir fast bis zur Taille.

«Was wollen die bloß hier oben im Dorf?», fragte Bee und legte grübelnd die Hände ans Kinn.

«Wahrscheinlich das, was sie immer wollen, wenn sie an Land kommen», meinte Mum.

«Sie wollen Bee zu einem Pfannkuchen zerquetschen!», rief Billy, den Kopf zur Tür hinausgestreckt.

Mum versetzte ihm mit dem Geschirrtuch einen Schlag auf den Hinterkopf. «Sie brauchen mal Abwechslung vom Meer, wollen sich die Sonne auf den Pelz scheinen lassen oder ihre Jungen aufziehen – ich hoffe, dass sie *das* nicht ausgerechnet auf unserer Straße vorhaben! Bestimmt haben sie sich verirrt, das ist alles, sie haben sich auf dem Weg zur Bucht verlaufen. Es ist ja genug Platz dazwischen. Drückt euch an der hier vorbei und haltet von den anderen möglichst viel Abstand. Sie können sich nicht schnell bewegen, und sie sind bestimmt nicht gekommen, um euch aufzufressen. Komm schon, Missk, komm, Tatty – wenn die großen Mädchen zu viel Angst haben, müssen die kleinen eben vorausgehen!»

Wir blieben noch einen Augenblick zögernd auf der Stufe stehen, dann rannten wir los; schreiend und kichernd hüpften meine Schwestern zwischen den Robben hindurch, ich folgte ihnen schweigend und mit einem flauen Gefühl im Magen. Jede Robbe, an der ich vorbeilief, rollte herum und drehte den Kopf in meine Richtung. Ich sah sie nicht an, wollte nicht zeigen, dass mich etwas mit ihnen verband, dass wir uns kannten. Die Hauptstraße war bis unten hin mit ihren dicken Körpern übersät. Vermutlich waren sie um die Klippen herumgeschwommen, statt sich die ganze Strecke über den Klippenpfad und die Straße hinaufzuackern. Ich lief bergauf; dort lagen keine Robben, die uns den Durchgang versperrten. Sie hatten sich bis zum Haus der Prouts vorgekämpft und keinen Millimeter weiter.

Als man uns am späten Vormittag zur Pause auf den Hof hinausließ, waren die Robben auf halber Höhe des Hügels angelangt und drängten sich auf der Hauptstraße dicht zusammen. Bei Schulschluss hatten sie bereits das Tor erreicht; einem silberfarbenen Koloss war es gelungen, sich in den Eingang hineinzuwuchten, wo er nun in seiner ganzen Massigkeit herumlag. Mr. Wexford musste sich zwischen uns und die Riesenrobbe stellen, während wir quiekend daran vorbeihuschten, sonst hätten sich die ängstlicheren Mädchen und die kleineren Jungs überhaupt nicht hinausgetraut.

Als wir nach Hause kamen, erzählte Mum uns von dem Bullen, der an Land gekommen war: Er hatte sich wie wild am Ufer gewälzt, die Leute zu Tode erschreckt und einen von Fishers kleinen Karren zertrümmert. Bis zu diesem Zeitpunkt hatte ich vorgehabt, zum Meer hinunterzuschlendern, in der Hoffnung, die Robben so aus dem Dorf fortzulocken, doch jetzt schien mir dieser Plan doch zu waghalsig. Ich ließ mich aufs Bett fallen, drehte mich zur Wand, rollte mich zusammen und schlug die Hände vors Gesicht. Ich war völlig erschöpft von der unsichtbaren Helligkeit, die mich vereinnahmte und durchströmte. Ich weigerte mich, meine Hausarbeiten zu erledigen oder auch nur die Hände vom Gesicht zu nehmen. Meine Schwestern kamen und gingen und rätselten, was mit mir los war, befühlten meine Stirn, warfen mir vor, ich sei faul, doch keine von ihnen konnte mich überreden oder durch ein schlechtes Gewissen dazu bringen, das Bett zu verlassen. Ich schlief, was mir ein wenig Erleichterung verschaffte; als ich aufwachte, hielt ich die Augenlider fest geschlossen, um das Flackern nicht hereinzulassen, und lauschte den Lauten der Robben, die sich draußen auf dem Weg versammelten, sich rutschend über die Pflastersteine schoben und dann und wann einen ihrer schauderhaften Schreie ausstießen. Durch den tosenden Wind hindurch, den außer mir niemand wahrnahm, hörte ich meine Schwestern und meine Mutter am Türeingang sprechen, die Menschen draußen, eine Gruppe Männer, die von Wholemans Pub heruntergekommen waren und versuchten, die Robbenherde mit Gebrüll und Ruten zu vertreiben. Würde dieses Flackern und Zittern um mich herum denn nie aufhören?

Den ganzen restlichen Tag über lag ich beschämt und verängstigt in meinem Bett, nur ab und zu ging ich kurz zum Hauseingang und sah entsetzt, wie dicht gedrängt die Robben dort mittlerweile lagen. Menschen standen um sie herum, drängten sich zwischen ihnen hindurch, riefen sich etwas zu und lachten über diesen grandiosen Scherz.

«Und was ist mit ihren Babys?», fragte ich Bee. «Den Babys in der Bucht? Ist ihnen etwa egal, dass die ohne sie verhungern müssen?»

Bee lachte und wies mit ausladender Geste auf den dicht besiedelten Weg. «Ja, sie sind eindeutig schon ganz krank vor Sorge!»

Ich verkroch mich wieder in meinem Bett. Mum ließ die Mädchen ihren speziellen Heiltee zubereiten. Sie machten ihn ungewöhnlich stark und bitter, und ich trank ihn ohne jeglichen Protest; es erschien mir nur die gerechte Strafe für das zu sein, was ich dem Dorf angetan hatte. Dann wandte ich mich ab und presste wieder die Hände vors Gesicht.

«Komm schon, Missk, du hast kein Fieber», sagte Tatty und befühlte meinen Nacken, da ich die Stirn fest an die Wand gedrückt hielt.

«Es springt alles hin und her», sagte ich. «Mein Kopf ist voll davon, und wenn ich die Augen aufmache und mich umgucke, wird es noch schlimmer.»

Daraufhin sprachen sie von Ärzten und von Hirnhautentzündung; nie zuvor hatte ich mir so sehr gewünscht, an einer Krankheit zu leiden, einer ganz gewöhnlichen irdischen Krankheit. Doch da ich weder phantasierte noch Fieber hatte oder mich übergab, fand Mum, es wäre noch nicht nötig, den Arzt zu rufen. Stattdessen kamen sie und meine Schwestern abwechselnd an mein Bett, beäugten mich argwöhnisch und äußerten ihre Vermutungen. «Sie ist auf jeden Fall ziemlich verstört», hörte ich Mum in der Diele flüstern. «Wird sie in der Schule vielleicht schikaniert?» Tatty erwiderte absichtlich laut: «Sie ist nur ein elender Faulpelz, der mal 'ne ordentliche Tracht Prügel braucht.»

Mir war beinahe egal, was sie sagten oder dachten, so lange ich nur hier liegen bleiben und mir die Augen zuhalten konnte, außer

Sichtweite der Robben, geschützt vor dem Licht, das an den Rändern verwischte und flackerte.

Am nächsten Morgen bedeckten die Robben wie ein Teppich den gesamten Weg zu unserem Haus. Ich stand auf, denn wenn ich mich weiterhin im Bett versteckt hätte und die Robben in meiner Nähe liegen geblieben wären, anstatt sich zur Schule vorzukämpfen, wäre klargeworden, hinter wem sie her waren. Also durchlitt ich einen weiteren flackernden Tag und sah den anderen Kindern grimmig zu, wie sie beim Anblick der Robben nervös kicherten oder sich ihnen wagemutig näherten. Am Nachmittag verkroch ich mich wieder im Bett. Meine Schwestern überließen mich meiner Misere, die sie mittlerweile langweilte.

Gegen Abend nahm ich im Halbschlaf ein Klopfen an der Haustür wahr. Dann öffnete sich knarrend die Tür zum Schlafzimmer, und das Licht einer Laterne erhellte die Wand über mir.

«Missk, Missk?», sagte Dad.

Schlaftrunken und widerwillig wandte ich mich der leuchtenden Flamme in der Laterne zu. Auch Mum stand dort, außerdem ein Junge, ein ziemlich großer. Als Dad mit der Laterne näher trat, erkannte ich Ambler Cartney. Ambler gehörte zu den muskulösen, gut aussehenden Kerlen, denen ich lieber aus dem Weg ging, wenn ich keinen Ärger riskieren wollte.

«Ambler möchte dir eine Kleinigkeit schenken», sagte Dad.

Schwerfällig richtete ich mich im Bett auf und fühlte mich genau wie eine Robbe, die sich auf einen Felsvorsprung hinaufwuchtet. Aus zusammengekniffenen Augen blickte ich sie an und hob die Hand, um mich vor dem blendenden Licht der Laterne zu schützen. «Was für eine Kleinigkeit?»

«Toffees», sagte Ambler und sah mich dabei aufmerksam an. «Aus Cordlin. Sie sind ziemlich alt.» Er hielt mir ein Päckchen hin, das in bunt gemustertes Papier eingeschlagen und mit einer ausgeblichenen goldenen Schleife umwickelt war.

«Toffees.» Ich nahm sie und betrachtete das Päckchen auf meinem Schoß.

«Was sagt man da?», fragte Mum in scharfem Ton.

Ich hielt das glatte Päckchen in der Hand und befingerte die verschlissene goldene Schleife. «Wer verschenkt denn jetzt Toffees?», wunderte ich mich. Ambler stand aufrecht zwischen Mum und Dad, lehnte sich ein wenig zurück und betrachtete mich, als hätte er mich noch nie zuvor gesehen – was vermutlich stimmte. «Und ausgerechnet von dir, wo du noch nie ein Wort mit mir geredet hast?»

«Oh, die sind doch nicht von mir», sagte Ambler fröhlich.

«Sie sind von seiner Urgroßmutter», sagte Dad.

«Ausgerechnet», murmelte Mum.

«Die zu gebrechlich ist, um sie persönlich vorbeizubringen», fuhr Dad fort, «in ihrem hohen Alter.»

«Ich soll dir von ihr ausrichten», sagte Ambler, «dass du bekreuzigt rumlaufen sollst.»

«Bekreuzigt?»

«Um dich vor der Robbenliebe zu schützen. Davor, dass sie dich lieben und umgekehrt.»

«Was meinst du mit ‹bekreuzigt›?»

«Bekreuzigt heißt vorn und hinten mit überkreuzten Bändern.» Mit dem Daumen malte er sich ein großes X auf die Brust, dann auf den Rücken.

«Und was für Bänder?»

Er zuckte die Achseln. «Mit Bändern, hat sie nur gesagt, überkreuzte Bänder. Keine Ahnung, was für welche. Ich überbring dir nur, was sie gesagt hat. Gran-Nan ist so alt wie Rollrock selbst und weiß 'ne Menge.»

«Ich glaube, davon hab ich schon mal gehört», sagte Dad nickend. «Von diesem Überkreuzen. Ich erinnere mich, dass früher ein paar alte Männer und Frauen solche Kreuze über der Kleidung trugen.»

«Und ich bin absolut sicher, dass ich noch nie davon gehört habe!», sagte Mum. Im Schein der Laterne wirkte ihr Gesicht furchteinflößend. «Und was hat Misskaellas Krankheit überhaupt mit diesen Robben zu tun? Tratscht etwa die ganze Stadt über meine Tochter?», fragte sie Ambler. «Und jeder gibt seinen Senf dazu?»

«Nein, nein», sagte er. «Es ist nur so 'ne fixe Idee von Urgroßmutter. Mum und Dad haben mich hergeschickt, damit sie ihnen damit nicht immer weiter in den Ohren liegt. Sie hat sich da richtig reingesteigert, ist ganz verrückt vor Sorge und redet nichts als Unsinn.»

Ich blickte in sein ruhiges, kluges Gesicht. Wie unterschiedlich andere Familien doch waren, ihr Aussehen, ihre Ansichten, die Kinder, die darin aufwuchsen.

«Na dann, vielen Dank», sagte ich schließlich. «Bekreuzigt rumlaufen. Ich werd's mir merken.» Ich hielt die Toffee-Schachtel in den Händen, und wie alles andere in diesem Zimmer, in diesem Haus, in diesem Dorf, schien sie einem äußerst merkwürdigen Traum entsprungen zu sein. Ich war dankbar für ihre solide, schwere Beschaffenheit, ihre hübsche Oberfläche; in dem heraufttosenden geräuschlosen Sturm klammerte ich mich daran fest.

«Na bestens», sagte Ambler, «dann hab ich meinen Auftrag ja ausgeführt.»

Der Glanz und die Schönheit der Schachtel verblassten, als Dad die Laterne wegnahm. Auf dem Weg nach draußen bedankte er sich ununterbrochen bei Ambler und bat ihn, seiner Urgroßmutter unsere allerbesten Grüße auszurichten.

Mum war bei mir im Zimmer geblieben, thronte als steifer Schatten über mir. «Hast du das *wirklich* alles gemacht?», fragte sie mit tiefer, bedrohlicher Stimme.

Inmitten des ganzen Lärms tastete ich vergeblich nach der Bedeutung ihrer Worte. «Was alles?»

Sie machte eine ruckartige Handbewegung, und ich zuckte

zurück, doch sie hatte nur auf den Weg vor unserem Haus deuten wollen. «Diese … *Viecher* hergeholt. Besitzt du diese Macht?» Gelbes Licht schaukelte schief die Dielenwand entlang. Dad hielt die Laterne vermutlich hoch, damit Ambler sich den Weg zwischen den Robben hindurchbahnen konnte. «Und hast damit», fuhr sie noch empörter fort, «die *Aufmerksamkeit* von geschwätzigen alten Leuten wie Doris Cartney auf uns gezogen? Ihren Urenkel hierherzuschicken! Damit es auch bloß jeder mitbekommt!», schnaubte sie wütend neben mir.

«Das wollte ich nicht», sagte ich kleinlaut. «Ich wusste nicht –»

«Aber du hast es *getan.*» Wieder fuhr ich erschreckt zusammen, als Mum mit der Hand auf die Tür deutete. «Du hast es getan, ganz egal, ob du es nun vorhattest oder nicht.»

Dann war sie weg, und Dad erschien wieder im Türrahmen. Ich hob die Toffees in den Schein der Laterne hinein, um sie ihm zu zeigen. Hilflos blickten wir einander an.

Dann kam Mum zurück; sie hielt Dad etwas hin. «Von Billys Schnittwunde», sagte sie, «an seinem Bein, als er damals auf den Felsen an der Mole rumgeblödelt hat.» Sie warf die Bandage über das Bett zu mir herüber, sodass sie sich löste und beinahe hinuntergerollt wäre, wenn ich sie nicht aufgefangen hätte. «Wickle dir das um, so wie er's dir erklärt hat», stieß sie mit schriller Stimme hervor, «vorn und hinten über Kreuz. Und trag es Tag und Nacht. Ich werde mir kein weiteres Mal eine solche Schande bereiten lassen. Lass ihr die Laterne da», wies sie Dad an. Ihre Stimme klang wieder so tief, als gehörte sie einer anderen Person. Sie riss Dad die Laterne aus der Hand und setzte sie auf der Türschwelle ab, als sei sie zu verängstigt oder angewidert, um sich weiter zu mir ins Zimmer vorzuwagen. Dann funkelte sie mich ein letztes Mal an und zog die Tür zu. Ich hörte, wie sie in die Küche gingen und von meinen Schwestern mit Fragen bestürmt wurden.

«Toffees», flüsterte ich – das Wort lag so schwer und gehaltvoll in meinem Mund wie die Schachtel in meinen Händen.

Ich stellte sie beiseite und nahm die Verbandsrolle an mich. Ich erinnerte mich an Billys aufgeschnittenes Bein. Er hatte weder geweint noch gejammert, sondern lediglich die Tiefe und Länge seiner Verletzung bestaunt, den glänzenden Knochen, der an einigen Stellen aus der gesäuberten Wunde hervortrat. Als Mum ihm den Verband umgewickelt und das klaffende Fleisch der Wunde zusammengebunden hatte, damit sie verheilen konnte, hatte er zwischen zusammengebissenen Zähnen zischend die Luft eingesogen. Er hatte es wie ein echter Junge ertragen – ohne Tränen, mit versteinerter Miene, blutverschmiert.

Ich rollte den Verband ganz auf, suchte die Mitte und legte sie mir über eine Schulter. Ich führte das Band auf Vorder- und Rückseite quer zur Taille hinunter, überkreuzte die Bänder, wickelte sie mir um die Körpermitte und zog sie auf der anderen Seite wieder quer hinauf.

In dem Moment, in dem die Bänder oben neben meinem Ohr wieder zusammentrafen, wurde ich von Ruhe durchflutet, und das lichtlose Flackern zog sich aus allen Dingen zurück. Mein Herz hämmerte noch eine Zeitlang vor sich hin, doch je länger die Stille andauerte, desto ruhiger wurde es schließlich auch. Ich hielt die Bänder zusammen und weinte ein bisschen wegen all der Ängste, die ich in den letzten beiden Tagen ausgestanden hatte, und aus Erleichterung, von ihnen befreit worden zu sein, darüber, dass es ein einfaches Heilmittel gab, und aus Dankbarkeit gegenüber Ambler Cartneys Urgroßmutter, die gutmütig und dickköpfig genug gewesen war, um mir das Heilmittel überbringen zu lassen. Durch die Wand zur Küche drangen das fasziniert-verschreckte Gemurmel meiner Schwestern, Dads beruhigendes Rumpeln und von Zeit zu Zeit ein leises Zischen von Mum zu mir herüber. Ich stand vom Bett auf und zog mich aus, wobei das Dröhnen wieder anschwoll, dann umwickelte ich mich wieder mit der Verbandsrolle, knotete die Enden diesmal zusammen, zog mir in der wundersamen Stille das Nachthemd über, faltete meine Kleider zusammen und versteckte die Toffee-Schachtel dazwischen. Im Lichtschein der Laterne, in der Stille und seligen Einsamkeit legte ich mich ins Bett und sank kurz darauf in tiefen Schlaf.

Ein Morgen im Hochsommer. Tatty war als Erste an der Tür.

«Oh, guckt mal!» Sie schwang die Tür weiter auf und bückte sich, verschwand hinter den anderen. «Ja was haben wir denn da? Etwas *Hübsches*. Und eine Nachricht ist auch dabei! Oh!» Der Wind musste die Nachricht fortgeweht haben, denn Tatty hüpfte zur Tür hinaus.

Wir drängten uns auf die Stufe und beobachteten, wie sie dem Stück Papier auf der Straße hinterherlief und es schließlich mit dem Fuß zum Anhalten zwang. Sie kam zurück; in einer Hand hielt sie die Nachricht, in der anderen einen glasierten Krapfen, der von Kandiszuckerstückchen gekrönt wurde. Missmutig warf sie einen Blick auf den Zettel und glättete ihn mit dem kleinen Finger der Krapfen-Hand. «Das ergibt keinen Sinn – ach so, ich hab es falsch rum gehalten! Also: ‹Für die … für die …›», sie hielt inne und guckte noch mürrischer.

«Lass mich mal sehen.» Ann Jelly rutschte von der Stufe hinunter.

Doch Tatty hielt Krapfen und Nachricht von ihr weg. «‹Kleine›, steht da! ‹Für die Kleine.› Die Kleine?»

«Das kann nur Misskaella sein», sagte Lorel.

Sie wichen vor mir zurück und blickten mich von oben herab an.

«Ich bin nicht klein.»

«Nicht in der Breite, das stimmt wohl», bemerkte Billy. «Aber von der Höhe bist du die Kleinste in unserem Haus – von der einen oder anderen Maus mal abgesehen.»

«Dann nimm ihn halt», sagte Tatty eifersüchtig. Sie drückte mir Krapfen und Zettel in die Hand und klopfte sich die Hände ab. «Kommt, wir gehen.»

«Sie kann ihn doch nicht einfach so *nehmen*!», protestierte Ann Jelly. «Sie kann ihn doch nicht einfach so *essen*!»

«Wieso denn nicht?», fragte Billy. Er hatte sich nicht vom Fleck gerührt, konnte sich nicht vom Anblick des Krapfens losreißen.

«Was gibt's denn da draußen? Doch hoffentlich nicht schon wieder Robben?» Dad war im Türeingang erschienen.

«Hier, guck mal, Dad, wer hat so eine Handschrift?» Bee entriss Tatty die Nachricht und hielt sie ihm hin. «‹Für die Kleine.›» Er ließ den Zettel sinken, blickte mich und den glänzenden Krapfen an, dann hielt er sich die Nachricht wieder vor die Augen. «Das muss jemand Altes sein, so geschwungen und zittrig, wie die Schrift aussieht. Jemand sehr Altes, Gebrechliches.»

«Jemand Altes und Gebrechliches hat ein Auge auf unsere Missk geworfen?», fragte Billy vergnügt, und die anderen wollten gerade in sein Lachen einstimmen.

«Oder er will sie *vergiften*», warf Tatty ein.

«Gib mir das», sagte Dad.

Ich reichte ihm den Krapfen und leckte mir die klebrige Süße von den Fingern. Dad brach den Krapfen in zwei Teile – beim Anblick des weichen goldgelben Inneren verfielen alle in andächtiges Schweigen. Er roch an beiden Stücken.

«Ich esse ein Stück davon – um ihn zu testen», bot Billy an, «wenn du willst.»

Tatty schubste ihn von der Stufe hinunter. «Als ob er seinen einzigen *Sohn* aufs Spiel setzt, wo er jede Menge *Töchter* übrig hat.»

«Hier, Misskaella, iss ihn», sagte Dad und gab mir den Krapfen zurück.

«Jetzt?», stieß Billy hervor.

«Sie ist bis obenhin voll mit Haferbrei!», rief Ann Jelly.

«Wo ich euch im Auge behalten kann», sagte Dad. «Und zwar euch alle. Ansonsten nehmt ihr Misskaella den Krapfen weg, bevor ihr am Ende der Straße angekommen seid. Und er ist für *sie*.»

Er wedelte mit der Nachricht vor ihren Augen herum. Billy wandte sich ab und trat gegen einen Pflasterstein.

«Soll sie ihn nicht mit uns teilen?», fragte Lorel sehnsüchtig.

«Ich wüsste nicht, warum», sagte Dad. «Steht in der Nachricht irgendwas von teilen?» Er tat, als läse er sie erneut. «Nein, ich glaube nicht.»

«Ihm ist eben egal, wenn *du* draufgehst, Missk», sagte Tatty. «Hauptsache, wir anderen werden nicht vergiftet.»

Es war eine Schande, mir den zarten süßen Krapfen so in den Mund zu stopfen, ihn vor all den eifersüchtigen Blicken hinunterzuschlingen, ohne ihn richtig zu genießen. Sobald ich mir das letzte Stück in den Mund geschoben hatte, scheuchte Dad uns davon. Während ich noch vor mich hin kaute, machten wir uns schweigend auf den Weg.

«Wer kann es bloß sein», murmelte Billy direkt neben mir, «wer ist so alt und gebrechlich und verliebt? Für die *Kleine*», fügte er sentimental hinzu. «Für dic *Kleine*, die ich auf meinem Schoß hin und her schaukeln möchte. Für die *Kleine*, der ich gern mit der Hand unter den Rock –»

«Hör auf damit, Billy», sagte Ann Jelly. «Misskaella kann schließlich nichts dafür, dass irgend so ein Grandpa ein Auge auf sie geworfen hat.»

«Oder eine Grand*ma*», nuschelte ich, während ich mir klebrige Krümelreste zwischen den Zähnen herauspulte. «Eine Grandma könnte so einen Krapfen *gebacken* haben.»

«Ganz bestimmt nicht», sagte Billy. «Solche Krapfen machen die nur auf dem Festland. Den hat ein Bäcker aus Cordlin gebacken. Ab und zu gibt's solche in Fishers Laden zu kaufen.»

Ich bemühte mich, den letzten exotischen Cordlin-Geschmack, so gut es ging, auszukosten. Ob tatsächlich ein alter Mann ein Auge auf mich geworfen hatte? Wäre das besser, als wenn es etwas mit den Robben zu tun hatte – und dem Zauber, den sie auf mich ausübten?

Als wir nachmittags nach Hause zurückkehrten, ging ich schnurstracks zu Mum. «Kann ich den Zettel sehen», fragte ich, «der heute Morgen bei dem Krapfen dabei war? Hat Dad ihn dir gezeigt?»

«Wieso? Was willst du denn damit?» Mum blickte vom Tischschrubben auf.

«Mir die Schrift angucken. Ich konnte sie mir nicht richtig ansehen. Nur Dad und Tatty haben sie gesehen.»

«Zu spät. Ich hab ihn im Ofen verbrannt. Du musst dich wohl gedulden, bis er dir das nächste Geschenk macht – wer immer es auch war.» Und damit schrubbte sie mit heftigen Bewegungen weiter.

An meinem Geburtstag fand ich auf einer kleinen Schneeverwehung vor unserer Haustür ein Paar feine Söckchen – gekaufte Söckchen mit Rosenstickerei an den Bündchen.

«Dein Liebhaber hat ein Geschenk für dich dagelassen, Missk!», verkündete Billy, während er die Socken hoch über dem Kopf schwang. Kaum hatte er sie neben meiner Schüssel mit Haferbrei abgelegt, riss Tatty sie auch schon an sich.

«Ach, hör auf damit, Billy», sagte Ann Jelly. «Amblers Urgroßmutter hat sie bestimmt dort abgelegt.»

«Dann hätte sie Ambler geschickt, so wie beim letzten Mal», sagte Grassy.

«Außerdem liegt sie im Sterben», fügte Bee hinzu. Erschrocken sah ich zu ihr hoch. «Hab jedenfalls so was gehört», sagte sie. «Du nicht?»

«Vielleicht hofft sie, dass Missk sie besucht und sie heilt», mutmaßte Billy und machte sich geräuschvoll über seinen Haferbrei her.

«Das hätte sie doch *gesagt*», wandte Grassy ein. «Dann hätte sie Ambler geschickt, um Missk zu fragen. Wie sollten wir sonst darauf kommen, wenn jemand nur ein Paar Söckchen ohne Absender schickt?»

«Na, irgendwer will irgendwas von unserer Missk. Wem sollten sie sonst passen? So klein wie sie sind!»

«Das stimmt», sagte Lorel. «So kugelrund Missk sonst auch ist, ihre Füße sind winzig.»

«Genau wie bei einer Robbe.» Tatty ging so in ihrer Gehässigkeit auf, dass sie Mum gar nicht bemerkte, die vom Ofen her auf sie zusteuerte. «So wie sie – aua! Ich wollte doch nur sagen ...» Sie griff sich an den Hinterkopf und starrte Mum zornig an. Dabei fiel ihr der Löffel aus der Hand, landete in ihrem Teller und spritzte Haferbrei über den Tisch. Mum, die Schöpfkelle fest in der Hand, ignorierte Tattys Blick. «Sie haben diese winzigen Schwanzflossen, wollte ich bloß sagen, mit denen sie ihre fetten Riesenkörper vorwärtswuchten!» Während sie von den *fetten Riesenkörpern* sprach, funkelte sie mich so wütend an, als hätte *ich* sie geschlagen.

«Frag Fisher, wer die Socken gekauft hat», forderte mich Bee über den Tisch hinweg auf, «dann wissen wir, wer dein Verehrer ist.»

Den Gefallen tat ich ihnen nicht, also gingen Bee und Lorel am Nachmittag mit den Socken selbst zu Fisher in den Laden runter. Enttäuscht kehrten sie zurück. «Er sagt, sie wurden nicht bei ihm gekauft», berichtete Bee. «Dieses Modell hat er nie geführt, sagt er; jemand muss sie in Cordlin gekauft haben.»

«Sie sehen ziemlich neu aus», sagte Mum, nahm Lorel die Socken aus der Hand und sah sie sich genauer an. Sie hielt sie sich vor die Nase und roch daran. «Lavendel. Und Mottenkugeln. Die lagen bestimmt jahrelang bei einer alten Frau in einer Truhe mit Mottenkugeln.»

«Da seht ihr's!», rief Ann Jelly Billy triumphierend zu. «Amblers Urgroßmutter! Ein letztes Geschenk von ihr, bevor sie stirbt.»

Schließlich fanden die Socken wieder ihren Weg zu mir zurück, nachdem jeder daran herumgetatscht und Theorien dazu aufgestellt hatte. Ich strich sie auf meinem Knie glatt, stellte mir vor, wie sie auf der sonnenbeschienenen Schneewehe gelegen und darauf gewartet hatten, von mir entdeckt zu werden. Ich versuchte, die Umrisse der Person darin zu erkennen, die den Weg zu uns gemacht hatte, vermutlich vor Sonnenaufgang, damit sie die Socken unbeobachtet ablegen und schnell wieder verschwinden konnte.

Fishers Urgroßvater war ein verhutzeltes Männlein. Er saß in Decken gehüllt vor dem Kaminfeuer im Laden. Ich lungerte in seiner Nähe herum. Es war schwierig, ihn allein zu erwischen, weil jeder, der hereinkam, ein Schwätzchen mit ihm hielt – doch wäre ich zu einer ruhigeren Stunde gekommen, hätten die Leute meinen Besuch bemerkt.

Gerade war er dabei, Grangers Dad zu verabschieden. Sein Blick fiel auf mich, schwenkte aber direkt weiter, weil ich für ihn nicht von Bedeutung war, nur ein kleines Mädchen, das ihn angaffte.

Mrs. Fisher unterhielt sich an der Ladentheke gerade angeregt mit Blair Gower, und einen Moment lang war niemand sonst im Geschäft. Ich trat auf ihn zu. «Ich wollte fragen …»

Das Gesicht des alten Mannes gefror; verschwunden waren die fröhlichen Fältchen, mit denen er Mr. Granger bedacht hatte. «Du wolltest fragen? Ja, das hier sind alles meine eigenen Zähne. Die meisten Kinder fragen mich das – weil ihre alten Leute ihre Zähne in einem Glas aufbewahren oder gar keine mehr haben.»

«Ich wollte fragen, ob Sie etwas über Robben und Robbenmenschen wissen.»

Erst jetzt, wo er erstarrte, fiel mir auf, dass zuvor alles an ihm unermüdlich in Bewegung gewesen war. Er hatte aufgehört zu blinzeln; und als ich in seine starren grauen Augen blickte, dachte ich, dass er das ganze Blau hinausgeblinzelt haben musste. In seinen Augen erkannte ich einen Fisher, dessen Existenz ich nicht einmal erahnt hatte, den Fisher von damals, der noch nicht über alles Bescheid gewusst hatte und den man noch überraschen oder erschrecken konnte. Für einen kurzen Augenblick sah ich diesen früheren Fisher, bevor er mehrmals hintereinander blinzelte und der Urgroßvater-Fisher ihn wieder verdeckte.

«*So* alt bin ich nun auch wieder nicht», sagte er.

«Das meinte ich auch gar nicht », sagte ich. «Ich dachte nur, Sie hätten vielleicht von *Ihren* alten Verwandten etwas gehört.»

«Oh nein», sagte er hastig. «Mich hat nie jemand eingeweiht.» Er zog seine Decke hoch. «Mrs. Fisher!», rief er. Erschreckt trat ich einen Schritt zurück.

«Ja, Pa?», erklang es von der Ladentheke. Mrs. Fisher und Blair Gower blickten mit gutmütigem Gesichtsausdruck zu uns herüber.

«Ein bisschen Tee, bitte, wenn Zeit dafür ist.»

Sobald Gower zur Tür hinaus und Mrs. Fisher im Hinterzimmer verschwunden war, warf mir der alte Fisher einen stechenden Blick zu und raunte: «Mädchen, ich weiß nichts von alldem, gar nichts.»

Ich glaubte ihm nicht; niemand, der so alt war wie er, konnte *gar nichts* wissen. Ich wartete ab, ob er doch noch etwas sagen würde, doch er ignorierte mich einfach, und dann musste ich beiseitetreten, um Mrs. Fisher mit dem klirrenden Teegedeck durchzulassen. Sie machte ein großes Gewese darum, den Tee da abzustellen, wo der alte Mann ihn haben wollte, warnte ihn, der Tee sei heiß, woraufhin sie sich von ihm anhören durfte, er sei schließlich kein Trottel, und während dieser ganzen Prozedur verließ mich der Mut und ich stahl mich zwischen den Reihen aus Säcken und Fässern davon.

«Mädchen!», rief Mrs. Fisher, die bereits wieder geschäftig zurück hinter die Ladentheke geeilt war, «Komm mal her!»

Sie öffnete die Ladenkasse und nahm eine Münze heraus, die silbern glänzte. «Er sagt, ich soll dir einen Schilling geben.»

«Einen Schilling?» Ich war so erstaunt, dass ich fast vergaß, was ein Schilling war. Der Klang des Wortes sprang aus meinem

Mund heraus, und die Münze schwebte glänzend vor mir. Ich schämte mich in Grund und Boden. Wie sollte ich die Münze vor Billy und meinen Schwestern verstecken, vor Mum und Dad? Und jetzt wusste auch noch Mrs. Fisher Bescheid. Sie mochte zwar nicht wissen, warum ihr angeheirateter Urgroßvater so großzügig war, doch ihr war bestimmt klar, dass er nicht jedem dahergelaufenen Kind einen Schilling schenkte. Ich war gebrandmarkt; sie wusste jetzt, dass etwas mit mir nicht stimmte – wie vielen Leuten sie davon wohl erzählen würde?

Ich schüttelte den Kopf.

«Er besteht darauf, meine Liebe», sagte sie unwirsch. «Nun nimm schon.» Sie fuchtelte mit der Münze in der Luft herum. Sie lächelte nicht, runzelte auch nicht die Stirn, aber ihre Blicke durchbohrten mich. Wenn ich mich weigerte, das Geld anzunehmen, oder einfach wegrannte, würde sie mich für noch seltsamer halten. «Ich beiß dich schon nicht. Da hast du sie.» Damit lag das Ding kalt in meiner Hand – nur an den Stellen, an denen Mrs. Fisher die Münze so lang festgehalten hatte, war sie warm. «Nun lauf und versteck sie.»

Langsam, wie betäubt, schleppte ich mich durch den feinen grauen Regen die Stadt hinauf. Was hatte ich getan, was hatte ich über mich gebracht? Zurück daheim, ließ ich den Schilling in den Vorderfuß eines Cordlin-Söckchens gleiten. Er fühlte sich an wie gestohlen, derart ungute Gefühle waren damit verbunden. Allein die Tatsache, dass es sich um einen ganzen Schilling handelte, brachte mich ganz durcheinander; bisher war ich nur mit Viertel- und Halb-Penny-Münzen in Berührung gekommen. Die Unmengen von Süßigkeiten, die ich mir damit kaufen konnte, waren für mich kaum vorstellbar, und als es mir schließlich doch gelang, wurde mir klar, dass ich eine so große Menge auf keinen Fall verstecken oder allein essen konnte. Und wenn ich die Süßigkeiten mit jemandem teilte, würde derjenige wissen wollen, wie ich zu einem solchen Festessen gekommen war, er würde von

Mr. Fishers Geschenk erfahren und sich fragen, wie sehr ich ihn belästigt haben musste, dass er mich so großzügig bezahlt hatte, um seine Ruhe vor mir zu haben.

Ich war eine Weile nicht unten in der Crescent Cove gewesen. Nach Amblers Besuch, dem Cordlin-Krapfen, den Socken und dem Schilling fühlte ich mich von aller Augen verfolgt.

Doch die Robben fehlten mir, sosehr ich mich auch dafür geschämt hatte, dass sie mir bis nach Hause gefolgt waren. Jedes Mal, wenn ich die überkreuzte Bandage abnahm, um mich zu waschen, spürte ich inmitten des Emporquellens der Erde und des Meeres die Gewissheit, dass die Herde dort war – wie ein Jucken in meinem Verstand. Als die Robben im Herbst davonschwammen, ließ das Gefühl nach, doch als sie sich im darauffolgenden Frühling wieder in der Crescent Cove versammelten, stellte es sich wieder ein.

Als meine Schwestern vorschlugen, zur Jungtierkolonie hinunterzugehen, dachte ich, ich könnte es wohl wagen, sie zu begleiten. Ich trödelte absichtlich hinter ihnen den Feldweg entlang, um nicht zu begierig zu wirken. Als ich neben ihnen oben auf den Klippen stand, biss ich mir auf die Lippen, um nicht vorzuschlagen, zu den Robben runterzugehen und uns ihre Babys aus der Nähe anzusehen. Doch Grassy sprach meine Gedanken aus, und wir machten uns an den Abstieg.

Unten angekommen, hüpften Ann Jelly und Tatty über die Felsen. Wir anderen standen am Fuße des Pfads, und Bee rief den beiden Warnungen zu, während Grassy und Lorel sie anfeuerten: «Los, geht hin und streichelt eins! Schnappt euch ein Baby, wir nehmen es mit!»

Ich saß auf der breiten Stufe, in die der Pfad mündete, und beobachtete das silbrig-blaue Wischen des Ozeans. Als mir alle Schwestern den Rücken zuwandten, lockerte ich den Knoten, mit dem die Bänder auf meiner Schulter zusammengehalten wurden, blickte die Robben eindringlich an und gab mich ihnen zu erkennen. Sie bäumten sich auf, bereit, auf mich zuzustürmen. Meine Schwestern, die ihnen am nächsten standen, kreischten bei dem plötzlichen Aufruhr los und dachten, die Aufmerksamkeit gelte ihnen, weil ich verdeckt hinter ihnen stand. Tatty und Ann Jelly stimmten in das Gekreisch ein und hasteten zurück zu uns, um den aufgeweckten Robben auszuweichen.

Während meine Schwestern schrien und lachten, knotete ich die Bänder wieder fest zusammen. Ich hatte gesehen, was ich sehen wollte. Jede Robbe war von etwas durchzogen, das ich für zufällig verteilte Lichter gehalten hatte, die alle dieselbe Funktion besaßen und eins so hell wie das andere strahlten. In Wahrheit stellten sie im Ansatz vorhandene Teile des menschlichen Systems dar. Größere, hellere Leuchtknospen waren in den Gelenken der Robben verankert. Kleinere, blassere Sterne schwebten – vielleicht wegen der zarten Haut und des weichen Fells – näher unter der Oberfläche, bis in die Spitzen der Schwimm- und Schwanzflossen hinein, und sogar in den Barthaaren der Robben sah ich einige funkeln. Dazwischen schwammen mittelgroße Leuchtknospen, und in ihren Zwischenräumen geisterten beinahe unsichtbare Lichter herum, die vermutlich eine konzentrierte Form von Verstand, Geist oder Gefühlen darstellten. Bei noch genauerem Hinsehen – doch die aufgeregten Bewegungen der Robbenherde hätten mich verraten, wenn ich noch länger hingeschaut hätte – wäre zu erkennen gewesen, wie und auf welchen Wegen sie alle zusammengeführt werden mussten, um zu einer vollständigen menschlichen Form zu verschmelzen. Zum jetzigen Zeitpunkt konnte ich nur sehen, dass ein System dahintersteckte – und dass es sich um ein lückenloses System handelte, mit dem innerhalb einer Robbe eine Frau erschaffen werden konnte. Jede einzelne dieser Knospen oder Sterne, dieses Flimmerns oder dieser Geister musste erfasst und zum Zentrum dirigiert werden. Ich begriff das volle Ausmaß des vor mir liegenden Unterfangens und wie kompliziert es werden würde.

Doch es konnte vollbracht werden. Und das Sehen allein hatte bereits etwas in mir bewirkt, hatte auch in mir ein knospendes Etwas hervorgelockt, die Lichter und Linien einer kühneren und gelasseneren Misskaella, deren großes Potenzial in meiner dicklichen, wenig verheißungsvollen Gestalt versteckt umherschwebte. Wenn ich die Robben genau studieren und es mir gelingen würde, alle Lichter innerhalb der Robben zusammenzuführen, konnte ich diese neue Misskaella so sicher zum Leben erwecken, wie aus der wabbeligen Materie der Robben Frauengestalten entstehen würden.

«Seht euch Missk an!», erklang Tattys Stimme aus der Gruppe meiner Schwestern. «Sie steht unter dem Bann dieser Robben!»

«Ach, wärst du auch gern eine Robbe, Missk?», hänselte Bee.

«Die richtige Figur dafür hat sie ja», sagte Grassy Ella.

«Wie fies!», rief Lorel und schubste Grassy vom Felsen, konnte sich das Lachen aber selbst nicht verkneifen.

Grassy plumpste in ein seichtes Wasserbecken und lenkte die anderen mit ihrem Gejammer ab. Ich war erleichtert, dass ihre Blicke nun nicht mehr auf mich gerichtet waren. So merkten sie nicht, dass Grassys Beleidigung mir einen Stich versetzt hatte und, was noch schlimmer war, dass Tatty mit ihren Worten ins Schwarze getroffen hatte und mir beides zusammen die Schamesröte ins Gesicht trieb. Die überkreuzten Bänder mochten mich zwar vor der Liebe der Robben schützen, doch den bissigen Bemerkungen meiner Schwestern war ich ebenso schutzlos ausgeliefert wie zuvor.

Eine Zeitlang huschte ich morgens auf dem Weg zum Klohäuschen seitlich am Haus entlang und mit eingezogenem Kopf unter den Fenstern durch, damit mich niemand sah. Ich sah auf der Treppe vor dem Hauseingang nach, ob dort ein Geschenk lag, und an den meisten Tagen war sie glücklicherweise leer. Doch einmal fand ich ein Stofftaschentuch mit Spitzenumrandung und den mühevoll eingestickten Initialen MP, das ich hastig an mich nahm. Ein anderes Mal stand dort ein blitzender spitzer Zahn, als wäre er aus der Treppe herausgewachsen; der Größe nach zu urteilen, hatte er einem Wal gehört. Jemand hatte ein Bild in den Zahn geritzt und schwarze Farbe hineingerieben, um die Gravur sichtbar zu machen – eine Kopie der Frau auf der Klostermauer, die ihr Robbenfell abstreift.

Ich ließ das Tuch in meiner Tasche verschwinden, doch der Walzahn war so schwer, dass ich zurück ins Haus schlich und ihn ganz hinten in meiner Schublade bei den Socken und dem Schilling versteckte. Als ich einmal allein im Zimmer war, holte ich den Zahn aus der Schublade und betrachtete ihn. Ich stellte fest, dass eine zweite Frau in die Seite des Zahns geschnitzt worden war – eine vermummte Gestalt mit faltenzerfurchtem Gesicht, die um die Rundungen des Walzahns herumgriff und ihre Klauen nach der Robbenfrau ausstreckte. Eine Linie verlief einmal quer um den Zahn herum und stellte den Horizont dar; am Himmel prangte ein Vollmond – er war der gelungenste Teil der gesamten Schnitzerei, insbesondere seine zerfurchte Oberfläche. Wer auch immer ihn hineingeritzt hatte, musste selbst unter dem Mond gesessen und ihn in dessen Schein Strich für Strich nachgebildet haben.

Es verging eine gewisse Zeit, in der keine Geschenke für mich eintrafen. Ich hoffte im Stillen, dass der Walzahn in seiner geheimnisvollen Großartigkeit den Höhepunkt und das Ende der Geschenke bedeutete, da es nichts Exotischeres oder Kostbareres geben konnte. Ich stellte mein morgendliches Ritual ein.

Doch im Spätfrühling hatte jemand einen Strauß Kornblumen hinterlegt, der mit einer blauen Schleife umwickelt war.

«Ooh, ooh!», riefen die Mädchen, als Bee morgens mit den Blumen in der Hand zur Tür hereinkam. «Misskaellas Liebster war wieder da!»

«Nimm sie, Miss! Sie sind für dich! Siehst du? Da steht ein ‹M›, für Misskaella.»

Doch als Bee mir die Blumen zuwarf, verschränkte ich die Arme hinter dem Rücken. Die zittrigen Kringel des altmodischen «M», das mit Bleistift auf einen Papierfetzen gezeichnet worden war, sahen aus wie ein Stück aufgeribbelter Faden, der sich aus dem Angstknäuel in mir herausgelöst hatte; die Blumen sträubten sich vor mir. «Ich will sie nicht.»

«Jetzt nimm sie schon!», drängte Tatty nun lauter. «Wir müssen los!»

«Und was soll ich damit?»

«Mir doch egal – von mir aus kannst du sie ruhig zertrampeln!» Damit rauschte sie an mir vorbei und warf mir draußen vom Weg einen zornigen Blick zu.

Der Lärm hatte Mum angelockt. Sie entriss Bee den beschämenden Blumenstrauß, die mich damit an die Wand gedrückt hatte und sich an meinem Unbehagen weidete. «Sie nimmt ihn einfach nicht», jammerte Bee.

«Das sollte sie auch nicht. Geschenke von einem Unbekannten!» Beim Anblick des Buchstabens runzelte Mum die Stirn, dann betrachtete sie die Rückseite des Papierfetzens. Das «M» ragte wie die verdrehten Beine einer toten Spinne zwischen ihren Fingern hervor.

«Es ist aber nicht von einem Unbekannten», sagte Bee. «Es ist von irgendeinem alten Mann, den wir kennen. Wir wissen nur nicht, von welchem.»

«Ich glaube, *ich* weiß, wer er ist», spottete Tatty von draußen. «Es ist Grusel-Arthur Baitman, der immer bei Wholemans Pub rumlungert.» Während sich die anderen vor hämischem Lachen schüttelten, sagte Tatty mit einem Nicken zu mir: «Er glaubt wohl, bei dir landen zu können, Missk.»

«Ich hab's so satt, dass ihr immer alles in den Dreck ziehen müsst!», schrie ich. «Es sind nur *Blumen*. Sie könnten von irgendeiner verrückten Grandma sein, die Mitleid mit mir hat, weil ich mit euch zusammenleben muss, ihr fiesen *Schlangen*!»

Mein ungewohntes Gebrüll ließ sie alle zusammenfahren.

Nur Tatty ließ mein Gefühlsausbruch kalt. «Tja, es ist nicht so, dass die Person dich *mag*, Missk, mach dir bloß keine falschen Hoffnungen. Sie hat nur Angst vor dir und davor, dass du die Robben wieder in die Stadt lockst.»

Mum schrie Tatty und mich an, doch was sie sagte, drang nicht bis zu mir durch, weil Tattys Worte noch in meinem Kopf dröhnten. Welche Macht ich auch immer besaß, Tattys Gesicht, all ihre Gesichter, verrieten mir, dass ich mir damit keine Freunde machen würde. Meine Familie würde meine Gabe herunterspielen, sie allenfalls für ein Ärgernis halten; der Rest des Dorfes würde mich meiden oder sich bei meinem Anblick bekreuzigen, und ein paar ältere Leute würden mir weiter Geschenke hinterlegen – klammheimlich, denn ich sollte bloß nicht dahinterkommen, wer mich mit einem Geschenk zu besänftigen versuchte, damit ich meine Magie niemals gegen die Dorfbewohner richtete – aus Rücksicht auf die unbekannten Wohltäter.

«Ich gehe jetzt zur *Schule*!», rief ich, drehte meiner zeternden Mutter den Rücken zu und drängte mich an meinen Schwestern vorbei. Billy versuchte, mir den Weg abzuschneiden, doch ich rammte ihm mit voller Wucht meinen Stiefel gegen das Schienbein. Mit einem Schmerzensschrei sprang er beiseite; vor Mums Augen konnte er mich nicht zurücktreten. Ich stürzte zur Tür hinaus. Ich wusste, dass es lächerlich aussah, wie ich mit meinem fetten Hintern die Straße hinaufstampfte, doch ich war ja sowieso immer die Lächerliche. Das war meine Rolle bei den Prouts; ich war immer die Kleinste und Dümmste und wurde nur beachtet, wenn man mich piesacken und auslachen konnte, ansonsten zählte ich rein gar nichts.

Ich saß am Rand der Uferstraße und sortierte Muscheln; unten am Strand stolperten noch mehrere Mädchen und ein oder zwei kleinere Jungen auf der Suche nach Muscheln herum. Es war ein klarer Sommerabend, nur im Westen besprenkelte die Sonne die wenigen Wolkenstreifen in fröhlicher Feierabendlaune rosarot.

Eine Schar Männer aus den Häusern am Meer ging auf dem Weg zu Wholemans Pub an mir vorbei. Ich löste den Blick von meiner Muschelsammlung und sah auf; alle Männer starrten mich an.

«Na, bei der sieht man doch sofort, wo der Uropa seinen Lümmel reingesteckt hat!»

Jemand hatte den Kommentar aus dem Schutz der Gruppe heraus abgefeuert und hielt jetzt den Kopf gesenkt, sodass der Schirm seiner Mütze sein Gesicht verdeckte.

«Prouts», sagte nun ein anderer, mir direkt ins Gesicht. Er hätte niemals so gehässig geredet oder so dreist gegafft, wenn er allein gewesen wäre; doch in Gesellschaft von fünf Männern konnte er einem Mädchen alles an den Kopf werfen, was er wollte.

«Ja», wagte sich nun ein anderer vor, «die Prouts haben ganz schön mitgemischt, genauso wie die Cawdrons und die Strangleholds.» Der Sonnenuntergang tauchte sie alle von Kopf bis Fuß in tiefes Rot, und ihre Augen funkelten. «Nicht, dass meine alten Leute da mehr drüber wüssten.»

«Meine auch nicht.»

«Nee, meine auch nicht.»

Ich biss mir auf die Lippen und zog sie nach innen, wandte mich dem Sonnenuntergang zu. Ich wünschte mir, ich könnte die Sonne dort oben sein, den Himmel blutrot baden und mein gigantischer, brennend heißer Verstand bliebe unberührt von kleinlichen Angelegenheiten wie männlichen Feindseligkeiten und der Demütigung eines Mädchens. *Prouts.* Dieser Abscheu in seiner Stimme. *Die Prouts haben ganz schön mitgemischt.* Auch Gertys gewichtiger Tonfall kam mir wieder in den Sinn: *unsere größte Schande.* Das war wohl der Schlüssel zu den mehrdeutigen Bemerkungen, die ich in den letzten Jahren in der Schule und im Dorf aufgeschnappt hatte, der Schlüssel zu den vielsagenden

Blicken und dem unterdrückten Lachen, zu den Hunderten von Vorkommnissen, deren Bedeutung ich bisher nicht verstanden hatte. *Prouts haben ganz schön mitgemischt, Cawdrons, Strangleholds.* Mit einem Schlag traf mich die Erkenntnis, warum Mum immer so wütend war. Ganz Potshead war zweigeteilt: in diejenigen, die sich früher mit den Robbenfrauen eingelassen hatten, und diejenigen, die es nicht getan hatten. Mums Familie hatte zu letzterer Kategorie gehört, und sie hatte in die andere eingeheiratet. Vielleicht hatte es ihr damals nichts ausgemacht, aber jetzt machte es ihr etwas aus, und zwar ganz entschieden. Es sprach aus jeder ihrer bissigen Bemerkungen, jeder ihrer ungeduldigen Gesten.

Ich wandte mich vom Sonnenuntergang ab, dessen größtes Strahlen gerade verblasste. Die Männer halfen sich per Räuberleiter auf den oberen Pfad hinauf, der als Abkürzung zur Totting Lane führte. Sie waren schon ein ganzes Stück von mir entfernt, nur noch kletternde, lachende Schatten und hatten mich schon wieder vergessen.

Prouts. Blass und trocken lagen die Muscheln, die ich gesammelt hatte, auf den Pflastersteinen vor mir. Warum hatte ich sie überhaupt alle mit nach oben gebracht? Warum waren sie mir so wundervoll vorgekommen, dass ich sie hatte sammeln, sortieren und mit nach Hause nehmen wollen? Ich wartete, bis die Stimmen der Männer vom Klatschen und Zischen der kleinen Wellen unten am Kiesstrand verschluckt wurden, dann scharrte ich die klirrenden Muscheln zusammen, schob den farblosen Haufen an den Rand des Abgrunds und dann darüber hinaus; klimpernd landeten sie auf den darunterliegenden Steinen und Muscheln und waren sofort dazwischen verschwunden.

Es folgte ein langer, dunkler Winter, und Rollrock verlor viele seiner älteren Bewohner. Zu ihnen zählte auch der oder die Unbekannte, die mir die Geschenke gebracht oder jemanden damit beauftragt hatte. Wer es wohl gewesen war? Während jener dunklen, kurzen Tage war nichts mehr für mich eingetroffen, sodass es sich um jeden der sieben alten Männer oder Frauen handeln konnte. Einige von ihnen waren nett zu mir gewesen, aber so, wie sie zu allen Kindern nett gewesen waren; einige hatten einen wachsamen Blick aufgesetzt, sobald sie mich sahen, und wieder andere hatten sich vor der Außenwelt abgeschirmt, wie Großmutter Prout, sodass ich kaum wusste, wie sie überhaupt ausgesehen hatten.

Wer es auch gewesen war, hatte mich verlassen, und ich spürte diesen Verlust schmerzlich, da ich nun erwachsen zu werden begann, der Kindheit entwuchs – in ein Alter hinein, wo das ganze Dorf, ganz Rollrock, plötzlich ein größeres Interesse an mir und allen anderen heranreifenden jungen Frauen zeigte, uns wie Hühner auf dem Markt miteinander verglich, den Glanz der Federn, das Leuchten der Augen, das Temperament und die Aufzucht im Allgemeinen. Auch die Jungen wurden beäugt, doch mehr nach Zeichen von Nichtsnutzigkeit; wie ein Junge gebaut war und wie er aussah, war nicht so wichtig wie bei einem Mädchen, selbst wenn meine Schwestern die Jungs ständig miteinander verglichen. Ihre Gespräche langweilten mich, doch als ich selbst auf ein heiratsfähiges Alter zusteuerte, wurde mir klar, dass mir keine andere Wahl bleiben würde, als mich auch mit dem Thema zu beschäftigen. Ich konnte nicht wie ein Mann mit dem Boot rausfahren oder mich nach Cordlin absetzen, um dort meinen Lebensunterhalt zu bestreiten – mit welcher Fähigkeit sollte ich schon Geld verdienen? Doch ich traute mich kaum, mir auszumalen, auf was für einen Ehemann ich hoffen konnte, denn ich wusste, dass ich nicht viel zu bieten hatte – so wie meine Schwestern bei dem einzigen Mal, als es um meine Heiratsaussichten ging, vor Lachen gekreischt hatten und nach dem drückenden Schweigen zu urteilen, das Mum und Dad bei diesem Thema an den Tag legten – von den Blicken und derben Scherzen, mit denen mich die Jungs und Männer selbst auf offener Straße bedachten, einmal ganz zu schweigen. «Wenn du vielleicht einen etwas fröhlicheren Eindruck machen würdest …», hatte Mum ohne echte Hoffnung gesagt, nachdem sie mich wieder einmal eine Zeitlang mit düsterem Blick gemustert hatte. Doch ich hatte meine Schwestern dabei beobachtet, wie sie ständig grundlos lächelten und ihr Haar hin und her warfen – es war einfach grotesk; zu so etwas würde ich mich nie hinreißen lassen. Ich war ein unglücklicher Pudding und würde nicht vorgeben, etwas anderes zu sein. Und warum sollte ich überhaupt versuchen, einen dieser Jungen für mich zu gewinnen? Selbst diejenigen, die mich in der Schule nicht gepiesackt hatten, waren nie eingeschritten, um die anderen davon abzuhalten. Nicht einmal Bees besorgte Auflistung derjenigen Männer, die sich vielleicht doch für mich interessieren könnten – aufgrund mangelhafter Geistesgaben, Körper oder Manieren oder weil sie schon so alt waren, dass ein hübsches Gesicht oder die Figur einer Frau keine Rolle mehr spielte –, bewegte mich dazu, etwas an mir zu ändern, verschiedene Frisuren auszuprobieren oder Interesse am Leben meiner Mitmenschen vorzugaukeln.

Es hätte mir gereicht, von Zeit zu Zeit mit einem Geschenk bedacht zu werden, das mich als jemand Besonderes auswies, wo doch alle Welt darauf aus zu sein schien, ausschließlich auf meine Fehler hinzuweisen. Ab und zu gönnte ich mir das Vergnügen, abends die Bänder über meiner Schulter zu lockern, um mich daran zu erinnern, dass ich etwas sehen konnte, was die anderen nicht sahen. Doch was für ein Trost war es schon, die Essenz der Dinge bei ihrem strömenden Tanz zu beobachten, wenn ich doch jedes Mal in mein eindimensionales, stilles Leben zurückkehren musste, in dem mir anstelle von Ehrfurcht und Staunen nur Verachtung entgegenschlug?

Während ich vor mich hin brütete, wandten sich meine Geschwister von mir ab und verließen eines nach dem anderen das Nest. Billy machte sich bei der ersten Gelegenheit aus Rollrock davon. Er schickte uns eine kitschige Karte mit zwei koketten

«Spanischen Flamencotänzerinnen», doch sie trug den Poststempel einer französischen Hafenstadt, keiner spanischen. An diesem Hafen, schrieb er, legten die «richtigen Schiffe» ab, auf denen er arbeitete. Was für einer Art Arbeit er nachging, erwähnte er nicht, aber er sprach eindeutig nicht von Fischerbooten; dafür war er sich zu fein.

Mum war nun sogar noch wütender – der Anblick der Flamencotänzerinnen erfüllte sie jedes Mal mit Abscheu, und damit sie uns nicht ständig mit ihrem süffisanten Grinsen bedachten, drehte Mum die Karte mit Billys krakeliger Nachricht nach vorn und stellte sie auf ein Brett an der Garderobe. Dad gegenüber durfte man Billy gar nicht erwähnen; er wandte sich nur wütend ab. Ich sah ihn keine einzige Träne vergießen, doch wenn ihm ein anderer Mann erzählte, was sein Sohn erreicht und womit er ihn stolz gemacht hatte, bekam er hektische rote Flecken um die Augen. Mit verkniffenen Lippen blickte er an seinem Gesprächspartner vorbei und suchte nach einem unverfänglichen Thema.

Ich war froh, dass Billy weg war. Aus dem wilden Jungen war ein bulliger, schlechtgelaunter junger Mann geworden; wenn er nur ein bisschen getrunken hatte, suchte er sofort nach Streit, und wenn er dafür draußen niemanden fand, kam er wieder zu uns nach Hause, um uns zu beschimpfen und zu verspotten. Und sobald eins von uns Mädchen es wagte, ihm etwas an den Kopf zu werfen, nahm Mum ihn jedes Mal in Schutz. Es schien beinahe so, als gefielen ihr seine Gemeinheiten, als teilte er stellvertretend für sie all diese Beleidigungen aus, weil ihr selbst dafür der Mut fehlte.

Meine Schwestern jammerten trotzdem unentwegt über den tragischen Verlust unseres Bruders, sowohl untereinander als auch in Mums Gegenwart. Sie schienen es zu genießen, Mum zum Weinen zu bringen, um dann ihre eigene Gutherzigkeit zur Schau stellen zu können, indem sie sie trösteten. Ihre Theorien über das, was Billy so trieb, entbehrten jeglicher Grundlage – niemand außer Dad hatte die Insel je verlassen oder wusste etwas über die weite Welt dort draußen. Doch das hielt sie nicht davon ab, sich ihre Meinung zu bilden und diese kundzutun oder jedes noch so winzige Gerücht, das sie aufschnappten, weiterzutuscheln.

Ich dachte, so würde es in unserer Familie für immer weitergehen – meine Schwestern würden mich ignorieren, wenn sie mich nicht gerade ermahnten, mich gerade zu halten, den Mund zu schließen und zu *lächeln, Herrgott noch mal!*, Mum würde sich weiterhin mit ihnen gegen mich verbünden, Dad mit hochgezogenen Augenbrauen und gerecktem Kinn an uns vorbeilaufen und Billy für immer verschwunden bleiben.

Doch dann erschien ein Mann auf der Bildfläche, ein Anwalt – oder zumindest ein angehender Anwalt, eine Art Anwaltsgehilfe. Er machte einen Tagesausflug von Cordlin nach Rollrock, und Ann Jelly stach ihm zwischen all den anderen direkt ins Auge. In dem Moment, in dem sein Blick auf sie fiel, war unsere Schwester zu unserer Überraschung mit einem Mal wie verwandelt. Wie eine grüne Knospe erblühte sie zu einer farbenfrohen Blume mit plustrigen Blüten, lächelte und lachte, was sie vorher nur selten getan hatte. Sie bezauberte uns alle, nicht nur den hagergesichtigen Hurtle mit seinen mühselig artikulierten Silben und dem steifen Kragen, der seinen Kopf aufbockte.

Er umwarb sie größtenteils per Brief, doch ein- oder zweimal setzte er auf die Insel über, und an einem Sonntagabend leistete er uns bei einem verkrampften Essen Gesellschaft.

«Sitz still, Misskaella!», sagte Mum, obwohl ich nicht unruhiger am Tisch saß als alle anderen um mich herum, abgesehen von Ann Jelly, die in ihrem erblühten Zustand souverän an der Seite ihres zukünftigen Anwalts saß.

«Misskaella – das ist aber ein außergewöhnlicher Name», bemerkte das Hagergesicht. «Was bedeutet er denn?»

Erstaunt blickten mich alle an.

Ann Jelly sagte gespielt nachdenklich: «Die mit der unmöglichen Haltung?», woraufhin alle in Gelächter ausbrachen.

«Die mit dem Sauregurkengesicht», schlug Bee vor und hatte nun die Lacher auf ihrer Seite.

Mums Blick wanderte von ihren gackernden Töchtern zu Dad, der mit seinem Essen beschäftigt war, und schließlich zu Mr. Hurtle, der mich freundlich ansah, während mein Gesicht rot anlief. «Es ist die weibliche Variante von ‹Michael›», sagte Mum in ihrer unverkennbaren Wir-haben-Besuch-Stimme. «Sie ist nach dem Erzengel benannt.»

«Verstehe», nickte Herr Hurtle zustimmend.

«Ja, sie sieht wirklich aus wie ein Michael», sagte Lorel immer noch lachend.

«Lorelei», sagte Mum, als wollte sie das Mädchenhafte an Lorels Namens besonders betonen, während ich mit meinem Grobiangesicht und klanglosen Männernamen als männlich gebrandmarkt dasaß und die Mädchen um mich herum ein großes Theater daraus machten, sich das Lachen zu verkneifen.

Als Ann Jelly und Mr. Hurtle heirateten, fand die Hochzeit – *die bescheiden ausfallen muss*, hatte Dad gesagt, *damit die anderen sich nichts Extravagantes erhoffen* – auf Rollrock statt. Bee ärgerte sich schwarz, weil es nicht ihre eigene war. Und Ann Jelly feixte vor Freude. Triumphierend stand sie im Frühlingswind vor dem Kirchenportal, die Blätter der Apfelblüte umwehten sie wie Schneeflocken, und Hagergesicht hatte ein knochiges Lächeln aufgesetzt. Seine mit Cordlin-Butter und Cordlin-Kuchen gemästeten Eltern strahlten, raunten «idyllisch», «bezaubernd», «rustikal» und «frische Luft» und standen während der Hochzeitsfeier immer ein winziges Stückchen von uns entfernt, ein winziges Stückchen oberhalb von uns, unter den Bäumen im Klostergarten.

Dann verschwand Ann Jelly über den Strait aus unserem Leben, und da sie nun nicht mehr dazwischengehen konnte, benahmen sich Bee, Grassy und Lorel bösartiger als je zuvor.

Doch auch Bee fand noch rechtzeitig einen Abnehmer – in Thomas Bolt, während dessen kurzlebiger Episode annähernder Attraktivität und ihrer eigenen halb hübschen Phase. Sie zog aus, ein Stück weiter den Hügel hinauf, und begann in demselben Tempo Babys zu gebären, in dem eine Grandma Rührkuchen backt. Grassy folgte dem armen John Tinker, und auch hier war es die gleiche Geschichte: ein Baby nach dem anderen. Lorel heiratete Vikar Breachley, von dem sie keine Kinder bekam, was niemanden überraschte. Tatty Anna gab Joseph Coil das Jawort, bekam einen Sohn und dann ein Mädchen, das sie das Leben kostete, also nahmen Lorel und Breachley die beiden auf und hatten schließlich doch noch Kinder, die Lorel zeitlebens spüren ließ, dass sie sie als große Last empfand.

Ich hatte keinen Grund anzunehmen, dass ich es besser treffen könnte als Tatty oder Grassy, und mit Sicherheit würde ich keinem Anwalt in spe mit wehenden Fahnen aufs Festland folgen. Nach und nach schnappten sich die Mädchen, die flirteten, *wenigstens mal einen fröhlichen Eindruck machten* oder zumindest schlank und makellos waren, alle heiratsfähigen Jungen oder umgekehrt, während ich wie einer der Skittles Rocks festsaß, eine Klippe inmitten des wogenden Meeres, in deren Nähe sich kein vernünftiger Mann mit irgendwelchen Aussichten vorwagen würde.

Die Männer meines Alters oder darüber, die noch übrig blieben, waren entweder einbeinig oder verrückt, oder sie erhoben die Hände zu einer abwehrenden Geste, sobald ich ihnen über den Weg lief, wenn sie überhaupt Notiz von mir nahmen. Ich wollte keinen Ehemann, wenn es bedeutete, dass ich mich auf einen von diesen Kerlen einlassen musste. In den düstersten Nächten spielte ich insgeheim mit dem Gedanken, aufs Festland zu fahren und mir dort selbst einen Mann zu suchen. Doch wenn schon kein Mann aus Rollrock mich anblicken konnte, ohne in höhnisches Gelächter auszubrechen oder es mit der Angst zu tun zu bekommen, würden mich auf Cordlin doch sicher nur noch mehr Kerle von dieser Sorte erwarten.

Und als Dad krank wurde, war ich vollkommen an unser Haus gefesselt. Es war eher ein Unfall als eine Krankheit; tags zuvor war er noch ein Mann gewesen, am nächsten erwachte er als Baby, konnte nie wieder sprechen, laufen, nach etwas greifen oder seine Körperfunktionen kontrollieren. Mums Zorn stieg noch näher an die Oberfläche: Hatte sie früher noch missbilligend mit der Zunge geschnalzt, geseufzt und laut mit Töpfen geklappert, beklagte sie sich nun offen und lauthals – über Dad, Billy und ihr Schicksal, ein derart hartes, tristes Leben führen zu müssen. Immer wieder ließ sie ihre Wut an mir aus: «Wie fett du geworden bist! Du bist eindeutig noch fetter als letzten Sommer. Frisst du deinem Vater das Essen weg, wenn ich nicht hingucke?» Manchmal schien sie gar nicht mehr aufhören zu können, sich über meine unbezähmbaren Haare aufzuregen, über meine Augen, die fast von meinen Wangen verschluckt wurden, meinen mürrischen Gesichtsausdruck. Sie warf mir zwar nie an den Kopf, dass ich nach dieser schmählichen Verwandten kam, doch der Vorwurf hing unausgesprochen zwischen uns; ich wartete nur darauf, dass sie es irgendwann gegen mich verwenden würde, doch dazu ließ sie sich dann doch nicht hinreißen. Stattdessen klagte sie darüber, dass ich ihr für immer zur Last fallen würde, weil ich einfach nicht zu verheiraten war. Dad würde das einzige Baby sein, um das ich mich jemals kümmern würde, sagte sie. Vermutlich käme mir seine Krankheit sogar ganz gelegen? Vielleicht glaubte ich, damit eine Entschuldigung zu haben, allen anderen gegenüber so nutzlos zu sein?

«Nutzlos bin ich also, ja?», brach es aus mir heraus, wenn sie es wieder einmal zu weit getrieben hatte. Dann stellte ich Dads Schüssel beiseite, riss mir die Schürze runter und verließ türenknallend das Haus. Ich drehte eine Runde durch das Dorf; ein paar Leute grüßten mich, einige spuckten mir vor die Füße, andere huschten schnell vorbei. Oder ich stieg an den Feldern und Zäunen entlang zum Whistle Top hinauf, ließ mir den Wind durch die Haare und zwischen die Zähne wehen, sog den Anblick des Meeres zu drei Seiten um mich herum auf, vertrieb die düstere Enge und den Geruch des Krankenzimmers aus meinem Kopf. Ich spürte den Zorn und die Schande, eine Prout zu sein – diese spezielle Prout noch dazu, die Unverheiratete, die Sonderbare, die mit der Verbindung zu den unglückseligen Vorfahren.

Oder ich besuchte die Robben, ließ die Beine vom Küstenpfad herabbaumeln und tröstete mich mit dem Anblick der Wesen, die sich keine Meinung über mich bildeten. Unbekümmert lagen sie in der Sonne oder inmitten von Wind und Schnee; sie brachten ihre Jungen zur Welt, hinterließen eine schreckliche Schweinerei und ließen die Vögel hinter sich sauber machen. Der Bulle schlug, der eigenen Hässlichkeit gegenüber gleichmütig, seine Rivalen in die Flucht und kehrte anschließend zurück, um sich mit einem der wonnigen weiblichen Robbenhaufen zu paaren – mit welchem, schien ihn kaum zu kümmern.

Ich betrachtete sie eine lange Zeit. Meine Wut löste sich nach und nach in Luft auf, und ich fand zu einer ruhigen inneren Wachsamkeit. Ich war nicht im Entferntesten versucht, die überkreuzten Bänder zu lockern und die Robben zu stören. Ich hatte bereits einmal tief in sie hineingeblickt; das war genug gewesen, um zu wissen, was in ihrem Innern funkelte, was ich aus ihnen zum Vorschein bringen konnte, wenn ich groß und tapfer genug geworden war. Ich war sicher, meine Zeit würde kommen, und dann würde es Mum und den Mädchen leidtun.

Wenn ich zurückkehrte, war Dad schlampig gefüttert worden, und von Mum hörte ich nichts außer dem Klappern einer Pfanne, dem Krachen eines Holzscheits. Danach hatte ich für gewöhnlich ein paar Tage meine Ruhe, bevor sie erneut vergaß, wie viel Arbeit ich ihr ersparte, und wieder anfing, sich zu beschweren.

Mir blieb kaum Zeit, darüber nachzudenken, was ich mit Hilfe der Bänder von mir fernhielt. Ich war zu sehr damit beschäftigt, den Haushalt für Mum und Dad zu führen oder einzuspringen, wenn Grassy oder Bee im Wochenbett lagen oder sie, ihre Kinder oder Männer krank waren. Eine lange Zeit schien ich allen anderen zu gehören, nur nicht mir selbst; ich fühlte mich wie ein Besen oder ein Geschirrtuch, die jeder nach Bedarf an sich nehmen, benutzen und nach Gebrauch wieder weglegen konnte, ohne einen Gedanken daran zu verschwenden.

Während dieser Zeit sah ich viele Mädchen heiraten. Ich stand draußen in der Menge vor der Kirche, wartete darauf, dass Braut und Bräutigam siegreich daraus hervortraten, und schloss mich den anderen an, wenn es zum Festmahl ging. Es gab keinen ersichtlichen Grund, warum ausgerechnet Tricky Makepeaces Hochzeit auf einmal diese Ungeduld in mir auslöste; wir waren weder verwandt noch besonders befreundet oder verfeindet. Jodrell Fence war zudem kein besonders beneidenswerter Fang und Trickys Kleid nicht schicker als das der meisten anderen.

Doch in dieser Nacht griff ich mir Feuerstein und Stahl und verließ das Haus, schlich auf Zehenspitzen durch das Dorf, um niemanden zu wecken, und schlug den Feldweg ein. Der Mond schien hell – vielleicht hatte er mich hervorgelockt? Die Luft stand so still, als hielte sie den Atem an.

Ich ging hinunter zur Crescent Cove, zu den Robben, die silbern im Mondschein glänzten, abgesehen von dem Leitbullen, der wie ein riesiger Tintenfleck zwischen seinen Weibchen lag, und den Robbenbabys, die er wie kleine schwarze Tintentropfen aus seinem Fell herausgeschüttelt und in der Kolonie verteilt zu haben schien.

Ich sammelte Treibholz und machte Feuer, zog mich in seiner Wärme aus und befreite mich von den überkreuzten Bändern, dann ging ich weiter nach unten und rief den Bullen zwischen den Müttern heraus.

Das Gebrüll, das er beim Erwachen ausstieß, hallte einmal um die Felswand der Crescent Cove herum. Er erhob sich aus der

Masse und robbte zwischen den erschrockenen Robbenmüttern hindurch auf mich zu, walzte sich sogar über einige drüber. Seine Augen rollten weiß im Mondschein hin und her, sein Mund trat als fahler Farbklecks in seinem dunklen Gesicht hervor.

Während sich die aufgeschreckten jaulenden Jungtiere um meine Knöchel drängten und ihre Mütter zu beiden Seiten besorgt um mich herumwackelten, richtete ich den Blick auf die Männer-Materie in ihm. Sie war wie ein Schwarm leuchtender Insekten, die ich dazu bringen musste, sich in seiner Mitte zu vereinen – noch während er zitternd herumschlingerte, seine monströsen Geräusche von sich gab und mir seinen fauligen Fischatem ins Gesicht blies. Und ich vollbrachte es, lernte, was ich zu tun hatte, während ich es tat, durchsuchte jeden seiner Winkel, spürte jeden Keim und Funken auf. Der Vollmond beschwor und ermutigte die Lichter, und ich warf mich unermüdlich nach vorn, als würde ich ein Netz auswerfen, zog jedes Fünkchen in sein Zentrum und fügte es zu einer Männergestalt zusammen. Ein schemenhafter Kopf zeichnete sich über dem schemenhaften Körper ab, einige Gliedmaßen lösten sich aus dem großen Glänzen. Dann kamen mit einem Mal deutlich die Umrisse eines Mannes innerhalb der Robbe zum Vorschein. An den Seiten traten Arme hervor, reckten sich nach oben, Hände griffen durch die Öffnung des Mauls hindurch und rissen den oberen Teil der Robbe auseinander.

Der Robbenpelz sackte auf dem Felsen in sich zusammen, und heraus trat der Lichter-Mann. Der Mondschein erhellte sein Gesicht, das er ihm entgegenreckte, und ich lachte, als ich mich augenblicklich darin verliebte, so wie der alte Zauber es vorsah. Dann blickte er zu mir herunter, und ich bezauberte ihn ebenso wie er mich – ich hatte keinen Einfluss darauf, es lag an der Nähe, dem richtigen Zeitpunkt und unserer jeweiligen Natur –, und wir waren untrennbar miteinander verbunden.

Sein Blick glitt über das Meer, die Klippen, das Feuer. «Ist das da oben dein Zuhause?», fragte er.

«Das ist mein Feuer.» Bewundernd betrachtete ich seine langen schlanken Beine, seine Schamteile, die schmalen Hüften, die sanften Einbuchtungen seiner Vorderseite, den breiten Brustkorb, die geschwungenen Schultern und vor allem sein Gesicht, aus dem so viel Kraft und Anmut sprach und das er mir, was das Wundervollste war, ohne einen Funken Böswilligkeit oder Spott in den Augen zuwandte; sein Gesichtsausdruck offenbarte nicht die leiseste Spur von Arglist, kein amüsiertes Kräuseln verzog seine Lippen.

Dann beugte er sich herunter, hob mich hoch, und ich hörte mein eigenes Quietschen, das *mädchenhafteste* Geräusch, das ich jemals von mir gegeben hatte. Er bahnte sich den Weg zwischen den Müttern und Jungtieren hindurch, forderte sie in ihrer Sprache auf, uns Platz zu machen. Ich hielt seinen glatten Nacken umklammert, atmete die berauschende, salzige Wärme seiner Haut ein. Ein geräuschloser Wind durchströmte die Luft um uns herum, der – anstatt jedes andere Geräusch zu übertönen, so wie eine brandende Welle Stimmen am Strand übertönt und Sprühnebel eine Landzunge verschleiert – jedes Wellenbrechen und jedes Robbenschnauben nur noch deutlicher hörbar machte, jeden Felsen klarer umriss und jede Berührung temperamentvoller oder zärtlicher wirken ließ.

Er stellte mich neben dem Feuer ab. Er legte seine langen, kräftigen, sehnigen Arme um mich. Ich stand auf Zehenspitzen, er beugte sich aus seiner Höhe herunter, und in der Mitte trafen wir sanft zusammen. Als ich dachte, der Kuss sei beendet, drückte er immer noch seine Lippen auf meine, und als ich den Mund vor Überraschung leicht öffnete, oh!, glitt seine Zunge ein kleines Stück herein! Erschreckt schrie ich auf. Ich erforschte und kostete ihn; ich umschlang ihn mit den Armen und zog ihn zu mir herunter, meine Finger fanden seinen warmen Nacken, glitten durch sein nass-glattes Haar, meine Zunge schoss zwischen seinen Zähnen hindurch, und unsere Körper verschmolzen überall miteinander.

Er ließ mich so behutsam los, wie er mich hochgehoben hatte, beendete den langen Kuss mit kürzeren, zarteren. Er strich mir die Locken aus der Stirn, die sich nie zurückhalten ließen. Sein Kuss zischte und sprudelte noch durch mich hindurch, ich war innerlich wie erschüttert. Wie sollte ich es später über mich bringen, all das zurück ins Meer zu schicken?

Doch wozu jetzt schon darüber nachdenken? Ich ließ mich auf den Felsen sinken und zog ihn mit mir herunter. Ich drehte ihn auf den Rücken und legte mich, fast ganz ohne Angst, neben ihn. Meine kleinen plumpen, von der Hausarbeit geröteten Hände wanderten über seinen Körper, erforschten seine Hügel und Täler, die Straßen und Türme, bestaunten die vielen unterschiedlichen Abstufungen von Haarigkeit und Weichheit, Wärme und Kälte, umfassten einzelne Strähnen seines Haars, das schwarz war wie die Nacht und glitschig-glatt wie Wasser, und ließen sie wieder los.

Und das Wunder geschah – ein wohlgeformter Mann umarmte begierig meinen Körper, den alle stets als hässlich und lachhaft, sogar abstoßend bezeichnet hatten. Doch ich entzückte ihn; er strich über meine Rundungen, wiegte mich in den Händen, drückte mich an sich und fiel in mein Keuchen mit ein, während ich mich ihm hingab. Er blickte mir offen ins Gesicht, ohne jede Verachtung, wie ich sie sonst in den Augen der Männer und Frauen erkannte. Er war einfach nur ein anderes Wesen, das sich im Lichtschein des Feuers und des Mondes auf Entdeckungsreise begab, meine Haut, die Form meiner Gliedmaßen, Falten und Vorzüge erkundete, alles daran zum Lachen und gleichzeitig vollkommen ernsthaft. Er strich mir das feuchte Haar von den Schläfen und küsste mich erneut mit seinem breiten, aufrichtig lächelnden Mund mit den strahlend weißen Zähnen.

Wir sprachen kaum miteinander, gaben nur hier und da einen unterdrückten Schrei, ein leises Lachen, ein Keuchen von uns. Was gab es auch schon zu sagen, während wir taten, was wir taten, und auch als wir in dem Schwebezustand danach ineinander verschlungen in der Kälte der Nacht am warmen Feuer lagen? Überglücklich sah ich zu, wie sich mein Leben von allen Fesseln befreite, wie ein Drachen, der sich von seiner Schnur losreißt und in den Sturm hineinfliegt, der die Zukunft darstellt. Wie winzig ich gewesen war, gefangen in meiner kümmerlichen Rundlichkeit, meinen belanglosen Ängsten. Warum war mir die Meinung anderer Leute so wichtig gewesen – noch dazu von Leuten, die noch kümmerlicher waren als ich selbst? Ha! Eigentlich war es jetzt, da es mir so gleichgültig war, ja nicht mehr wichtig, warum. Bei all dem, was ich haben konnte! Bei all dem, was ich tun konnte!

Die Sterne zogen sich spielerisch Wolkenschleier über, um dahinter wieder strahlend zum Vorschein zu kommen; oben strich üppig-frische Frühlingsluft vorbei, salzig, strotzend vor Leben; das Meer züngelte und zerbrach an den Felsspitzen, weiter draußen seufzten die Strömung, der Seegang, die Schwärze. Ich drehte mich in den Armen meines Liebhabers um und zog seinen Mund wieder auf meinen.

Schließlich spürte ich, dass unser Beisammensein zu Ende ging. Er hatte mir einen neuen Körper geschenkt, ihn mit Händen, Mund und Männlichkeit modelliert und magisch vervollkommnet. Zum ersten Mal in meinem Leben war ich schön und liebenswert gewesen, ganz gleich, ob Potsheads Bewohner genauso darüber dachten oder nicht. Ich fühlte mich reingewaschen von der Wut und dem Leid, die so viel Raum in mir beansprucht hatten, sobald ich mich in hochnäsigerer oder hübscherer Gesellschaft befunden hatte. Nun fühlte ich mich frei, meinen eigenen Wünschen zu folgen, meinen eigenen Weg zu beschreiten – in einer Welt, die so viel größer war, als ich bisher angenommen hatte, in der ich nicht mehr war als das Aufblitzen eines Sterns, eine kleine Welle unter vielen. Mein eigenes Glück war keinen Deut wichtiger als das eines jeden anderen Menschen – als das eines Fisches oder eines Grashalms! – und keinen Deut weniger wichtig. Wie mickrig ich doch war, inmitten dieser grenzenlosen Größe! Und wie herrlich es war, so winzig und allein zu sein, für einen Augenblick hier zum Leben erweckt, dazu bestimmt, bald wieder ausgelöscht zu werden und die Zeit alle Spuren und Erinnerungen an mich fortschwemmen zu lassen.

Wir gingen zum beißend kalten Meer hinunter und schwammen darin; ich wusch mir seine Robbenhaftigkeit ab, er sich meine Weltlichkeit. Er kam auf mich zu und lehnte sich an mich; ich reichte ihm kaum bis zur Brust, und während er mich in den Armen hielt, spielte er mit meinen Haarsträhnen, die mir über die Schultern fielen, wrang mit seinen großen Händen das Meerwasser heraus und legte sie zurecht, verwandelte die verknoteten nassen Strähnen durch bloße Blicke und Berührungen in etwas Schönes. Ich spürte einen langen, tiefen, trinkenden Kuss auf meinen wunden Lippen, der meine schmerzende Zunge noch ein letztes Mal herausforderte.

Dann ließ er mich los. Nackt folgte ich ihm zwischen den Robben hindurch hoch bis zu den Felsen. Dort lag seine Haut, in der aller Zauber schlummerte. Als er sich bückte, erzitterte sie einen Augenblick unter ihm, schien in der Woge aufsteigenden Lebens zu verschwimmen. Er griff nach der Haut, und sie erwachte, warf sich ihm entgegen. Er hob sie auf, und sie verdichtete sich, wurde nachgiebiger; die ersten Lichtstrahlen strömten von seinen Fingerspitzen in die Robbenhaut hinein. Er fiel auf die Knie, die Haut umschloss ihn, und der Mann war verschwunden. Wie hatte es ihn jemals geben können? Erschüttert sah ich zu, wie die Robbenmasse sich vor mir aufbäumte, vom Felsen abstieß und in die Schar schreiender Robbenmütter hinabglitt.

Zitternd, noch eingelullt vom aufsteigenden Zauber, kehrte ich ans Feuer zurück und bekreuzigte mich mit meiner Bandage. Um mich herum wurde alles still, und ich war allein in der Crescent Cove, allein mit dem Meer, dem Licht des Mondes und der Sterne, die mit- und übereinander spielten, allein mit den Robben, die sich wieder zur Ruhe legten. Langsam versteckte ich mich in der gleichen alten Bluse, dem Kittelkleid und meinen Stiefeln, trat die glühenden Scheite auseinander und presste die Hitze heraus. Gut eingepackt und aufgewärmt kletterte ich über die Felsen und stieg den sandigen Pfad hinauf. Oben am Felsvorsprung blieb ich im Gras unter den friedlichen Sternen stehen, die kurz zuvor noch so ruhelos über mich hinweggestreift waren. Ich war einmal hässlich gewesen; das durfte ich nicht vergessen – ich durfte nicht vergessen, wie man hässlich war, jetzt, da ich wusste, dass ich schön war; durfte nicht vergessen, wie man normal war, nachdem ich erlebt hatte, welche Wunder mir innewohnten.

Durch die entzauberte Nacht ging ich nach Hause. Auf dem Klohäuschen zog ich mein Nachthemd an, dann betrat ich das Haus, wo mich mein altes Leben empfing, mich so schnell wie möglich wieder vereinnahmen und zwischen meinen alten Aufgaben und Ärgernissen einklemmen wollte. Mit neuen Augen blickte ich mich in der schemenhaften Küche um; nie wieder würde sie mich so festhalten können, wie sie es zuvor getan hatte. Ich war zwar wieder hier, aber ich war nicht mehr hier gefangen.

Als ich über den Flur ging, knurrte Mum hinter der Tür zu ihrem Zimmer: «Du hast ja ewig gebraucht! Hast du Dünnschiss?»

«Ich bin eingenickt.» Betont schläfrig schlurfte ich weiter.

«Ach, und was, wenn mir hier die Blase *geplatzt* wäre?», fauchte sie.

«Du hättest ja draußen klopfen können», sagte ich ruhig und musste mir bei dem Gedanken daran, was passiert wäre, wenn sie tatsächlich geklopft hätte, das Lachen verkneifen.

Ich schloss die Tür zu meinem Zimmer und legte mich ins Bett. Ich wollte nicht einschlafen und dieser Nacht ein Ende setzen, um morgen in der gewohnten Eintönigkeit wieder aufzuwachen und alles nur für einen Traum zu halten. Doch während ich auf den

Felsen der Crescent Cove neben dem Robbenmann gelegen hatte, war mir klargeworden, wie wenig meine eigenen Wünsche zählten – nichts, aber auch gar nichts. Ich blickte zu den schwirrenden Schatten des Himmels hinauf und war glücklich, von so geringer Bedeutung zu sein. Als meine Gedanken schließlich zur Ruhe kamen, schlang ich die Arme um mich, strich mir selbst über das feuchte Haar und sank in den Schlaf.

Das Leben nahm seinen gewohnten Lauf. Nach und nach verflüchtigte sich das Gefühl der Hände des Robbenmanns von meiner Haut und der Anblick seines Gesichts aus meinem Gedächtnis. Nach dem Hochsommer wurde mir eines Tages schlagartig klar, dass schon eine ganze Weile ohne das übliche monatliche Ereignis vergangen war und mir von dem Robbenmann mehr geblieben war als meine verlorene Unschuld und ein neuartiges Gefühl inneren Friedens.

Ich nahm diese Erkenntnis gelassen auf. Das Dorf würde mich verurteilen und Mum würde zetern und toben, aber ich würde sein Baby trotzdem bekommen, ein halb magisches Baby, das nur mir gehörte.

Jetzt, nachdem ich es mir eingestanden hatte, spürte ich das Kind in mir wachsen. Mir ging es allerdings nicht so schlecht wie Grassy und Bee, die beide gerade wieder schwanger waren – sie hatten sich bisher während jeder Schwangerschaft hundeelend gefühlt und immer versucht, sich gegenseitig in ihrem Leid zu übertreffen. Ich musste nicht mit grün angelaufenem Gesicht herumsitzen, stets eine Spuckschüssel in Reichweite haben und mich zwingen, irgendetwas Essbares bei mir zu behalten. Ab und an spürte ich, wie eine leichte Übelkeitswelle durch mich hindurchging, und ein- oder zweimal schnürte mir der Geruch von Bratfett die Kehle zu; ich konnte nur ganz schwachen Tee trinken, und manchmal fand ich es im Haus dermaßen stickig, dass ich vor die Tür gehen und tief durchatmen musste, um nicht ohnmächtig zu werden. Doch Mum fielen meine kleinen Unpässlichkeiten gar nicht auf, und sonst gab es niemanden, der mich so genau beobachtete, dass er den Unterschied bemerkt hätte.

Und dann verschwanden die Beschwerden, und zurück blieben nur mein Wissen, das Wachsen tief in mir drin und die gelegentlichen flatternden Bewegungen. Ich rechnete ständig damit, dass es jemandem auffallen würde, dass ich bissige Bemerkungen zu hören bekommen und von Blicken durchbohrt werden würde. Doch an mir war schon immer viel dran gewesen, und ich war nicht weiter in die Breite gegangen, sondern nur praller geworden. Die äußerliche Veränderung war kaum zu erkennen; Mum mäkelte nur auf ihre übliche Weise an meinem Körper herum, und Männer wie Garter O'Day glotzten mich wie gewohnt aus den Augenwinkeln an, wenn sich die Gelegenheit bot. Die Monate zogen vorbei, das Wetter wurde schlechter, und ich saß häufig seltsam angstfrei vor dem Kaminfeuer. Im Geiste kehrte ich zurück zu jener Nacht, die ich mit dem Robbenmann verbracht hatte, zur Düsternis des Frühlingsmondes; ich lauschte den Bewegungen seines Kindes in mir, und irgendwie ergab alles zusammen einen Sinn. Es bestand kein Grund, jemandem davon zu erzählen, es dem allgemeinen Tratsch zum Fraß vorzuwerfen, es zu etwas Billigem verkommen zu lassen. Sollten die Leute es doch bemerken, wann immer sie wollten; es sollte nicht meine Sorge sein.

Im tiefsten Winter, als das Eis im Hafen knarzte und Potshead sich schutzsuchend unter der Schneedecke zusammenkauerte, setzten bei Grassy und Bee gleichzeitig die Wehen ein. Mum quartierte sich vorübergehend oben bei Grassy ein, um sich um beide kümmern zu können, ohne jedes Mal die rutschige Anhöhe bewältigen zu müssen, und ließ mich allein zu Hause – mit meinem tattrigen Dad, der ans Bett gefesselt war und außerstande zu sprechen, möglicherweise sogar zu denken. Erst jetzt, da die Speisekammer zum Bersten voll war und keine Notwendigkeit bestand, mich aus dem Haus zu wagen und gesehen zu werden, drängte mein Bauch plötzlich hervor, und einige wenige Tage lang war ich unübersehbar als werdende Mutter zu erkennen. Doch niemand kam vorbei, und Dad war es gleichgültig. Als er eines Nachmittags schlief, ging ich in meinem Zimmer hin und her, klammerte mich an den Bettpfosten, stöhnte mich durch die Wehen hindurch und brachte nach relativ kurzer Zeit das Wesen zur Welt, das die letzten Monate in mir herumgeschwommen und -gehüpft war.

Ich wickelte es warm ein, hob es hoch und drückte es an meinen erhitzten Körper. Es war immer noch über die Nabelschnur mit mir verbunden; ich kauerte mich über den Nachttopf und wartete auf die Nachgeburt. In verzückter Furcht betrachtete ich mein Baby, wie es das Gesicht zusammenkniff, die Stirn runzelte und dann seinen ersten Atemzug tat. Der Schock, plötzlich ein eigenes Leben zu besitzen, weckte es auf, und es öffnete die verklebten Augenlider. Ich dachte, es wäre blind – noch nie hatte ich Augen von solch rauchigem Sturmblau gesehen.

Ich wickelte es wieder aus, um nachzusehen, ob alles an ihm in Ordnung war, zählte Finger und Zehen und entdeckte, dass ich einen kleinen Jungen in den Armen hielt. *Siehst du*, dachte ich. *Dies ist der zweite gute Mann in deinem Leben.* Schnell packte ich ihn wieder ein, damit nicht noch mehr seiner Wärme entwich.

Schwer atmend wiegte ich mein Baby in den Armen und drückte es fest an mich; am liebsten hätte ich es durch meine Brust wieder in mich hineingeschoben und direkt unter meinem Herzen warm gehalten. Ich wollte mein Kind nicht so weit weg von mir tragen – wie einen Aufnäher oder eine Anstecknadel. Ich wollte meinen kleinen Jungen verstecken, ihn davor schützen, dass ihm jemand Leid zufügte. Noch wusste niemand von ihm, und ich wünschte, es könnte für immer so bleiben. Musste ich Potshead auf ihn loslassen, so wie man es auf mich losgelassen hatte? Musste Mum ihre Urteile über seinem winzigen Kopf auskippen, meine Schwestern ihn angaffen, in ihren erfahrenen Armen wiegen und lauthals verkünden, dass er später hoffentlich hübscher werden würde als ich? Konnte er nicht ganz er selbst werden, von ihrer Verachtung unbehelligt und unversehrt? Wie konnte ich dabei zusehen, wie sie ihn drangsalieren und auf ihn eindreschen würden, wie er unter ihren Worten zusammensacken und sich zusätzliches Fleisch anfuttern würde, so wie ich es getan hatte, in dem Glauben, sich damit zu schützen, während er sich stattdessen nur noch mehr zur Zielscheibe machte? Wie konnte ich es anstellen, dass er zu seinem eigenen Wesen finden und stehen würde – egal ob klein, schwach und schmächtig oder wild, kämpferisch und ruppig? Schon jetzt spürte ich seine entschlossene Aktivität unter dem Stoff, spürte, wie sich seine Füßchen gegen meinen Arm drückten. Sein Gesicht war noch unwissend, und doch entdeckte er bereits, wie er zu atmen hatte, zu gähnen – zu niesen! – und in den Schlaf zu fallen, die winzige Wärme seiner Hand an die Wange geschmiegt.

Dads Geräusche im Nebenzimmer verrieten mir, dass er mich brauchte. Ich erwachte aus dem Baby-Zauber, erhob mich und legte mein Kind in die Mulde des Bettes. Ich wickelte mir ein paar Stoffbinden um, steckte sie fest und verbarg meine beschmutzten Beine unter meinen Röcken. Dann ging ich zu Dad; er musste mal, und mein neuer Körper verrichtete gemächlich die notwendigen Arbeitsschritte. Ich war froh, mich um ihn kümmern zu können, froh über die lange Zeit, die ich ihn bereits gepflegt hatte; niemand war besser als ich darauf vorbereitet, für das hilflose rosige, winzig kleine Wesen nebenan zu sorgen, das vollständig auf mich angewiesen war.

Wäre es nicht Winter gewesen und ich nicht so hässlich und ohne Freunde, hätte ich das Baby nicht versteckt halten können. Doch niemand kam zu Besuch, außer Mum das eine oder andere Mal, um noch mehr Nähzeug zu holen und schmutzige Wäsche bei mir abzuladen, die sie aufgrund der Menge oben in Grassys Haus nicht bewältigen konnte. Sie interessierte nur, ob Dad sauber und ruhig war, ob er etwas aß und ob im Haus Ordnung herrschte, alles andere war meine Angelegenheit. Mein Sohn verhielt sich mucksmäuschenstill, während Mum im Haus war, und wenn ihm doch einmal ein Quieken entfuhr, miaute daraufhin direkt eine Katze vor dem Fenster, sodass mein Geheimnis gewahrt blieb.

Doch mein Sohn wuchs nicht. Mir war ein Rätsel, wo meine ganze Milch blieb. Ich stillte und stillte ihn, und er saugte aus mir heraus, was er nur konnte, doch die Anstrengung zu atmen, seine Windeln vollzumachen, in die Luft, nach seinem Gesicht und meinem Finger zu greifen, schien alles aufzubrauchen, was er mir abgesaugt hatte, sodass nichts für sein Wachstum übrig blieb. Er schlief gut, weinte wenig, lächelte, wenn er mich sah, und machte freudige Bewegungen, wenn ich mich ihm näherte. Er lernte, den Kopf auf seinem spindeldürren Hals anzuheben, mir ins Gesicht zu blicken und zu lachen, wenn ich mich über seine Fortschritte freute. Ich badete ihn, wickelte ihn ein, trug ihn mit mir herum und sang ihm etwas vor; ich feuerte ihn bei jeder noch so kleinen Gebärde, jedem noch so zaghaften Geräusch an. Doch er blieb klein. Zunächst schrumpfte er sogar ein wenig, dann wurde er wieder so klein, wie er bei seiner Geburt gewesen war, doch weiter wuchs er einfach nicht. Wenn ich ihn schlafen legte, hatte er einen kugelrunden Milchbauch, doch wenn ich ihn später wieder hochnahm, war er wieder genauso schmal wie zuvor.

Eines Tages stapfte ich selbst den Hügel hinauf und ließ meinen Jungen randvoll mit Milch schlafend im Haus zurück – und Dad, das Riesenbaby, randvoll mit Abendessen im Zimmer nebenan. Ich besuchte beide Schwestern. Keine freute sich, mich zu sehen, und als ich Bees Haus betrat, zeterte Mum:

«Du bist ja nur noch Haut und Knochen, Mädchen! Hast du vergessen, wie man kocht? Ich hoffe, dein Dad hat mehr auf den Rippen, sonst kannst du dich auf was gefasst machen!»

Ich sah beide Babys: Bees Mädchen und Grassys Jungen, zwei

große blasse Brocken, die vor Zorn oder Kummer rot anliefen. Sie hatten solche Kraft in den Armen, dass sie einem das Ohr, die Lippe oder was auch immer sie in die Finger bekamen, abreißen konnten. Doch besonders ihr *Gewicht* beeindruckte mich; nachdem ich sie nur ein paar Minuten lang gehalten hatte, taten mir schon die Arme weh.

Ich stolperte und schlitterte den Hügel hinab, mir dröhnten die Ohren von dem Lärm in den beiden Häusern, dem Um-die-Wette-Kreischen der älteren Kinder, den Boshaftigkeiten meiner Mum und Schwestern und dem Geschrei der beiden Riesenbabys.

Ich ging an meinem schlafenden Dad vorbei direkt in mein Zimmer. Dort lag mein Kleiner – federleicht und sanftmütig, mit seinem geisterhaften schwarzen Haarkranz über der blassen Stirn und fliederfarbenen Schatten unter den Augen, als wären sie mit einem feinen Pinselstrich gezogen worden. Er war nichts im Vergleich zu den Babys, die ich gerade gesehen und im Arm gehalten hatte. Obwohl er wach war und obwohl er mich anlachte, war er nicht ansatzweise so lebendig wie sie und nicht ansatzweise so groß.

«Mein Feenkind!» Ich kauerte mich neben das Bett und sah ihm beim Einschlafen zu. Alles an ihm war zart und beinahe durchsichtig, wohingegen Gladys und – wie hieß er noch mal? – Horace so solide wirkten wie aus Lehm gemacht und aussahen, als hätte man Sahne in Wurstpellen gepresst. Mein Sohn war zierlich, viel, viel zierlicher als die beiden. Ich stand auf, hob ihn hoch und setzte mich mit ihm aufs Bett, beobachtete seine entspannten, liebenswerten Gesichtszüge, die Fältchen seiner fliederfarbenen Hände. Er war zierlich und fremdartig, und er gehörte nicht hierher. Ich hielt ihn so nah wie möglich an mich gedrückt, ohne ihn einzuengen, ihn aufzuwecken, ließ ihn schlafen und litt still vor mich hin. Nie zuvor hatte ich so etwas gefühlt. Ich hätte alles für ihn getan, ich war zu allem bereit. Ich würde, ohne zu zögern, alles tun, was man von mir verlangte, wenn ich ihm damit zu mehr Glück oder Gesundheit verhelfen konnte. Das schwor ich mir, während ich ihn in den Armen wiegte und in den weißen Winterhimmel vor dem Fenster blickte.

Dann wurde es Frühling, und das Tauwetter setzte ein. Mum war immer noch weg, weiter bergauf. Mein Söhnchen – ich nannte ihn Kleiner Prinz und manchmal Ean, was eigentlich kein richtiger Name war, eher ein paar ineinander verwischte Laute – wurde älter, aber nicht größer, und nun schien er Schmerzen zu haben; gequält wand er sich in seinen Tüchern umher. Wenn er weinte, klang es nicht so leidenschaftlich wie bei Horace und anderen Babys seines Alters, sondern schwächlich, als ob er jeden Jammerlaut mühsam hervorpresste und sich gleichzeitig für das schwache Geräusch entschuldigte.

In einigen Nächten war ich sicher, dass die Nachbarn ihn weinen hören mussten, obwohl seine Stimme so leise war. Dann nahm ich ihn mit nach draußen, und wir durchquerten die kalte Landschaft: die triefende Nässe und die Schneeflecken, die schwarze Erde, auf die das Mondlicht weiße Sprenkel warf, und das Meer, das sich im Schlaf wälzte. Jedes Mal, wenn wir Crescent Cove erreichten, wurde er ruhiger, und als ich ihn eines Nachts, während er friedlich in meinen Armen schlummerte, über die Felsen trug, auf denen wir ihn in jener Sommernacht gezeugt hatten, fragte ich mich, ob es wohl etwas gab, das ich aus der Crescent Cove mit nach Hause nehmen und neben ihn legen konnte, um ihn in den Nächten zu beruhigen, in denen wir nicht hierherkommen konnten.

Mein Blick fiel auf die Algen, die aus dem frisch angespülten Strandgut heraushingen. Wie glänzende Zungen leckten die Braunalgen und der Riementang am Felsen. Vielleicht war der riemenartige Tang geeignet – oder doch eher der blasige Knotentang, der weiter oben lag? Es gab noch eine andere Algenart; sie war in dem diffusen Licht nicht so gut zu erkennen, wirkte aber feiner als die anderen, glich felligen Fäden. Ich legte das schlafende Bündel in eine Felsmulde und entwirrte einige Seegrasklumpen und -knäuel, zog ein paar lange Fäden daraus hervor. Dann formte ich mehrere Schlingen, reihte sie hintereinander auf, und als sie eine gewisse Länge erreicht hatten, begann ich wieder bei der ersten Luftmasche und zog nach und nach immer mehr Seegras durch die Reihen, bis der Rand einer kleinen Decke entstanden war.

Es dauerte nicht lang, und meine Finger wurden müde, weil sie nicht das geeignete Werkzeug für diese Aufgabe waren, und ich lief am Strand auf und ab, bis ich den perfekten Knochen gefunden hatte: Er hatte einem Fisch oder einem Seevogel gehört und war an einem Ende abgebrochen, sodass ein Haken entstanden war, den ich am Felsen abfeilte, damit er sich nicht im Seegras verfangen konnte. Ich sammelte weiteres Material, bis ich einen Stapel um mich herum gebildet hatte, wand unermüdlich den flaumigen Tang, der nass im Mondschein schimmerte, und von Zeit zu Zeit einen Strang voller Gasblasen um die Knochennadel, häkelte und knotete aus der Nacht und dem Material des Meeres den inneren Frieden meines Sohns zusammen. Als ich ein quadratisches Stück fertiggestellt hatte, deckte ich meinen kleinen Sohn damit zu, wickelte ihn in seine Tücher, nahm ihn auf den Arm und trottete in der beginnenden Morgendämmerung erschöpft nach Hause.

Eine Zeitlang erfüllte die Seetangdecke ihren Zweck, doch als sie auszutrocknen begann, wirkte sie weniger beruhigend auf Ean – immerhin fand ich heraus, dass ich sie auffrischen konnte, indem ich sie mit Meerwasser bespritzte oder, noch besser, einen Eimer damit füllte und die Decke darin einweichte.

Doch mein Kleiner wurde immer unruhiger, und obwohl ich eine Ersatzdecke für ihn häkelte, mit der ich ihn beruhigen konnte, wenn die andere Decke gerade im Eimer einweichte, schien er sich mittlerweile zu keinem Zeitpunkt mehr richtig wohl zu fühlen, keinen Trost mehr zu finden. Er trank und trank, saugte die ganze Milch aus mir heraus. Mittlerweile war ich sehr mager; Frauen sprachen mich auf der Straße an und wollten wissen, woran ich litt, schalten mich dafür, dass ich nichts aß. Und trotzdem wollte mein kleiner Prinz einfach nicht wachsen; wenn er nicht gerade schlief, lag er teilnahmslos herum und gab seine schwachen sprachähnlichen Laute von sich, als wollte er leise, aber unablässig darauf hinweisen, dass er nicht in diese Welt gehörte, sosehr er sich auch abmühte, hier zu existieren.

Mir war nur allzu klar, was ich zu tun hatte. Im tiefsten Innern graute es mir vor dem Wissen, das ich mit dem Deckeneinweichen von mir fernzuhalten versuchte, mit dem Windelauswringen, den stundenlangen Fütterversuchen. Ich wusste, dass wir so nicht weitermachen konnten.

Schließlich war die Zeit gekommen, das Undenkbare zu tun. Mum war am Nachmittag vorbeigekommen und hatte mir Anweisungen für den Frühjahrsputz entgegengeschleudert. Die einzige Tür, die sie nicht aufgerissen hatte, war die zu meinem Zimmer. Hätte sie das getan, hätte sie meinen kleinen Prinzen in seinem Nest aus feuchtem Seetang auf meinem Bett vorgefunden, neben ihm die sauberen Windeln, die ich vom Kaminsims heruntergerissen und schnell dort hingeworfen hatte, als ich hörte, wie Mum draußen Pixie Snaylor begrüßte.

Der Frühling nahte. Wenn ich jetzt nicht handelte, würden andere von dem Baby erfahren. Mum würde davon erfahren, meine Schwestern, das ganze Dorf. Ean hatte seit Wochen unglücklich hier herumgelegen, das kleine Gesicht schmerzverzerrt. Sein Körper hatte keinen Versuch mehr unternommen, durch Bewegung kräftiger zu werden, Ean hob nicht einmal mehr den Kopf, lag nur dicht neben mir, den winzigen Arm um meinen Hals geschlungen, träumte reglos von einem besseren Ort, saugte durch seine winzigen Nasenlöcher den säuerlichen Geruch des Seetangs um sich herum ein.

Die Nacht brach herein, und der Vollmond stieg auf. Ich löste meine überkreuzten Bänder, rollte sie zusammen und steckte sie ein. Ich hob meinen Jungen hoch, wickelte ihn warm ein und trug ihn durch die pulsierende Nacht den Hügel hinunter bis zur Crescent Cove. Nur ein paar Robben begrüßten mich, als ich den Küstenpfad hinabging, doch dahinter tauchten weitere auf. Wie verschleierte Frauenköpfe ragten ihre Häupter aus dem Wasser heraus. Ich kniete mich neben Ean, wickelte ihn aus und küsste ihn. Am Meeressaum fand ich frisches Seegras, fein wie Spitze. Damit umwickelte ich ihn, während er nach Luft schnappte, wickelte es ihm um den winzigen Brustkorb, auf dem sich Gänsehaut abzeichnete und der nicht ausreichend atmen wollte, nicht breiter und dicker werden wollte wie bei meiner Nichte und meinem Neffen. Ich bildete ein X auf seiner Vorder- und Rückseite, um sicherzustellen, dass er Hexen und Menschen für immer fernblieb, für immer im Meer sicher war.

Ich küsste ihn noch einmal, dann wickelte ich ihn wie eine Mumie von Kopf bis Fuß in saubere Säuglingstücher ein. Er bewegte sich darin, bewegte sich im Schlaf. Um die Tücher hüllte ich eine frisch eingeweichte Seetangdecke. Dabei sang ich die ganze Zeit eins der merkwürdig klingenden Wiegenlieder, die ich mir für ihn ausgedacht hatte, ohne es zu planen – sie waren während einer langen Nacht oder an einem Tag im Winter einfach aus mir hervorgedrungen und nur für diesen Kleinen hier bestimmt, für niemanden sonst. Meine Melodien und das Geräusch des Meeres verschmolzen miteinander; die Robben hielten wippend im Wasser Wache. Ich sang und sang und wickelte Ean fest in die Decke ein. Und während ich ihn einwickelte, krallten sich die Stränge des Seetangs an dem weißen Stoff darunter fest, und das gehäkelte Gewebe verband sich mit ihnen; mein Gesang, meine Häkelei, der Blick der Robben, der Mond und das Wasser arbeiteten zusammen, um den Seetang, den Stoff und mein Baby eins werden zu lassen. Zauber stieg von den Felsen und aus dem Meer auf wie ein Heuschreckenschwarm aus der Sommerernte; wie Tränen wallte ein Gefühl von Macht in mir auf, und wie Tränen hielt ich es zurück, weil ich mir bei dieser Aufgabe keinen Fehler erlauben durfte. Ich musste mich als Kanal zur Verfügung stellen, durch den die Magie in der richtigen Geschwindigkeit und Dichte hindurchströmen konnte.

Als mein Junge sicher eingewoben war, trug ich ihn nach unten – schon jetzt war er schwerer geworden – zu dem schmalen, geschwungenen Sandstreifen, der bei Ebbe sichtbar wird. Die Robben hatten sich im Wasser weiter vorgewagt; ich setzte mich, zog die Schuhe aus und rief ihnen zu: «Seid ihr bereit, ihr schönen Frauen, meinen Ean bei euch aufzunehmen?» Ich raffte meine Röcke hoch und knotete sie zusammen, hob das Bündel auf und watete ins Wasser hinein.

Ich setzte Ean auf den kleinen Wellen ab, hielt ihn dort eine Weile fest, unfähig, mich zu rühren aus Angst vor meinem Vorhaben. Ich blickte von dem Bündel in meinen Armen auf, eisig spülte mir das Meer um die Knie, leckte an meiner Hand, meinem Ellbogen. Die Robbenmütter waren immer noch einige Meter entfernt, doch ich konnte ihren Atem hören und riechen; ich sah, wie sich ihre Barthaare sträubten; ich spürte die Aufmerksamkeit, mit der sie meinen Melodien und Aktivitäten folgten, wie fest gespannte Taue zwischen uns, schwer vom Meerwasser, durchtränkt vom Licht der Sterne.

Ich versetzte Ean einen kleinen Schubs in ihre Richtung und ließ ihn los. Er ging unter, und ich konnte ihn nicht mehr sehen, sah nur das Glitzern des Wassers. Panisch beugte ich mich vor, griff unter Wasser und machte mir das Kleid nass. Wieder gab ich ihm einen vorsichtigen Schubs und bemerkte, dass er sich weicher und zugleich lebendiger anfühlte. An meinen Fingerspitzen spürte ich die Lebensenergie vorbeiströmen, die ich während seiner Zeit bei mir so gern an ihm erlebt hätte. Dadurch ermutigt, stimmte ich wieder mein Lied für ihn an. Ean wand sich aus meinem Griff und sprang von mir fort; zwei der Robbenfrauen tauchten unter, um ihn willkommen zu heißen. Ich richtete mich auf und trat zurück, schlug mir die nasskalten Hände vor den Mund. Ich stellte mir vor, wie sie sich unter Wasser das erste Mal begegneten – die beiden Großen und der Winzling.

Ich trat aus den kleinen Wellen heraus und beobachtete die Robben. Das Wasser kam in Bewegung, als sie mit meinem Sohn zu ihrer Herde schwammen. Sein runder Kopf tauchte zwischen ihren großen auf, seine schmale Flanke schimmerte, während er zu ihrer Belustigung spielerisch im Wasser umhersprang. Sein Freudentanz brach mir das Herz – wie wenig er mich brauchte, wie überglücklich er auf einmal war, so glücklich, wie er es nie zuvor gewesen war, in meinem Haus, an meiner Brust! Ich freute mich über seine Freude und darüber, dass man sich um ihn kümmern würde, aber wie sollte ich nur ohne ihn leben, ohne meinen kleinen Prinzen, der den Ablauf meiner Tage und Nächte bestimmt hatte?

Mit leeren Händen, leeren Armen sah ich meinem Sohn nach, wie er mit seinen neuen Müttern spielte, wie sie ihn mir wegnahmen. Es war eine Qual, das mit anzusehen, noch nie war mir etwas so schwergefallen – und doch verspürte ich den Drang, dazubleiben und alles zu sehen, was es zu sehen gab. Er wurde kleiner und kleiner, hüpfte zwischen ihnen herum, bis er in der Dunkelheit nur noch als helles Glitzern auf dem Wasser zu erkennen war. Auch die anderen schrumpften, bis sie nur noch eine optische Täuschung inmitten der Wellen waren. Ich kauerte mich zusammen, umschlang meine nackten Knie, ließ den Kopf darauf sinken und war eine lange Zeit nicht imstande, etwas anderes zu tun. Ich spürte die geballte Wucht der kommenden Jahre ohne ihn, durchlebte sie alle, in ihrer ganzen Länge, Bitterkeit und Leere. Was ich getan hatte, war zugleich richtig und falsch gewesen, beides zerriss mich innerlich, heilte mich, zerriss mich erneut, und beide Gefühle waren unerträglich. Ich wusste nicht, wie ich mich jemals wieder von der halbmondförmigen Sandbucht und dem Ufer lösen sollte, um durch die eisige Kälte nach Hause zu gehen.

Ich verbrachte einen schrecklichen Frühling. Ich ging nicht zur Crescent Cove hinunter; ich wollte meinen Sohn nicht zwischen den anderen Jungtieren erkennen und daran erinnert werden, dass ich ihn einmal bei mir gehabt hatte, ihn jetzt nicht mehr im Arm halten konnte und es nie wieder tun würde.

Ich kümmerte mich um Dad; Mum schien ihn mittlerweile zu verabscheuen und tat kaum noch etwas für ihn. Doch wenn er schlief und ich das Haus einigermaßen in Ordnung gebracht hatte, legte ich mich ins Bett und versteckte mich in meinem Schlaf, denn wach und unbeschäftigt zu sein bedeutete, von bleierner, endloser Trauer erfasst zu werden.

«Zu *dieser* Tageszeit!», schrie Mum eines Nachmittags und riss die Tür zu meinem Zimmer auf. «Was für 'n Faulpelz liegt denn mitten am Tag im Bett rum?»

«Ein müder», sagte ich.

«Müde? Wovon bist *du* denn müde? Komm mal mit hoch zu Grassy und Horace, wenn der grad einen neuen Zahn kriegt, dann weißt du, was müde ist. Du solltest dich was schämen!»

Doch sie brachte mich nicht dazu, mich vor Scham aus dem Bett zu quälen; ich war zu sehr in meine Trauer versunken. Ich wusste nicht einmal, was mir mehr fehlte – mein Sohn oder die Einsamkeit, in der wir uns aneinander erfreut oder gemeinsam gelitten hatten. Ich versteckte den Kopf in meinem Halstuch und unter den Bettdecken und hielt meine spindeldürren Arme kampfbereit, falls sie versuchen sollte, mich aus dem Bett zu zerren, wie sie es schon einmal getan hatte.

Doch sie trat nur näher an mein Bett heran. «Stirbst du an irgendwas? Bist du krank?»

«Kann sein», sagte ich matt. «Vielleicht fühlt sich Sterben so an.»

Das ließ uns beide mit einem Schlag verstummen. Beim Gedanken daran, dass mein Leid ein Ende finden könnte, überkam mich regelrechte Freude, und ich schloss die Augen, um mein Ende willkommen zu heißen. Mums Atem verriet mir, dass sie mich weniger erfreut anblickte. Vermutlich fragte sie sich, wie ihr Leben ohne mich aussehen würde, wie viel zusätzliche Arbeit es für sie bedeutete.

Der Sommer erreichte seinen Höhepunkt und ging vorbei, doch noch immer war ich nicht gestorben. Stattdessen gelang es mir sogar, jeden Tag etwas länger an die Waschküchenwand gelehnt in der Sonne zu sitzen, ohne von zu großem Schmerz übermannt zu werden. Dann kam der Tag im Herbst, an dem ich mir die Bänder abwickelte, um mich zu waschen, und von der Erkenntnis durchflutet wurde, dass alle Robben Crescent Cove verlassen hatten und zu ihrer großen Winterreise aufgebrochen waren. Ich wusch mich, wickelte mir die Bänder wieder um und stand eine lange Zeit einfach nur da und blickte ins Leere. Tags darauf stahl ich mich nachmittags aus dem Haus und ging ein bisschen im Dorf spazieren, ohne den Druck, etwas Bestimmtes erledigen zu müssen.

«Wie siehst du denn aus?», sagte Moll Granger. «Bist ja nur noch 'n wandelndes Knochengerüst!»

Ich bedachte sie mit einem müden Lächeln und ging weiter, um mir weiteres Gemecker, Fragen und Rezeptvorschläge zu ersparen.

Ich beugte mich über das Ufergeländer und versank im Anblick des Meeres. Es schien während meiner Abwesenheit breiter, grüner und geheimnisvoller geworden zu sein. Plötzlich piepste eine Kinderstimme hinter mir: «Guck mal, Mum, die ist ja gar nicht mehr fett!»

Es wäre klug gewesen, so zu tun, als hätte ich nichts gehört, doch mir schien jeglicher Funken Vernunft abhanden gekommen zu sein. Ich drehte mich um und erblickte Mattie Kimes, die

Hand nach ihrem Sohn ausgestreckt, der abrupt stehen geblieben war, um mich anzuglotzen. «Komm her, Donald!»

«Ist die jetzt keine Hexe mehr?», fragte der kleine Junge und starrte mich an, als hätte ich weder Ohren noch Gefühle.

«Ach, Donald, du Dummkopf! Was redest du denn da?» Sie lief auf ihn zu, packte ihn am Arm und riss ihn fast mit sich hoch. Gleichzeitig wurde sie feuerrot und lächelte mir zutiefst beschämt zu, ein wortloses Flehen, ihn zu ignorieren.

«Aber du hast doch ge*sagt* –»

Sie zerrte so heftig an ihm, dass er aufschrie, aber zum Schweigen brachte es ihn trotzdem nicht.

«Du hast doch ge*sagt*, man sieht, dass sie eine Robben-Hexe ist, weil sie so fett ist wie eine –»

Mattie schlug ihm eine Hand vor den Mund, riss ihn herum und zog ihn mit sich fort.

Als wollte ich mir unbedingt noch weitere Kränkungen zufügen, blickte ich mich um, sah zwei feixende kleine Mädchen auf Trumbells Treppe, einen Vorhang, der ruckartig vor Havenmeyers Fenster gezogen wurde, und eine Frau, die sich beide Hände vor den Mund geschlagen hatte und über die Uferpromenade davoneilte, auf der Suche nach jemandem, dem sie brühwarm erzählen konnte, was Donald Kimes gerade gesagt hatte – vermutlich Mrs. Fisher, damit sich das Gerücht so schnell wie möglich verbreitete.

Zügig machte ich mich nun selbst auf den Weg, ohne zu wissen, wohin, ich wollte diesen Ort und diese Situation nur so schnell wie möglich hinter mir lassen. Als ich endlich wieder in der Lage war, etwas anderes vor mir zu sehen als Donalds heiteres und Matties puterrotes Gesicht, etwas anderes zu hören als die durchdringende unschuldige Stimme des kleinen Jungen, war ich bereits weit draußen auf der Landstraße.

Ich folgte ihr bis zur Crescent Cove, obwohl dort keine Robben lagen, und stieg den Küstenpfad hinunter. Als ich auf die flachen Felsen trat, löste ich die Bänder und ließ den Blick suchend über das Meer schweifen, aber es kamen keine Robben auf mich zugeschwommen, keine tauchten aus dem Wasser auf; um mich herum schlugen nur die üblichen Schwingen, die Schwingen der Erde, die ihren eigenen Wind erzeugten. Ich lief hin und her, hoffte, der Wind würde mich hochheben und mit sich forttragen. Ich schnürte meine Stiefel auf und schleuderte sie mir von den Füßen, um mich für die ersehnte Rettung so leicht wie möglich zu machen.

Auf dem Felsen, auf dem ich letztes Frühjahr mein Feuer entzündet hatte, war kein einziger Schmutz- oder Brandfleck zu sehen; und an der Stelle, an der der namenlose Robbenmann und ich gelegen und uns geliebt hatten, loderten keine außergewöhnlichen Kräfte auf. Wie töricht ich in meinem kurzen Glückszustand doch gewesen war – zu glauben, die Dinge würden sich für mich ändern! Ich hatte seitdem nichts anderes gespürt als tiefe Trauer; für die Glücksgefühle jener Nacht hatte ich damit bezahlt, dass mir das Herz herausgerissen und ins Meer geschleudert worden war und ich ihm für immer nachtrauern musste. Ich hatte mich für allmächtig gehalten, hatte gedacht, mir sei egal, was andere im Dorf über mich dachten – doch was war davon übrig geblieben? Wie ein Häuflein Elend saß ich jetzt da, niedergeschlagen und unglücklich, gekränkt von den Beleidigungen aus dem Mund eines Kindes, das nur die Worte seiner Mutter – und vermutlich des ganzen Dorfes – nachgeplappert hatte. Mir war nicht egal, was sie dachten, und ich sehnte mich immer noch danach, von dieser endlosen Schmach erlöst zu werden, der endlosen Einsamkeit.

Mein Zorn verrauchte, und ich setzte mich auf den flachen Felsvorsprung oberhalb der Feuerstelle. Doch ich konnte nicht still sitzen; ich streckte die Hand aus und zupfte die winzigen schwarzen Strandschnecken von den feuchten Felsen um mich herum ab und legte sie zu einem Muster zusammen. Hätte ich meine überkreuzten Bänder getragen, wäre es nur harmlose Spielerei gewesen, doch der Atem der Erde strömte durch meine Fußsohlen in mich ein und wie Flügel aus meinen Schultern hinaus und verlieh meinem Tun eine besondere Kraft; jedes kleine Schneckentier, das ich in einer Linie, Biegung oder Ecke platzierte, bildete einen Knotenpunkt in dem darunterliegenden Felsen, aus dem sich ein zitternder Faden in dem aufsteigenden Luftstrom emporschlängelte. Die Punkte und Fäden blieben auch dann noch erhalten, wenn die Schnecken davonglitten; es war, als hätte ich das Muster in den Felsen eingebrannt und als stiege der Rauch aus der Glut unentwegt in die Luft darüber auf.

Ich weiß nicht, wie lange ich dafür brauchte. Während ich die Schnecken ablegte und zurechtrückte, spülte das Meeresrauschen mein Gespür für die Zeit und ihre Bedeutung davon. Nur die richtige Positionierung war noch wichtig, ich war wild entschlossen, ihre Umrisse richtig zu formen.

Als ich fertig war, hatte ich die Konturen einer kugelköpfigen, gesichtslosen Gestalt erschaffen – teilweise aus den schwarzen Schneckenhäusern, an anderen Stellen aus den Knotenpunkten und Glühfäden, die die Tierchen hinterlassen hatten. Sie hatte Arme, aber keine Hände; ihre beiden runden Brüste trugen jeweils eine Strandschnecken-Brustwarze; ihre Beine verschmolzen miteinander, liefen weiter unten wieder auseinander, endeten jedoch nicht in Füßen, sondern zwei fischartigen Schwanzflossen. Die grob umrissene Gestalt betrachtete mich – und ich sie –, während eine Schnecke nach der anderen fortkroch, die Gestalt in den Felsen eingebrannt zurückließ, wo sie ihren Rauch im Wind verströmte. Ich wandte mich dem Meer zu, um durch den mysteriösen aufsteigenden Wind die echte Brise hindurchblasen zu spüren; ich sah der Sonne zu, wie sie gemächlich herabsank und den Horizont anstupste. Das Strandschnecken-Mädchen klammerte sich fest an den Felsen hinter mir, strömte aufwärts und würde alles verändern.

Dad starb knapp zwei Wochen später. Seine Lungen füllten sich mit Wasser und ertränkten ihn. Als die ersten Winterstürme aufzogen, erkrankte auch Mum. Erst hatte sie es am Magen. Dann verabschiedete sich allmählich ihr Verstand. Sie wurde bettlägerig, und es schien, als wollte sie niemals wieder aufstehen. Beide Ereignisse brachten eine Menge Schwesternstreitigkeiten mit sich. Bee, Lorel und Grassy Ella hielten es offenbar für nötig, jeden Tag den Hügel zu mir herunterzukommen, entweder mit oder ohne Babybündel im Arm und den älteren Kindern im Schlepptau. Sie hackten auf mir herum, hatten ihre Augen überall, suchten nach neuen Anzeichen von Vernachlässigung und Unachtsamkeit, von der sie den anderen erzählen konnten. Selbst bei einer Beerdigung wären sie wie Gewitterwolken hereingepoltert – dieser Lärm! Diese geballte Feindseligkeit! Ich hatte ganz vergessen, wie sie ein Haus, wie sie meinen Verstand vereinnahmen konnten. Mein eigener Wille wurde von ihren Sticheleien und ständigen Einwänden verschüttet, und ich lief wie betäubt umher, folgte den Anweisungen der einen, dem Gegenkommando der anderen. So schuftete ich mich durch den Winter, und als es auf den Frühling zuging und ich mich in der noch frostigen Früh zitternd vor Kälte wusch, registrierte ich freudlos die Rückkehr der Robben in die Crescent Cove. Ich hatte fast vergessen, was ich dort getan und welchen Köder ich auf dem Felsen ausgelegt hatte.

Eines Tages – Bee hatte wieder einmal ausgiebig an mir herumgenörgelt und stürmte gerade durch die Haustür in den pfützendurchsetzten Schneematsch hinaus – kamen Arthur Scuppers Kinder die Straße entlanggelaufen und riefen: «Kommt alle in Fishers Laden! Sie haben eine Meerjungfrau gefunden! Kommt und guckt sie euch an!»

Bee trat vor die Stufe, um sie aufzuhalten. «Eine Meerjungfrau? Aber die Boote sind doch heute gar nicht rausgefahren!»

«Sie ist einfach splitterfasernackt in die Stadt spaziert!», rief

Hex Scupper. Dann rannte er weiter und brüllte über seine Schulter zurück: «Aus der Crescent Cove!»

«Eine Meerjungfrau!», rief Bee, während die Kinder schon davonstürmten.

Ich versteckte meine zitternden Hände in der Schürze. «Was sie bloß damit meinen? Vielleicht ist es nur irgendein verformter Fisch.»

«Ein Fisch, der in die Stadt spaziert kommt?»

«Dann komm, wir gucken's uns selbst an!»

Während ich mir den Mantel überzog, warf ich einen Blick durch die Tür in Mums Zimmer. «Was willst *du* denn?», fragte sie. «Hol meine Tochter her.»

«Ich geh nur kurz runter in Fishers Laden, um mir eine Meerjungfrau anzugucken», sagte ich. «Ich schließ dich besser ein, falls du auf die Idee kommen solltest, mir nachzulaufen.»

Sie funkelte mich wütend an, erkannte mich aber immer noch nicht – in letzter Zeit hatte ihr Verstand häufig ausgesetzt. Ich konnte ihr den größten Blödsinn erzählen oder sie geradeheraus beleidigen – einen Augenblick später hatte sie es schon wieder vergessen.

Ich verriegelte die Tür und machte mich mit Bee auf den Weg zu Fishers Laden. Wir mischten uns unter die Leute, die aus ihren Haustüren herausgeeilt kamen und sich Mäntel und Schals überwarfen. Ich war froh, dass Bee dabei war, weil sie so das Reden übernehmen konnte – was sie bereitwillig tat, denn wie alle anderen verlobten oder verheirateten Frauen musste sie ihrer großen Besorgnis über diese Meerjungfrau dringend Luft machen. Schweigend ging ich nebenher, nickte zustimmend und setzte die passenden Gesichtsausdrücke auf, um nicht aufzufallen.

Wir trafen auf Doris Shingle, die uns den Hügel herauf entgegenkam. «Sie ist wirklich schön», berichtete sie. «Seltsam schön, wenn ihr mich fragt. Sieht fremdartig aus – wie man wohl nicht anders erwarten kann, schließlich kommt sie nicht von hier.»

«Sind ihre Haare aus Seetang?», spottete Abby Staines. «Hat sie Saugnäpfe an den Fingern wie ein Tintenfisch?»

«Nichts davon», sagte Doris. «Sie hat nicht mehr viel Meerartiges an sich. Ihre Finger sehen aus wie deine oder meine, nur schmaler. Und ihre Haare sind auch feiner und so glatt wie gebügelt.»

Wir trafen auch nachdenkliche Männer, die weniger angespannt wirkten. Ihr Schweigen trug nicht gerade dazu bei, dass sich die Laune ihrer Frauen besserte.

Dann waren wir bei Fishers Laden angelangt. Sie hatten das Meermädchen ins Hinterzimmer verfrachtet, von dem zwei Türen zum Hauptgeschäftsraum abgingen, und nacheinander trat das ganze Dorf gemächlich durch die eine Tür hinein und zur anderen wieder hinaus. Einige von denen, die zur zweiten Tür herauskamen, beschrieben uns haarklein, was wir zu sehen bekommen würden; andere verdrückten sich schnell oder hielten den Kopf gesenkt und ließen sich nicht ausfragen. Diejenigen, die etwas erzählten, sagten alle etwas anderes – sie wäre ganz hübsch, sie wäre hässlich, sie wäre das entzückendste Ding, das jemals erschaffen wurde; ihre Haare wären wie Seide, wie Rattenschwänze, wie eine schlaffe Pferdemähne; sie wirkte mürrisch, sie lächelte wie ein Engel, sie wäre das strahlendste Wesen überhaupt; sie wäre von Spanien herübergeschwommen, sie stammte eindeutig aus dem Meer, sie hätte rein gar nichts an sich, was an die Unterwasserwelt erinnerte. Ich hatte keine Ahnung, was mich erwartete, als ich mich schließlich mit den anderen in das Hinterzimmer drängte.

Fishers Frauen hatten das arme Ding in ein Kleid gesteckt, das ihr überhaupt nicht passte; traurig hingen die Puffärmel um ihre Schultern, und unter dem Saum baumelten ihre langen schmalen Schienbeine mit den zarten kleinen nackten Füßen hervor, die aussahen, als könnten sie so gut wie kein Gewicht tragen. Im Lichtschein des Fensters wirkte ihr Gesicht grünlich, und das Kleid hatte einen Gelbton, der sich damit biss.

«Sie sieht *krank* aus», tuschelte Hatty Marchant hinter mir jemandem zu.

Hinter mir drängten sich atmend und murmelnd die Leute herein und schoben mich weiter. Mag Fisher saß neben dem Mädchen und blickte finster in die Runde.

«Hat sie eine Stimme, so wie wir?», traute sich schließlich jemand zu fragen.

«Ich habe eine Stimme», hörte ich das Meermädchen deutlich sagen. Ihre Stimme war tief – und natürlich wunderschön – und ich meinte, einen Akzent herauszuhören. Ich wollte sie am liebsten gleich noch einmal hören, nur um sicherzugehen.

«Bleibt sie bei uns?»

«Genug gefragt», blaffte Mag. «Ich hab dieselben Fragen schon tausendmal beantwortet. Fragt die, die schon Bescheid wissen. Ich will nicht, dass ihr das Mädchen weiter bedrängt.»

«Wir bedrängen nicht *sie*, Mag, sondern *dich*.» Ein feixendes Gelächter lief durch die Menge.

So würde es von nun an sein: Die Frauen würden so tun, als wäre all das ganz alltäglich, als wäre das Mädchen nichts Besonderes, während ihr Liebreiz den Männern den Kopf verdrehte. Ich sah, wie sich ihre Augen an ihrem Haar festsaugten und über dessen gesamte Länge glitten, über ihre Gliedmaßen, den schlanken Körper unter dem entsetzlichen Kleid, wie sie den Mund aufrissen. Ich begann die Ausmaße dessen, was ich in jener Nacht in der Crescent Cove erschaffen hatte, zu erahnen. Welche Chance hatten diese Männer gegen die Macht meines gesichts- und herzlosen Strandschnecken-Mädchens? Die armen, wehrlosen Dummköpfe! Und die armen Frauen und Mütter! Ab sofort würden sie nur noch lästig sein. Sie konnten in den kommenden Wochen und Monaten kichern, kreischen und schluchzen, soviel sie wollten; niemand würde sie mehr beachten.

War es hübsch, das Mädchen aus dem Meer? *Seltsam schön*, hatte Doris gesagt, und ich fand, das war eine treffende Beschreibung. Dieses Gesicht hatte ich schon einmal gesehen – oder zumindest welche, die ihm sehr ähnlich sahen: das Porträt auf dem Dachboden der Strangleholds, die spanischen Tänzerinnen auf der Postkarte meines Bruders. Das Meermädchen hatte die gleichen Haare, die ihr Gesicht wie schöne schwarze Schwingen umgaben; auch ihre Augenbrauen zeichneten sich deutlich von der ebenmäßigen, sommersprossenfreien Haut ab. Und sie hatte ebenso große dunkle Augen; ihre Hände waren lang, die schmalen Finger länger als die Handflächen. Ihr Mund glich meinem eigenen, war aber wunderschön; während ich ihn mir ansah, verstand ich, warum wer auch immer gefragt hatte, ob dieser Mund sprechen konnte. Er schien einzig dafür gemacht worden zu sein, von anderen bewundert zu werden, ein bloßes Schmuckstück: schön geschwungen, rot, mit vollen, sinnlichen Lippen. Ich betrachtete die schmalen, fast lippenlosen Münder um mich herum, die von Sommersprossen übersät waren; kleine verkniffene Schlitze in den sorgenvollen, verdrießlichen oder verängstigten Gesichtern der Frauen. Jeder Mann, der die Lippen dieser jungen Frau sah, musste sie einfach küssen wollen, musste sich in den weichen Kissen dieser Lippen wälzen, in die Tiefen dieser Augen eintauchen, über die fremdartig schmalen Körperlängen streicheln wollen. Oh, Frauen von Rollrock, dachte ich, von nun an seid ihr *nichts* mehr.

Am nächsten Morgen klopfte es an der Tür.

«Wer ist da? Wer ist da? Sind sie schon da?», wimmerte Mum schwach. In letzter Zeit war sie in den Erinnerungen ihres Hochzeitstags gefangen und hatte panische Angst, zu ihrer eigenen Trauung zu spät zu kommen. Seitdem sie das Bett gar nicht mehr verlassen konnte, hatten sich ihre Angstzustände noch verschlimmert.

«Oh, du hast noch jede Menge Zeit, Mum», beruhigte ich sie, als ich an ihrer Tür vorbeilief. Es hatte keinen Sinn mehr zu versuchen, es ihr zu erklären, sie in die Gegenwart zurückzuholen;

es war einfacher, in der Sprache ihrer Wahnvorstellungen mit ihr zu reden.

Ich öffnete die Haustür. Davor stand nicht, wie befürchtet, eine meiner meckernden Schwestern oder eins ihrer Kinder, denen ich irgendeinen Gefallen tun sollte. Es war Able Marten; sein Mantel flatterte im Frühlingswind, sein Haar war zerzaust, voller Wirbel und Locken und so fettig, das es beinahe purpurrot aussah. Genau die Art ordinärer Kerl, von dem ich geahnt hatte, dass er mir in die Falle gehen würde.

«Was willst du denn hier, Able?» Er war einer von denjenigen, die mich in der Schule gepiesackt hatten. Einmal hatte er mir seinen schmuddeligen Finger in den Bauch gepikt: *Was für 'n schönes fettes Hühnchen haben wir denn da*, hatte er gesagt. *Da is' ja ordentlich was dran.*

Doch nun war er ein hochgewachsener junger Mann. «Kann ich mit dir reden?»

Ich ließ ihn herein, winkte ihn zum Kamin hinüber. Er setzte sich auf Dads durchgesessenen Lehnstuhl. Es war seltsam, einen jungen Mann aus Fleisch und Blut im Haus zu haben.

Vorsichtig setzte ich mich ihm gegenüber. Er beugte sich zu mir. «Warst du gestern bei Fisher, um das Meermädchen zu sehen?»

«War ich, wie alle anderen auch.»

«Ich war heute Morgen wieder da. 'ne ganze Menge von uns sind runtergegangen, um noch 'n Blick auf sie zu werfen.»

Gut. Sie waren ihr also hoffnungslos verfallen. «Und hat sie gut geschlafen in ihrem Bett an Land?»

«Kein bisschen», sagte Able. «Sie ist ausgebüxt und hat ihren Pelz aus dem Schrank geholt, in dem Fisher ihn versteckt hatte – sie war blutüberströmt, hat die Tür wohl mit bloßen Händen aufgebrochen, um dranzukommen. Sie ist zurück ins Meer, und die Fishers haben alle so felsenfest geschlafen, als hätten sie jeder sieben Krüge Bier intus gehabt, sogar die Frauen.»

Ich war erleichtert, dass sein Spott den Fishers galt und nicht mir. «Das war ganz schön leichtsinnig von ihnen», sagte ich sanft.

«Sehr leichtsinnig», sagte Able selbstgefällig.

«Tja, dann können wir ja jetzt, wo sie weg ist, wieder so weiterleben wie vorher.»

«Können wir nicht, verflixt noch mal!» Bestimmt hätte er gern etwas deutlich Derberes als *verflixt* gesagt, aber er wollte mich ja um einen Gefallen bitten.

Ich senkte den Blick und verkniff mir das Lachen. «Nun, *ich* kann es. Was hindert dich denn daran?» Able sah mir eine ganze Weile in die Augen, aber ich achtete darauf, dass sie nichts preisgaben. «Jetzt komm schon, Able. Du bist noch nie hergekommen, um mit Misskaella Prout zu plaudern. Also, was willst du?» Ich wollte, dass ihm unbehaglich zumute wurde, wollte ihn betteln sehen.

«Also gut …» Der freche Kerl war nicht einmal ansatzweise verlegen. «Es heißt, du besitzt die Gabe. Ich wollte fragen, ob du mir eine Robbe holen kannst.» Als ich nicht antwortete, fügte er hinzu: «Eine Frau *aus* einer Robbe, meine ich. So wie die von gestern.»

«Ich weiß, was du meinst.»

«Kannst du das?»

Ich blickte auf meine Hände, die noch immer Erdspuren vom Rettichrupfen trugen. Welten lagen zwischen seiner unverblümten Frage und der magischen meersäuselnden Nacht und dem Robbenbullen, der sich auf den Fels hinaufwuchtete.

«Denn wenn du's nicht kannst, verschwende ich hier nur meine Zeit.» Er schob die Füße vor und stützte sich auf die Armlehnen, als wollte er aufstehen.

Ich ließ ihn zappeln, dann sagte ich: «Und warum sollte ich das tun?»

«Was meinst du?» Er ließ sich wieder in den Sessel plumpsen.

«Ich bin den Leuten sowieso schon unheimlich – wenn ich jetzt auch noch Robbenfrauen auftauchen lasse, werden sie mich ganz und gar verabscheuen.»

«Es könnte ein Geheimnis bleiben.»

«Wie das?»

«Ich könnte mir ja eine Geschichte ausdenken. Ich könnte sagen, dass sie von selbst gekommen ist, so wie die erste.»

Ich lachte schnaufend, während ich meine erdverkrustete Schürze inspizierte. «Und was passiert, wenn du sie hast?»

«Was soll schon passieren? Dann bin ich glücklich. Und du kriegst gutes Geld.»

«Ach, und dabei bleibt es dann, ja? Kein anderer Mann will auch so eine Schönheit haben, wenn du mit deiner durch das Dorf stolzierst?»

«Die haben doch ihre Mädchen, oder nicht? Die brauchen keine. Ich werde aber praktisch dazu gezwungen; von den Miststücken hier will mich keine.»

«Keine?», fragte ich. «Ich kann mich nicht erinnern, dass du mich jemals gefragt hättest.»

Belustigt beobachtete ich, wie er mich auf einmal ansah, rot anlief und sich dann überall im Raum umblickte. «Hör zu», sagte ich verächtlich. «Sie hat jeden Mann im Dorf um den Verstand gezaubert. Du redest von einem Märchenmädchen, Able. Wenn du sie siehst, dann willst du sie, und keins der Mädchen hier hat auch nur die leiseste Chance gegen sie.»

Er grinste. «Das macht es ja gerade so reizvoll», sagte er, «dass andere Kerle sie haben wollen und nur die Inselmädchen zur Auswahl haben. Die werden vor Eifersucht wahnsinnig.»

«Und wo, glaubst du, wird ihr Wahnsinn sie hinführen? Genau dorthin, wo deiner dich hingetrieben hat: vor meine Haustür.»

«Es ist kein Wahnsinn; es ist ein gut ausgeklügelter Plan. Hör zu.» Er nannte einen Geldbetrag.

«Das ist lächerlich!»

Er hob die Hände. «Ich weiß. Ich würde dir ja mehr im Voraus zahlen, aber ich brauch den Rest, um unser Haus einzurichten und den Pfarrer zu bezahlen, damit er uns traut.»

«Parson Rightley? Er würde dich eher mit dem Kamin hier vermählen als mit einer Robbenfrau. Dafür musst du woanders hingehen, Able.»

«Ja, verflucht, muss ich wohl.» Er dachte ein Weile nach, dann nannte er die Hälfte der vorherigen Summe. «Aber», setzte er nach, fegte mein Lachen mit einer Handbewegung beiseite und versprach mir für die nächsten zwei Jahre einen gewissen Teil seiner Einkünfte.

Als er mir sein Angebot nannte, spürte ich, wie eine große Anspannung von mir abfiel, von der ich nicht einmal gewusst hatte, dass sie mich gequält hatte. Mir wurde klar, dass es eine Sache war, keinen Ehemann haben zu wollen, aber eine ganz andere, keinen zu *brauchen*, um ein Dach über dem Kopf zu haben, etwas Anständiges zu essen, Schuhe an den Füßen und einen Mantel auf dem Leib.

«Das würdest du mir also zahlen», sagte ich und ließ meine Stimme immer noch schroff klingen, «selbst wenn sie dir entwischt, sich ihren Pelz schnappt und zurück ins Meer springt? Oder krank wird und dir zur Last fällt, so wie meine Mum und davor mein Dad? Oder bei der Geburt eurer Kinder oder aus einem anderen Grund stirbt? Oder sich hier an Land irgendeine Krankheit einfängt, gegen die sie nicht gewappnet ist? Für mich ist der Aufwand derselbe, ob sie bleibt oder wieder geht, Able. Und du hast vielleicht nicht viel von ihr, wenn du nicht gut achtgibst. Doch deine Fürsorge, Glück oder Gottes Willen dürfen unseren Handel nicht beeinflussen. Ich kann das Mädchen nur herausholen und dir übergeben. Bist du bereit, mir die Summe in jedem Fall zu zahlen, egal, ob du Glück oder Pech mit ihr hast?»

«Jeden Penny», sagte er. «Versprochen.»

Er streckte die Hand aus, um den Handel nach Männerart zu besiegeln.

Ich blickte auf seine Hand. «Ich weiß nicht, Able», sagte ich. «Gib mir einen Tag und eine Nacht, um darüber zu schlafen und zu überlegen, was ich dabei gewinne oder verliere. Das ist keine Kleinigkeit.»

Verärgert zog er seine Hand zurück. «Was hättest *du* denn schon zu verlieren?»

Ich hielt seinem geringschätzigen Blick stand. «Willst du es oder nicht, Able?»

Er wandte den Blick ab und schnalzte mit der Zunge.

«Denn wenn du es willst, dann würde ich's mir an deiner Stelle zweimal überlegen, die Person zu beleidigen, die dir deinen Wunsch erfüllen kann.»

Er räusperte sich und betrachtete das Stück Fußboden zwischen seinen Stiefeln.

«Komm morgen wieder. Dann sag ich dir, ob ich's mache oder nicht.»

Mit gewichtigem Gesichtsausdruck brachte ich ihn zur Tür, während mein Herz hüpfte wie eine leichte Feder.

Doch in der folgenden Nacht versank Mum noch tiefer in ihrer Traumwelt: Es fing mit der Hochzeitstagpanik an und steigerte sich in einen heftigen Kampf mit all ihren Wahnvorstellungen. Sie entwickelte solche Kräfte, dass ich sie fast die ganze Nacht über auf das Bett drücken musste, ihren Fäusten und Füßen auswich und sie zu beruhigen versuchte; am Ende blieb mir nichts anderes übrig, als sie ans Bett zu fesseln, und selbst danach traute ich mich nicht, sie allein zu lassen und mir ein wenig Schlaf zu gönnen, aus Angst, sie könnte sich frei strampeln.

Der Morgen erlöste mich schließlich aus diesem Albtraum; ich benachrichtigte eine meiner Schwestern und ließ die Witwe Threading kommen und einen ihrer Beruhigungstees zubereiten. Inmitten des ganzen Wirbels sah ich Able auf dem Weg vor unserem Haus herumlungern, der sich offenbar nicht anzuklopfen traute, solange jemand zu Besuch war. Ich schickte Lorel zu Grassy und Bee, damit sie ihnen von Mums und meiner misslichen Lage berichtete. Sobald sie hinter der Straßenecke verschwunden war, warf ich Able einen eindringlichen Blick zu, und er kam sofort zu mir geeilt.

«Ich werde tun», sagte ich, «worum du mich gebeten hast. Aber meine Mum liegt gerade im Sterben, und du musst warten, bis sie von uns gegangen ist, weil mir jetzt die nötige Kraft fehlt.»

«Wird sie wohl lange brauchen?», fragte er.

«Es kann morgen schon vorbei sein, oder sie kämpft noch einen Monat weiter, hat die Witwe gesagt. Hältst du's so lang noch in deiner Hose aus?»

Daraufhin zog er errötend von dannen.

Mums Kampf dauerte noch zwei Wochen. Von jenem Abend bis zu ihrem Ende weigerte sie sich, zu essen und zu schlafen, und schlug knurrend und brüllend nach jedem, der sich ihr näherte. Es hätte nicht viel gefehlt, und ich wäre selbst wahnsinnig geworden; auf dem Höhepunkt meiner Erschöpfung und Angst konnte ich mich kaum noch daran erinnern, jemals eine menschlichere Mum gehabt zu haben, ein Frau, aus deren Blick Verstand gesprochen hatte und aus deren Mund verständliche Wörter gekommen waren. Doch eines Nachts kugelte sie sich während eines ihrer Kämpfe selbst die Schulter aus, und der Schmerz dieser Verletzung zähmte sie ein wenig. Danach fiel sie zusehends in sich zusammen und wurde immer schwächer; anstatt zu knurren, weinte sie nun mehr, und als ich eines frühen Morgens erwachte – ich war mit dem Kopf auf den Armen auf ihrem Bett zusammengesackt –, lag sie tot da. Ich betrachtete sie eine lange Zeit, wartete darauf, dass sich irgendein anderes Gefühl einstellte als die große Erleichterung über ihr Dahinscheiden, dann erhob ich mich vom Bett und schickte nach meinen Schwestern.

Sobald Bee eintraf, erklärte ich, dass ich dringend an die frische Luft müsste, und machte mich auf dem Weg zur Crescent Cove. Dort lagen sie alle, die geschmeidigen, glitschigen Robbenmütter und die munteren Robbenbabys mit weichem Fell. Sie tummelten sich auf den Felsen und bedeckten fast vollständig den schmalen Sandstreifen. Ich ging den Küstenpfad hinunter und eilte über die Felsen zu der grob umrissenen Meerjungfrau, die ich ausgelegt hatte. Ich löste meine Bänder, um sie deutlicher erkennen zu können, woraufhin sich die Robben aufbockten und mir zuheulten. Immer noch quoll aus jedem Punkt ihrer Umrisse unsichtbarer Rauch empor. Doch sie hatte ihren Teil der Arbeit getan – das Meermädchen war gekommen und wieder verschwunden –, alles Weitere wollte ich mit den Robben selbst durchführen. Ich beugte mich vor und löschte sie Punkt für Punkt aus, als würde ich mit den Fingerspitzen und Knöcheln kleine Kohlen zerdrücken. Sie war nicht besonders fein gearbeitet, trotzdem verfluchte ich die vielen Verbrennungen, die ich in Kauf nehmen musste, um sie auszulöschen. Mit steifen Fingern knotete ich die Bänder wieder über der Schulter zusammen, machte mich auf den Heimweg und schüttelte dabei die Hände aus, um die Schmerzen zu lindern, die ich mir beim Aufheben des Zaubers zugefügt hatte.

Wir beerdigten Mum. Meine Schwestern waren einverstanden, dass ich in unserem Haus wohnen bleiben durfte, was nur gerecht war, schließlich hatte ich sowohl Mum als auch Dad gepflegt, und außerdem hätten sie mich ansonsten in einem ihrer kinderüberfrachteten Häuser unterbringen müssen. Doch sie brauchten ewig, um sich zu der Entscheidung durchzuringen, diskutierten in meiner Hörweite ausführlich und genüsslich darüber, was geschehen sollte, falls ich doch einmal heiraten würde oder Billy mit einer Frau wiederkäme und sich hier niederlassen wollte. Sie versprachen mir schließlich nur, dass ich in dem Haus wohnen könne, solange keiner dieser Fälle eintrat. Wenn doch, würden sie es nochmals besprechen müssen, sagten sie. Vielleicht könnte ich ja als Hausmädchen für Billy und seine ausländische Frau arbeiten, die sie kurzerhand erfunden hatten? Vielleicht könnten wir, mein völlig unwahrscheinlicher Ehemann und ich, den

Schwestern ja Miete zahlen? Ich sagte gar nichts dazu, wollte ihre Verhandlungen nicht noch anfeuern, indem ich mich dagegen auflehnte. Jedes Mal, wenn sie meine Meinung hören wollten, sagte ich deshalb nur: «Macht ihr das unter euch aus. Entscheidet ihr, was gerecht ist. Ich hab keine Lust, mir später anzuhören, dass eine von euch diese Entscheidung bereut.» Was kümmerte es mich jetzt noch? Mein Reichtum strahlte mir bereits entgegen – in Form von Able und den anderen Männern, die nach ihm in meine Falle tappen würden. Sollten sie nur machen; sollten sie ihr herrisches Getue und ihre Selbstgerechtigkeit ruhig ein letztes Mal an mir auslassen, bevor ihre Welt in sich zusammenbrechen würde. *Ich* würde diejenige sein, die es von uns allen am besten getroffen hatte, da konnten sie mich jetzt noch so sehr wie eine Last behandeln, die sie untereinander aufteilen mussten und am liebsten ganz losgeworden wären.

Wir warteten noch ein paar Wochen bis zum Vollmond.

Able brachte Kleider und Stiefel für das Mädchen mit. In seiner Jackentasche beulte sich mein Geld. Wir machten uns früh auf den Weg, damit er sie noch am selben Morgen auf das Boot nach Cordlin bringen und so bald wie möglich rechtskräftig heiraten konnte.

Ich war gut vorbereitet, hatte in den letzten Tagen nichts außer Brot, Tee und winzigen Fleischhäppchen zu mir genommen. *Gut siehst du aus*, hatte Bee tags zuvor argwöhnisch bemerkt, als wir uns zufällig im Dorf über den Weg gelaufen waren, also schien sich die Vorahnung des Zaubers auf meine Haut, Haare und sogar auf meine Haltung ausgewirkt zu haben; es ließ sich nicht ganz verbergen. Sogar ein oder zwei Männer hatten in den letzten Tagen verblüfft zu mir herübergeschaut. *Was ist denn mit der passiert*, stand in ihren verwunderten Gesichtern geschrieben, *dass sie gar nicht mehr so uninteressant und abstoßend aussieht wie sonst?* Es war, als hätte sich Feuer in mir gestaut. Ich war froh, dass die Bänder meinen Brustkorb sicher überkreuzten und das, was in mir tobte, im Zaum hielten.

Ich traf Able an Lawsons Zaunübertritt, wo uns niemand sehen und über uns tratschen konnte. Wortlos gingen wir nebeneinander her, so wie kein anderer junger Mann mit einem Mädchen aus Potshead hinausspazieren würde. Kurz darauf standen wir am Klippenvorsprung oberhalb der Crescent Cove und blickten auf die vielen seidigen Körper hinunter, die wie schlechtgestapelte Nackenrollen, Sandsäcke oder Geleebeutel am Ufer lagen.

«Welche von denen wohl deine Frau ist?», fragte ich lachend, die Hände in die Hüften gestemmt. Unten wackelte eine Robbe mit den Flossen; ein Robbenbaby krächzte und quakte nach seiner Mutter, seine Mutter jaulte in einer Mischung aus Hunde- und Menschengeräusch zurück.

«Ist das wichtig?», fragte er. «Steckt nicht in jedem von diesen Speckhaufen eine Schönheit?»

«Ich weiß es nicht», antwortete ich wieder lachend. «Aber ganz egal, ob sie wunderschön ist oder hässlich wie ein Schweinehintern, du kriegst nur die eine. Wenn du die Misskaella unter den Robben erwischst, ist das dein Problem, der Preis bleibt der gleiche.»

«Es gibt Hässlichere als dich», sagte er freundlich, weil er an diesem besonderen Tag allem gegenüber freundlich gestimmt war.

«Die gibt's tatsächlich, und vielleicht sehen wir gleich eine. Mach dich auf alles gefasst.» Ich war nicht ernsthaft besorgt, aber jetzt, so kurz davor, konnte ich nicht anders, als unseren Handel noch einmal auf seine Gültigkeit abzuklopfen, mich zu vergewissern, dass alles blieb wie besprochen. Ich hatte das Geld in Ables Jacke, das der Wind auf seinem Bauch auf und ab hüpfen ließ, bereits auf vielfältige Weise verplant. Als Erstes würde ich mir ein Paar neue Stiefel kaufen, nicht die klobigen von Hardbellow, in denen ganz Rollrock herumlief, sondern welche, die in Cordlin gefertigt wurden, aus weichem Leder und eleganter.

«Dann komm», sagte ich. Ich wollte vermeiden, dass er kurz vor dem Geschehen kniff oder mich mit irgendwelchen lästigen Einwänden des Pfarrers behelligte. Ich winkte ihn zum Anfang des Küstenpfads. «Du gehst vor.» Wenn ich hinter ihm ging und er im letzten Augenblick doch noch versuchen sollte, Reißaus zu nehmen, konnte ich ihm den Weg abschneiden und ihn zur Not mit ein paar Ohrfeigen wieder zur Vernunft bringen – oder besser davon *abhalten*, wieder zur Vernunft zu kommen, denn das hier war alles andere als ein vernünftiges Unterfangen. Ich wollte, dass er weiter verblendet vor sich hin träumte. Ich wollte, dass er weiterhin dümmlich und gierig an seine zukünftige magische Frau dachte.

«Und welche nehm ich jetzt?», fragte er, als ich hinter ihm auf den Sand trat. «Eine von hier vorne oder weiter hinten? Oder aus der Mitte?»

«Ich weiß es nicht – nimm die, die dir am besten gefällt. Such dir eine aus, die gesund aussieht, ein Prachtexemplar von einer Robbe. Die da drüben. Oder was ist mit der da?»

«Mann, wie die stinken! Muss ich ihr erst beibringen, wie man das Klo benutzt?»

«Hast du Fishers gefragt, ob sie hinter ihr herwischen mussten?»

Er verzog das Gesicht. Ich schlug ihn auf den Arm. «Dummkopf. Als ob dir das noch was ausmacht, wenn sie erst mal nackt aus ihrer Hülle steigt. Nun komm schon, Able, wähl eine aus. Lass uns anfangen.»

Schließlich machte ich ihn mit meinen Vorschlägen und Gesten gefügig, und er konzentrierte sich, bahnte sich den Weg zwischen den sackartigen Körpern hindurch. Einige hoben die Nasen und schnüffelten hinter ihm her, fixierten ihn mit ihren dunklen feuchten Augen, andere lagen nur wie betäubt da, sonnenwarme Säcke, kaum lebendiger als die Felsen, auf denen sie faulenzten. Etwas abseits der Menge hievte sich der Bulle empor, doch nicht unser Eindringen hatte ihn aufgeschreckt, sondern ein anderer Bulle, der sich aus einer kleinen Gruppe heraus aufbäumte, die mürrisch im Seichtgewässer trieb. Sie robbten aufeinander zu, um zu kämpfen – zwei klobige Wutklumpen; wie konnte mein Frühlingsliebhaber einem solchen Untier entstiegen sein? Und wo war mein kleiner Ean jetzt, unser unter dem Frühlingsmond gezeugter Sohn? Hatte ich vielleicht alles nur geträumt – dass ich ihn zur Welt gebracht, gestillt und in Seetangdecken eingewickelt hatte? Ich wünschte, es wäre nur ein Traum gewesen, doch bei dem Gedanken an ihn und beim Anblick seines Vaters, der mich ignorierte, der zu beschäftigt war mit seinem Untier-Leben, um mich überhaupt zu bemerken, begann alles in mir zu schmerzen. Ich wusste nur zu gut, dass alles wirklich geschehen war.

«Die hier. Die nehm ich.» Able hatte eine Robbe ausgewählt, die überwiegend braun statt grau war. Besitzergreifend legte er eine Hand darauf.

«Lass mal sehen. Schön gleichmäßig gefärbt, was? Sieht aus wie nagelneu. Eine gute Wahl. Jetzt halt dich bereit. Ich will nicht, dass sie wie ein frischgeschlüpftes Küken hinter mir herwatschelt, weil sie beim Herauskommen nicht als Erstes dich gesehen hat.»

Ich löste die Bänder. Schlagartig wandten die Robben sich mir zu, als hätte der Wind sich plötzlich gedreht.

«Was ist hier los?», fragte Able und warf einen ängstlichen Blick auf die Meute.

«Nichts Schlimmes.» Ich blickte der Robbe fest in die Augen. Wie viel selbstsicherer ich mich dieses Mal fühlte! Mein Geist schien anzuschwellen, und ich wurde von großer Gutmütigkeit durchflutet, während ich das Tier nach dem Mädchen durchsuchte, die Körnchen, Rinnsale oder Funken zum Zentrum zog. Ein fahler Umriss bildete sich in ihrer Mitte heraus, wie eine Mandel in ihrer Schale, und das Robbenhafte wurde nach außen gedrängt, wurde zum Fruchtfleisch, zum Pelz. Ich ging mit großem Bedacht vor, überprüfte mehrmals, ob ich irgendein Licht in ihr übersehen haben könnte. Schließlich hob ich beide Hände, bildete damit einen Bogen, konzentrierte meine Kräfte, räusperte mich und spaltete den Robbenpelz einmal der Länge nach.

«Komm her und stell dich hierhin», wies ich Able an und schob ihn auf meinen Platz. Ich ging zum Kopf der Robbe, bockte ihn mit dem Knie hoch und zog die Robbenhaut auseinander.

Ables Gesicht erstrahlte. «Ivy!», rief er glücklich und streckte ihr die Hände entgegen. Sie setzte sich auf, ihr schwarzes Haar fiel herab, ergoss sich über ihren langen Rücken und wehte im Wind, ihr Hinterteil war stramm wie das eines Knaben. Sie legte die langen weißen Hände in seine sommersprossigen und stellte sich wacklig auf den noch dicken, glatten Pelz. Sie trat herunter, fand auf dem Felsen festeren Halt. Sie hustete, hustete Wörter aus: «Was hast du mit mir gemacht?»

Noch während ich den Pelz zusammenrollte, wurde er dünner, trockener und glanzloser. Von der Anstrengung, die Robbe in das Mädchen zu verwandeln, war ich wacklig auf den Beinen, dazu kam die Erleichterung darüber, dass sie unversehrt herausgekommen war, ihr kein Körperteil fehlte, sie sprechen konnte, dass sie nur Augen für Able hatte – und umgekehrt, wie mir seine gurrenden, entzückten Ausrufe verrieten.

«Zieh dir die Unterwäsche hier an und was Anständiges drüber, bevor noch jemand oben an der Klippe vorbeikommt und runterguckt.»

«Was bedeutet *was Anständiges*, Able Marten?», fragte sie, während sie in die Kleidung schlüpfte.

«Das gehört zu den Dingen, die du so schnell wie möglich lernen solltest.»

Ich rollte den Robbenpelz ein und band ihn zusammen; Able und ich hatten vereinbart, dass ich ihn erst einmal an mich nehmen und darauf aufpassen würde, damit das Mädchen ihn sich nicht so einfach zurückholen und entkommen konnte. Jetzt sah er nur noch aus wie eine zusammengerollte Decke, allerdings war er nicht so schwer, dafür weicher, fühlte sich ganz anders an. Auch sonst erschien er mir völlig verändert, ohne all die Lichter und das Robbenleben darin. Ich überkreuzte mich rasch wieder mit den Bändern, um nicht so deutlich zu spüren, wie sehr die Robbenhaut darunter litt, so herabgewürdigt worden zu sein, und wie hoffnungslos sie sich nach dem Mädchen reckte, das sie abgestreift hatte.

Able hatte Ivy mittlerweile das Kleid übergezogen. Er ließ sie auf einem Felsen Platz nehmen und zeigte ihr die Stiefel, wischte ihr die kleinen Füße sauber und staunte darüber, wie weiß sie waren, wie wohlgeformt, wie unbenutzt. Er streifte ihr die Stiefel über und zog die neuen, steifen Schnürsenkel zusammen, erklärte dabei deren Nutzen.

«Sie fühlen sich merkwürdig an», sagte sie höflich. «Es fühlt sich alles so merkwürdig an – so eingeschnürt zu werden, vor dem Wetter weggeschnürt.»

«Genau», sagte Able. «Jetzt bist du vor Wind und Wetter geschützt. Und die Schuhe schützen dich vor den Steinen, die auf dem Boden herumliegen, weißt du, und vor spitzen Muscheln und Dornen, falls du irgendwo durchs Gras gehst.»

«Gras?», fragte sie verunsichert und blickte sich um. «Aber was ist, wenn meine Schwestern ohne mich rausschwimmen?», fragte sie, die Hände in den Röcken vergraben. «Und unser Leitbulle. Wer passt dann auf mich auf?»

«Ich pass auf dich auf, mein Mädchen. Sobald wir verheiratet sind, ist das meine Aufgabe und meine Pflicht – und ein Vergnügen noch dazu. Und jetzt komm, wir müssen zum Anleger, wenn wir das Boot nach Cordlin noch erwischen wollen. Dem Pfarrer dort hab ich schon geschrieben, das Aufgebot hängt schon den ganzen Monat aus, und heute Abend sind wir Mann und Frau.»

Das beruhigte sie, auch wenn es mich nicht beruhigt hätte. *Wer zum Henker bist du überhaupt?*, hätte ich gefragt. *Und wer sagt, dass ich dich heiraten will?*

«Fertig, Misskaella?», fragte Able; er konnte sich nicht einmal von ihr losreißen, um mir einen kurzen Blick zuzuwerfen.

Ivy sah mich neugierig an, doch er schien es nicht für nötig zu halten, uns einander vorzustellen.

«Dann mal los», sagte ich kühl, um ihn daran zu erinnern, dass ich hier den Ton angab, nicht er. «Bist du mit der jungen Dame zufrieden, Able?», half ich seinem Gedächtnis auf die Sprünge.

«Oh! Ja, und wie! Sehr zufrieden, Misskaella. Hier.»

Und dort am Ufer wechselte das Geld seinen Besitzer, Geldscheine, mit deren Ecken der Wind spielte, klimpernde Münzen. Damit war der Handel abgeschlossen, und ich verstaute das Geld in meiner Tasche. So lief es also ab, und so würde es von nun an immer sein; jeder Mann würde bei mir ein Häuflein Elend erwerben in dem Glauben, sich damit sein Eheglück zu kaufen. Jetzt, da Able seine Ivy hatte, würde sich kein Mann aus Rollrock mehr mit einer rothaarigen Frau zufriedengeben wollen. Und alle Mädchen, die lachend ihre Röcke und Haare herumschwangen und bei meinem Anblick verächtlich die Lippen verzogen oder aus deren Blicken und Tonfall mir das Mitleid förmlich entgegensprang, würden nun am eigenen Leib erfahren, wie es war, von Männern verachtet oder einfach nur übersehen zu werden.

Ich tippte an meine Tasche. «Danke, Able. Und den Rest krieg ich noch, egal was passiert.»

«Wie vereinbart. Pass nur bloß gut auf den Pelz da auf. Schließlich kennen wir sie ja noch nicht, und wer weiß, auf was für Ideen sie sonst kommt?»

Ich stieg hinter dem händchenhaltenden Liebespaar den Küstenpfad hinauf. Able strahlte stolz und zufrieden vor sich hin, während das Meermädchen sich abmühte, die Füße und Röcke beim Gehen unter Kontrolle zu bringen; sie war genauso unbeholfen und auf ihn angewiesen, wie er es sich gewünscht hatte.

Ich begleitete sie wie besprochen zur Anlegestelle, denn wenn die Leute mich mit Able zusammen sahen, würden sie ihn vermutlich nicht fragen, was er vorhatte. Able und Ivy sollten ungehindert aufbrechen können.

Doch natürlich würde die Tatsache, dass wir dort zusammen herumstanden, offenbaren, was ich wirklich war, was ich tun konnte und getan hatte. Von diesem Tag an würde jeder wissen, dass ich nicht nur Froman und Gussy Prouts unverheiratete Tochter war, die Letztgeborene, die nichts mehr von dem Aussehen der anderen Prout-Mädchen abbekommen hatte. Auf gewisse Weise war ich stolz, dieses Meermädchen und diesen Handel ganz allein bewerkstelligt zu haben, aus eigener Kraft. Doch bei dem Gedanken daran, die Leute könnten nun Bescheid wissen, mich verurteilen, fürchten oder verachten, lief es mir so eiskalt den Rücken hinunter wie eh und je.

Ich hielt das Geldbündel unter meinem Rockbund fest umklammert, den einzigen Trost, der mir blieb. Die *Fey* legte ab, durch das Fenster erkannte ich ihre beiden Köpfe, rot und schwarz. Die kleine Menschenmenge am Steg hielt Abstand von mir und schwieg; in den Blicken, die mir die Männer und besonders die Frauen zuwarfen, las ich die Fragen: *Was bist du, welches Übel hast du heraufbeschworen, und was führst du als Nächstes im Schilde, alte Hexen-Jungfer?* Ich stand mit dem Robbenfell-Bündel im Arm in der Sonne, im Wind. *Das Bündel da kann nur eins sein*, dachten sie. Und das Boot tuckerte davon.

BETWINCH

Wir wollten gerade ins Bett gehen, als sie klopfte. Geedre lag sogar schon im Bett und hielt ihren Schönheitsschlaf, den sie jetzt bräuchte, wie Mum meinte. (*Und* wie *du ihn brauchst*, hatte ich zu Geedre gesagt. *Du brauchst jede Menge Schönheitsschlaf,* woraufhin sie mich zu Boden drückte und nach mir schlug, *du solltest den ganzen Tag über schlafen! Vielleicht kriegst du dann doch noch ein bisschen Schönheit ab!*)

Schon ihr Klopfen klang ängstlich. «Das ist bestimmt wieder Sophie», sagte ich. «Die geht Mum schon den ganzen Nachmittag über auf die Nerven.»

«Warum hat Nase sie eigentlich geheiratet», fragte Snell, «wenn er nicht bei ihr zu Hause bleiben will?»

«Ich kann's ihm nicht verübeln», meinte Byrne. «Zwei schreiende Babys und dazu ihr dauerndes Gejammer.»

«Ruhe, Jungs.» Mum kam mit verkniffenem Gesichtsausdruck an uns vorbei, öffnete die Haustür und blockierte mit ihrem Körper den Türeingang, verbarg Sophie vor unseren Blicken. «Was gibt's, Sophie? Du kannst einfach reinkommen, das weißt du doch. Steh da nicht und klopf und lass uns jedes Mal angerannt kommen, um dir aufzumachen. Du gehörst doch jetzt zur Familie.» Das hatte sie ihr schon hundertmal gesagt. Doch Sophie machte es einfach nicht; sie hatte zu große Angst vor uns und am meisten vor Mum. Sie hatte vor allem Angst. Ihr Hochzeitstag war der einzige Tag gewesen, an dem sie glücklich und gefasst gewirkt hatte.

«Es ist nur – ist er hier? Ich will euch nicht stören, wenn er nicht hier ist.»

Snell rutschte auf seinem Stuhl vor und rang mit sorgenvoller Miene die Hände – *genau* wie Sophie. Byrne prustete los und schlug sich schnell die Hände vors Gesicht.

«Natürlich ist er nicht hier», sagte Mum. «Warum sollte er zu dieser Tageszeit hier sein? Er hat eine Frau und zwei kleine Kinder.» Als wäre Sophie derart dämlich, dass sie nicht einmal das bemerkt hätte.

«In Wholemans Pub ist er auch nicht.»

«Na, zum Glück. Wo wir gerade von Glück sprechen – wer passt eigentlich gerade auf die Kinder auf?»

«Knitty Thomas von gegenüber. Sie hält die Ohren offen, solang ich nach Nase suche.»

«Geh nach Hause, dummes Mädchen. Kein Mann will, dass seine Frau ihm jammernd durchs Dorf hinterherrennt. Wenn er jetzt in den Pub geht, machen sie sich deinetwegen alle über ihn lustig. Geh nach Hause und mach ihn nicht vor allen zum Gespött.»

«Er ist nur so spät dran», sagte Sophie. Snell setzte einen gefühlsduseligen Gesichtsausdruck auf, und Byrne wälzte sich auf dem Boden.

«Natürlich ist er das. Warum sollte er auch Lust haben, zu deinem Gejammer zurückzukommen? Geh nach Hause und reiß dich zusammen, Mädchen. Und sei mal etwas fröhlicher, wenn er zurückkommt. Was hältst du davon?»

«Er würde es ja gar nicht merken», sagte Sophie nun mit etwas festerer Stimme. «Er ist in letzter Zeit völlig in sich zurückgezogen. Ich schätze, er hat Geldsorgen – wie alle andern.»

Nach einem kurzen Moment des Schweigens sagte Mum wieder: «Geh nach Hause, sag ich dir. Er wird schon irgendwann zurückkommen. Muss wahrscheinlich einfach mal aus dem Haus, um den Kopf freizukriegen. Jetzt geh schon, Sophie.»

Sie knallte ihr beinahe die Tür vor der Nase zu, dann lehnte sie sich dagegen, als befürchte sie, Sophie könnte sie wieder aufstoßen und noch mal fragen: *Ist er hier? Ist er hier?* Snell drehte sich um und sah Mum an, und Byrne blickte mit feuchten Augen von seinen Händen auf. Man spürt immer gleich, wenn Mum einen Geistesblitz hat. Sie ist sonst immer so geschäftig, und wenn sie dann einmal innehält, kommt alles um sie herum zum Stillstand, und jeder will wissen, was los ist.

«Was?», fragte Snell.

«Weißt du jetzt doch, wo er ist?», fragte Byrne.

«Hast du sie *angelogen*?», fragte Snell.

«Mum?», fragte ich.

Doch sie war ganz in Gedanken versunken. Sie schien in weite Ferne zu blicken, und ihr Gesicht war wie versteinert. Plötzlich machte sie mir Angst.

Dad tauchte im Türrahmen auf. «Schon wieder Sophie?»

Mum schien ihn gar nicht wahrzunehmen.

«Das ist schon der dritte Abend hintereinander», sagte er.

«Als ob ich das nicht bemerkt hätte.» Doch sie klang nicht verärgert.

«Was er wohl treibt?», sagte Dad – nicht so, als würde es ihn wirklich kümmern, sondern als hoffte er, sie zu beruhigen, indem er aussprach, was ihr vermutlich durch den Kopf ging.

«Hast du ihm Geld geliehen?», fragte sie, plötzlich aus ihrer Grübelei erwacht.

Erschrocken wich er einen Schritt in den Flur zurück. «Nein! Wie kommst du denn darauf? Warum sollte ich ihm Geld geben und dir nichts sagen?»

«Das weiß ich nicht. Ja, warum? Wofür war es?»

«Ich schwöre dir, das hab ich nicht, ich *schwör's* dir!»

Snell und Byrne war das Lachen vergangen. Mit weit aufgerissenen Augen und gespitzten Ohren versuchten sie wie ich, aus dem Wortwechsel schlau zu werden.

Dad sah aus, als ob er die Wahrheit sagte, er *klang* auch so, doch als Mum ihn ansah, verzog sie den Mund auf ihre eigene Weise, kräuselte die Mundwinkel nach innen.

Sie holte ihren Mantel hinter der Tür hervor. Angst hüpfte mir die Kehle hoch – wollte sie uns verlassen, so wie Frog Davvens Mum alle im Stich gelassen hatte? Ich sprang auf die Füße.

«Wo willst du hin?», fragte Dad vorwurfsvoll.

«Den Jungen suchen und nach Hause schleifen.»

«Und wenn er bei einem Freund ist?» Dad trat wieder vom Flur herein. «Er war früher oft oben bei Fernly, um Musik zu machen. Fernly hat Geige gespielt und Nase gesungen. Was wäre denn so schlimm dran, wenn er wieder damit angefangen hat?»

Ich schob mich zur Tür, sah meine Eltern abwechselnd an.

Mum zog ungestüm ihren Mantelkragen nach oben; um ein Haar hätte sie sich dabei selbst den Kopf abgerissen. «Nichts. Nur dass er nicht bei Fernly *ist.*»

«Ach, und da bist du dir sicher.»

«Ja», gab sie harsch zurück. «Da bin ich mir sicher.» Und damit war sie zur Tür hinaus.

«Und woher willst du das wissen? Hat er's dir gesagt?» Doch sie verschwand hinter einem Türenknallen. Er taumelte zurück, als hätte sie ihm einen Schlag versetzt.

Ich schnappte mir meinen Mantel, während er noch ein Stück weiter zurückwich.

«Sie hat den Verstand verloren», sagte er.

Ich riss die Tür auf. «Ich hol sie zurück!», rief ich ihnen zu; Snell und Byrne standen auf der anderen Seite des Zimmers, ihre Gesichter spiegelten Dads Ausdruck wider. Dann waren sie verschwunden, und ich rannte durch die Nacht.

Mum war schon ein ganzes Stück die Hauptstraße hinaufgelaufen. Sie hörte mich kommen, drehte sich um und machte eine entnervte Geste, eilte weiter.

Ich holte sie ein. Mit zusammengepressten Lippen starrte sie stur geradeaus, als wäre ich gar nicht da. Schnaufend lief ich neben ihr her, streifte mir den Mantel über, die eisige Kälte biss durch meine Bluse, den Wollpullover, Mantel und die Strümpfe hindurch. Ich hielt mühsam mit ihr Schritt, während sie entschlossen voranstapfte, als wäre sie ganz allein, bis sie oben vor Nickels Haus sagte: «Dir wird garantiert nicht gefallen, wo wir hingehen.»

«Ist mir egal.»

«Dir wird's nicht mehr egal sein, wenn du es siehst.» Schwungvoll bog sie rechts in die Marksman Road ein.

Ich folgte ihr, hatte jetzt schon Angst. «Ich mach auch kein Theater», sagte ich. «Ich stör dich nicht.»

«Ich würd's nicht mal mitkriegen, wenn du's versuchst, Mädchen. Ich bin stinkwütend.»

Das letzte Haus erhob sich vor uns, das größte und eleganteste der ganzen Stadt – und das furchterregendste. Drum herum erstreckte sich ein Gartengelände mit Teichen, Heckenreihen und Irrgärten aus Mondlicht. Im Haus war es fast vollständig dunkel, nur in einigen der unteren Fenster auf der Rückseite leuchtete Licht und zeugte von Leben.

Als Mum das Tor erreichte, unterdrückte ich ein Wimmern. Jetzt musste ich mich entscheiden; ich konnte mich umdrehen, oder ich ging mit ihr hinein. Doch als sie das Tor durchquert hatte und auf dem Weg angelangt war, sah sie nicht einmal nach, ob ich ihr folgte, und das gab mir den Anstoß – dass sie gar nichts anderes von mir *erwartete*, als ein Feigling zu sein –, ihr zu folgen. Ich schloss das Tor hinter uns, als besuchten wir gerade einen anständigen Menschen. Ich holte Mum ein. Einige wächserne Blumen am Wegesrand erzitterten in dem Luftwirbel, den Mum im Vorbeifegen verursachte; sie sahen aus, als hätten sie einen durchdringenden fremdartigen Geruch, doch es war zu kalt, um ihn zu verströmen. Dann stiegen wir die breiten Stufen hinauf, das ausladende Geländer empfing uns wie die ausgebreiteten Arme einer Tante, der ich keinen Begrüßungskuss geben wollte. Mum hob den Türklopfer an und hieb damit fünfmal energisch gegen die Tür.

Ich musste mich zwingen, meine Hand nicht in ihre zu schieben – ich war immerhin schon *dreizehn.* Und ich hatte versprochen, sie nicht zu stören. Dafür drückte ich mich so weit wie möglich an die Seite des Geländers. Vielleicht wollte Mum plötzlich fliehen, und dann durfte ich nicht direkt hinter ihr stehen und ihr den Weg versperren. Und falls die Hexe einen Satz auf mich zumachte, könnte ich einfach in das fein säuberlich gestutzte Gebüsch neben mir springen. Ich konnte nicht glauben, dass wir vor ihrer Tür standen. Ich konnte mein eigenes Herzklopfen nicht von Misskaellas Schritten unterscheiden, die durch den Flur auf uns zukamen.

Die Lampe in ihrer Hand erleuchtete das Glas der Tür; ihre schemenhafte Gestalt hätte einer ganz harmlosen Person gehören können. Der Schlüssel kreischte im Schloss, doch es fühlte sich an, als drehte er sich in meinem Magen um; gleich würde ich dieser grauenhaften, hässlichen, zornigen Frau gegenüberstehen. Ich hatte noch nie mit ihr gesprochen, ihr nicht einmal in die Augen geblickt – ich hatte sie immer nur beobachtet, wie sie vor einem weiteren vollbeladenen Karren mit Waren und Schnickschnack aus Cordlin die Straße entlangstolziert war. Genau wie alle anderen hatte ich dazwischen geschwankt, vor lauter Angst einfach wegzulaufen oder fasziniert zuzusehen.

Der Riegel wurde hochgehoben, und Misskaella öffnete die Tür, ließ den Schein ihrer Laterne auf uns fallen. Nüchtern betrachtet war sie nur ein Mensch. Vielleicht konnte Mum es mit ihr aufnehmen wie mit jedem anderen Menschen auch, wie mit Fisher unten im Laden, dem feigen Pfarrer oder Hatty Threading, die auf der Straße immer laut herumkrakeelte.

Süßlich-scharfer Rauch quoll dick aus der langstieligen Pfeife, die die Hexe in der Hand hielt, und entströmte ihren Röcken und Haaren; sie musste in einer einzigen Rauchwolke gesessen haben. Sie war dunkel und elegant gekleidet, wie man es von ihr gewohnt war; ihre Röcke schwangen ein Stück über dem Boden und gaben den Blick auf ein glänzendes Paar schwarzer Stiefel frei, die bis oben hin mit Knöpfen besetzt waren, als wären sie an ihren Schienbeinen festgenagelt. Sie war stämmig, doch der Schnitt ihres maßgefertigten Kleides schmeichelte ihrer Rundlichkeit; ein Spitzenbesatz zierte ihren Busen, um den Blick von der fehlenden Taille darunter abzulenken. Sie hatte Kinderhände, aber deutlich gepflegtere Nägel als jedes Kind. Ihr Haar war aufgetürmt und zu einem weichen Dutt zusammengesteckt. Trotz allem war und blieb sie eine Hexe, und sie hatte auch das hässliche, argwöhnische Gesicht einer Hexe, hinter dem sich ihr lauernder Hexenverstand versteckte, der Gott weiß was denken mochte.

«Was gibt's?» Sie hielt mir die Laterne vors Gesicht, zog sie wieder weg und wandte ihre Aufmerksamkeit Mum zu, die auf der Treppenstufe vor sich hin schmorte.

«Mein Name ist Nance Winch. Ich wollte fragen, ob Sie irgendwelche Geschäfte mit meinem Sohn Naseby gemacht haben.»

«Warum sollte ich?» Sie musterte Mum von oben bis unten, als wollte sie sagen, dass ihre Kinder unter ihrer Würde waren.

«Er hat seine Frau und Kinder an drei Abenden hintereinander allein gelassen – bei Vollmond. Das riecht mir ganz nach Ihrem Werk.»

«Soso, es *riecht* danach. Wie sieht Naseby Winch aus?»

«Sehr groß», sagte Mum. «Und schlaksig. Er hat fast goldenes Haar.»

Misskaella dachte darüber nach, aber nur um sich über uns lustig zu machen, zumindest kam es mir so vor. Sie legte sich zwei Pfeifenhand-Finger ans Kinn. «Es kommen nun mal so viele hierher, wissen Sie. Ist nicht ganz einfach, mir alle zu merken.»

«Oh, aber Sie vergessen sicherlich nie, ihnen Geld abzuknöpfen.» Mum blickte vielsagend auf die Zierleisten über dem Türeingang und den Spitzenbesatz am Busen. «Denken Sie mal scharf nach – gehört er zu denen, die bereits bezahlt haben, oder schuldet er Ihnen für den Gefallen, den Sie ihm getan haben, noch die Hälfte des gesamten Familieneinkommens?»

Während Mum ihr die Frage entgegenschleuderte, lief das Gesicht der Hexe nicht, wie ich befürchtet hatte, vor Wut immer röter an, sondern ihre Züge entspannten sich zusehends, bis sie fast fröhlich wirkte. Sie lehnte sich an den Türpfosten, nahm einen Zug aus ihrer Pfeife und schwenkte die Laterne leicht hin und her. «Lassen Sie mich kurz nachdenken – Ihr Junge mit dem goldenen Haar, groß, schlaksig, Frau und Kinder, von denen er *mir* natürlich nie erzählt hat, damit ich's mir nicht noch anders überlege.» Der Rauch kam gemeinsam mit ihren Worten heraus, stieg in die Freiheit auf und schwebte über ihrem Kopf. «Hmm», sagte sie, und Qualm quoll aus ihren Nasenlöchern. «Ich bin mir nicht ganz sicher, ob ich mich an Naseby, den Goldjungen, erinnere. Nein, da bin ich mir nicht sicher.»

«Sind Sie denn ganz sicher», fragte Mum und beugte sich weiter vor, in den Schein der Laterne hinein, «dass Sie sich *nicht* an ihn erinnern?» Mir hätte sie in dieser Haltung, in diesem Lichteinfall Angst eingejagt.

Der Hexe jedoch nicht. Sie fing an zu lachen, was einen Hustenanfall zur Folge hatte. Als sie zu husten aufhörte, grinste sie. «Wissen Sie was? Ich kann mich auch nicht ganz sicher *nicht* an ihn erinnern. Das Dorf ist nun mal sehr klein, Mrs. Winch, Mutter von Naseby», sagte sie, als bereiteten ihr diese Namen großes Vergnügen. «Also hab ich ihn da bestimmt schon mal gesehen. Nur kann ich mich einfach beim besten Willen nicht daran erinnern, ob er hier vor meiner Tür aufgetaucht ist, so wie Sie und …» Sie wedelte mit einer rauchigen Hand zu mir herüber, «Ihre Tochter?»

«Meine Tochter.» Ich sah, dass Mum versuchte, unhöflich zu sein, und ihr meinen Namen nicht nennen wollte, doch Misskaella glotzte sie erwartungsvoll an, thronte neugierig über ihren schicken Stiefeln wie eine fette Drossel auf einem Zaunpfahl. «Bet. Elizabeth.»

«So wie Sie und *Elizabeth* Winch hier aufgetaucht sind. Oder vielleicht war er auch nicht ganz so höflich und kam zur Hintertür rein, weil er was zu verbergen hatte? Ich kann mich nicht erinnern. Ich kann … mich einfach …» Mit ihren wenigen freien Fingern griff sie in die Rauchschwaden hinein, als wollte sie die Erinnerung daraus hervorholen.

«Und so eine *hübsche* Tochter haben Sie da, Nance», sagte sie mitten in Mums nächste Frage hinein. Sie funkelte mich feindselig an, als wäre es eine Frechheit, hübsch zu sein. Was, wenn sie die Hand zur Tür herausstreckte und mir meine Schönheit wie eine Maske herunterriss?

Dann wandte sie sich wieder an Mum und sagte mit sehr sanfter Stimme, kaum mehr als einem Flüstern: «Genauso hübsch wie Sie, damals bei Ihrer Hochzeit mit … wie heißt Ihr werter Gatte?»

Wieder merkte ich, dass Mum ihr den Namen nicht verraten wollte. «Odger.»

«Odger, natürlich. Odger Winch», hauchte sie hastig, und ich musste an meinen alten Dad denken, an seinen Gesichtsausdruck, nachdem Mum ihm die Tür vor der Nase zugeknallt hatte, und es brach mir das Herz, wie wehrlos er war, wie wehrlos Naseby, Snell und Byrne waren – und sogar Mum, wie sie hier stand und die Hexe eine Demütigung nach der nächsten aus ihr herauswand, wie wir beide ihr mitten in der Nacht auf Gedeih und Verderb ausgeliefert waren, vor ihrem riesigen Haus mit ihrem prächtigen Garten drum herum, der genau geplant, angelegt und bezahlt worden war. «Dann grüßen Sie Mr. Winch schön von mir.» Sie wiegte sich hin und her, als wäre der Gedanke daran so witzig, dass er wehtat. Sie ist bestimmt ein bisschen betrunken, dachte ich.

Mum drehte sich zu mir um. «Komm, Bet.» Sie stieg die Stufen hinunter.

Misskaella stieß sich vom Türpfosten ab, hob die Laterne in die Höhe und blickte mich mit einem grotesken Gesichtsausdruck an, aus dem verletzte Unschuld sprechen sollte. Ich drehte ihr schnell den Rücken zu und eilte Mum hinterher.

«Gute Nacht, Nance Winch! Gute Nacht, Elizabeth!» In ihrer Verabschiedung schwangen jede Menge Beleidigungen mit, überzogen mit einer dicken Schicht Genugtuung.

Als ich das Tor hinter mir zuzog – Misskaella stand immer noch schaukelnd und rauchend in der Tür, blickte uns nach und lachte höchstwahrscheinlich über uns –, hatte Mum bereits ein ganzes Stück auf der Straße zurückgelegt. Ich musste rennen, um sie einzuholen. «Und wohin willst du jetzt?», presste ich hervor, als wir den höchsten Punkt der Hauptstraße passierten.

«Bloß weg hier, wo sie uns nicht mehr sieht, damit ich mich wieder fassen kann. Dreh dich nicht um.»

Doch das hatte ich bereits getan. Die Hexe wiegte sich im Türrahmen, der vom Licht der Laterne erhellt wurde, hin und her.

Wir folgten dem Höhenpass. Am ersten Zaunübertritt setzte Mum sich hin, den Kopf vornübergebeugt.

Wir rangen nach Luft. Als wir uns erholt hatten, blieb sie immer noch sitzen und dachte nach.

«Glaubst du wirklich, Naseby würde zu ihr gehen?», traute ich mich zu fragen.

«Wir hätten längst wegziehen sollen. An dem Tag, an dem Able Marten seine Ivy gekauft hat, hätten wir wegziehen sollen – so wie die Summers.»

«Aber vielleicht stimmt es, was Dad gesagt hat, und er ist nur beim Musikmachen. Woher willst du wissen, dass das nicht stimmt?»

«Weil Geld dahintersteckt. Geldsorgen. Sophie macht sich Sorgen, und Odge verhält sich merkwürdig. Aber hat Misskaella Geldsorgen? Oder Floss Granger? Die hat erst heute Morgen unten in Fishers Laden ein Paar neue Schuhe für sich bestellt: *Etwas*

Adrettes, hat sie gesagt, als Fisher es im Auftragsbuch notiert hat. Floss Granger trägt ihre Schuhe sonst so lange, bis ihre *Fußknochen* rausgucken. Und Maces Töchter – alle in neuen Kleidern. Das Fischen bringt also genug Geld ein, aber Naseby lässt es hinter Sophies Rücken verschwinden, und Odge hilft ihm – wobei auch immer. Was sollte sonst dahinterstecken?»

«Ein Musikinstrument?», schlug ich vor. «Eine Geige, wie die von Fernly. Oder eine Kuh? Er hat öfter von Viehzucht gesprochen. Ein Stück Land zum Pflügen?»

«Das wüsste ich. Das hätte er mir erzählt. Daraus würde er doch kein Geheimnis machen. Irgendwie hat er deinen Vater eingewickelt. Aber wo steckt er bloß?»

«Vielleicht ist er schon wieder zu Hause und sitzt mit Sophie am Tisch.»

«Irgendein alter Stall oder Schuppen, wo ihn niemand hören und sehen kann. Streng dein Gehirn an, Bet.»

«Das ist doch Quatsch, Mum – wir reden von *Naseby*! Weißt du nicht mehr, wie glücklich die beiden an ihrem Hochzeitstag waren? Er hat gesagt, davon hätte er geträumt, seit er mit uns Vater-Mutter-Kind gespielt hat, draußen am Six Mile –»

Ich unterbrach mich, und wir starrten einander an.

«Stony Cottage», sagte Mum, und wir beide wussten, dass sie recht hatte.

Wir schlugen den Weg zur Crescent Road ein, rannten stolpernd das Feld hinunter; wie Inseln lagen die Kühe dort, und wir liefen durch das Meer aus Gras und Steinen zwischen ihnen hindurch. Sobald wir die Straße erreicht hatten, hielten wir die Köpfe gesenkt und schritten schweigend voran. Ich wollte es einfach nicht glauben, aber wenn Mum es glaubte, wie konnte es dann nicht wahr sein? Naseby, mein großer sanftmütiger Bruder? «Aber wie könnte er bloß so grausam sein – zu Sophie und zu den Kleinen, Tom und Myrtle?»

Sie legte mir eine Hand auf den Arm. «Wir wissen es noch

nicht. Wir wissen es noch nicht *genau* und sicher. Warten wir's ab.»

Die Straße nach Norden schlängelte sich fast unbekümmert an den Klippen entlang, und wir stapften sie hinauf, in den beißenden Wind hinein, der uns das Haar zerzauste und unsere Mantelkragen flattern ließ. Das Meer zu unserer Linken spiegelte das Mondfunkeln, bauschte sich auf und zerbrach an den Klippen, brachte den Boden unter unseren Füßen zum Zittern. Der Hügel zu unserer Rechten war ein andersartiges, kohlrabenschwarzes Meer; alles, was dort wuchs, wurde gegen die Felsen geweht; die beiden Weißdorne ganz oben lehnten ängstlich im Wind. Dann fiel die Straße ab, vor uns erstreckte sich die Crescent Cove wie ein herabgefallener Halbmond, der sein eigenes Licht verspeist, und dahinter lag die kleinere, schmutzigere Bucht, in der sich die Höhlen befanden.

Zielstrebig gingen wir oben an der Crescent Cove vorbei. «Als Mädchen war ich oft hier», rief Mum mir zu, «bin hier rumgelaufen und hab davon geträumt, von hier wegzugehen. Damals dachte ich, ich könnte alles erreichen. Rollrock kam mir so *mickrig* vor! Ich wollte etwas Besseres, Fröhlicheres.» Ihre Zähne blitzten im Mondlicht auf. «Und dann dachte ich, Odger wäre genau das – er *war* besser und fröhlicher, ganz am Anfang, als er um mich warb. Aber er blieb nicht so, und später konnte ich es nicht mehr aus ihm rauslocken, und seitdem ist es die immer gleiche eintönige Routine, die du nur zu gut kennst.»

Um ein Haar hätten wir den kleinen Pfad zwischen den Klippen der Bucht übersehen. Der Weg sah aus, als führte er ins Nichts, ein letzter Schritt in die Nachtluft, ein plötzliches Luftschnappen, ein in der Kehle steckengebliebener Schrei, dann ein Sturz in den Felswald oder die Fluten darunter. Aber nein, der Pfad duckte sich an dieser Stelle unter einem Felsvorsprung hindurch, führte weiter und weiter, wand sich wieder ein Stück zurück – und war so eng, dass Mum früher kaum hindurchgepasst hatte, als sie unseren winzigen Füßchen hinterhergelaufen war, um sich mit uns ins Stony Cottage zu quetschen und zu spielen, indem sie an einer Tasse Meerwasser-Tee nippte und an einem Stück Seetang-Sandkuchen knabberte.

«Diesem Odger werd ich's zeigen», sagte Mum, während wir uns einmal um Cave Cove herum durch den grauen Gang hindurchfädelten und der Wind nach uns schnappte wie die Pfote einer Katze nach einem Mauseloch, uns aber nie erwischte.

Wir krochen zum Eingang der Höhle hinauf, die wir Stony Cottage getauft hatten. Ich hoffte, dass sie leer wäre, denn dann hätten wir sie als Unterschlupf nutzen und uns eine Weile vor dem Wetter in Sicherheit bringen können. Doch gerade als Mum den Kopf hineinstecken wollte, um einen Blick hineinzuwerfen, ließ der Wind nach, und genau in diesem Augenblick rief Naseby mit verzerrter, verzückter Stimme: «Mein Gott, Mädchen, was machst du bloß mit mir?!»

Mum betrat den Höhleneingang und streckte eine Hand nach hinten aus, damit ich ihr nicht folgte und alles mit ansah. «Vermutlich das, was deine Frau Sophie eigentlich mit dir machen sollte!»

Eine schreckliche Stille breitete sich aus. Eine Mädchenstimme fragte etwas, doch der Wind frischte auf, sodass ich sie nicht verstehen konnte.

«Komm raus, mein Junge», sagte Mum. «Du hast eine Frau und zwei kleine Kinder, die auf dich warten.»

Nase sagte nichts.

«Wo hättest du sonst sein sollen?», sagte sie. «Wo hättest du dich sonst verstecken können?» Ich war froh, dass sie ihm nicht sagte, dass ich es war, die auf die Höhle gekommen war.

Dann stand er da, beugte sich blass und nackt im schwarzen Eingang zu ihr hin und hielt sich ein Bündel Kleider vor sein Geschlecht. «Mum, du verrätst doch nichts, Mum, oder? Ich kann sie ganz einfach wieder wegschicken, Mum. Sofort, jetzt gleich.

Ihr Pelz liegt gleich oben auf der Wiese. Keiner muss davon erfahren. Sophie muss es nie erfahren.»

«Naseby Winch», sagte das Mädchen, und seine Stimme klang wie schöne Musik. «Bitte lass mich nach Hause gehen. Meine Schwestern vermissen mich bestimmt schon.»

«Zieh dich an», sagte Mum zu Nase. «Und du? Ich nehme an, du hast nur diese Decke, um dich halbwegs anständig zu bedecken?»

«Sie kann ihre *Haut* anziehen, Mum! Sie kann verschwinden! Ich lauf nur schnell und hol sie.»

«Das tust du nicht», sagte Mum. «Ich habe andere Pläne. Hier, sie kann meinen Unterrock anziehen.»

Sie ging in die Höhle, und auch ich trat vor und warf einen Blick hinein. Nase sah hundeelend aus, zusammengekauert und zitternd saß er da und hatte mir den Rücken, das knochige Hinterteil zugewandt – gab diese Ehefrau ihm eigentlich überhaupt etwas zu essen? Das Meermädchen saß auf der Decke und sah meiner Mum zu, die sich unter ihrem Rock aus dem Unterrock herausschälte. Das Mädchen wirkte ganz unerschrocken und war sehr schön – und dieser Geruch! Wie das Meer im Sommer, eine lebendige Salzwasserbrise, ein warmes Wehen, während überall um sie herum das kalte lärmende Meer widerhallte.

Mum hielt ihr den Unterrock hin. «Da, nimm. Den kannst du dir gleich mehrmals umwickeln, so 'n Mäuschen, wie du bist.»

«Mum!»

«So, und jetzt aber los.»

«Mum!»

«Zu spät, Naseby. Dein Gebettel kannst du dir sparen.»

«Trotzdem, bitte!»

«Mein Junge, es ist Zeit, dass du begreifst, welche Ausmaße dein Handeln hat. Es geht um mehr als ein Techtelmechtel in diesem Höhlen-Haus, Junge. Es geht um mehr als einen feurigen Augenblick zwischen den Beinen dieser Dame. Zunächst einmal bin da noch ich, dann Sophie, die immer noch dieselbe ist wie damals, als du sie geheiratet hast. Dann sind da noch Tommy und Myrtle, die auf deine Zuverlässigkeit angewiesen sind. Wenn man dich auch noch dazurechnet, vorausgesetzt, du schämst dich überhaupt ein bisschen, sind es damit schon mindestens fünf Menschen in diesem Dorf, die für den Rest ihres Lebens mit gesenktem Kopf umherziehen werden, weil du dieses lächerliche Schauspiel vor meinen Augen aufgeführt hast.»

«Also noch ein Grund mehr –»

«Noch ein Grund mehr, dich *anzuziehen*, Junge!»

Das hochgewachsene Meermädchen stand einfach da, ohne auch nur zu versuchen, irgendetwas an sich zu bedecken. «Wenn ihr mir einfach nur meinen Pelz geben könntet», sagte sie in vernünftigem Tonfall zu Naseby, zu Mum. Selbst mir warf sie einen gewinnenden Blick zu, bevor Mum ihr den Unterrock über den Kopf zog.

Sie wehrte sich nicht, widersprach nicht einmal; sie sah einfach nur zu, wie Mum den Unterrock an ihr herunterzog, ihre Arme herausmanövrierte und den Rock dann wieder ein Stück nach oben zog, um ihn unter den Armen zuzuschnüren. «Sie ist wie eine Puppe», sagte ich. «Sie lässt dich einfach machen.»

«Oh, sie machen, wozu man sie drängt, diese Frauen, solange keine Aussicht auf Flucht besteht, die ihnen die Energie verleiht, im Meer zu verschwinden. Kein Wunder, dass die Männer sie mögen. Pah, du schwimmst ja in diesem Kleid, Mädchen! Nun, dann musst du eben schwimmen.» Grimmig zurrte sie die Bänder so fest wie möglich. «So, auf geht's.»

«Willst du uns zu Sophie bringen?», fragte Nase ängstlich, während er sich die Hose zuknöpfte.

«Ich bringe euch zu Dad.»

«Wieso das?»

«Los jetzt», forderte Mum ihn am Eingang auf. Er trat hinaus, und Mum scheuchte das Mädchen hinterher. Der Unterrock umflatterte sie, hob sich ein Stück in die Luft und gewährte uns einen guten Blick auf ihren strammen Hintern und die langen Beine, die winzigen Füße, die kaum über ihre Knöchel hinausragten.

«Wieso muss Dad Bescheid wissen?», brüllte Naseby entlang der Felswand zu Mum zurück.

«Ich muss es ihm beweisen. Ich habe ihm auf den Kopf zugesagt, dass genau das hier passiert ist, und ich will es ihm beweisen.»

Daraufhin sprudelten jede Menge Gegenargumente aus Nasebys Mund hervor. Einiges davon wurde über seine Schulter hinweg bis zu uns herübergetragen, der Rest prallte an den Felsen ab oder wurde vom Wind zu den Klippen hinaufgeweht. «– erzählen – Sophie – trotzdem –»

«Jetzt macht voran, ihr beiden. Ich will endlich zu Abend essen.»

Nase bettelte und klagte den ganzen Weg bis nach Hause. Mum antwortete ihm nicht; er schien sich ihr Wohlwollen verscherzt zu haben; dieses Mal würde sie ihm nicht aus der Patsche helfen.

Nach einer Weile holte das Mädchen ihn ein und griff nach seiner Hand. Ich dachte, er besäße zumindest den Anstand, sie abzuschütteln, weil er von sich selbst angewidert war, doch stattdessen hielt er ihre Hand fest umklammert, während er auf wackligen Beinen weiterging.

«Mein Ältester», murmelte Mum neben mir. «Du glaubst, sie sind dein Ein und Alles, wenn sie noch klein sind; du tust alles für sie, siehst sie heranwachsen, wartest darauf, dass sie dich stolz machen. Und dann werden sie von einem Tag auf den anderen genauso schäbig und charakterlos wie alle anderen – und sogar noch schlimmer als die Leute aus Potshead, die du immer verachtet hast. Das Baby, das du in dir getragen, geboren und gefüttert hast, besudelt deinen guten Ruf, nur um eine Nacht oder zwei in Stony Cottage mit Miss Langbein hier herumzuturnen, mit Fräulein Bewegt-sich-einfach-zauberhaft. Sieh sie dir an! Selbst in meinem Unterrock sieht sie schöner aus als ich in meinem Hochzeitskleid.»

Ich ging neben Mums Entrüstung durch das Dorf, fühlte mich selbst wie betäubt. Niemand lief uns über den Weg; Naseby blickte sich aber nervös zu beiden Seiten um und zitterte beim Gedanken daran, wer aus dem jeweiligen Haus herauskommen oder den Vorhang beiseiteziehen könnte, weil er unsere Schritte auf der Straße gehört hatte.

Wir erreichten unsere Haustür. «Geh rein», befahl Mum, als Naseby zögerte.

«Bitte, Mum, ich bring sie zurück. Ich hol ihren Pelz und –»

«Heb den Riegel hoch, Nase. Dafür ist es jetzt zu spät.»

«Verflucht, Mum», sagte er fast unter Tränen.

«Verfluch dich selbst, Junge. Du hast dir das alles selbst zuzuschreiben.»

Er öffnete die Tür und trat ins Haus. Wie still es drinnen war – und so warm! Ich schloss die Tür hinter uns, wie angewurzelt standen wir vier da. Das Wohnzimmer war leer, das Feuer brannte schwach; Dad musste die Jungen ins Bett geschickt haben, um draußen hinterm Haus etwas zu werkeln. Naseby zerquetschte dem Meermädchen fast die Hand. Die strahlende Schönheit des namenlosen Mädchens ließ unser Haus bäuerlich wirken; Mums und sogar Nasebys Haut sahen rot und faltig aus, versehrt vom harten Leben, von der Arbeit und dem endlosen Scheuern des Windes.

Mum zog den Mantel aus und reichte ihn mir.

«Ihr entschuldigt mich.» Sie drückte sich an Nase und dem Mädchen vorbei und ging in die Küche; wir hörten das Scharren einer Schüssel, die aus dem Regal gezogen wurde, das Klappern der Kelle in dem Topf mit Kohlsuppe, die wir zu Abend gegessen hatten. Mum wartete immer, bis wir uns satt gegessen hatten, damit sie sich hinterher in Ruhe ihrem eigenen Essen widmen konnte. «Odger?», rief sie. Klappernd landete die Schüssel auf dem Tisch, der Löffel kam klirrend daneben zum Liegen, ein Stuhl wurde zurückgezogen, und sie nahm darauf Platz. Ich bemerkte, wie reglos wir hier vorne im Wohnzimmer herumstanden, und versuchte, den Bann zu brechen, indem ich erst Mums und dann meinen eigenen Mantel aufhängte.

Dad kam zur Hintertür herein. «Was willst du, Frau!»

Mum musste irgendeine Geste gemacht haben, denn plötzlich stand er im Türrahmen, kam auf uns zu. Sein Gesichtsausdruck beim Betreten des Zimmers verriet, dass er Bescheid wusste. Er hatte von Anfang an Bescheid gewusst.

Er blickte in mein Gesicht zwischen den beiden anderen und merkte, dass ich im Bilde war. «Wo hast du sie gefunden?», rief er durch den Flur zurück.

Statt zu antworten, klirrte Mum laut mit dem Löffel in der Schüssel.

«Wo hat sie euch gefunden?», fragte er nun Nase.

«Cave Cove», sagte er.

«Hat euch jemand auf dem Weg hierher gesehen?»

Naseby schüttelte den Kopf.

Dad hätte noch mehr gesagt, wenn ich nicht da gewesen wäre. Stattdessen trat er zurück in den Flur, drehte sich noch einmal um und gab Nase ein beschwichtigendes Zeichen, sah, dass ich ihn beobachtete, und ging in die Küche. Er lehnte sich im Stuhl zurück, zog die Schultern fast bis zu den Ohren hoch und sagte etwas zu Mum.

«Nein», gab sie zurück.

Er sprach lauter. «Wir können das immer noch irgendwie hinbiegen. Nase sagt, euch hat niemand gesehen –»

«Sophie muss es erfahren», sagte Mum. «Und mir ist egal, wer sonst noch davon erfährt. Wirklich völlig egal, Odge. Es ist höchste Zeit, dass Naseby für seinen Unfug geradesteht. Und du solltest endlich zugeben, dass er ein Nichtsnutz ist.»

Ich stellte fest, dass ich das Wohnzimmer gar nicht mehr verlassen wollte, weil es von dem wundervoll wilden Geruch des Meermädchens erfüllt war. Es kam mir vor, als wäre der ganze Ozean hier hereingeschwappt, als tummelten sich darin Fische, Salzwasser, Seetang und Wale, als durchschnitten Meeresvögel die frische Luft darüber. Konnte auch ein *Mädchen* dem Zauber eines Meermädchens erliegen? Die Furcht versetzte mir einen Stich und löste mich aus meiner Starre, und ich zwang mich, durch den Flur bis zur Küchentür zu gehen, wo mich der beruhigende Anblick von Mum beim Abendessen erwartete, die ein wenig müder wirkte als sonst, ansonsten aber allem Anschein nach einen ganz normalen Abend verbrachte.

Dad drehte sich auf seinem Stuhl so weit um, dass er mich über die Schulter sehen konnte. «Geh ins *Bett*», sagte er, als wäre mein Anblick der Tropfen, der das Fass zum Überlaufen bringt.

Mum blickte mich unbeirrt an. «Sie kann es ruhig hören; sie können es ruhig *alle* wissen. Weck deine Schwester auf, Bet. Hol die Jungs aus den Federn.»

«Wag es ja nicht», zischte Dad.

«Und dann geht raus auf die Straße und brüllt es durch das ganze Dorf. Schreit es in die ganze Welt hinaus.»

Dads Schultern erschlafften, kopfschüttelnd drehte er sich um, um sich wieder mit Mum auseinanderzusetzen. Hasserfüllt funkelten sie sich an, ich schob mich weiter in die Küche hinein und warf noch einen Blick zurück in den Flur, um zu sehen, ob Nase mit seinem Mädchen nachkam.

Aber nein. Noch nie hatte ich zwei so ineinander verschlungene Menschen gesehen; und ganz sicher hatte ich nie gesehen, dass Nase Sophie jemals so fest umschlungen hielt.

«Sieh mal», sagte Dad hinter mir zu Mum, als wollte er ihr Gespräch in vernünftigere Bahnen lenken. «Sieh mal, der Junge weiß, dass er was Falsches getan hat – schau ihn dir doch mal an! Sie kann morgen früh verschwunden sein, dann ist der ganze Spuk vorbei, und er hat seine Lektion gelernt.»

«Und Sophie hat nichts mitgekriegt», sagte Mum mit lebloser Stimme.

«Und Sophie hat nichts mitgekriegt!», rief er, als wäre das eine wunderbare Lösung.

«Nur du und ich und Nase und Bet hier wissen was.»

«Nur wir! Und keiner von uns würde je –»

«Ach, und was glaubst du, wer alles davon erfährt, wenn Nase sich am Schnaps vergreift und ihm die Seele aus dem Mund purzelt und auf dem Tisch landet? Wer weiß dann alles Bescheid? Wer ist zufällig dabei?»

«Das muss nicht passieren, Nance. Ich sag doch, ihm ist völlig klar, wie schwer die Folgen –»

«Und was ist mit *ihr*?» Sie nickte in meine Richtung. «Wenn die Mädchen untereinander Geheimnisse austauschen und sie hat diese hübsche pikante Geschichte parat? Wer wird dabei sein? Welche anderen Plappermäuler?» Ich war beleidigt, aber sie hatte recht – sie kannte uns Mädchen und wusste, worüber wir alles redeten.

«Dann musst du's ihr eben verbieten, Nance. Hämmer's ihr ein. Nichts davon muss passieren, sag ich dir!»

«Ich werde nicht den Rest meines Lebens auf glühenden Kohlen rumsitzen und hoffen, dass es nicht rauskommt, du etwa? Oh, du schon, das seh ich dir an, du Dummkopf!»

«Was willst du damit sagen? Sollen wir Sophie vielleicht herholen, damit sie's mit eigenen Augen sieht?»

«Hab ich das gesagt?»

«Sollen wir zu ihr hochmarschieren – ist es das, was du willst? Er und das Mädel – oder warum nicht gleich die ganze Familie? Sollen Geedre und die Jungs auch mitkommen?»

«Das hab ich auch nicht gesagt. Ich hab nur gesagt, dass Sophie es erfahren muss. Wie, ist mir egal, aber ich werde nicht zulassen, dass das hier einfach unter den Teppich gekehrt wird. Ich hab meinen Teil der Aufgabe erledigt, den Rest müsst ihr unter euch ausmachen.» Ihr Löffel fuhr durch die Brühe, klimperte wieder gegen die Schüssel.

Vom Geruch des Meermädchens noch ganz benommen, ging ich zum Türrahmen und lehnte mich dagegen. Ich schloss die Augen, und alle Menschen um mich herum verschmolzen mit dem Meeresgeruch: Geedre, die flach wie ein schlafender Fisch an der angrenzenden Wand lag; Dad und Mum, die zu beiden Seiten des Tisches saßen, der einem Fels in der Brandung oder der Flanke eines gesunkenen Schiffes glich; Nase und sein Mädchen dort, die sich wie zwei verschlungene Seegrashalme in der Strömung neigten. Ich öffnete die Augen, bevor ich noch ganz unterging, und nahm wieder das Haus um mich herum wahr, die Wände, die Luft, die Blechfotografie von Urgroßmutter Winch, die übellaunig wie immer in ihrem Korbsessel saß.

Jetzt spie Dad Mum fast ins Gesicht: «Wie *hochnäsig* du da sitzt!» Diesen bedrohlichen Tonfall hatte ich noch nie bei ihm gehört. Angst kroch mir den Rücken hoch. Ob er Mum schlagen würde? Ich hatte von Vätern gehört, die Mums schlugen. Ich drehte mich im Türrahmen um, damit ich auf ihn zulaufen und ihn packen konnte, falls er es versuchen sollte.

«Ich bin nicht hochnäsig», sagte Mum ruhig. «Glaubst du etwa, mich macht das glücklich?» Sie riss sich etwas Brot ab und steckte sich ein Stück in den Mund.

«Stopfst dich hier voll», sagte Dad.

«Ich hatte Hunger», sagte sie mit vollem Mund, als würde sie gar nicht merken, wie sehr sie seine Geduld schon auf die Probe gestellt hatte. «Mir hat schon der Magen geknurrt, bevor ich überhaupt losgegangen bin.»

«Du weißt auch nicht alles», sagte er leise.

«Hab ich das behauptet?»

«Du benimmst dich so. Wie immer. Du hältst dich wohl für oberschlau! Und du glaubst, Nase und ich sind zu blöd, um irgendwas vor dir geheim zu halten, stimmt's?»

«Na ja, Nase ist das ja wirklich großartig gelungen.» Sie hatte kein bisschen Angst. War es ihr vielleicht egal, wenn sie ihn so weit aufstachelte, dass er sie schlug?

Dad knurrte irgendetwas; erst einen Moment später hörte ich die Worte heraus: «Du würdest also Schande über unseren Sohn bringen, ja?» Seine Stimme klang gepresst, weil er sich Mum so weit entgegenbeugte.

Sie wich weder zurück, noch machte sie sich klein. «So wie ich es sehe, hat er *selbst* Schande über sich gebracht.»

«Und würdest du auch über *mich* Schande bringen?» Er stützte die Handflächen auf die Tischplatte, hatte die Schultern wieder bis auf Ohrenhöhe hochgezogen.

Sie lachte zaghaft. Er hatte sie verunsichert. Ein kurzer Moment des Schweigens verstrich. «Wenn du das Gleiche machen würdest wie er, würdest du auch genau wie er *selbst* Schande über dich bringen.»

Ruckartig stemmte er sich vom Stuhl hoch wie eine Spinne, die sich auf ihre langen Beine aufbockt, und schlich um den Tisch herum. Ein freudloses Grinsen überzog sein Gesicht; er sah vollkommen fremd aus. Er packte Mums Oberarm. «Lass sie los!», schrie ich, sprang neben sie und ergriff ihren anderen Arm.

Doch: «Pst!», machte Mum, sah ihn an, erhob sich von ihrem Stuhl und ging, wo er sie hinzog, langsam und widerstrebend zwar, aber sie ließ sich trotzdem mitziehen. Ich klammerte mich an ihr fest und folgte ihr. Mit Gewalt schleifte er uns durch die Spülküche zum Hinterausgang, vom warmen Licht der Laterne nach draußen, wo der Mond alles mit heller Glasur überzog. Wir überquerten die mondbeschienenen Steinplatten, die zu seinem Werkzeugschuppen führten. Er ließ Mum los, und ich drückte mich ganz nah an sie, hielt mich zitternd an ihr fest. Mit verzerrtem Grinsen und aufgerissenen Augen öffnete mein Vater den Schuppen und trat rückwärts hinein. Vor einigen Wochen hatte er an der Längsseite einen Schrank gebaut. Ich hatte ihm dabei zugesehen. Die Schranktür ging zur Rückseite des Schuppens auf; ich hatte ihm gesagt, wie dumm das war. *So fällt doch überhaupt kein Licht rein*, hatte ich gesagt. *Du wirst darin nie was wiederfinden!* Er hatte nur gelächelt und getan, was er für richtig hielt, und nun verstand ich, warum. Er hatte nur eine einzige Sache an diesem sicheren neuen Ort aufbewahren wollen, und er brauchte kein Licht, um sie zu finden. Er streckte die Hand in den Schrank und zog sie vor unseren Augen an der schmalen weißen Hand heraus.

«Komm raus, Helena-Grace», sagte Dad nun mit sanfterer, traurigerer Stimme. Mum zuckte zusammen und fing an zu zittern; ich klammerte mich noch fester an sie. Ich kniff die Augen zusammen, als könnte ich die Frau einfach verschwinden lassen, indem ich nicht hinsah, während sie herauskam. Ihr sommerlicher Meeresduft quoll aus der Schuppentür zu uns herüber; Mum und mir verschlug es den Atem, so herrlich war ihr Geruch, so abscheulich.

«Den können wir jetzt zumachen», sagte Dad zu seiner Robbenfrau. «Da musst du nie wieder rein.»

Jetzt kam es mir grausam vor, die Augen zuzukneifen und Mum den Anblick allein ertragen zu lassen; außerdem kündete der Duft von Reinheit, von Horizonten, vom Himmel, Hinfortfliegen, Herausschweben, von einem freieren und frischeren Leben als dem, in das wir bisher eingepfercht gewesen waren. Ich öffnete die Augen und blickte mich um, zugleich voller Hoffnung und Entsetzen.

Dad stand neben uns und grinste noch immer vor sich hin, saugte Mums Schmerz in sich auf. Die Meerdame betrachtete uns gelassener. Aus dem Wasserfall ihrer Haare blickte eine Brust hervor; zwischen ihren Beinen wuchs ein Fleck Schwärze, der sich ebenso wenig wie die Brust darum sorgte, dass er eigentlich verborgen sein sollte. Sie war schmal gebaut, doch die Kurven, die sie besaß, waren vollkommen, und auch ihre Schmalheit war reizvoll, ihre Handgelenke und Hände, die Knöchel, der Hals. Sie hatte ein ebenso schönes Gesicht wie Nasebys Meermädchen und schaute ebenso unschuldig wie sie, war sich offenbar genauso wenig darüber im Klaren, was sie unserer Mum, unserer ganzen Familie antat; sie blickte uns auf die gleiche schüchterne Art an, frei von Feindseligkeit oder Eitelkeit, erwartete weder, dass wir ihr

Leid zufügten, noch, dass wir sie willkommen hießen, brauchte nichts davon. Ich wünschte, innerhalb unserer kleinen Gruppe könnte ich sie sein, statt ich selbst, die ich an meine Mum geklammert dastand, oder mein Dad, der zugleich angespannt und schadenfroh darauf wartete, dass Mums Wut über ihn hereinbrach, oder meine Mum, die in meinen Armen bebte wie ein Topf mit geschlossenem Deckel, der jeden Moment aufkochen und überlaufen konnte, das darunter lodernde Feuer auslöschen würde.

Dad führte das Mädchen an Hand und Ellbogen vorwärts. Sie gaben ein grässliches Brautpaar ab, dort im Eingang ihrer eigenen Kirche, unserem schäbigen Schuppen. Das Meermädchen bewegte sich aufrecht und gelassen wie eine Königin, wie ein Reiher oder eine echte Braut, die einen schweren Schleier hinter sich herzieht.

Mum und ich wichen auf den Steinplatten vor ihnen zurück. Genauso langsam und steif, wie wir gekommen waren, staksten wir ins Haus zurück, bis in die Küche, zurück zu den Küchenstühlen. Dad schob sein Mädchen den ganzen Weg über wie eine Trophäe vor sich her.

Und nun konnte ich das Gesicht eines Meermädchens zum ersten Mal richtig und im Lichtschein einer Laterne betrachten. Sie sah nicht durch und durch menschlich aus, was sie nur noch schöner machte. Wie ein Puzzle aus Steinen und Muscheln lagen ihre dunklen Gesichtszüge auf der weichen Haut; ich wollte sie so lange ansehen, bis ich das Puzzle zusammengesetzt hatte. Auf ihrem Mund mit den vollen, geschwungenen Lippen erschien ein zaghaftes Lächeln.

«Pack deine Sachen, Bet», sagte Mum. «Alles, was du jemals brauchen wirst. Weck deine Schwester und die Jungs und sag ihnen, sie sollen ebenfalls packen.»

Ich löste mich von Mum und lief ins Schlafzimmer.

Unsanft rüttelte ich Geedre wach. Im nächsten Augenblick hatte sie schon die Augen aufgerissen, und ich raunte ihr Mums Befehl ins Ohr. «Zünd die Kerze an», sagte sie.

Die Jungen beschwerten sich mehr, als ich sie weckte, doch sobald sie hörten, was passiert war, machten sie sich still daran, alles zusammenzusuchen, was sie besaßen und tragen konnten.

«Aber wo gehen wir denn jetzt hin?», fragte Geedre leise, während sie sich umsah und überlegte, was sie mitnehmen sollte. «Und wie lange bleiben wir?»

«Ich schätze, für immer.»

Sie starrte mich über die Kerze hinweg an.

«Zumindest hat Mum so geguckt», fügte ich hinzu. «Also nehmt alles mit, Mäntel, Stiefel, alles.»

«Dieser *Geruch*!», sagte Byrne wie vom Donner gerührt.

«Nicht einatmen!», sagte ich. «Halt dir die Nase zu, sonst wirst du verhext. Wär mir auch beinahe passiert.»

«Nehmt eure Decke mit», sagte Mum, die vor unserer Tür stehen geblieben war, während wir noch packten. «Sophie hat selbst kaum welche.» Dann war sie wieder verschwunden.

«Sophie?», murmelte Geedre. «Aber wir passen doch nie im Leben alle bei Nase und Sophie rein.»

«Nase wird nicht da sein», sagte ich tonlos.

«Sie meint wohl nur für heute Nacht», sagte Snell, «und morgen nehmen wir das Boot.»

Das brachte uns kurz zum Schweigen. Wir sahen uns einen Augenblick ungläubig an, und im nächsten wurde uns klar, dass er recht hatte. Dann riss Geedre die Decke vom Bett und faltete sie hastig zusammen, als würde sie sie stehlen.

Wir trugen unsere Bündel zur Eingangstür und blieben mit zerzausten Haaren davor stehen, unsere Sachen fest an uns gedrückt. Der Meeresduft strömte wie eine sanfte Brise aus der Küche durch den Flur. Nase und sein Mädchen saßen am Küchentisch, die Stühle eng aneinandergerückt. Dad hielt seine Robbenfrau auf dem Schoß, als sollte sie einen Schutzschild zwischen ihm und uns bilden, zwischen ihm und Mum. Sie war immer noch nackt und hatte unserem Vater sanft die Arme um die Schultern gelegt.

Dann trat Mum vom Schlafzimmer in den Flur und verbarg sie vor unseren Blicken. Snell führte Mum mit ihren Bündeln zu uns herüber, und ich warf keinen weiteren Blick in die Küche.

Mum sah uns der Reihe nach eindringlich an; sie wirkte gleichzeitig todmüde und wie zu neuem Leben erweckt. Dann ging sie zwischen uns hindurch, und wir stellten uns hinter ihr auf. Sie öffnete die Tür, trat auf die Stufe davor, auf die Straße hinunter, und uns blieb nichts anderes übrig, als ihr zu folgen.

DOMINIC
MALLETT

Ein paar von uns Jungs prügelten sich auf der Nordmole. Der Wind trug die ersten Spuren winterlich-beißender Kälte mit sich; zu drei Seiten umtoste und umwogte uns das Wasser.

Ich hatte Harvey Newsom zu Boden geworfen und saß auf ihm drauf. Vom Gewicht her war ich ihm nicht gerade überlegen, aber er hatte mir eine Kopfnuss verpasst, und darum kochte ich vor Wut. Außerdem lachte er mich aus – was mir noch mehr Kraft verlieh und ihn schwächte. Seine hellroten Wangen und orange Locken hoben sich leuchtend von den feuchten schwarzen Pflastersteinen ab. Er schleuderte mir jede Menge Beleidigungen entgegen: *Misthaufen, Katzenfutter, Fischbrut.* Sein Mund war das reinste Durcheinander von halb herausgewachsenen Zähnen, so wie bei uns allen in letzter Zeit. Ich hockte über ihm, hatte ihn am Hemd gepackt und drückte seine Schultern immer wieder auf den Boden.

Dann war er plötzlich still und sah mich aus seinen wässrigen Augen durchdringend an. Offenbar fiel ihm eine neue Beleidigung ein, denn er zögerte, dann ließ er alle Vorsicht fahren. «Dein Dad ist so alt wie 'n Grandpa», sagte er. «Und deine Mum hat Haare wie 'n Mann und den fettesten Hintern von ganz Potshead.»

Von diesem Moment an war meine Größe egal: Ich drosch auf ihn ein und hörte nicht mehr damit auf. Seine Worte verliehen mir Kraft und Größe, machten mich zu einem erbarmungslosen Schläger mit messerscharfem Blick für ungeschützte Stellen, in die ich meine Fäuste, Füße und Knie hineinrammte. Zunächst lachte er noch triumphierend, weil er es geschafft hatte, mich in Rage zu bringen; doch dann musste er sich in Deckung bringen, um weiterzulachen – und als er sah, wie viel Wut sich in mir angestaut hatte und noch herausgeprügelt werden wollte, winselte er schließlich um Gnade.

Ich hatte zwar nicht das Gefühl, schon mit ihm fertig zu sein, aber ich spürte auch, wie mir die Tränen kamen, und außer Mum durfte mich niemand weinen sehen. Ich sprang auf, versetzte ihm als Draufgabe noch ein paar Tritte und lief über die Mole davon. Seine Worte brannten wie Feuer in mir, knisterten und knackten selbstzufrieden vor sich hin.

Bevor Harvey es mir aus seinem Fettgesicht entgegengespuckt hatte, war mir tatsächlich noch nie aufgefallen, wie klein und rund meine Mum aussah, während alle anderen Mütter groß und schlank waren; dass ihre Haare nicht schwarz und seidig glatt waren wie die der anderen Mütter, sondern rot gelockt – wie die Haare der Männer, wenn sie sie wachsen ließen; dass Mums Haut in der Sonne sofort genauso sommersprossig wurde wie Dads, statt sich honiggold zu färben wie die Haut der meisten anderen Mums im Sommer. Erst als ich die Straßen hinauflief und spürte, wie sich ein Schluchzen in meiner Kehle anstaute, wurden mir diese Unterschiede wirklich bewusst, und es erschreckte mich, dass man sie gegen mich verwenden konnte. Und warum *sah* Mum überhaupt so anders aus? Warum *war* ihre Art, zu kochen, zu reden oder die Hausarbeit zu machen, so anders als die der anderen Frauen?

Ich rannte bergauf nach Hause. Ich stürzte zur Tür hinein und direkt zu Mum in die Spülküche, wo sie vor dem Becken stand und abwusch; ich warf mich gegen ihren Hintern, als könnte ich ihn so für immer vor Harvey Newsoms Sticheleien schützen; ich schlang die Arme um ihre Taille und vergrub das Gesicht in ihr. Mir war kalt, der Wind hatte mich durchgepustet, und in mir tobten Wut und Angst; sie war warm und fest und roch nach Zuhause.

«Du meine Güte! Was ist denn mit dir los?» Sie brachte den Teller, den sie gerade spülte, in Sicherheit, dann legte sie mir die warme feuchte Hand auf den Kopf, während sie sich in meiner Umklammerung herumdrehte. «Hast du dir wehgetan, Dominic?»

Ich schüttelte in ihrer kissenartigen Vorderseite den Kopf.

«Was denn dann? Hat dich jemand ausgelacht oder beleidigt?» Obwohl sie ganz offensichtlich Mitleid mit mir hatte, brachte meine leidenschaftliche Reaktion sie ein wenig zum Lachen.

Ich schüttelte den Kopf noch heftiger. Noch fester hätte ich mich nicht an sie klammern können. Ich wusste nicht, was ich lieber wollte – mich in ihr verstecken oder sie so klein schrumpfen, dass sie in meine Hosentasche passte, wo ich sie für immer vor den Gemeinheiten oder dem gehässigen Lachen der Jungs beschützen konnte.

«Hat *mich* jemand beleidigt?», fragte sie noch amüsierter.

Ich machte mich von ihr los und blickte sie mit offenem Mund an. Woher wusste sie das? Und wieso machte es ihr nichts aus?

Mir schossen Tränen in die Augen; der Schluchzer, den ich unterdrückt hatte, quoll aus mir heraus, ihm folgte ein weiterer, dann noch einer. Ich weinte Flecken auf ihre Latzschürze und ihren Rock. Mein Vater kam aus dem Garten herein. «Was ist denn mit dem Jungen los?» Sie erklärte es ihm über mich hinweg – ich sah nicht auf, wollte Dads Greisenalter nicht sehen müssen, auf das Harvey mich aufmerksam gemacht hatte. Sie sprachen und lachten miteinander, nicht über mich, sondern über den Grund meiner Tränen, damit ich, noch während ich vor mich hin schluchzte, wusste, dass wir hier in unserem Haus unsere eigenen Gewohnheiten und Regeln hatten und alles in bester Ordnung war, dass nichts und niemand Mum oder Dad verletzen konnte, erst recht nicht ein Schandmaul wie Harvey Newsom. Ich war erleichtert, aber gleichzeitig fühlte ich mich irgendwie von ihnen getrennt. Ganz gleich, wie fest ich mich an Mum klammerte und wie beruhigend sie von oben auf mich einredeten, nichts konnte die Worte, die Harvey mir ins Gesicht gespuckt hatte, wieder ungesagt machen. Nichts konnte sie ungehört machen. Nichts konnte die klaffende Wunde in meinem Verstand – die Fragen, die Sorgen und die Demütigung – wieder schließen.

Mein Dad und ich saßen vor dem Kamin. Ich war näher ans Feuer gerückt, hockte auf den Steinplatten davor und war vor Hitze nass geschwitzt; Dad hatte in seinem Armsessel Platz genommen. Mum war auf einen Sprung in Fishers Laden runtergegangen, und kurz nachdem sie aufgebrochen war, hatte der Regen eingesetzt; wir lauschten seinem Klopfen am Fenster und fragten uns, ob er noch stärker werden und Mum bei Fisher festsitzen würde.

Er wurde stärker. An der Fensterscheibe liefen die Regentropfen in Schlieren herunter; das Prasseln und Tröpfeln auf den Dachschindeln, das eben, als Mum noch hier mit uns im Haus gewesen war, so gemütlich geklungen hatte, wirkte jetzt, wo sie draußen war und mittendrin steckte, bedrohlich.

Dad rutschte in seinem Sessel vor und stützte die Hände auf seine ins Kaminlicht getauchten Knie. «Ich sollte ihr den Mantel nachbringen», sagte er.

«Ich kann das machen», sagte ich und sprang auf.

Doch auch er stand auf und drückte mich wieder zurück auf meinen Platz vorm Feuer. «Ich mach das schon. Ich will nicht, dass du dich erkältest.»

Er schwang sich seinen Mantel über, rollte Mums zu einem Bündel zusammen und war verschwunden. Er eilte am Fenster vorbei und dann durch den kalten grauen Nachmittag den Berg hinunter.

Mir wurde es jetzt zu heiß. Ich kletterte auf Dads Sessel, und als ich mich anlehnte und mir dabei mein aufgeheiztes Hemd und den Pullover an den Rücken presste, schnappte ich vor Schreck nach Luft. Ich saß da, wartete ab und lauschte mit gespitzten

Ohren, ob Mum und Dad zurückkamen. Inmitten des Regens fühlte ich mich in dem Haus wie auf einer großen behaglichen Insel.

Als sie zurückkehrten, lugte ich zwischen den geschwungenen Lehnen des Sessels hindurch und sah sie an der Tür herumwerkeln und lachen. Dad nahm Mum die Milchflasche ab, die sie gekauft hatte, sie streifte sich den Mantel ab und tauschte ihn gegen die Milchflasche aus. Die Regentropfen fielen vom Saum ihrer Mäntel auf den Vorleger, und die Haare überzogen ihre Wangen mit purpurnen Streifen. Sie lachten darüber, dass er sie gerettet hatte und wie plötzlich der Regen über sie hereingebrochen war. «Als hätte der Regen absichtlich so richtig losgelegt, um mich durchzuweichen, Dominic! Siehst du, und jetzt hört er auf, wo ich zu Hause im Trockenen bin!»

Sie brachte die Milch in die Küche, während Dad die Mäntel ausschüttelte und aufhängte. Als er zurück ans Feuer kam, rutschte ich von seinem Sessel hinunter. Ich setzte mich in Mums Sessel, der kleiner war und mit weicherem, geblümtem Stoff bezogen. Dad machte es sich wieder in seinem Sessel gemütlich, und ich wartete darauf, dass er einen seiner typischen Sätze sagte: *Zwei alte Knacker vorm Feuer, jaja*, oder: *Oh, was für ein stürmischer Abend da draußen.* Das sagte er immer, egal ob es draußen stürmte oder vollkommen ruhig war.

Doch er saß eine Weile einfach nur schweigend da und hing im Lichtschein des Feuers lächelnd seinen Gedanken nach. Als er bemerkte, dass ich ihn beobachtete, wurde sein Gesicht ernst.

«Wenn du mal heiraten willst, dann fahr aufs Festland», sagte er. «Such dir eine Frau aus Cordlin, eine wie deine Mutter. Das ist die richtige Art Frau für Männer wie uns.»

Männer wie uns? Sah er etwa nicht, dass meine Knöchel kaum über den Sitz des Sessels hinausragten, obwohl ich die Beine ganz ausstreckte? Sah er nicht, dass ich meine Ellbogen fast auf Schulterhöhe anheben musste, um sie auf den Armlehnen abzulegen?

Doch insgeheim war ich stolz, dass er mich trotzdem einen Mann nannte, mich als ebenbürtig ansah; mir gefiel der Gedanke, dass wir uns in seiner Vorstellung zusammentaten, um es gemeinsam mit dem Leben aufzunehmen.

Ich war so zufrieden und beschäftigt mit *Männer wie uns*, dass ich über den Rest, den er sagte, nicht weiter nachdachte. Ich hatte sowieso keine Lust, jemals zu heiraten; ich würde immer ein Junge bleiben, herumlaufen, angeln, raufen und auf Coracle-Booten herumschippern. Das war alles, was ich mir wünschte.

«Harvey Newsom ist ein Ekel», sagte Neville Trumbell.

Wir waren oben am Whistle Top, und das ganze Dorf lag uns zu Füßen. Niemand kam den Pfad herauf. Ein frühlingshafter Wind umwehte uns – vielleicht lag es an seiner Wärme oder dem Geruch nach Seegras und Meersalz, dass ich ihm alles erzählt hatte.

«Das weiß doch jeder», fuhr Neville fort. «Die Newsoms schmeißen dir alles an den Kopf, Hauptsache, sie können dir eins reinwürgen. Die sind alle so. Du weißt doch, dass ihr Dad sich bei Wholemans jedes Mal mit irgendwem angelegt hat. Deshalb muss er ja jetzt auch zu Hause trinken.»

«Stimmt.» Ich bewunderte Neville dafür, dass er Harveys Worte einfach so abschütteln konnte und nicht zuließ, dass sie in ihm weiterbrannten. In mir hatten sie nicht mehr aufgehört zu brennen, seit Harvey sie ausgesprochen hatte.

«Und das mit den Mums weiß auch jeder. Früher waren alle so wie deine, so wie unsere Dads. Alle Männer und Frauen waren gleich und sahen sich ganz ähnlich.»

«Ehrlich?» Das konnte ich mir beim besten Willen nicht vorstellen.

«Ja, ehrlich. Hat dein Dad dir das nicht erzählt? Oder deine Mum vielleicht? Sie war damals natürlich noch nicht hier; dein Dad ist zum Festland gefahren und hat sie geholt. Aber sie kommt aus einer alten Rollrock-Familie – Trencher hieß sie. Sie kannte das hier also alles schon. Damals waren unsere Dads oder sogar unsere Grandpas noch jung. Da gab's hier noch keine von den anderen Mums. Die waren noch im Meer und waren Meereswesen.»

Ich blickte hinunter auf die zerwühlte Ansammlung von Puzzleteilchen, aus denen Potshead bestand – auf dem nächstgelegenen Grundstück begann Meehans Kirschbaum gerade zu blühen. Das mit den Müttern hatte ich nicht gewusst; mein ganzes Leben lang hatte ich von dieser früheren, zerstrittenen Welt gehört. Doch irgendwie hatte ich nie richtig zugehört, darüber nachgedacht und eins und eins zusammengezählt.

«Wo sind die Rothaarigen denn hingegangen?», fragte ich. «Was ist mit ihnen passiert?»

«Oh, die sind gegangen», sagte Neville. «Sind alle miteinander stinkwütend von der Insel weg.»

«Worüber waren sie denn so wütend?»

«Über nichts», sagte Neville. «Sie waren einfach so, sagt mein Dad. Du brauchtest nur *Guten Morgen* zu sagen, und schon sind sie wie wildgewordene Hühner auf dich losgegangen. Sie haben alles und jeden gehasst. Wir können froh sein, dass wir sie los sind, meint er.»

«Hm», machte ich. «Meine Mum ist aber nicht so.»

«Ich weiß.» Er hielt einen Grashalm zwischen den zusammengepressten Lippen, so wie einige ältere Männer ihre Pfeife. «Das hab ich auch schon mal zu ihm gesagt. *Dominics Mum ist aber ziemlich friedlich*, hab ich gesagt. *Aber guck dir doch Misskaella an*, hat er gesagt. *Noch feuerröter und fauchender als die kann man doch gar nicht sein.* Er meinte, dass deine Mum keine echte Rothaarige sein kann. Er glaubt, sie hat ein bisschen Robbe in sich.»

«Glaubst du das auch?»

«Nein, ich glaub das nicht. Dein Dad hätte sie doch nicht extra von so weit weg hergeholt, wenn er nicht eine echte Rothaarige gewollt hätte, oder? Darum ging's bei der ganzen Sache.»

Ich nickte, obwohl ich keine Ahnung hatte. Ich hatte von dieser ganzen Geschichte keine Ahnung, und mir gefiel gar nicht, dass Mum und Dad bei den Bewohnern von Potshead offenbar ein Tratschthema waren.

«Außerdem», sagte Neville, und sein Gesicht verzog sich wieder zu einem frechen Jungengrinsen, «find ich den Hintern deiner Mum klasse. Ist 'ne nette Abwechslung, wenn man hinter ihr hergeht, so schön, wie sie damit rumwackelt.»

Ich sprang mit erhobenen Fäusten auf ihn zu, er wehrte mich lachend ab, und damit war unsere Unterhaltung beendet.

||||||||||

Ich war fast zwölf, als mein Vater während eines dunklen Winters starb. Er ließ Mum und mich für lange Zeit mit gebrochenem Herzen zurück; wir wuschen und beerdigten ihn, danach saßen wir herum. Als auf der Insel bereits das Tauwasser im Boden versickerte, waren wir beide immer noch innerlich eingefroren. Wir konnten nicht ohneeinander sein, jeder mit sich allein in der ungewohnten Ordnung der Dinge; wir konnten aber auch nicht zusammen sein in dem Wissen, was uns mit Dad verloren gegangen war.

Das Leben der anderen Leute, die nicht zu den Malletts gehörten, ging um uns herum weiter, und nie waren sie mir merkwürdiger erschienen als aus unserem kalten Kokon der Trauer heraus betrachtet. Die rüden rotmähnigen Männer stiefelten umher, während die Frauen mit den seidig-dunklen Haaren sanft lächelnd und Meeresmelodien summend durch das Dorf zu schweben schienen. Sie alle wirkten fremdartig auf mich, sogar die Jungen, meine eigenen Kumpel, die eine Mischung aus ihren Müttern und Vätern waren. Einige kamen ganz nach ihren Vätern und hatten lockige rote Haare, einige glatte, manche hatten die grazile Gestalt ihrer Mutter, ihre großen dunklen Augen oder fließenden Bewegungen. Ob rot- oder schwarzhaarig, sie alle schienen so gänzlich anders zu sein als ich, so energiegeladen und unternehmungslustig, so leicht zum Lachen zu bringen und so voller Leidenschaft, egal, worüber sie redeten.

Meine Ruhelosigkeit trieb mich irgendwann aus dem Haus, und ich stand inmitten einer kleinen Gruppe dieser Jungs, als Nicholas Kimes seine nagelneue Frau aus der Crescent Cove heraufbrachte. Einige von uns hatten sehen wollen, wie sie aus dem Robbenkörper herausgeholt wurde, doch bevor sie und Kimes zur Bucht hinuntergegangen waren, hatte Misskaella, die alte Krähe, uns mit finsterem Blick angekrächzt, wir sollten uns schleunigst aus dem Staub machen, und ein paar der Jungs, die sich nicht trauten, sich ihr zu widersetzen, hielten uns vom Felsvorsprung fern und hinderten uns daran, hinunterzublicken und Misskaella heimlich beim Zaubern zuzusehen. Brawn Baker hatte behauptet, man könne den Augenblick spüren, in dem es passiert, wenn man ganz aufmerksam sei, also saßen wir mucksmäuschenstill an die Wand gelehnt im Gras und warteten gespannt darauf. Einige meinten, sie hätten wirklich etwas gespürt, ein Kribbeln auf der Haut oder so etwas, doch ihre angeblichen Empfindungen hätte man genauso gut der kühlen Frühlingsbrise zuschreiben können oder dem Nervenkitzel, weil wir uns in der Nähe von etwas Verbotenem aufhielten.

Wir waren alle überrascht, dass Nicholas' kupferfarbener Lockenkopf schon so bald wieder oben auf dem Pfad im Sonnenschein auftauchte. Er ging langsam und stützte seine Frau, die noch lernte, das Gleichgewicht zu halten und zu laufen. Sie trug ein schlichtes Stoffkleid von der Insel, das ganz neu und noch etwas steif war. Nick hielt ihre Hand fest umschlossen, und sie lehnte sich bei jeder Bewegung an ihn. Die salzige Seetangbrise blies durch ihr glänzendes Haar, konnte aber nur einzelne Strähnen davon hochwehen, nicht das ganze Gewicht ihrer Haare, die bis zu ihren Oberschenkeln herabfielen. Hinter den beiden kam die Hexe in Sicht, kämpfte sich steinfüßig und schwerfällig wie ein kürzlich zum Leben erweckter Felsbrocken bergauf.

Als die drei näher kamen, schien nur die Robbenfrau uns zu bemerken – sie blickte Nick auffordernd an, ihm unsere Anwesenheit zu erklären, uns vorzustellen. Er tat nichts dergleichen, blickte ihr nur verwirrt und wortlos ins wunderschöne Gesicht, und sie schien zu akzeptieren, dass wir vorerst namenlos blieben, eine Ansammlung Schaulustiger, an der man vorbeigeht. Also schritten sie vorüber, so feierlich, als bildeten sie eine Prozession, die durchs Kirchenportal hinaustritt, so seltsam, als kämen sie gerade aus einem Schiffswrack herausgewankt.

Mein Herz fühlte sich in der letzten Zeit so tot an, dass es weniger die Robbenfrau selbst war, die mich beeindruckte, als vielmehr Nicks Zustand vollkommener Verzückung. Ich wünschte, ich könnte auch von jemandem so abgelenkt werden, mich so bereitwillig von einem anderen Wesen einnehmen lassen. Und das Mädchen war zweifellos wunderschön; das waren sie natürlich alle, doch dieses hier war gerade erst dem Meer entstiegen, und unter der frisch abgestreiften Haut war gerade erst diese wundervolle Weiße zum Vorschein gekommen. Bei ihrem Anblick und dem Gedanken daran, dass ein Zauber sie herbeigeholt hatte, bekam ich am ganzen Körper Gänsehaut. Ich konnte mir gut vorstellen, eines Tages selbst eine so gertenschlanke und staunende Frau mit seidigem Haar und dunklen Augen haben zu wollen, die mir ebenso zugeneigt war wie diese Frau Nick. Die Jungs um mich herum schienen den gleichen Gedanken zu haben wie ich, sie waren ebenfalls verstummt und blickten Nick und seiner Braut gebannt nach, wie sie in trauter Eintracht ihrem neuen Leben entgegenschritten.

Die furchteinflößende Misskaella humpelte steifbeinig hinter ihnen her. Ihre Umhänge schleiften über den Boden, Strähnen ihres rot-weißen Haares lösten sich aus dem Knoten, den sie hastig zusammengesteckt hatte, damit es ihrer magischen Arbeit nicht im Weg war. Sie war neben meiner Mutter die einzige

Rotfrau auf Rollrock Island. Ich war nicht von einer Robbenfrau geboren worden, so wie die anderen Jungs hier. Und ich sollte also auch keine heiraten, hatte Dad gesagt? *Männer wie uns*, hatte er gesagt und mich damit von den anderen Jungen abgegrenzt. Hielt er uns für überlegen? Oder dachte er insgeheim auch – ich lehnte mich zurück, um hinter Misskaellas Tüchern noch einen Blick auf den schwarzhaarigen Schleier der neuen Braut zu erhaschen, und erzitterte beim Anblick der glänzend übereinandergleitenden Haarpracht –, dass wir niemals gut genug für eine solch hochgewachsene, feingliedrige und fremdartige Meerfrau sein würden?

Wir standen auf und folgten ihnen zögerlich, behielten unsere Vorhut immer im Blick, aber nicht in Hörweite.

«Wie viel kostet so was?», flüsterte Salmon Cawdron.

«Das will niemand verraten», sagte Neville. «Du musst den Preis direkt mit *ihr* aushandeln. Ich weiß nur, dass Jerrolt Ardler drei Jahre gebraucht hat, um das Geld zusammenzukriegen. Er hat in der ganzen Zeit keinen einzigen Tropfen bei Wholemans getrunken und musste ihr trotzdem noch was zahlen, nachdem sie seine Abigail geholt hatte.»

«Du zahlst dein ganzes Leben und deine Männlichkeit, sagt mein Dad», kommentierte Howth Marten.

«Ja, es gibt noch jede Menge Männer auf Rollrock, die bei Misskaella Schulden haben – und 'nen Haufen Söhne, für die sie auch noch Essen und Kleidung kaufen müssen.»

«Aber guckt sie euch an!» Salmons Tonfall verriet uns sofort, dass er nicht von Misskaella sprach. «Sie ist doch keine *Ware*, der man einen Preis aufdrückt – wie 'nem Sack *Mehl* oder 'ner Kiste *Konserven*.»

«Du bezahlst aber nicht *sie*», sagte Neville. «Sondern Misskaellas Arbeit. Der Preis ist fürs Rausholen. Du zahlst für das, was an Land passiert, auch wenn das, was du dafür kriegst, aus dem Meer kommt.»

An diesem Abend bereitete ich Mum und mir etwas zu essen zu – Brot, etwas Käse, ein wenig geräucherten Fisch – und erzählte ihr dabei, was ich gesehen hatte, wie Nicholas mit seiner neuen Frau und Misskaella an uns vorbeigegangen war. Seit Dads Tod war Mum sowieso schon sehr schweigsam gewesen, doch als ich an diesem Abend erzählte und auftischte, umgab sie sich mit einer anderen Art von Stille, und als ich den hellen Klang meiner Worte inmitten dieses Hohlraums widerhallen hörte, unterbrach ich meinen Bericht. Ich goss den Tee ein, trug die Tassen zum Tisch und tat, als fiele mir gar nicht auf, wie präsent sie auf einmal war, wie viel regloser als gewöhnlich, wie sie mich mit einer wachsamen Ernsthaftigkeit beobachtete, die ich schon lange nicht mehr an ihr bemerkt hatte.

«Es war für mich eben das erste Mal, dass ich eine Mum gesehen habe, die gerade frisch aus dem Meer kommt», hörte ich mich entschuldigend sagen.

«Oh, noch ist sie keine Mum», meinte Mum. «Zumindest nicht an Land. Es kann aber sein, dass sie schon mehrmals Junge bekommen hat und sie im Meer zurücklassen musste.»

«Das stimmt», sagte ich. «Heißt es nicht auch in den Geschichten, dass sie zwischen ihren beiden Arten von Kindern hin- und hergerissen sind?»

«Geschichten?», sagte sie. «Wenn es doch bloß nur Geschichten wären!»

Ich setzte mich und schob die Teetasse näher zu ihr hin; vielleicht konnte ich sie wieder in ihren schweigsamen Zustand zurückversetzen, indem ich sie an all die mühsamen Aufgaben erinnerte, die vor ihr lagen – das Hochheben der Tasse, das Schlucken –, während Dads Abwesenheit und das Echo seiner nicht gesagten Worte, seines nicht gelachten Lachens den Raum erfüllten.

Doch sie ließ die Hände auf dem Schoß liegen und sah mich bloß an. «Ich habe nachgedacht», sagte sie. «Rollrock ist ohne deinen Dad nicht der richtige Ort für mich. Und auch nicht für einen jungen Mann, der noch die Wahl hat. Erinnerst du dich noch an Tante Ames und deine Grandma aus Cordlin, die uns mal hier besucht haben?»

«Ist lange her.» Ich saß vor dem Teller, den ich selbst hingestellt hatte, und wollte endlich mit dem Essen anfangen.

«Ich denke, wir werden hinfahren und bei ihnen wohnen», sagte sie. «Ich bin sicher, sie werden uns aufnehmen.»

Ich starrte sie an. Obwohl jedes ihrer Worte für sich genommen vernünftig klang, gelang es mir nicht, sie zu einem sinnvollen Ganzen zusammenzufügen, denn sie konnten eigentlich nur eins bedeuten, doch das erschien mir ungeheuerlich, unmöglich, so wie unser Leben zurzeit aussah. «Wir könnten nach Cordlin gehen? Du und ich? Und auf dem Festland wohnen?»

Meine Fassungslosigkeit brachte sie zum Lächeln. «Für dich ist es eine Chance, Dominic. Vielleicht kannst du etwas anderes werden als Fischer. Nicht, dass dein Dad auf dem Meer nicht zufrieden war, aber wer weiß, was sein Sohn erreichen kann?»

Ich schob die Teetasse noch ein wenig näher zu ihr hin. «Solang er noch heiß ist», sagte ich, um uns beide wieder in die Gegenwart zurückzuholen, zu diesem Essen – für den Fall, dass wir uns schon mehr erträumt hatten, als wir uns je erhoffen konnten. Ein anderer Teil meines Verstandes dachte: Aber natürlich, natürlich! Wie *richtig* es sich anfühlen würde, wenn alle um uns herum rothaarig wären und Mum nicht mehr aus dem Rahmen fallen würde! Die Freude darüber konnte ich mir tatsächlich vorstellen; der Rest war zu überwältigend, lag zu sehr außerhalb meines Erfahrungsschatzes, als dass mein Verstand darauf anders hätte reagieren können als mit größtem Erstaunen und heller Aufregung.

«Ich schreib ihnen noch heute Abend», sagte sie. «Der Brief kann dann morgen mit dem Boot rausgehen. Wir warten Tante Ames' Antwort ab, bevor wir irgendwelche Pläne schmieden. Ich zweifle zwar nicht daran, dass sie uns aufnimmt, aber es ist besser, wenn wir uns eine mögliche Enttäuschung ersparen.»

Sie hob ihre Teetasse an die Lippen und nahm den ersten Schluck, als wäre diese Handlung nicht einmal ansatzweise anstrengend.

Nach Rollrock erschien mir Cordlin wie ein riesiger turbulenter Jahrmarkt voller fremder Menschen, Dinge, Tiere, Maschinen und Gewohnheiten. Ich wuchs heran, wurde zu einem schlaksigen Jugendlichen, dann füllte ich meine Statur aus und verwandelte mich in einen jungen Mann. Ich besorgte mir eine Arbeit auf dem Markt und machte damit meine Mum stolz, die nach einer langen Folge von Krankheiten von ihrem letzten Leiden geplagt das Bett hüten musste. Bei der Arbeit trug ich eine weiße Schürze, die mir bis zu den Knöcheln reichte, und schob den ganzen Tag lang einen Karren durch die Gegend, lud Kisten mit Gemüse und Obst, Eimer voller Blumen und Kästen mit eisbedecktem Fisch auf. Ich war damit ganz zufrieden, auch wenn ein Teil von mir wusste, dass meine Kameraden aus Potshead wenig davon gehalten hätten, ihren Lebensunterhalt mit etwas anderem zu verdienen als mit einer Arbeit auf dem Meer. Ich hatte etwas Geld und ein paar Freunde, und als ich erst einmal ein wenig Fleisch auf die Rippen bekommen und Muskeln zugelegt hatte, stellte ich fest, dass ich bei den Mädchen ganz gut ankam.

Zu diesem Zeitpunkt hatte ich den Tag, an dem Nick Kimes mit seiner Frau auf der Crescent Road an uns Jungs vorbeigegangen war, so gut wie vergessen. Meine Aufmerksamkeit galt nun ganz den Mädchen hier in Cordlin, und nachdem mir eins oder zwei von ihnen vorübergehend das Herz gebrochen hatten, begegnete ich Kitty Flaming, die als Buchhalterin im Büro der Markthallen arbeitete. Wir lernten uns bei einem Picknick für die Marktangestellten kennen, und schon während unseres ersten Gesprächs fühlte ich mich wohl bei ihr. Von da an gingen wir regelmäßig zusammen spazieren, tanzen, ins Lichtspieltheater und unternahmen noch andere gemeinsame Aktivitäten, die man als junges Paar in einer Hafenstadt wie Cordlin machen konnte.

Ich war sehr froh, Kitty zur Liebsten zu haben. Mum, Grandma und Tante Ames hatten sie ins Herz geschlossen; sie war ein hübsches, stolzes Mädchen und wusste genau, wie sie sich zu jedem Anlass und in jeder Gesellschaft zu kleiden und benehmen hatte, egal, ob diese ihr sozial über- oder unterlegen war oder ebenbürtig. Sie hatte einen offenen Blick, ein ehrliches Lachen und so viel Energie, dass sie einen buchstäblich mitriss, egal, welches Ziel oder Projekt sie gerade im Auge hatte. Sie brachte mich dazu, sie vor den Altar führen zu wollen, ohne dass sie selbst je ein Wort darüber verloren hätte; das Reden überließ sie einfach den anderen. «Wann heiratest du dieses entzückende Mädchen denn nun endlich?», wurde ich immer wieder gefragt. «Sie wird nicht ewig auf dich warten, weißt du?» Immer öfter bekam ich das zu hören, nachdem ein Jahr ins Land gezogen war und dann ein weiteres.

Wir spazierten am Hafen entlang, die Sonne schien herbstlich sanft. Gerade waren wir Jeannie Grace begegnet, die uns von ihrer frischgeschlossenen Verlobung mit meinem Freund Thomas Parsnall erzählt hatte. *Eigentlich sollte das ja niemanden überraschen*, hatte Jeannie gesagt, *und trotzdem wirken alle ganz erstaunt und freuen sich für uns und sehen mich zum ersten Mal richtig an, als hätten sie mich vorher nie bemerkt.*

Gerade sagte ich zu Kitty: «Die Leute sagen, wir sollten heiraten, du und ich.»

«Uns gegenseitig, meinst du?», fragte sie schelmisch grinsend.

«Natürlich uns gegenseitig.»

«Hm», sagte sie. «Welche Leute sagen denn so etwas?»

«Lass mich mal überlegen – Tante Ames, Tom Geoghan und Mr. Bryce von der Arbeit. Windy Nuttall, dein Onkel Crowther. Einfach jeder.»

«Ach, tatsächlich. Das sind mir ja ein paar Spaßvögel. Ich wage mal zu behaupten, dass du alles andere als Heiraten im Sinn hast. Ich hoffe, du hast ihnen klipp und klar gesagt, was du von ihren Vorschlägen hältst?» Sie reckte das Gesicht dem Wind entgegen und sah aus, als sei sie für immer damit zufrieden, die angenehm frische Brise auf der Haut zu spüren.

Von einem Moment auf den anderen wurde ich von heftigen Zweifeln gepackt. Während ich neben ihr herging, lauschte ich ihren Worten im Geiste erneut. «Willst du mich denn heiraten?», fragte ich schließlich.

«Ach, werde ich etwa auch gefragt? Entscheiden das nicht du und diese *Leute*?»

Ich nahm ihre Hand und ging dicht neben ihr her. «Komm schon, Kitty, mach dich jetzt nicht über mich lustig. Heiratest du mich oder nicht?»

Sie zuckte mit den Schultern, blickte zu den Heads hinüber. «Vermutlich schon», kam es über ihre Schulter zu mir herübergeweht. Ich war kurz davor, ihre Hand wegzustoßen und davonzulaufen, als sie hinzufügte: «Meinst du nicht?» Sie wandte sich um, schenkte mir einen zuckersüß-durchtriebenen Blick und sagte mit ihrem Kuss – leider nur einem kurzen, schließlich waren wir in der Öffentlichkeit – all das, was ihre Worte nicht verraten hatten: Sie war überrascht, aufgeregt und ein wenig ängstlich.

Wir setzten unseren Spaziergang fort, und, genau wie Jeannie gesagt hatte, war auf einmal alles ganz anders: Der abendliche Sonnenschein umgab die Dinge mit goldenen Konturen, die Schatten der Schornsteine und Masten fielen schwarz und scharf umrandet auf die sonnenbeschienenen Wände der Lagerhäuser. Jede Möwe beschrieb im Flug einen ausgefeilteren Bogen oder drapierte die angelegten Flügel noch adretter; jeder Stein, jedes Holzbrett trat in eine andere Lebensphase ein, die sich deutlich von der unterschied, die wir vor wenigen Augenblicken hinter uns gelassen hatten. «Das ist der Tag, von dem du unseren Enkeln erzählen wirst», sagte ich, und Kitty drückte meine Hand.

Wir erreichten Cobalts Laden und traten den Rückweg an. «Eine Sache», sagte Kitty. Wieder blickte sie woanders hin. Zwischen den Heads plusterten sich golden glänzende Wolken auf. «Dein Haus auf Rollrock.»

«Du willst auf *Rollrock* leben?»

«Ganz bestimmt *nicht*», sagte sie. «Ich möchte, dass du das Haus loswirst. Beim bloßen Gedanken daran läuft's mir eiskalt den Rücken runter.»

«Aber warum das denn? Ich war doch schon seit Jahren nicht mehr dort.»

«Aber das Haus ist trotzdem noch da, du hast immer noch einen Platz bei diesen Männern und ihren … was sie geheiratet haben. Ich will niemals dahin, und ich möchte auch nicht, dass du denkst, du könntest dorthin gehen. *Zurück*gehen, meine ich, und dazugehören.»

«Keine Sekunde hab ich so was gedacht!»

«Ich weiß», sagte sie ein wenig versöhnlicher. «Aber das heißt nicht, dass du's nie tun würdest, solang du dieses Haus besitzt. Verkaufst du es bitte, Dominic? Damit ich meine Ruhe habe?»

«Warum um alles in der Welt solltest du Angst davor –»

Aber sie *hatte* Angst. Sie war nicht mehr zuckersüß-durchtrieben; sie sah mich ernsthaft besorgt an. «Das ist die einzige Sache, über die ich mir bei dir wirklich Sorgen mache – deine Verbindung zu diesem Ort. Bist du bereit, sie für mich zu kappen? Für unsere Söhne, falls wir welche haben sollten?»

Jetzt erst wurde mir klar, wie weit sie das alles bereits in Gedanken durchgespielt hatte, während sie mir so sorglos erschienen war, als akzeptiere sie alles an mir. Ich blickte in ihr nachdenkliches, entschlossenes Gesicht, und ich merkte, dass sie bereit wäre, mich aufzugeben, falls ich ihrer Bitte nicht nachkam – so wichtig war ihr diese Sache.

Ich ergriff ihre Hände. «Natürlich mache ich das», sagte ich. «Sie bedeutet mir nichts, diese verrückte Insel. Ich werde das

Haus morgen verkaufen und von dem Geld einen Ring für dich besorgen.»

Sie blickte mir tief in die Augen, erkannte die Ernsthaftigkeit hinter meinem Lächeln und lächelte erleichtert zurück.

Natürlich war es letzten Endes doch nicht ganz so einfach. Niemand in Cordlin wollte ein Haus auf Rollrock kaufen. Die Männer fingen schallend an zu lachen, und die Frauen blickten mich bei der bloßen Erwähnung schief von der Seite an.

«Vor zwanzig Jahren», sagte Tante Ames, «hättest du es vielleicht verkaufen können. Aber niemand möchte mit seiner Familie dort hinziehen, solange die einzigen Frauen dort diese Meerfrauen sind.»

«Ich schätze mal», sagte mein Arbeitgeber Mr. Bryce, «deine einzige Hoffnung besteht darin, selbst zur Insel zu fahren und herauszufinden, ob irgendein junger Mann demnächst heiratet und für dein Haus Verwendung hat.»

«Ich könnte Fisher einen Brief schreiben», sagte ich zu Kitty, «und ihn fragen, ob er sich für mich umhört.»

«Ja, mach das», antwortete sie und widmete sich wieder den Vorbereitungen unseres Verlobungsessens.

Ich schrieb den Brief schnell herunter, ohne ihm große Aufmerksamkeit zu schenken. Zunächst grüßte ich Neepny Fisher, der, wie ich gehört hatte, das Geschäft von seinem Vater Jodrell übernommen hatte, und seine Frau und Familie, dann kam ich zügig zu meinem eigentlichen Anliegen. Erst als ich sah, wie die Wörter in ihrer ganzen Bedeutung von meiner Feder auf das Papier fielen, überkam mich ein leiser Hauch des Zweifels. Ich saß eine Weile einfach nur da und starrte auf sie hinunter, dann fuhr ich mit dem Schreiben fort, bis ich am Ende der Seite und meiner Bitte angekommen war.

Am nächsten Tag brachte ich den Brief zur Post, und als ich mit der Arbeit fertig war, sah ich im Marktbüro vorbei. «Ehefrau in spe?», fragte ich an der Tür.

Kitty blickte von ihren Zahlen auf, lächelte freudig überrascht und wurde ein wenig rot.

«Kann ich kurz mit dir reden?», fragte ich. «Ich stör dich auch nicht lange.»

Sie zog einen Stuhl für mich zu sich heran.

«Ich habe Fisher den Brief geschickt.»

Schlagartig wich alle Fröhlichkeit aus ihrem Gesicht, und sie wurde ganz geschäftsmäßig. «Gut. Wann erwartest du eine Antwort?»

«Vielleicht mit dem Boot am Dienstagabend. Ich bin nicht sicher. Neepny ist möglicherweise nicht so hilfsbereit wie sein Vater. Aber was ich dich noch fragen wollte: In dem Haus stehen zwei Sessel – von meiner Mum und meinem Dad. Ich erinnere mich noch, dass wir sie vor unserer Abreise mit Laken zugedeckt haben. Es ist nicht so, dass sie wertvoll wären, und wahrscheinlich hat es ihnen auch nicht gerade gutgetan, einen Winter und Sommer nach dem anderen unbenutzt da rumzustehen …»

«Kann Fisher sie uns nicht schicken? Kann er sie nicht verpacken und aufs Boot laden?»

«Daran hatte ich auch schon gedacht. Aber dann fiel mir wieder ein, was für ein trampeliger und schmuddliger Kerl Neepny ist, und ich hab mich gefragt, ob es wohl wirklich so eine gute Idee wäre, wenn er sich um die Sessel kümmert. Und dann dachte ich, vielleicht sollte ich mir doch noch mal alles selbst angucken – das alte Haus –, falls es darin sonst noch etwas gibt, das wir für unser gemeinsames Leben brauchen könnten. Außerdem hat sich die ganzen Jahre über niemand mehr um Dads Grab gekümmert. Ich würde gern noch mal hinfahren, glaube ich, um auch in Gedanken ganz damit abzuschließen, verstehst du? Und wenn ich Neepny direkt gegenüberstehe, gibt er sich vermutlich auch mehr Mühe, beim Verkauf einen besseren Preis für mich rauszuschlagen. Ich wäre nur einen oder zwei Tage weg, und danach hab ich mit diesem Ort für immer abgeschlossen. Und wir hätten die beiden Sessel und könnten sicher sein, dass sie vorsichtig hierhertransportiert werden. Ich weiß nicht einmal, ob wir sie überhaupt gebrauchen können, aber sie bei uns zu Hause zu haben, Mums und Dads Sessel Seite an Seite ... ich glaube, das fände ich sehr schön.»

Ich hatte mich auf meinem Stuhl immer weiter vorgebeugt, sodass ich nun den Kopf heben musste, um Kitty ins Gesicht zu sehen. Sie betrachtete mich eine Weile betont nüchtern. «Zwei Tage», sagte sie. «Zwei Sessel. Du hast recht», sagte sie, «es ist schön, ein paar Andenken zu haben.» Sie blickte in ihren Schoß, spielte mit den Falten ihres Rocks und strich sie glatt. Dann sah sie auf; sie nickte. In diesem Moment liebte ich sie. Vor meinem inneren Auge sah ich, wie unkompliziert und angenehm unser Eheleben verlaufen würde.

«Wann willst du aufbrechen?»

«Das nächste Boot fährt am Mittwochmorgen. Ich bin sicher, dass Mr. Bryce mir freigibt. Schließlich war es sein Vorschlag, die Sache so abzuwickeln.»

«Am Samstag ist unser Verlobungsessen. Bist du bis dahin zurück und mit allem fertig?»

«Oh, dann warte ich wohl besser bis nächste Woche, damit ich dir hier mit dem Essen helfen kann!»

«Nein, nein», sagte sie. «Bring es so schnell wie möglich hinter dich.» Sie lächelte mich verhalten an.

Am Dienstag kaufte ich auf dem Markt ein paar Festlandblumen für Dads Grab. Solche Blumen hatte auf Rollrock bestimmt noch nie jemand gesehen; Dad wäre wahrscheinlich ziemlich verdutzt über die Blumen gewesen, aber das war zum Teil meine Absicht – ihm zu zeigen, wie weit ich mich von dieser Insel entfernt hatte, von unserem beengten Dasein dort.

Am Mittwochmorgen bestieg ich mit meinen Blumen die *Fleet Fey.* Ich saß vorm Brückendeck, während wir durch den Hafen tuckerten und weiter draußen zwischen den Heads hindurchfuhren, deren Spitzen von der aufgehenden Sonne in Gold getaucht wurden. Als das Land hinter uns verschwand, wurde ich zum ersten Mal seit langer Zeit wieder von der Weite, Tiefe und Rätselhaftigkeit des Meeres übermannt und von der Erkenntnis, wie winzig wir Menschen und unsere Schiffe im Vergleich dazu waren. Das Wasser wogte, walzte und sank unter mir, und mir fiel wieder ein, dass mir das Meer als kleiner Junge wie eine riesige feindselige Bestie vorgekommen war, die mit uns auf unserer kleinen Insel oder auf unseren kleinen Booten selten Gutes im Sinn hatte.

Ich hatte Mums und meine Überfahrt von Rollrock nach Cordlin als lange Seereise in Erinnerung, die mindestens einen Tag gedauert hatte, deshalb war ich sehr erstaunt, ja beinahe beunruhigt, wie bald die Insel vor uns aus dem Meer aufragte, wie schnell Potshead aus den Hängen hervorwuchs und sich in den zerklüfteten Flanken verdichtete, während wir um die westliche Landspitze herumschaukelten. Ich fühlte mich nicht ansatzweise bereit. Doch wovor hatte ich Angst? Ich war jetzt ein Cordlin-Mann. Ich würde mich um den Verkauf meines Hauses und um den Transport der Sessel kümmern und dann wieder verschwinden.

Das Dorf wirkte kleiner und ärmlicher, als ich es in Erinnerung hatte, als hätte das Wetter es noch weiter in den Hügel hineingedrückt. Clancy Curse kam mit denselben aufgesetzt lässigen Bewegungen, die ich aus meiner Kindheit kannte, von der Mauer vor Fishers Laden herübergeschlendert, ergriff die Taue und wickelte sie auf die mir altbekannte Weise um die Hafenpoller. Er war ein ziemlich kleiner Mann – alle Männer, die beim Einlaufen der Fähre dabeistanden, waren kurz geraten, dabei hatte ich sie als Riesen in Erinnerung, deren Köpfe aus den Wolken herausragten, voller Weisheit, Wetter und langjähriger Erfahrung. Aber nein, sie waren kleine klumpige Kerle, einige von ihnen krummbeinig, die Haut ledrig von den Jahren draußen auf den Booten bei Wind und Wetter.

«Bist du das, Dominic?», fragte einer von ihnen. Es war Shy Tyler, der so alt war wie ich, aber ein wettergegerbtes Gesicht hatte. Er lächelte und schüttelte mir herzlich die Hand. «Was bringt dich denn hierher zurück?» Er warf einen Blick auf meine Blumen. «Bist du auf Brautschau?»

«Die sind für meinen Dad», sagte ich. Die merkwürdigen leuchtenden Dinger schlackerten in ihrer trichterförmigen Zeitungspapierumhüllung hin und her.

«Ach, na klar. Und du willst dich hier auch um den Hausverkauf kümmern?»

«Ja, genau! Das weißt du also schon?»

Er grinste. «Wenn du was geheim halten willst, erzählst du's nicht Neepny Fisher. Dafür kabbeln sich jetzt schon mehrere junge Kerle um dein Haus, brauchst dir keine Sorgen zu machen. Du willst sicher direkt zu Neepny, damit er dich auf den neuesten Stand bringt?»

«Ich werd wohl erst mal Dad besuchen und mir das Haus selbst ansehen, bevor ich mit Neepny spreche.»

«Dann bleibst du über Nacht? Komm doch heute Abend zum Essen zu mir. Ich hab jetzt Frau und Sohn: Fametta, die Schönste, die jemals aus den Wellen gestiegen ist, und den kleinen James, meinem alten Herrn wie aus dem Gesicht geschnitten.»

Ich wusste, dass es Kitty kalt den Rücken heruntergelaufen wäre, und unterdrückte ein Schaudern. Ich wusste auch, wie meine Antwort lauten sollte.

«Bist du auch verheiratet, Dominic?»

«Fast.»

«Ach, es ist einfach toll, ein verheirateter Mann zu sein.» Er schlug mir auf den Arm. «Und es geht doch nichts darüber, einen Jungen zu haben.»

«Ich würde mich freuen, ihn kennenzulernen», sagte ich. Was sollte schon schlimm daran sein, einem Mann zu seinem Sohn zu gratulieren? Und vielleicht bekäme ich auch noch ein paar Geschichten zu hören, die ich Kitty erzählen konnte, um sie über das Inselleben zum Lachen und Staunen zu bringen.

Ich ging durch das Dorf bergauf. Alles war noch genau so, wie ich es in Erinnerung hatte, und zugleich so viel kleiner, was mich gleichzeitig entzückte und entsetzte. Kitty würde es hier mit Sicherheit furchtbar finden, so eng, ruhig und unbelebt, wie alles war. Und ihr würde es eher seltsam als vertraut vorkommen, wie die Robbenfrauen die Häuser auf ihre ganz spezielle Art geschmückt hatten. Auf den Fensterbrettern hatten sie Steine, Muscheln und winzige Körbe aus getrocknetem Tang drapiert. Die Gardinen waren zu einer Seite gerafft. Ein Cordlin-Bewohner hätte darüber gelacht – die Häuser schienen verschlagen zur Seite zu schielen. Überall schlichen Katzen umher oder lagen zusammengerollt auf Treppenstufen, Mauern oder vor den Fenstern; es waren merkwürdig gefleckte Farbkreuzungen, weil sie sich so oft untereinander gepaart hatten. Winzige Gärtchen wuchsen in geschützten Ecken, aus Keramiktöpfen wucherten die Lieblingsblumen der Robbenfrauen heraus und hatten nichts mit den anmutig blühenden Topfpflanzen vom Festland gemein, sondern erinnerten an Korallen, Austernschalen oder andere Meeresgewächse.

Die Kirche bot Erleichterung von den vielen verstörenden Details. Das Grab meines Vaters lag nicht mehr wie eine frische Wunde auf dem Rasen, so wie Mum und ich es damals zurückgelassen hatten, sondern bildete einen sanften, grasbewachsenen Hügel, und der Grabstein war von Flechten gesprenkelt. Ich wickelte die Blumen aus und legte sie zu Füßen des Grabsteins; der Wind warf ihre zarten Köpfe hin und her, ihre Formen und Farben wirkten an diesem grau-grünen Ort genauso unpassend, wie ich es mir gewünscht hatte. Ich ging neben dem Hügel in die Hocke; Beten hatte mir nie gelegen, und ich wusste nicht, was ich zu einem Dad sagen sollte, der sich in einen Hügel mit Grabstein verwandelt hatte. Der Wind ließ die Zypressen am Friedhofstor erzittern, und eine Amsel kam zufällig vorbeigehüpft, adrett wie ein Leichenbestatter aus Cordlin, aber mit neugierigem Blick, leuchtendem Schnabel und fröhlich federndem Gang.

Ich durchquerte das Dorf, bis ich an unserem alten Haus angelangt war. Ich drehte den Schlüssel im Schloss herum, sah wieder vor mir, wie Mum ihn am Tag unserer Abreise in der Hand gehalten und damit abgeschlossen hatte, dann stieß ich die Tür auf. Jetzt musste ich den Kopf genauso einziehen wie Dad, um mich nicht am Türsturz zu stoßen!

Die Luft drinnen war abgestanden, doch gleichzeitig schwirrten so viele Erinnerungen durch sie hindurch, dass mir die Knie weich wurden. Einen Moment lang wünschte ich mir, Kitty wäre mitgekommen; denn hätte ich sie herumführen und ihr alles erklären müssen – das Dorf, Dads Grab, unser Haus –, hätte es mir nicht so viel anhaben können. Doch so nahm mich das Haus unverzüglich und vollständig gefangen. Cordlin, so schien es zu sagen, war nur eine Ablenkung gewesen, ein Wirbel aus Lärm, Farben und vorbeihastenden Leuten. Cordlin hatte mich betört, mich mit künstlichen Schichten aus Gerede, Arbeit, Geld und Gesellschaft überzogen, die mir nun heruntergerissen wurden. Hier auf Rollrock herrschte die Stille, die ich von früher kannte, die kleine Stille des Hauses inmitten der Ruhe des Dorfes inmitten der luftig weiten wortlosen Grenzenlosigkeit des Wetters und Wassers. In meinem Herzen war ich kein verlobter, vernünftiger Cordlin-Mann; ich war ein sorgloser Junge, der nach Lust und Laune auf den Straßen und um die Felder von Rollrock herumstreunte und zu jung war, um zu bemerken, dass ihm irgendetwas fehlte.

Ich ließ die Eingangstür offen stehen. Ich machte alle Fenster auf. Es klemmten noch dieselben Fenster wie früher, und ich wusste genau, an welcher Stelle ich Kraft ausüben musste, um sie nach oben oder unten zu schieben. Ich öffnete die Hintertür zum Garten – das Gras war dort draußen hoch gewachsen und vom Regen und Wind niedergedrückt worden. Der Luftzug, der durch die offene Tür ins Haus hereinströmte, fühlte sich an wie mein allererster Atemzug seit Dads Tod und unserer Abreise. Ich schloss die Augen. Das entfernte Meeresrauschen ließ die Stille nur noch tiefer werden.

Die kleinen Räume hallten ungewohnt ohne die Teppiche darin. Zurück im Wohnzimmer, zog ich den Überwurf vom Sessel meines Vaters. Wie klein er war, wie bescheiden, dabei hatte ich ihn doch damals für einen Thron gehalten, den ich nur besteigen konnte, indem ich mich vom Boden abstieß und mit einem großen Satz daraufsprang. Nun musste ich in die Knie gehen, um darauf Platz zu nehmen. Der erloschene Kamin leistete mir Gesellschaft, und neben mir träumte der Sessel meiner Mutter unter seiner Decke vor sich hin.

Es ist nicht so, dass sie wertvoll wären, hörte ich mich zu Kitty sagen – über diese beiden Dinge, die einen wesentlichen Bestandteil meiner Seele bildeten. Was war bloß aus mir geworden: ein geschwätziger, geschäftiger Großstädter, der sich über seine eigene Kindheit lustig machte und obendrein andere dazu anstachelte, über die abgelegene Insel, ihre weltfremden Bewohner, meine eigene Herkunft zu lachen! Mein Dad hatte diesen Ort geliebt; meine Mum hatte die Liebe zu ihrem Mann auch auf diese Insel ausgedehnt; ich hatte die ersten zwölf Jahre meines Lebens hier verbracht, und die Pflaster- und Mauersteine der Insel hatten Spuren in mir hinterlassen, genau wie die Hügel und Täler, Molen und Strände und die Gezeiten des Meeres zu allen Seiten. Nun kehrten inmitten der Stille – die Lehnen des Armsessels dämpften sogar das Geräusch des Meeres – die Stimmen zu mir zurück, von Shys Akzent unten am Kai zu neuem Leben erweckt. Dad und Mum seufzten, mahnten und lachten, die fröhlichen hellen Rufe meiner Spielkameraden durchdrangen die Lüfte frostiger Wintermorgen und träger Sommernachmittage. Jetzt war ich froh, dass Kitty nicht mitgekommen war, denn dann hätte ich die Stimmen nicht gehört; ich hätte einfach weiter so gelebt, ohne zu wissen, wer ich wirklich war und wo ich wirklich herkam.

Ich erhob mich vom Sessel meines Vaters und ging aus dem Haus, ließ die Tür einfach hinter mir zufallen, ohne abzuschließen. Gemächlich stieg ich den Hügel hinauf, nahm alles um mich herum in mich auf, erinnerte mich an alles, ließ meine Kindheit, die ich immer in mir getragen, aber so lange verleugnet hatte, wiedererwachen.

Ich erreichte das höchstgelegene Haus, die Hexenvilla. Das Gras dort war ebenso hoch gewachsen und niedergedrückt wie bei mir zu Hause. Die Fenster waren geschlossen und die Gardinen zugezogen. Viele der Vorhänge waren gegen die Scheibe gedrückt, und dahinter zeichneten sich die eckigen Formen von Möbelstücken ab, als hätte jemand im Wahnzustand oder in blinder Panik das gesamte Mobiliar des Hauses vor den Fenstern aufgestapelt, um irgendwelche fremden Mächte am Eindringen zu hindern. Der Garten, den ich als so ordentlich angelegt und gepflegt in Erinnerung hatte, war ein einziges Dickicht; Bäume und Büsche wucherten weit über ihre Grenzen hinaus, darauf lagen Klumpen aus herabgefallenen Blüten und Zierobst, darunter spross das Unkraut.

Ein Mann kam die Straße herauf und steuerte auf mich zu. Es war Emmett Marshall, der Dad meines Schulfreundes Risby Marshall; Risby und ich hatten uns gegenseitig oft aus der Klemme geholfen, wenn die älteren Jungen Prügel austeilten.

«Na, wenn das mal nicht der kleine Dominic Mallett ist!», rief Emmett. Lachend streckte er mir die Hand entgegen. Seine Zähne waren länger, als ich sie in Erinnerung hatte, und sein Haar war vollständig weiß geworden. «Wie geht's dir, mein Junge?»

«Mir geht's gut, Mr. Marshall. Bin nur auf 'n kurzen Abstecher von Cordlin hier, um meinen Dad zu besuchen und mich um den Hausverkauf zu kümmern.»

«Willst du zu Misskaella?»

«Oh, nein! Ich bin nur zufällig hier vorbeigekommen. Sie hat wohl das Zeitliche gesegnet?»

Er schaute mich verdutzt an, dann lachte er. «Aber nicht doch, Misskaella ist quietschfidel wie eh und je, der alte Albatros», sagte er lachend. «Sie wohnt nur schon seit 'nem guten Jahr nicht mehr hier oben.» Wir blickten die efeuberankten Mauern empor, auf die Möbelstapel hinter den Fenstern. «Sie hat's bis unter die Decke mit Reichtümern vollgestopft, hat alles extra vom Festland kommen lassen – Möbel, Bilder, eine Küche voller Töpfe und Pfannen, 'nen großartigen Backofen, den sie kein einziges Mal angefeuert hat. Bis sie keinen Platz mehr für sich selbst hatte! Sie wohnt jetzt unten im Shore Cottage.»

«Was, in dem alten Bootshaus am Strand, unter McCombers Grundstück?»

«Sie hat's ordentlich rausgeputzt, 'ne saubere kleine Schutzhütte mit Grasdach draus gemacht. Aber auch da hat sie ihr Gerümpel überall verteilt – scheint's nicht lassen zu können, immer weiter Zeug anzusammeln, egal, wo sie wohnt –, aber sonst geht's ihr ganz gut da. Besser, als es ihr hier oben je ging, das Haus hat das Übelste in ihr zum Vorschein gebracht. Damals hat sie sich sogar für 'ne kurze Zeit Lebensmittel einschiffen lassen, von denen hier noch kein Mensch gehört hatte. Fischeier aus Russland, irgendein grauenhaftes Gemüse aus Siam, das sie selbst nicht runtergekriegt und draußen auf den Müllhaufen geworfen hat; die Triebe haben überall Ableger gebildet und sich übers ganze hintere Grundstück ausgebreitet. Unten in der Schutzhütte ist sie ruhiger geworden, und jetzt, wo ihre Schwestern nicht mehr leben – bis auf die eine, die einmal im Jahr aus Cordlin zu Besuch kommt –, hat sie weniger Grund, ihr Geld für sinnloses Zeug zum Fenster rauszuwerfen, um damit anzugeben. Keiner zweifelt mehr an ihrem Wohlstand; sie fordert immer noch Geld von den Männern, wenn sie ihnen 'ne Frau rausholt, aber sie ist nicht mehr so versessen darauf, damit um sich zu schmeißen.»

Ich blickte auf meine Füße und schüttelte den Kopf. «Als kleiner Junge hatte ich so viel Angst vor ihr.»

«Oh, vor einer Frau wie ihr sollte man sich immer in Acht nehmen, mein Junge. Ganz gleich, wie groß man geworden ist.» Marshall legte mir eine Hand auf die Schulter. «Dann kommst du also zu uns zurück, Dominic?», fragte er herzlich. «Hast deinen Streifzug aufs Festland beendet?»

«Nein, nein, Mr. Marshall», sagte ich. «Ich werde sogar bald dort heiraten, ein Cordlin-Mädchen. Ich will mich hier nur kurz ums Haus kümmern und bin dann wohl endgültig weg.»

Er sah mich eine Weile verschmitzt an, dann nahm er einen tiefen Atemzug und stieß ihn laut seufzend wieder aus. «Dann alles Gute für deine Hochzeit, mein Junge. War schön, dich nach so langer Zeit wiederzusehen, so groß, gesund und munter. Du bist hier immer willkommen, das weißt du, ja? Egal, ob du hier 'n Haus hast oder nicht.»

«Das weiß ich, Mr. Marshall, und vielen Dank.»

Er ging weiter, folgte der Straße zu seinem Haus, und nach einem letzten Blick auf Misskaellas eingekerkerte Möbelstücke schüttelte ich mich einmal und ging dann in die andere Richtung. Schnellen Schrittes stieg ich hinter dem Hügel den Pfad hinauf, der zur windigsten und wildesten Stelle des Berggrats führt, wo man von niemandem aus Potshead gesehen werden kann. Der Wind blies mir die Haare zur Seite, peitschte mir den Mantel an die Knie und pustete mir den Kopf frei von meiner Unterhaltung mit Emmett Marshall und den unangenehmen Gedanken, die mir im Haus meiner Eltern so zugesetzt hatten; irgendwann war ich ganz durchgefroren und durchgepustet und fragte mich nur noch, was ich hier in diesem ungastlichen Wetter eigentlich zu suchen hatte, wo ich im Dorf doch noch so viel erledigen musste.

Den Rest des Tages beriet ich mich mit Neepny Fisher und wurde dabei immer wieder von seinen Kunden unterbrochen, die mich begrüßten und denen ich meine Situation ein ums andere Mal erklären musste. Zusammengefasst kam dabei heraus, dass es mehrere Interessenten für das Haus gab, so wie Shy schon gesagt hatte. Auch Fisher selbst war interessiert, weil er eine Bleibe für seinen Vater suchte, der zu zänkisch geworden war, um ihn weiterhin bei sich im Laden zu haben.

Am späten Nachmittag zog ich mich gemeinsam mit Neepnys Sohn Juniper zurück, der mir half, ordentlich Holz zusammenzutragen, damit ich die Transportkisten für die Armsessel bauen konnte. Er war ein netter Junge, gutmütig und ausgesprochen hilfsbereit; und obwohl ich eigentlich genug Gesellschaft gehabt hatte, war ich froh, dass er da war, denn ohne seine Hilfe wäre ich nicht so weit mit dem Bau der Kisten vorangekommen, bevor ich zu meiner Verabredung mit Shy aufbrechen musste. Juniper glich Neepny bis aufs rot gelockte Haar und die Sommersprossen, doch sein Verhalten war ganz anders als das seiner Altersgenossen aus Cordlin – er war viel ruhiger und seiner Umgebung gegenüber deutlich aufgeschlossener. Während er für mich auf die Suche ging und Holz herbeitrug, hörte ich wieder Shys Stimme: *Und es geht doch nichts darüber, einen Jungen zu haben*, und ich konnte mir gut vorstellen, selbst einmal einen Sohn wie Juniper zu haben; es schien einem nicht besonders viel abzuverlangen. Tatsächlich war es das erste Mal, dass ich darüber nachdachte, Vater zu werden. Für mich war immer klar gewesen, dass ich einmal Kinder haben würde, zusammen mit Kitty – darum ging es beim Heiraten doch schließlich, oder? –, aber ich hatte mir nie ausgemalt, wie ich meine Zeit gemeinsam mit einem kleinen, interessierten Menschen verbringen würde, mit ihm an meiner Seite einer praktischen Arbeit nachging, bei der er mir vertrauensvoll und eifrig half.

Junipers Mum hatte ich unten in Fishers Laden nur ganz kurz zu Gesicht bekommen, sie kaum mehr sagen hören als «Schön, dich kennenzulernen, Dominic Mallett», so wie es die Art der Robbenfrauen ist; sie reden einen immer mit vollem Namen an und sprechen mit tiefer Stimme, als teile man ein Geheimnis. Auf der Straße war ich noch einer oder zwei weiteren Frauen begegnet, und einmal hatte ich in einem Haus eine Frau singen hören und war wie angewurzelt stehen geblieben, durchflutet von Kindheit und Meeresmysterien. Doch als ich abends zu Shy zum Essen ging, lernte ich dessen Frau Fametta kennen – und ihren Sohn James, der in einem Alter war, in dem ein Besucher eine Art neues Riesenspielzeug ist, nichts, wovor man Angst haben muss; um nicht unhöflich zu sein, verbrachte ich einige Zeit bei ihnen und hatte reichlich Gelegenheit, ihre Gesichter zu betrachten. Ich fühlte mich sehr merkwürdig dabei, weil ich an einem unmagischen Ort wie Cordlin gelebt und mich an Gesichter gewöhnt hatte, die wie mein eigenes aus Blässe und Sommersprossen bestanden und von einem Kranz roter Locken umgeben waren. Und obwohl ich mir Kittys Abneigung als einzig richtige Reaktion auf diese Leute ins Bewusstsein rief, stellte ich fest, dass ich sie in Wahrheit als angenehm empfand. Abgesehen von Famettas schönem Gesicht, ihrer wunderbaren Figur und der Art, wie sie die Haare auf einfache, aber raffinierte Weise aufgesteckt hatte, bezauberten und beruhigten mich ihr Lächeln und ihre Friedfertigkeit. In James' kleinem Gesicht waren die Merkmale seiner beiden Elternteile perfekt miteinander verschmolzen: Die hellen Augen hatte er von Shy, die makellose Haut und das seidige Haar – bisher kaum mehr als schwarzer Flaum – von Fametta. Er zog sich an meinen Beinen hoch, stützte sich mit den Händen auf meine Knie, um stehen zu bleiben, und blickte brabbelnd und lächelnd zu mir auf. Seine Eltern waren ganz aus dem Häuschen vor Freude über seinen Anblick und jedes seiner Geräusche.

Und Shy kam ins Erzählen, angeregt durch die Freude über sein Leben als Ehemann und Vater. Er rief mir Dinge ins Gedächtnis, die wir in unserer Kindheit zusammen gesehen, getan oder gehört hatten. Überrascht erinnerte ich mich wieder an Ereignisse, die ich bereits vergessen hatte, oder stellte fest, dass ich sie anders in Erinnerung hatte als Shy, und stritt mich spaßeshalber mit ihm darüber, was wirklich geschehen war. Seine bezaubernde

Frau gurrte ganz in unserer Nähe dem reizenden Kind zu, und beim Gedanken daran, dass überall im Dorf derart liebreizende Gestalten für Haus und Herd verantwortlich waren, kam mir das Leben in Potshead doch nicht mehr ganz so begrenzt vor, wie ich geglaubt hatte, und nicht so unnatürlich, wie Cordlins Bewohner argwöhnten. *Es ist alles so vertraut*, dachte ich zu Kitty, die den ganzen Abend über in meinem Verstand wachte, alles beäugte und das meiste davon missbilligte. *Wovor sollte man sich bei dieser Frau, diesem Kind fürchten? Du kannst sie nur nicht leiden, weil du sie nicht kennst; du hast nicht erlebt, wie harmlos sie sind.*

«Besteht wirklich keine Hoffnung, dass du zurückkehrst?», fragte Shy mich an der Haustür, bevor ich aufbrach.

«Nein, meine Frau wird in Cordlin bleiben wollen», sagte ich. «Und sie wird nicht mehr arbeiten gehen, wenn wir erst mal verheiratet sind, deshalb brauchen wir das Geld aus dem Haus, um in Cordlin eins kaufen zu können.» Schwungvoll schob ich die Hände in meine Manteltaschen, und im Halbdunkel blickten wir überallhin, nur nicht einander ins Gesicht.

«Auf Wiedersehen, Dominic Mallett», sagte Fametta. Baby James lag als schlafendes Bündel an ihrer Schulter. Ihr Gesicht schwebte wie eine wunderschöne Maske in der Nacht, ihre Lippen waren üppige Schatten, ihre Augen dunkle Gewässer, auf deren Oberflächen der Mond schimmerte.

«Auf Wiedersehen, Fametta», sagte ich. «Es war sehr schön, dich kennenzulernen.»

Ich schlug den Weg nach Hause ein, doch das Klatschen der kalten Meeresluft machte mich wieder wach, und als ich am Ende der Straße angekommen war und hörte, wie Shys Tür hinter mir geschlossen wurde, ging ich nicht den Hügel hinauf, sondern hinunter. Unbefangen spazierte ich durch die unteren Straßen, zuversichtlich, dass ich zu dieser Stunde niemandem über den Weg laufen würde, und froh darüber, in Frieden gelassen zu werden. Ich ging hinunter zur Uferpromenade, folgte ihr in Richtung

Norden, ging vorbei an der Mole und weiter bis zum Ende der Straßenpflasterung. Dort musste ich mich entscheiden, ob ich mich oben durch die Dünen bis zur Crescent Road vorkämpfen oder zum festeren Sand am Strand hinunterrutschen sollte. Ich entschied mich für unten und ging dort über den silbrigen Sand, vorbei an den Kräuselwellen, die das Mondlicht in kleine Stücke zerbrachen, und den größeren Wellen, die darüberrollten und die Stückchen zu Schwärze zermalmten.

Es war ein gutes Gefühl, zügig zu gehen und tief durchzuatmen, Potshead und seine Menschen hinter mir zu lassen – und die Mehr-als-Menschen oder Weniger-als-Menschen, was immer die Robbenfrauen auch waren. Ich rettete Kitty aus den Untiefen meines Verstandes, wohin Fametta und James sie verbannt hatten. *Sieh mal, auch das ist ein Teil von mir!*, rief ich ihr zu. *Es mag ja ungewöhnlich sein, aber muss man es deshalb gleich verabscheuen?* Ich wünschte von ganzem Herzen, Kitty könnte hier bei mir sein, damit ich mit ihr reden konnte, denn um ehrlich zu sein, war sie bereits ein wenig verblasst, so wie Cordlin mit all seiner Auf- und Anregung verblasst war – Rollrocks Schlichtheit und Seltsamkeit hatten beides aus meinem Verstand verdrängt, so wie die Gezeiten die Fußabdrücke und Schleifspuren einebnen, die tagsüber am Strand hinterlassen werden.

«Hey!»

Ich glaubte, das Meer mit einer Stimme verwechselt zu haben, blickte aber sicherheitshalber in seine Richtung, falls dort ein Mensch war, der gerettet werden musste.

Doch: «Hey!», ertönte es nun erneut hinter mir. Ich wirbelte herum und sah im schroffen Mondschein zwei Dinge, die mir das Herz fast bis zum Hals schlagen ließen: Aus Thrippences Hütte, einem pelzigen schwarzen Hügel hoch oben inmitten der Dünen, drangen diagonale Rauchschwaden aus einem unsichtbaren Schornstein. Und auf den Stufen, die von der Hütte zum Strand führten, saß ein weiterer schemenhafter Hügel, der zwar kleiner, aber unvergleichlich furchteinflößender war als die Schutzhütte: Die Hexe Misskaella winkte mich zu sich herüber.

Ich blickte zurück, sah mich am Strand um, suchte weiter vorn die Schatten des Forward Cliffs ab, doch niemand kam, der mir hätte beistehen oder mein Grauen zumindest teilen können. Langsam stapfte ich vom nassen harten Sand auf den weicheren ein Stück weiter oben und wünschte, er wäre noch weicher und schwerer zu begehen, damit ich vielleicht nie bei Misskaella ankommen würde. Was konnte sie bloß von mir wollen? Warum war ich nicht imstande, sie zu ignorieren und einfach am Strand entlang weiterzugehen? *Ach, komm schon,* redete ich mir gut zu, *was soll sie dir schon groß tun können, eine alte Frau, die um Mitternacht nicht schlafen kann? Vielleicht braucht sie einfach nur ein bisschen Gesellschaft und ist neugierig, wer der Fremde vor ihrer Hütte ist.*

«Guten Abend», sagte ich, als ich fast bei ihr angelangt war.

Sie beobachtete mich mit einem Funkeln in den Augen. Ihre dunklen Lumpen sahen aus, als wären sie nicht aus Stoff gemacht und angezogen worden, sondern aus ihr herausgewachsen. Ihr Gesicht – das Gesicht meiner Albträume aus Kindertagen – blickte zu mir auf, als ich näher kam; unbarmherzig brachte der Mond jedes Barthaar, Muttermal und jede Falte zum Vorschein.

«Misskaella», sagte ich, um ihr zu zeigen, dass ich sie kannte und wusste, mit wem ich es zu tun hatte. Sie starrte zu mir hoch, fühlte sich ganz offensichtlich nicht verpflichtet, etwas zu sagen.

«Mein Name ist Dominic Mallett», sagte ich. «Ich komme aus Cordlin.»

«Mallett? Du kommst aus Potshead. Mich kannst du nicht hinters Licht führen; ich kann mich an deinen Vater erinnern. Wie er auf uns alle herabgeschaut hat!» Sie ließ ein schauriges Geräusch in ihrer Kehle erklingen und spuckte etwas Schleimiges neben sich aus. Sie griff in den Kragen ihres Lumpengewandes, knetete oder kratzte an ihrer Schulter herum. «Warum bist du zurückgekommen, willst du dich auch über uns lustig machen? Oh, deine kleine pummelige Mum, an die erinnere ich mich auch, so einsam und fein. Du hältst dich bestimmt auch für was Besseres, was?»

«Aber nein. Was meinen Sie überhaupt?» Ich wusste ganz genau, was sie meinte, und ich war wütend, dass sie mich durchschaut hatte. «Ich bin geschäftlich hier, muss ein paar Angelegenheiten klären, es geht um Eigentum.»

«*Es geht um Eigentum*», äffte sie meinen brüskierten Tonfall gekonnt nach und grinste zu mir hoch, offenbarte den entsetzlichen Zustand ihrer Zähne.

«Ja, ich verkaufe mein Haus.»

«Ach, tatsächlich, mein Süßer?» Sie zuckte die Schultern und zupfte an den oberen Stofflagen herum, als würde sie Flöhe entfernen oder sich gleich in einem Anfall von Wahnsinn alle Kleider vom Leib reißen und splitterfasernackt und scheußlich vor mir stehen. «Willst alle Brücken abbrechen?», säuselte sie. «Hoffst, uns für immer zu entkommen?»

«Es steckt ganz sicher kein übler Wille dahinter, Misskaella», sagte ich.

«Oh, aber natürlich nicht», flötete sie. «So ein netter junger Mann mit seinen Festlandmanieren. Hast du mir was mitgebracht, Dominic Mallett?»

«Wie bitte?»

«‹Wie bitte?› Schau ihn sich einer an! Die Leute bringen mir Geschenke mit. Die Leute spenden mir was. Manchmal einen schönen Fisch, den sie gefangen haben, oder ein Brot, das die Frau gebacken hat. Eine Decke für den Winter. Eine Lammkeule für mein Abendessen. Die Leute hier», sagte sie, «haben Respekt vor 'ner Frau wie mir und wissen, wie man mich bei Laune hält.»

«Das tut mir leid, Verzeihung», sagte ich. «Ich wollte mir nur ein bisschen die Beine vertreten und frische Luft schnappen. Ich hatte gar nicht vor, Sie zu besuchen; und selbst wenn mir die Idee gekommen wäre, hätte ich angenommen, dass Sie schon schlafen.»

«Oh, man bringt mir auch Geschenke, wenn ich schlafe», sagte sie. «Das ist kein Hindernis. Und wo ist deine erlauchte Mutter?»

«Meine Mutter ist vor einigen Jahren gestorben.»

«Ah, ah …» Nicht einmal sie witzelte über den Tod einer Mutter. «So was passiert. Und jetzt suchst du also Gesellschaft.»

«Meine Mutter fehlt mir, ja. Aber ich habe Freunde und eine Tante.»

«Freunde und eine Tante.» Wie dümmlich meine Worte aus ihrem Mund klangen. «Es gibt aber ein paar Dinge, die du von Freunden und einer Tante nicht bekommst, das ist dir schon klar?»

«Ich werde bald heiraten», sagte ich hastig, vielleicht etwas zu hastig.

Sie lachte. «Oh, ich sehe, du weißt, wovon ich rede. Und deine Braut hat feuerrotes Haar und eine spitze Zunge, hab ich recht?»

«Überhaupt nicht spitz», protestierte ich, wobei – verglichen mit Fametta … «Sie ist ein schönes Mädchen und sanft noch dazu.»

«Sanft.» Misskaella stülpte den Mund vor, als sei Sanftmut eine ausgesprochen fragwürdige Tugend. «Und du hast bereits getestet, wo ihre Sanftmut aufhört, ja?»

«Warum sollte ich das tun?»

Sie straffte sich und betrachtete das Meer hinter mir. «Och, ich weiß nicht. Ist ganz nützlich, wenn man so was einschätzen kann, meinst du nicht?»

Ich wünschte, ich könnte vor ihr davonlaufen; mir gefiel nicht, wie sie meine Worte zerpflückte und mich durch die Schnipsel hindurch auslachte.

«Lass uns ein Experiment anstellen, einverstanden? Hilf mir hoch.» Sie ergriff den Stock neben sich und hielt mir eine Hand hin, eine dreckige Klaue, die aus einer solchen Masse aus Fleisch und Tüchern herausragte, dass ich sicher war, sie nicht aufrichten zu können.

Beim zweiten Versuch, bei dem meine Hand über den schmierigen Stoff ihres Ärmels rutschte und mir das Handgelenk von ihrem Krallengriff schmerzte, gelang es mir, sie auf die Füße zu ziehen. Schwankend stand sie vor mir, stützte sich auf ihren Stock. Ich konnte kaum glauben, dass sie nicht umkippte, so winzig waren ihre nackten Füße mit den zerklüfteten Zehennägeln.

Sie zuckelte los, als sei ich gar nicht da, und ich sprang schnell beiseite, um ihr Platz zu machen. Durch das Aufstehen hatten ihre Kleider einen säuerlichen Körpergeruch freigegeben. Ich unterdrückte einen Ekelschrei und folgte ihr, geradewegs zum Strand hinunter und auf das Wasser zu, in dem der Mondschein badete. Was meinte sie mit *testen, wo Kittys Sanftmut aufhört*? Wollte sie sich etwa in die Wellen stürzen und erwartete, dass ich sie rettete? Warum glaubte sie, Kitty kümmere das Schicksal einer verrückten alten Frau, die noch dazu so eng mit den Robbenfrauen verbandelt war, die sie so verabscheute? Vielleicht sollte ich fliehen, über den Strand zurücklaufen – so schwer, wie Misskaella das Gehen fiel, konnte sie mich bestimmt nicht einholen. Doch was würde sie stattdessen tun? Mich mit einem Blitz erschlagen? Mir eine magische Wand in den Weg werfen? Ich blieb in gewissem Abstand seitlich hinter ihr zurück und schlug langsam den Weg Richtung Dorf ein.

Doch dann hielt ich inne, unfähig, einen weiteren Schritt zu tun, ob aus Überraschung oder einem anderen Grund. Einige der Mondschatten auf dem Meer entpuppten sich als schwimmende Wesen, und als sie das Seichtwasser erreichten, erkannte ich, dass es Robben waren. Ein paar von ihnen kamen näher geschwommen und tauchten jetzt aus den Wellen auf. Ihnen folgte eine lange Reihe aus Robben, die jenseits der Brandung Richtung Norden um den Forward Head herumgeschwommen kamen und auf die Crescent Cove zuhielten.

Die Hexe sang, im Lärm der Wellen war sie nur undeutlich zu hören; ich zwang meinen Körper, mich ihr nicht weiter zu nähern, um die Worte verstehen zu können. Ihre Füße hinterließen dunkle Abdrücke im schimmernden Sand. Die Wasserkräusel liefen ins Meer zurück und platschten den drei Robben, die die Vorhut bildeten, Rüschenkragen aus Wasser an die Brust. Sie preschten auf Misskaella zu wie Hunde auf ihr Herrchen. Sie streckte die Hand aus und bewegte lockend die Finger, als würde sie Vogelfutter verstreuen. Die Robben umringten sie; neben ihnen, über ihnen wirkte sie weder so ungeheuerlich noch so sonderbar wie zuvor. Ich versuchte, zurückzuweichen, mich fluchtbereit zu halten, denn was war, wenn sie vorhatte, die Bestien auf mich loszulassen? Doch ihr Lied, was auch immer es war, hielt mich fest; sein Sinn blieb mir verborgen, es klang gleichzeitig grauenhaft und wunderschön und anders als alles, was ich je zuvor gehört hatte. Zwei weitere Robben glitten durch die Wellen aufs Ufer zu. Sobald sie festen Boden unter den Flossen hatten, bewegten sie sich auf ihre raupenhafte Krabbelart weiter fort. Meine Haut fing überall an zu kribbeln, überzog meinen gefangenen Körper mit einem steten Strömen, doch Misskaella wankte mit nassglänzenden Füßen und Unterschenkeln unerschrocken zwischen den Bestien hindurch, der Saum ihrer Tücher schleifte durchs Wasser und versprühte das Mondlicht.

Zielstrebig wählte sie eine Robbe aus, die zwischen ihr und dem Wasser lag. Sie klemmte sich ihren Stock unter den Arm, legte die Handflächen aneinander und beugte den Oberkörper vor, als würde sie betteln, beten oder sich ehrfürchtig verneigen. Sie sang und sang, und ihr Lied war ebenso unergründlich wie zuvor, wie Seetang, der sich irgendwo verfangen hat und seine Stränge im Strom der Gezeiten nach allen Seiten ausstreckt und doch nie zu fassen bekommt, wonach er greift. Die auserwählte Robbe rollte sich auf den Rücken – ich spürte die Drehung, als wäre ich selbst die Robbe, obwohl ich feingliedrig und furchtsam hier im Sand stand. Ein unsichtbares Messer stach dem Tier unter dem Kinn ins Fleisch und schnitt eine dunkle Linie den

Körper hinunter. Ich stieß einen schwachen Schrei aus, einen Schrei ohne Kraft, als sich der Körper der Robbe blutlos öffnete wie zwei riesige Lippen. Doch anstatt Zähne und Zunge zu zeigen, begann die Haut zu beben, und in ihrem gleißenden Dunkel erschien ein Mädchen und setzte sich auf. Misskaella reichte ihm eine Kralle, und das Mädchen legte seine lange weiße Hand hinein, ließ sich aus der schrumpfenden Robbenhaut aufhelfen. Sie war weiß wie ein Knochen, schmal wie ein Schössling, ihre Haare fielen schwarz aus dem Knäuel hinab, das an ihren Hinterkopf gedrückt gewesen war. Dunkel und glänzend breiteten sie sich aus wie die Wellen des Ozeans, wie die vom Meer umspülten Robben.

Ich machte ein paar Schritte vorwärts, dann zwang ich mich, stehen zu bleiben. In mir surrte Misskaellas Gesang, ich hatte mich im Strahlen des Robbenmädchens verirrt, in ihren Formen, ihrer schwankenden hochgewachsenen Gestalt neben der buckligen fetten Hexe. Sie trat, geführt von Misskaella, aus dem Pelz hinaus und auf den silbrigen Untergrund. Sie stand zwischen den Robben, fürchtete sich weder vor ihnen noch vor dem alten Weib, das vor ihr stand, und schien die Kälte gar nicht zu spüren. Ihr Pelz war zu einem dicken Lappen verkümmert und wand sich neben ihren wohlgeformten Füßen schrumpfend um sich selbst.

Das Meer verstummte, so wie es das manchmal tut. Zwischen dem Quietschen und Schlittern der Robbenkörper ertönte Misskaellas tiefe, durchtriebene Stimme: «Dominic Mallett?»

Zögernd näherte ich mich den beiden Gestalten, die aufrecht zwischen den feuchten, bäuchlings daliegenden Robben standen, die eine schattenhaft, die andere strahlend. *Kitty Flaming,* sagte ich verzweifelt zu mir selbst, *meine zukünftige Ehefrau. Kitty.* Doch die Worte waren nichts verglichen mit Misskaellas Gesang; Kitty war nichts, nur ein schwaches Fähnchen, das vom magischen Wind zerfetzt wurde. Ihr Gesicht verschwamm und verblasste in meinem Gedächtnis, während das Gesicht des Meermädchens im

Mondschein immer deutlicher wurde, ein friedliches, dunkeläugiges, vollmundiges blasses Oval, umspielt von nachtschwarzem Haar, das nach warmem Meer duftete. Sie blickte mich versonnen an, furchtlos und ohne zu lächeln; sie konnte den Blick ebenso wenig von mir abwenden wie ich meinen von ihr. Niemand, weder Frau noch Mann, hatte mich jemals so ruhig und vertrauensvoll angesehen. Kitty sah mich nie auf diese Weise an; in ihren Augen hüpften immer schon die nächsten Aufgaben und Pläne, hinter ihren Lippen formten sich schon die nächsten Worte. Dieses Mädchen wartete einfach nur ab, ihr ganzes Wesen, ihre ganze Zukunft waren auf mich ausgerichtet.

Ich fühlte mich wie mit erfrischendem Frühlingswasser übergossen. Fortgespült war der besorgte, betriebsame Mann, der ich zuvor gewesen und mit dem Kitty zufrieden gewesen war; nun fühlte ich mich wertvoll genug, um mich diesem reineren Wesen zuzuwenden, das von der Welt noch unbefleckt, unversehrt war. Ein Blick von ihr genügte, und ich wurde von Ruhe erfüllt, steuerte auf ihre Augen, ihren Mund zu wie ein Schwimmer, der verloren im offenen Meer auf das einzige Licht weit und breit zuhält. Den Rest von ihr beachtete ich kaum – die wohlgeformten Brüste, die schmalen Hüften, die schattenhafte Scham, die schlanken Beine, die zu den fast im Sand versunkenen Füßen führten, den schwarzen Wasserfall aus Haaren, der sie wie ein fransiger Umhang aus Seide umschwebte. All das registrierte ich, wollte es mir aber für später aufheben. Misskaella stand grinsend daneben, die alte Krähe, sang und lachte über mich, weidete sich an meiner Misere. Auch ihr schenkte ich keine Beachtung, ließ mich ganz in die aufmerksamen dunklen Augen hineinfallen, sehnte mich danach, meinen Mund auf diese vollen, leicht geöffneten und unergründlichen Lippen zu drücken – gebot mir aber, mich zurückzuhalten, bis wir zu zweit sein würden, unbeobachtet von der Hexe und dem Wetter.

«Wie heißt du?», fragte ich das Robbenmädchen.

Sie antwortete mit dem Meer, dem Schnaufen und Jaulen ihrer Gefährten.

«Ja, wie heißt sie, Dominic Mallett?», fragte die Hexe. «Es ist deine Aufgabe, ihr einen Namen zu geben, den sie hier an Land benutzen kann. Was soll sie antworten?»

Ich horchte in meinem Herzen nach dem richtigen Namen. Ich streckte eine Hand aus, und sie legte ihre warme Handfläche hinein; ihre warmen Finger umschlangen meine kalten. «Dominic Mallett», sagte sie, so wie Fametta, nur neugieriger; sie experimentierte mit den ersten Worten, die ihrer neuen Kehle entwichen, über ihre neue Zunge glitten.

«Sie heißt Neme», sagte ich, weil ich noch einmal sehen wollte, wie sich ihre Zunge bei einem N bewegte, wie ihre Lippen ein M formten.

«Neme?», krächzte Misskaella aus dem grellen Licht heraus, das das mondbeschienene Meer abstrahlte. «Nun gut, dann heißt sie also Neme.» Damit schob sie Neme zu mir hin, ich ergriff die andere Hand des Mädchens, und wir standen voneinander verzaubert im Sand, während sich die Robben wie riesige dunkle Maden um uns herumschoben.

Am nächsten Morgen stand ich auf, und es fühlte sich an, als würde ich einen vollständig neuen Körper, einen vollständig neuen Mann mit den herkömmlichen Kleidern des vorherigen Mannes ankleiden. Ich gab der noch schlafenden Neme einen Kuss, hob ihren Pelz auf, der die ganze Nacht zusammengefaltet auf der Truhe gelegen hatte, und verstaute ihn in meinem Mantel. Ich ging hinaus in die Welt, die mich nass und windig empfing, durchdrungen von einem bestialisch berauschenden Licht.

Ich ging durch das Dorf bergauf zu Wholemans Pub und spähte durchs Fenster. Wholeman war drinnen damit beschäftigt, die Tische abzuwischen. Ich klopfte ans Fenster, und er kam an die Tür.

Mit zusammengekniffenen Augen blickte er zu mir auf. «Dich kenn ich doch, ganz bestimmt», sagte er, «ist aber noch ziemlich früh für 'nen Willkommenstrunk in der alten Heimat.»

«Deswegen bin ich auch gar nicht hier. Kann ich kurz mit Ihnen sprechen?»

«Aber sicher! Du bist Malletts Junge, deine Mum hat dich vor Jahren nach Cordlin mitgenommen, stimmt's?» Er trat einen Schritt beiseite, und ich ging hinein. Der leere Raum roch nach Männern, Pfeifenrauch und Bier; er war schmucklos, abgesehen von ein paar ausgestopften Fischen und einem Hirschkopf an den Wänden.

«Ja, der bin ich: Dominic Mallett», sagte ich mit dem Lächeln eines Mannes, dem dieser Name die ganze Nacht über ins Ohr geflüstert worden war. Wir schüttelten uns die Hände. «Und ich bin auf einen Schatz gestoßen.»

«Bist du? Dann bist du mehr als willkommen, ihn hier auszugeben», sagte er lachend. «Oh», entfuhr es ihm, als ich Nemes Pelz-Paket aus meinem Mantel hervorholte. «Das muss aber ein *großer* Schatz gewesen sein, wenn du Misskaella damit so spät in der Saison noch rauslocken konntest.»

«Nein, nein», sagte ich. «Ich hab meine Dame gestern Abend am Strand gefunden, auf dieser Seite vom Forward Head. Sie saß dort auf den Felsen und hat gesungen.» Das war die Geschichte, die zu erzählen Misskaella mir empfohlen hatte. *Ich schulde Ihnen Geld*, hatte ich unüberlegterweise zu ihr gesagt und sie dabei nicht einmal angesehen, weil ich den Blick nicht von Neme abwenden konnte. Doch die Hexe hatte gegurrt: *Nein, ich mache dir ein Geschenk, nur damit ich weiß, wie sich das anfühlt.*

«Du hast sie *gefunden*?» Wholeman nahm mir den Pelz ab und sah mich mit großen Augen an. «Hat da auf den Felsen gesessen und gesungen? Wollte einfach so mitgenommen werden?»

«Sie ist jetzt bei mir zu Hause. Sie ist einverstanden, eine Weile zu bleiben.»

Wholeman schüttelte bedächtig den Kopf. «Ich hab von solchen Glücksfällen gehört, von Frauen, die von selbst raufgekommen sind», sagte er, «aber ich hab mein Lebtag noch keinen Mann kennengelernt, der so viel Glück hatte.»

«Tja, jetzt kennen Sie einen, Wholeman», sagte ich. «Doch ich stecke im gleichen Dilemma wie jeder andere Mann auch – ich muss ihren Pelz irgendwo verstecken, wo sie ihn nicht finden kann. Sie sagt nämlich, dass sie nicht sicher ist, ob sie dem Lockruf des Meeres widerstehen kann, wenn sie weiß, wo der Pelz ist, oder ihn zufällig entdeckt. Erinnere ich mich richtig, dass Sie hinten einen verriegelten Raum hatten?»

«Den hatte ich und hab ihn immer noch. Soll ich ihn dort zu den anderen hängen?»

«Würden Sie das tun? Und was schulde ich Ihnen dafür?»

«Schulden? Nun, ab und an ein kleines Getränk in meinem Lokal, das ist alles.»

«Keine Gebühr fürs Aufbewahren? Sind Sie sicher?»

«Es gibt genug Schulden in diesem Dorf, ohne dass ich den Männern für ein bisschen Lagerplatz, den ich sonst nicht benutze, auch noch ihre Pennys abknöpfe. Wenn du Misskaella nichts schuldest, gehörst du zu den ganz wenigen, die keine Schulden bei ihr haben. Du musst die doppelte Menge bei mir trinken, um dein großes Glück wieder wettzumachen.» Doch er lachte mich dabei an und klopfte mir auf den Arm. «Ich werd ihn sicher verstauen, Glückspilz.»

Als Nächstes ging ich runter in Fishers Laden und kaufte Milch, Lebensmittel und ein Kleid für Neme, damit sie das Haus verlassen konnte, ohne sich zu schämen. Wie schon bei Wholeman hielt ich auch hier nicht mit meinem Glück und meiner Entscheidung hinterm Berg. Fisher war allerdings weit mehr aus dem Häuschen als Wholeman und holte seine Frau Darely, um ihr die Neuigkeiten sofort zu verkünden; er gratulierte mir herzlich und war schwer beeindruckt, wie gut sich die Dinge für mich entwickelt hatten und dass ich nicht wie die anderen Männer hatte zahlen müssen; Darely reagierte ruhiger und wollte wissen, ob ich den Pelz versteckt hätte, ob ich beabsichtige, Neme zu heiraten, und wann ich sie den anderen Frauen vorstellen würde. Sie half mir, Unterwäsche für Neme zu kaufen, und bestand darauf, mir eine Strickjacke und einen Mantel für sie zu leihen, «damit das arme Mädchen es schön warm hat». Sie wollte wissen, ob ich genug Feuerholz und Lebensmittel hätte, während Neepny mich zwischendurch immer wieder mit Fragen bestürmte, die ihm gerade in den Sinn kamen: «Aber was willst du deiner Verlobten aus Cordlin sagen?», und: «Wie wirst du dich hier über Wasser halten? Du musst dir Arbeit auf einem der Boote besorgen!»

Sie schickten mich überhäuft mit Geschenken und allem Notwendigen aus dem Laden und brachten mich sogar bis zur Tür, um mich zu verabschieden. Darely rang die Hände, als wäre sie am liebsten mit zu mir gekommen, um sich davon zu überzeugen, dass meine neue Frau auch wirklich alles hatte, was sie fürs Erste brauchte. Ich stieg den Hügel wieder hinauf und war sehr ermutigt, erleichtert sogar, dass ich mich nun in guter Gesellschaft befand. Potshead wimmelte nur so von Dominic Malletts, jeder war seiner fremdartigen Frau zugetan, jeder darum bemüht, sie zu behalten und, so gut er konnte, glücklich zu machen.

Zurück im Haus, zeigte ich Neme, wie man sich anzieht, wir frühstückten und erlebten dabei jede Menge kleine Abenteuer in Form von Entdeckungen und Missverständnissen. Danach ging ich mit ihr nach unten in Fishers Laden und zu Shy Tyler und Fametta, die sie mit vielen Umarmungen und freudigen Ausrufen empfingen. Fametta und Darely versprachen, auf Neme aufzupassen, während ich mich um meine Cordlin-Angelegenheiten kümmern würde. Sie redeten von Hochzeitsvorbereitungen und Treffen, um Neme in ihrem Frauenkreis willkommen zu heißen, und ich nickte, bedankte mich und bekam es ein wenig mit der Angst zu tun. Dies war der Tag, den ich nie hätte erleben sollen, wenn es nach meinen Eltern gegangen wäre, und doch: Hier war ich, ließ mich gefügig einwickeln, wie ein Oktopus einen Fisch einwickelt, bevor er ihn sich einverleibt.

Dann nahm ich Neme an die Hand und spazierte mit ihr bis hinter die Crescent Cove zum Six Mile Beach, wo man endlos weit über den Sand laufen kann, wenn man sich Wut oder schlechte Stimmung von der Seele stapfen möchte. Wir liefen vor uns hin, redeten ab und zu miteinander, über meine missliche Lage und ihr neues Leben und die Leute, die wir kurz zuvor getroffen hatten, und das wenige, was ich noch von früher über sie wusste. Wie anders es war, als sich mit Kitty zu unterhalten! Bei jeder Äußerung mussten wir einen Weg finden, uns dem anderen verständlich zu machen, da hinter unseren Worten verschiedene Vergangenheiten lagen, unsere verschiedenen Welten über und unter Wasser, unsere verschiedenen Seinszustände. Kitty und ich hatten uns immer über Dinge und Angelegenheiten ausgetauscht, die uns beiden vertraut gewesen waren, was mir jetzt im Vergleich so vorkam, als hätte ich mit mir selbst geredet, so einfach war es zu verstehen gewesen. Von hier aus betrachtet, vom Strand aus, mit Nemes schmaler Hand in meiner Armbeuge und ihren vielen Fragen, erschien es mir, als wären alle Gespräche mit Kitty eintönig gewesen, hätten nichts Neues enthüllt und uns kein Stück weitergebracht.

Ich erzählte Neme von meiner Absicht, nach Cordlin zu fahren und Kitty persönlich zu erzählen, was passiert war.

«Aber Dominic Mallett», sagte sie. «Was, wenn deine Liebe zu ihr wieder aufflammt, sobald du Kitty siehst? Ich habe Angst, dass du doch bei ihr bleibst und sie wie versprochen heiratest, wenn du erst einmal in ihrer Nähe bist und sie siehst. Glaubst du nicht, du könntest mich einfach vergessen, wenn sie vor dir steht und geküsst werden will, dich heiraten will? So wie du sie vergessen konntest und dich auf den ersten Blick in mich verliebt hast?»

Ich blieb mit offenem Mund im Sand stehen. «Hältst du mich für so wankelmütig?», fragte ich. «Glaubst du, ich hätte solche … Nächte, wie wir sie gerade hatten, jemals mit Kitty erlebt? Glaubst du, meine Treue und Liebe schwenken so schnell auf die Frau um, die gerade vor mir steht?»

«Warum denn nicht?»

Daraufhin musste ich ihr erst einmal erklären, dass Männer nicht wie Robbenbullen sind und dass wir Menschen uns zu zweit zusammentun, so wie Vogelpärchen und viele andere Tiere auch. «Ich werde dich nie so einfach vergessen können», sagte ich, «jetzt, wo wir uns gefunden haben.»

Sie drückte mir eine Meermünze in die Hand – eine Muschel, die auf einer Seite flach geschliffen und auf der anderen gefurcht war wie die Ohrmuschel eines Menschen. «Halt sie in der Tasche fest, während du mit Kitty redest», sagte sie, «und denk dabei an mich.» Sie schloss meine Finger um die Meermünze, noch immer flackerte ein Hauch des Zweifels in ihren Augen.

«Das werde ich», sagte ich. «Mach dir keine Sorgen. Was soll ich noch sagen, damit du mir glaubst? Das hier ist etwas anderes, das ist wahre Liebe; ich bin machtlos, was das hier angeht, während ich bei Kitty die Wahl habe – ich kann bei ihr bleiben oder sie verlassen, wie mir jetzt klarwird.»

«Wer weiß, was dir sonst noch so alles klarwird?» Sie schob meine Hand mit der Muschel darin in meine Manteltasche.

Ich ließ die Muschel hineinfallen und nahm Neme in den Arm. Ich versuchte, sie mit all meiner Wärme, in die ich sie einhüllte, mit all meiner Kraft, die ich in die Umarmung legte, und mit der Länge und Tiefe all meiner Küsse davon zu überzeugen, wovon ich mehr als überzeugt war, was ich bis in die Knochen hinein spürte, bis in meine tiefsten Eingeweide, aus tiefstem Herzen: dass ich mit Leib und Seele ihr gehörte, solange ich lebte, und dass ich sie niemals verlassen würde, es gar nicht konnte, weil ich ihr für immer hilflos und hoffnungslos verfallen war.

«Um diese Uhrzeit?», sagte Mrs. Flaming an der Tür. «Wir liegen schon fast im Bett!»

«Ich habe wichtige Neuigkeiten für Kitty», sagte ich. «Es kann nicht warten.»

«Ihr jungen Leute glaubt immer, es könnte nicht warten. Dann komm halt rein, hier ins Wohnzimmer.» Sie sah verärgert aus, weil ich ihr Unannehmlichkeiten bereitete – und das war noch der freundlichste Blick, mit dem sie mich je wieder ansehen würde. Ich sah ihr nach, wie sie den Korridor entlangeilte, dann betrat ich das Wohnzimmer, das im Schein der neuen elektrischen Lichter erstrahlte, auf die die ganze Familie so stolz war.

Jeder Leuchter, jede Seidenblume, jede Landschaft an der Wand hatte einmal den Glanz meiner Liebe zu Kitty in sich getragen und verstärkt, doch nun schien jeder einzelne Gegenstand nur selbstzufrieden vom wohlverdienten Komfort zu erzählen und der Befürchtung, man könnte für geschmacklos gehalten werden. Allein schon diese Vorhänge! Wie viele Lagen Stoff benötigte man denn vor einem Fenster, wie viele Quasten und Fransen, um das Licht und die Kälte draußen zu halten, sich vor neugierigen Blicken zu schützen? Langsam ging ich durch den Raum auf die vergitterte Feuerstelle zu, auf den mit Bildern und Statuetten überladenen Kaminsims. Es fühlte sich an, als trüge ich sein ganzes Gewicht auf meinen Schultern. Wie hatte ich derartigen Dingen vorher einen Sinn abringen können? Mein kurzer Aufenthalt auf Rollrock hatte genügt, um Räume wie diesen aus meinem Kopf zu verdrängen, die vielen Details, den übertriebenen Aufwand und das Anfüllen von Wohnraum. Was brauchte man denn schon, außer einem Sessel und einem Kamin – und einem zweiten Sessel, in dem Neme eingerollt saß und verträumt zu mir herüberblickte? Gab es denn ein gemütlicheres Licht als den Schein einer Petroleumlampe, in dessen dunklen Ecken noch Platz für Geheimnisvolles blieb?

Kittys schnelle Schritte hallten im Flur; fürchterliche Angst durchflutete meinen Kopf und wirbelte in meinem Magen herum. Dann stand sie im Türeingang, und ich blickte auf, um ihr in die Augen zu sehen. Ihr Gesicht wirkte offen und arglos, als hätte sie schon geschlafen, ihre Haare waren hastig hochgesteckt worden, feine Locken fielen daraus hervor. Nie hatte sie schöner ausgesehen. Sie freute sich, mich zu sehen, war überrascht und belustigt. Sie dachte, ich wäre gekommen, weil ich es nicht aushielt, ins Bett zu gehen, ohne sie vorher noch einmal gesehen, im Arm gehalten und mich unserer Verbundenheit erneut vergewissert zu haben.

Ich könnte sie einfach mit einem Lächeln in Sicherheit wiegen. Ich könnte auf sie zugehen und in die Arme schließen – ich wusste genau, wie sie sich anfühlen würde, ihre abenteuerlichen Kurven, die mich noch vor kurzem so erregt hatten. Ich könnte mich ganz nüchtern dafür entscheiden, alles, was ich auf Rollrock getan hatte, ungeschehen zu machen. Ich könnte es gestehen, ich könnte es auch leugnen; ich könnte unter einem Vorwand noch einmal zur Insel zurückkehren, Neme ihren Pelz geben und sie wieder ins Meer schicken. Ich könnte meiner Verpflichtung gegenüber der Frau, die hier vor mir stand, nachkommen, und niemand aus Cordlin bräuchte je etwas zu erfahren.

Ich hielt es keinen Augenblick länger aus. «Ich habe mir eine Robbenfrau genommen», sagte ich mit sanfter Stimme, als würde es sie auf diese Weise weniger verletzen.

Alle Freude wich aus ihrem Gesicht – nie wieder würde ich sie dort sehen. Mit einem leisen Schrei rief sie: «Hab ich's doch gewusst!», und knickte in der Körpermitte ein, als hätte ich ihr einen Fausthieb versetzt. Dann setzte sie mit belegter Stimme nach: «Ich hätte dich nicht gehen lassen dürfen.» Sie richtete sich auf, trat ein paar Schritte in den Raum hinein, ging wieder ein Stück zurück, nahm in dem hohen Lehnsessel neben der Tür Platz und verbarg das Gesicht in den Händen. «Erzähl mir», sagte sie in ihre Hände hinein. Dann blickte sie auf – voller Verachtung und mit kreidebleichen Lippen –, «was passiert ist.»

«Sie ist aus dem Meer gekommen.» Ich drückte die Schulterblätter gegen den Kaminsims. «Aus eigenem Willen.»

«Hat dich dort stehen sehen, ja? Konnte dir nicht widerstehen?» Ich wusste auf einmal, wie Kitty als alte Frau aussehen würde – mit diesen verbittert zusammengekniffenen Lippen, aber ohne die Rundlichkeit in ihrem Gesicht.

«Ich hab sie am Strand gefunden.» Ich hatte wieder Misskaella vor Augen, wie sie sich betend über die Robbe beugte, wie das Fleisch aufklaffte und im Mondschein feucht glitzerte.

«Was hattest du am *Strand* zu suchen – bist da hoffnungsvoll hin und her spaziert? Du solltest ein Haus verkaufen und zwei Sessel verpacken, nicht auf der Insel rumlaufen und Ärger suchen!» Ich konnte sehen, wie sie unsere Kinder zurechtgewiesen hätte, die schmale Linie ihrer Lippen.

«Ich hatte alles erledigt, was es an dem Tag zu tun gab. Davor war ich zum Abendessen bei Shy Tyler und seiner Frau Fam und ihrem kleinen Sohn ...» Ihr missbilligendes Schweigen brachte meine Stimme zum Ersterben.

«Aha», sagte sie. «Du bist also hier, um mir zu sagen, dass du mich nicht mehr heiraten willst.» Sie hob die Hand und ließ sie – beinahe wie einen Schlag – auf ihren Oberschenkel fallen.

«Ich wünschte, ich *könnte* dich heiraten», sagte ich aufrichtig, «um dir die Peinlichkeiten zu ersparen –»

«Ich wünschte, du könntest mich aus besseren Gründen heiraten.» Ihre Stimme klang tief und schneidend. «Ich wünschte, du könntest mich aus Liebe heiraten, die du ja angeblich für mich empfunden hast und die beständig genug war, bevor du auf dieses Schiff nach Rollrock gestiegen bist. Du bist nicht der Mann, für den ich dich gehalten habe, wenn du so schnell von dem Weg abkommst, den wir gemeinsam gehen wollten.»

«Ich bin nicht einmal der Mann, für den *ich* mich gehalten habe», sagte ich. «Was soll ich sagen? Ich bin verhext.» In diesem Moment stand es mir klar und deutlich vor Augen: Es war Misskaellas Machwerk, Misskaellas Schuld.

«Du bist *dumm*», zischte sie, «dass du dich hast verhexen lassen. Dass du dich zur Zielscheibe gemacht hast.» *Zwei Sessel*, hast du gesagt. *Ich fänd's sehr schön, sie bei uns zu Hause zu haben, Mums und Dads Sessel Seite an Seite.* Aber das sollte mich ja eigentlich nicht überraschen …»

Während sie redete, war ich durch den Raum auf sie zugegangen. «Nein, Kitty, so war es nicht! Ich hab vorher nicht überlegt, ich wollte dich nicht hintergehen, ich schwör's dir! Ich bin genauso überrascht wie du!» Obwohl ich es nicht sein sollte, wie mir soeben klarwurde. Warum sonst hatte ganz Rollrock eine solche Heidenangst vor der Hexe, wenn nicht deshalb, weil sie uns in ihre Falle locken konnte, wann immer sie wollte?

Kittys Augen waren leblos, ihre Lippen zusammengepresst. Ihre Sommersprossen schienen wie ein Schwarm rotbrauner Insekten direkt vor ihrem Gesicht zu schweben. «Nur leider bedeutet diese Überraschung für *dich*, dass du mit einer Zauberfrau anstolziert kommst und dir eine ganze Insel voller Männer anerkennend auf die Schulter klopft. Und was hab *ich* von dieser Überraschung? Einen Haufen Leute, denen ich Rede und Antwort stehen muss, ein Essen, das bezahlt werden muss – einen *Kuchen*, Herrgott noch mal! Und dazu das Wissen, dass man mich zum Narren gehalten hat, dass mein langjähriger Liebster nie wirklich mir gehört hat. Eine Meerjungfrau muss nur einmal mit den Flossen wackeln, und schon ist er weg.»

«Ich schwöre dir, Kitty, ich habe mir nie gewünscht, dass es so kommt! Ich hatte nie solche Hintergedanken!»

«Oh, das hat mit *Denken* nicht viel zu tun, Dominic», sagte sie und lachte bitter. «Mit Verstand oder Logik. Das ist nichts Zivilisiertes. Es ist kaum *menschlich*!»

Sie wurde von ihren eigenen Tränen überrascht; einen Moment lang fielen Zorn und Entsetzen von ihr ab, und aus ihrem Gesicht sprach nur noch pures Unglück. In diesem Moment konnte ich mir vorstellen, sie wieder zu lieben, und bedauerte, dass ich meine Kraft nicht dafür einsetzen konnte, sie in die Arme zu schließen und die Angelegenheit geradezurücken. Ich hielt die Meermünze, die Neme mir mitgegeben hatte, in meiner Manteltasche fest umklammert; ich drückte sie, als wollte ich sie zu Staub zerquetschen und meine Verbindung zu Neme gleich mit. Gleichzeitig wünschte ich mir, der Münze magische Kräfte entlocken zu können, um darauf fortzuschweben – so wie eine Hexe angeblich auf einer Nussschale fliegen kann –, fort aus diesem beklemmenden Raum und nach Rollrock, wo ich hingehörte. Die Sache war erledigt; ich hatte Kitty betrogen und es ihr gestanden; nun wollte ich nur noch weg.

Sie kämpfte mit den Tränen. Als eine weitere hinuntertropfte, schlug sie sich die Träne beinahe von der Wange.

«Ich werde dich nicht bitten, mir zu verzeihen», sagte ich.

«Gut!» Sie funkelte mich zornig an. «Das werde ich nämlich nicht, niemals. Wenn ich an all die Leute denke, denen ich gegenübertreten und davon erzählen muss! Ganz zu schweigen davon, was du *mir* angetan hast!» Sie hieb sich mit der Faust gegen die Brust, als wollte sie ihr Herz darin zum Anhalten bringen.

«Ich kann dir nur sagen, es tut mir schrecklich leid, dass uns das zugestoßen ist.»

Eine Stille unterbrach ihr mühsames Atmen. Was hatte ich gesagt? Sie sah zu mir auf, und ihre Augen waren so trocken, als hätte sie nie geweint und als würde sie es auch nie wieder tun, obwohl ihre Wange noch den Glanz der Träne trug, die sie fortgeschlagen hatte.

«Uns *zugestoßen*, Dominic?» Ihre Stimme bebte vor Zorn. «Nur damit kein Missverständnis entsteht, Dominic: Uns ist nichts *zugestoßen. Du* hast *mir* das *angetan.* Du hast dich für diese Kreatur entschieden anstatt für mich; du lässt mich beschämt in dieser Stadt zurück – am Abend vor unserem Verlobungsmahl. Red dir bloß nicht ein, es sei uns *zugestoßen*; versuch ja nicht, dich damit zu trösten.»

Sie starrte zu mir hoch. Es hätte nichts gebracht, ihr zu erklären, dass es mir tatsächlich *zugestoßen*, mir *zugefügt* worden war, wie mir allmählich dämmerte. Auf Rollrock, in Nemes Armen, hatte ich geglaubt, ich sei aus einem Zustand der Verwirrung erwacht und meine Verlobung mit Kitty nur ein Zeichen meiner Unsicherheit gewesen; ich hatte meine Zukunft vor mir liegen sehen, eigenartig, aber eindeutig, erschreckend, aber voller Schönheit. Ich wollte diese Sicht der Dinge nicht zugunsten jener neuen aufgeben, in der ich Misskaellas Marionette war.

«Weißt du was?» Kittys Augen funkelten.

Ich senkte den Kopf, um mich für ihren nächsten Schlag zu wappnen, wie auch immer er aussehen mochte.

«Ich bin *froh*, dass du sie noch rechtzeitig gefunden hast. Ich bin *erleichtert*, dass du mir gezeigt hast, was für ein Mann du wirklich bist, bevor mich die Hochzeit für immer an dich gekettet hätte. Die ganzen Jahre, in denen wir zusammen waren, hast du mich gut an der Nase herumgeführt, Dominic. Weißt du, vielleicht habe ich mir einfach so gewünscht, dass du jemand sein könntest, der du nun mal nicht bist – ehrenhaft, treu, rechtschaffen und mit etwas Rückgrat –, dass ich alle möglichen kleinen Hinweise übersehen habe, die mir eigentlich hätten auffallen sollen. Blicke, die du anderen Frauen zugeworfen hast und die mir unschuldig vorkamen, Worte, die du gesagt hast, die ich auch anders hätte verstehen können.»

Sie hielt inne, als wollte sie mir die Gelegenheit geben, ihr erneut zu widersprechen, es abzustreiten. Doch sie lag so vollkommen daneben und war mit solchem Feuereifer dabei, ihre falsche Anschauung zu konstruieren, so in Cordlins Leben und Ansichten *gefangen* – wie auch ich es gewesen war –, dass ich nicht wusste, wo ich mit meinen Entgegnungen ansetzen sollte. Abgesehen davon wollte ich es auch gar nicht; ich hatte getan, was ich getan hatte. Ich hatte jeden Vorwurf verdient, den sie mir an den Kopf warf.

«Es ist sowieso egal», fuhr sie fort. «Jetzt ist alles klar, und ich sehe dich als den Schwächling, der du bist, der mich verraten und mit meinen Gefühlen gespielt hat. Du kannst gehen», sagte sie und erhob sich. «Und ich wäre dir dankbar, wenn du dich mir, meiner Familie und meinen Freunden nie wieder näherst.»

Sie verließ das Wohnzimmer und blieb neben der Tür stehen, um mich in den Flur hinaustreten zu lassen. Ihr Gesicht war kreidebleich, ihr Körper eisern; ihre Pantoffeln waren über jedem Zeh mit einer Rose bestickt, Rankenornamente zierten die Aufschläge ihres Nachthemds, doch keins dieser Details vermochte den Gesamteindruck abzumildern.

Ich blieb vor ihr stehen, sah ihr ins Gesicht. Sie wich meinem Blick so lang wie möglich aus, dann sah sie mich flüchtig an. «Geh jetzt», sagte sie. «Ich will dich nicht länger in meinem Haus haben.»

«Es tut mir leid, dass ich dich verletzt habe, Kitty.»

«Nun, das ist ausgesprochen vornehm von dir.» Ihre Stimme dröhnte in meinem Ohr, während ich mich von ihrem Zorn abwandte. «Aber ich bin noch immer verletzt und werde ganz gewiss länger verletzt sein, als es dir leidtun wird. Jetzt geh und such in den Armen dieses Monsters Trost. Von mir aus kann's dir dort leidtun. Beim Anblick deiner reumütigen Schmierenkomödie wird mir *schlecht.*»

Sie hätte mich ebenso gut anspucken können. Sie rauschte an mir vorbei und riss die Tür auf. Die vordere Veranda war ebenfalls elektrisch beleuchtet; wie oft hatte ich hier geklingelt, in dem goldenen Glanz darauf gewartet, dass mich jemand aus der Familie hereinließ und begrüßte, mich darauf gefreut, Kitty im Tanzkleid die Treppe heruntereilen zu sehen.

Ich trat aus dem Haus hinaus; als ich mich noch einmal umdrehte, sah ich gerade noch, wie die Tür mit stiller Endgültigkeit hinter mir zufiel. Kitty ließ das Licht an, bis ich das Eingangstor schloss – vermutlich wollte sie mir damit zeigen, dass sie sich noch immer an zivilisierte Verhaltensregeln hielt, egal, wie weit ich mich selbst davon entfernt hatte.

Wie betäubt ging ich davon. Ich holte die Meermünze hervor und drückte sie mir an die Lippen, versuchte, ein wenig Meeresduft einzuatmen, doch sie roch nur nach meinem Angstschweiß. Ich schob sie zurück in die Tasche und ging weiter.

Ich hatte einen Scherbenhaufen in Kittys Haus zurückgelassen. Noch nie hatte ich mich irgendwo so unbeliebt gemacht, und die Dinge, die Kitty zu mir gesagt hatte, hatten mich tief getroffen. Ich war erschüttert, nicht mehr in der Lage auseinanderzuhalten, welcher ihrer Vorwürfe gerechtfertigt und welcher nur ihrer Bitterkeit entsprungen war. Ich hatte das Gefühl, mich selbst kaum zu kennen. Vielleicht hatte ich mich nie richtig gut gekannt. Konnte ich wirklich so niederträchtig sein, ohne es je selbst bemerkt zu haben?

Um mich etwas aufzuheitern, versuchte ich mich in Gedanken an Neme zu klammern, doch sie erschien mir fast unecht; grell, hart und schmähend beherrschte Kitty meinen Verstand, die Krallen ihrer Stimme zerfetzten mein Selbstvertrauen, sodass ich nicht an ihr vorbeidenken und bis zu meiner sanften Neme vordringen konnte, zurück zu dem Moment am Strand, in dem Neme mir die Meermünze gegeben hatte, zurück zu unseren gemeinsamen Nächten. «Meerjungfrau» hatte Kitty sie genannt – und «Monster»; wie konnte ich ein Monster heiraten wollen?

Doch Neme war nichts von alldem. Sie war meine Neme, von mir ebenso verzaubert wie ich von ihr, und sie erwartete mich auf Rollrock, in dem bescheidenen, abgelegenen, spärlich eingerichteten Zuhause, wo ich hingehörte. Sie war alles, was ich hatte, und alles, was ich brauchte. Ich ging durch Cordlin, zum Haus meiner

Tante, der ich morgen, bevor ich die Insel verließ, die gleiche Botschaft überbringen würde, die ich Kitty soeben übermittelt hatte. Beim Laufen stieß ich Kitty und Cordlin aus meinen Lungen hinaus, den ganzen Festland-Firlefanz und Trubel, mit dem ich mein Leben angefüllt hatte, und atmete die Schlichtheit ein, zu der ich nun zurückkehren würde – den kalten Wind, der direkt vom Meer herüberweht, den Geruch der Petroleumlampen, den würzigen Feuerholzrauch und schließlich den feuchten Seegrasgeruch von Nemes Haar. Ich schloss die Augen und verbarg mein Gesicht in ihren Haaren; ich spürte ihre schmalen Arme um mich herum, hörte ihre tiefe Stimme, in der keinerlei Zorn und Vorwurf lagen. *Such in den Armen dieses Monsters Trost,* hatte Kitty gesagt. Doch ich suchte keinen Trost, sondern Wahrheit – die Wahrheit über mich selbst, einen Mann, der nichts vortäuschte, nicht nach einem protzigen Haus, seltenen Gegenständen oder beeindruckenden Freunden strebte; ein Mann, der vollständig war, der in sich ruhte und genau wusste, wer er war, so beschämend oder bedauernswert das auch sein mochte.

Davon versuchte ich mich zu überzeugen, während ich mit geschlossenen Augen durch Cordlins Nacht lief, mit der Daumenspitze über die Rillen der Meermünze fuhr und wieder Nemes warme seidige Haut auf meinen Lippen spürte.

DANIEL MALLETT

Mum ging im Haus auf und ab, und ihre Decke schleifte hinter ihr her wie ein Stück Rasen, das sie aus der Erde gerissen und zu einem derben Mantel umfunktioniert hatte. Sie ging an der geschlossenen Haustür vorbei von einem Fenster zum nächsten. Ich versuchte gar nicht erst, einzelne Wörter aus ihrem Gemurmel herauszuhören, das sich aus fremdartigen Melodien, Gewimmer und Geflüster zusammensetzte. Sie ergaben ebenso wenig Sinn wie das Rauschen der Decke oder das Wischen ihrer Fußsohlen auf den grauen Holzdielen.

Sie blieb vor einem der Fenster stehen, durch die Stuhllehnen von mir getrennt; ihre Schultern ragten wie seetangbewachsene Hügel dahinter hervor, ihr Kopf zeichnete sich vor dem gleißenden Licht der Wolken ab, das Haar ein wenig zerzaust, ein paar Strähnen wehten im Wind ihrer eigenen Wärme. Sie gab sich ganz der Aussicht hin und verfiel in Schweigen, während ich in der Diele stand und ihrer Traurigkeit lauschte.

Ich hütete mich, sie zu fragen, was los war. Sie hatte es mir schon oft genug gesagt: *Ich komme aus dem Meer, und das Meer fehlt mir.* Wie konnte das Meer ihr fehlen?, hatte ich mich gefragt – es lag doch gleich unterhalb des Dorfes, jeder konnte einfach hingehen! *Soll ich dich runter zum Strand bringen, Mum? Es ist nicht weit. Wir könnten deine Decke mitnehmen und sie im Wasser wieder frisch machen,* hatte ich ihr manchmal vorgeschlagen, als ich noch jünger war; sogar im November, wenn draußen der Schnee fiel. *Nein, mein Schatz*, hatte sie immer geantwortet. *Danke, mein Liebling, aber wirklich nicht. Du kannst mir nicht helfen.* Und von den anderen Jungs hatte ich gehört, dass es ihnen genauso erging – dass ihre Mums heute, diese Woche oder bereits die letzten Monate über schwermütig waren und sie nichts tun konnten, um sie aufzuheitern, sosehr sie sich auch bemühten. Sie stellten ihr einen Sessel in die Sonne, brachten ihr jedes Katzenbaby und Entenküken, das sie finden konnten, spazierten mit ihr am Strand entlang, doch nichts konnte sie trösten.

Ich ging zu Mum, stellte mich vor die Fensterbank, als interessiere auch ich mich für das Leben dort draußen. Ich blickte auf dieselben abschüssigen Straßen wie immer – eine führte hinauf, die andere hinunter. Dieselben frischgekalkten Eingangsstufen leuchteten wie Laternen am Wegesrand. Dieselbe langweilige Katze lag schlummernd in Trumbells Fenster, blinzelte uns zu herüber, schlief weiter. Und zwischen oder hinter den Dächern ritt das Meer auf den Horizont zu, kohlrabenschwarz, flach wie Schiefer, und kein Segel, keine Jolle, kein Seeungeheuer unterbrach die gähnende Leere.

Immer wieder drehte Mum ihren silbernen Ehering um den Finger; manchmal tat sie das so lange, bis die Haut drum herum rot anlief. Sie drückte und drehte, als müsste sie richtig Kraft aufwenden, um ihn zu lockern, dabei glitt der Ring sonst immer leicht zwischen den Fingerknochen hin und her.

Ich legte meine Hand auf ihre dunklere. Sie wandte den Blick von der Aussicht ab und mir zu.

«Was ist denn, Daniel?»

Ich löste ihre Hände voneinander. Dann drehte ich mich wieder zum Fenster, schlang mir Mums Arm um die Schulter und zog ihre beringte Hand vor meinen Brustkorb. Dort hielt ich sie fest und übernahm die Aufgabe, das warme Silber zu drehen, bewegte es behutsamer über Mums Finger, als sie es getan hatte.

Sie lachte sanft auf, tief unten in ihrer Kehle. «Mein süßer Junge.» Sie drückte mir einen Kuss auf den Kopf, dann legte sie ihre freie Hand dorthin. Und so blieben wir stehen, sie in ihre Decke gehüllt und ich in sie gehüllt, und unermüdlich drehte ich den Ring um ihren Finger, während draußen die Treppenstufen glänzten, die Katze schlummerte, das glatte Meer sich dahinter ausdehnte und alles so blieb, wie es war.

||||||||||

Das Festland tauchte wie der schwarze Rand eines Fingernagels zwischen der Blässe der Meeresoberfläche und des Himmels vor uns auf. Ich zog Dad am Ärmel. Er unterhielt sich gerade mit Mr. Fisher, der mit uns über den Strait fuhr, um Konservendosen und Gemüse für seinen Laden einzukaufen.

«Ja, da ist es», sagte Dad zu mir, und warf einen Blick hinüber, um mich zufriedenzustellen.

«Lass dir bloß nichts vormachen, kleiner Daniel», sagte Fisher und reckte sich an Dad vorbei, der ihm gegenüberstand. «Es sieht vielleicht aus wie das Gelobte Land, aber nichts geht über Rollrock, nichts geht über die Heimat.»

Dad drückte – für Fishers Augen unsichtbar – meine Schulter. Wollte er, dass ich Fisher aufmerksam zuhörte oder nicht auf ihn achtete und aufs Festland flüchtete, sobald ich nur konnte?

Wir standen im eisigen Herbstwind an der Reling. Mum hatte mir heute Morgen Pomade in die Haare gekämmt; im Spiegel hatte ich zugesehen, wie sie mein Haar auf beiden Seiten des hellen Scheitels zu zwei schmierigen Wellen formte. Seitdem fühlte sich mein ganzer Kopf kalt und zerkratzt an, und der Wind hatte meine Kopfhaut samt Ohren zu einer tauben Sturmhaube gefroren.

Langsam erhob sich das Land und breitete sich am Horizont aus: zwei abgerundete Hügel, um die sich zu beiden Seiten weitere kleinere scharten, als wären es ihre Bediensteten. Unter uns schwappte und tanzte das Meer. Während die Sonne aufstieg, bläute der

Himmel noch stärker nach, und an Land tauchten Umrisse auf, bewaldete Flächen und Felder. Dächer und Straßen schimmerten. Dann erschienen die schwarzen Felsformationen vor uns und verdeckten vorübergehend alles, bis sie sich voneinander trennten und erneut den Blick auf das Festland freigaben, das nun noch näher und schillernder zwischen den Heads hervorschaute.

Nichts, dachte ich, konnte aufregender sein, als zwischen diesen beiden Felsköpfen hindurchzutuckern. Cordlins Hafen breitete sich zu beiden Seiten aus, wirkte glatt und gelassen nach der aufgewühlten See, dem Klatschen der Wellen am Fuße der Klippen. Reihe um Reihe lagen die Boote längsseits der Landungsstege verankert, andere schunkelten lockerer vertäut weiter draußen im offenen Wasser, jedes Segelboot und jeder Schlepper, jedes kleine Freizeitboot küsste sein morgendliches Spiegelbild. Cordlins Innenstadt säumte dicht gedrängt den Hafen und überzog die umliegenden Hänge, weiter hügelaufwärts lagen vereinzelte Landhäuser und Scheunen wie verkleckerte Milchtropfen um eine Schüssel mit Haferbrei. Die vorderen Fenster zwinkerten uns zu, die großen Kornkammern und Wolllager mit ihren vergitterten Fenstern und dem rot-weißen Mauerwerk ragten vor uns in die Höhe, und zum ersten Mal wurde mir klar, wie bescheiden meine Heimatinsel war, gemessen an diesem Zentrum des Wohlstands und des Handels.

«Wir nehmen den Bus», sagte Dad zu mir. «Er fährt direkt am Pier ab. Siehst du ihn da drüben?»

«Dann gucken wir uns die Stadt hier gar nicht richtig an?», fragte ich. Sie schien so viel Sehenswertes zu bieten – mit ihren Lagerhausfassaden in vorderster Reihe, mehreren Kirchtürmen dahinter und der beflaggten Burg ganz oben. Blitzende Lastwagen und Automobile glitten am Ufer entlang.

«Kannst du mit dem Jungen nicht zumindest kurz über die Vergnügungsmeile am Hafen schlendern, Mallett?», fragte Fisher lachend. «Und ihm im Laden von Mrs. Hedley wenigstens ’nen Himbeerlolli kaufen?»

«Wir sind geschäftlich hier», antwortete Dad mit einem Lächeln und schüttelte den Kopf. «Der Markt in Knocknee wird dem Jungen als Abwechslung reichen müssen.»

Alle Fröhlichkeit wich aus Mr. Fishers Gesicht. «Ja, richtig. Ihr seid ja nicht zum Vergnügen hier, um Süßigkeiten zu kaufen und rumzubummeln.» Er warf mir einen wachsamen und Dad einen besorgten Blick zu. «Na, dann mal viel Glück dafür, Dominic!»

Als das Boot im Hafen vertäut war und die Passagiere mit schlurfenden Schritten auf den Landungssteg zusteuerten, ließ Fisher gewichtig eine Hand auf meine Schulter sinken, als gingen wir zu einer Beerdigung oder als begäben wir uns in die Hände eines Chirurgen, dessen Behandlung wir vermutlich nicht überleben würden.

Der Bus war ein wunderbares glänzendes Ding, cremefarben und grün lackiert, mit einer Plakette an der Seite und einem Nummernschild hinten. Im Bus saßen schon Leute – Leute aus Cordlin, die jeden Tag mit Bussen fuhren – und warteten darauf, dass Dad und ich, festgeklammert an seine Hand, einstiegen, bezahlten und auf den leuchtend roten Sitzen Platz nahmen.

Die Fahrt nach Knocknee war voller neuer Eindrücke und Erlebnisse, die schlagartig aufeinanderfolgten, sodass meine Nacherzählung, die ich im Kopf bereits für Mum einstudierte, schnell durcheinandergewirbelt wurde und dann ganz verstummte. Ich klebte am Fenster und war froh, dass Dad über mich hinwegsehen und so die wichtigsten Dinge und Details entdecken konnte, die mir vielleicht entgingen. Gerade ließen wir die überwältigende Stadt mit ihren viel zu vielen Gesichtern, zu vielen Gardinen, Toren, großen Bäumen und Blumenkästen hinter uns und flogen an Feldern vorbei; dem konnte ich leichter folgen – den Feldern in ihrer Leere, den Hügeln in ihrer bauschigen Rundlichkeit, mit der sie dem Meer ähnelten, dessen ausschweifenden Anblick ich gewohnt war.

Der Motor schien sich direkt unter unserem Sitz zu befinden, so wie er unsere Hinterteile durchrüttelte. «Ganz schön laute Art, sich zu bewegen», sagte ich zu Dad.

«Kann man wohl sagen», stimmte er mir zu. «Lauter als ein Boot und ganz sicher lauter als die eigenen Beine. Dafür geht's schnell», fügte er hinzu, «und wir müssen schnell sein, wenn wir an einem Tag hin- und zurückwollen.»

Als wir Knocknee erreicht hatten – das zwar nicht so groß war wie Cordlin, aber an einem Markttag wie heute immer noch geschäftig und für einen Jungen aus Rollrock überwältigend genug –, schob sich mein Dad durch die Menge und stellte hier und da jemandem eine Frage. Was er die Leute fragte, verstand ich nicht, aber zur Antwort schauten alle schnell woanders hin, schüttelten die Köpfe und wandten sich ab. Ich lief hinter Dad her, und vom Laufen und den vielen neuen Eindrücken – Hunde, rote Haare und rote Gesichter, riesige Gemüsestapel, Massen von frischgeschlachtetem baumelndem Fleisch in den Marktreihen – wurde ich schließlich müde und zitterte vor Erschöpfung. Dad setzte mich vor der Mauer des Marktplatzes auf einer Bank ab, die von der sanften Herbstsonne beschienen wurde. «Warte hier auf mich, solang ich weitersuche, Daniel; sobald ich mehr weiß, hol ich dich ab.»

Kurze Zeit später wurde jemand auf dem anderen Ende der Bank abgesetzt, jemand, der einen Rock trug und deutlich mehr Haare hatte als ich. Mittlerweile hatte ich mich ein bisschen beruhigt und taute allmählich in der Sonne auf. Nachdem wir uns ein paarmal dabei erwischt hatten, wie wir einander verstohlen ansahen, sagte ich zu ihr: «Ich weiß, was du bist.»

Sie hörte auf, mit den Beinen zu baumeln, sah mich an und verengte die Augen – sie waren so hell wie bei meinem Dad – zu Schlitzen. «Soso, und was bin ich?»

«Du bist ein Mädchen», sagte ich.

Sie lachte glucksend. «Ach, ehrlich?», sagte sie. «Wie gut, dass du mir das gesagt hast.» Sie fing wieder an, mit den Beinen zu baumeln, dann sah sie sich um, betrachtete Beine, Hinterteile, Körbe, Betriebsamkeit. «Und ich dachte immer, ich wär 'ne Giraffe.»

«Aber du bist doch eins, oder?», fragte ich. «Ein Mädchen?»

Sie musterte mich von Kopf bis Fuß. Ihr Atem schwebte weiß in der Luft, die durchdringend nach dem nahegelegenen Räucherfleischstand roch und kein bisschen nach Meer. «Bist du behämmert, oder was?»

«Ich hab noch nie eins getroffen», sagte ich.

Sie schnaubte.

«Das stimmt», beteuerte ich. «Bei uns auf Rollrock gibt's keine.»

Jetzt sah sie noch verwirrter aus – und noch hübscher.

«Du bist von Rollrock Island?»

«Ja, bin ich», bestätigte ich. «Mein Dad und ich sind heute Morgen hergekommen.»

«Zum ersten Mal?» Auf einmal schien ich interessant zu sein, und sie fand mich anscheinend auch nicht mehr blöd, was gut war.

«Zum allerersten Mal», sagte ich.

«Du warst dein ganzes Leben lang auf dieser Insel?»

Ich suchte in ihrem Gesicht nach einer Erklärung dafür, warum das so erstaunlich sein sollte. «Ja, war ich», sagte ich. «Und auf dem Meer drum herum.»

«Ich war noch nie auf der Insel», sagte sie. «Mum und Dad wollen nicht mit mir hinfahren. Sie sagen, die Männer werden da verrückt. Ist dein Dad verrückt?»

«Natürlich nicht.» Suchend blickte ich mich nach ihm um. Keines dieser Beinpaare gehörte zu ihm, keiner der Köpfe, deren Hutkrempen sich fusselig vor der Sonne abzeichneten.

«Bist *du* verrückt?», fragte das Mädchen.

«Nein!»

Sie lachte über mich, allerdings nicht unfreundlich. Was für eine Menge Haare sie hatte! Und sie waren nicht glatt und seidig wie bei einer Mum. Wenn man das Band abziehen, die Schleife lösen und sie aus den Zöpfen befreien würde, stünden ihre Haare zu allen Seiten ab. Vielleicht würden sie auch einfach von ihrem Kopf davonlaufen – oder Feuer fangen, wenn so viele knallrote Strähnen aufeinandertrafen.

«Du könntest alles sein», sagte sie, «mit deinen riesigen Augen.»

Beschämt drehte ich mich von ihr weg, und wieder lachte sie. Diese Mädchen konnten einen ganz schön verunsichern.

«Was habt ihr denn in Knocknee vor, du und dein Dad?», fragte sie, als hätte sie ein Anrecht darauf, es zu erfahren.

«Mein Dad macht hier Geschäfte», gab ich zurück. Erneut durchsuchte ich die Menschenmenge, denn allmählich wünschte ich mir, er würde daraus auftauchen, vielleicht mit etwas zu essen für mich, irgendeiner typischen Cordlin-Leckerei.

«Stoffe kaufen?»

«Er muss jemanden finden. Ein Mädchen – wie dich.»

«Habt ihr denn *wirklich* keine, da auf Rollrock? Nur Jungen und Männer – und alle verrückt?»

«Wir haben *Frauen*», sagte ich gekränkt. «Wunderschöne Frauen – unsere Mütter.»

«Ja-a.» Sie sah mich wieder aus zusammengekniffenen Augen an und stieß noch mehr rauchigen Atem aus. «Das ist so was wie eure Spezialität, oder?»

«Was meinst du damit?» Ich versteifte mich noch mehr, wusste nicht, wie beleidigt ich sein sollte.

«Ich versuch gerade, mich zu erinnern. Ich hab einige Mums reden hören. Irgendwas war doch mit diesen Rollrockfrauen, oder?»

«Vielleicht», sagte ich. «Aber sie sind unsere Mums, also pass auf, was du sagst, sonst fängst du dir eine.»

«Na ja, sie müssen schon ungewöhnlich sein, wenn so 'n ungewöhnlicher Junge wie du dabei rauskommt», stellte sie sachlich fest, während sie mich von oben bis unten mit Blicken maß.

«In unserem Dorf sind sie ganz normal», sagte ich. «Vollkommen normal.» Damit wandte ich mich wieder der Menge zu – und der Sonne.

Dann kam Dad und rettete mich; er hatte mit seinen Fragen endlich Erfolg gehabt. Er wusste jetzt, wo wir nach dem Mädchen suchen mussten.

Wir gingen in einen stinkenden Teil der Stadt; vor dem Elternhaus des Mädchens stapelte sich ein Müllberg in einer Rinne und dümpelte darin umher, drinnen lag eine Katze in der Ecke, die ich für tot hielt, bis sie mir ihr garstiges Dreiecksgesicht entgegenhob und die Augen öffnete, die irgendeine entsetzliche Stadtkrankheit vollständig weiß gefärbt hatte.

Dad sprach mit einer Frau, die ich zuerst für die Großmutter des Mädchens hielt, weil sie kaum noch Zähne hatte und so runzelig war – doch wie sich herausstellte, handelte es sich um die Mutter. Sie sah meinen Dad an, als könnte er jeden Augenblick nach ihr schnappen, als wäre er nur hier, um sie reinzulegen, und als müsste sie auf der Hut sein.

Das Mädchen selbst hatte orangerote Haare wie jeder hier, war aber nicht so gepflegt wie das Mädchen vom Markt und auch nicht so schlank. Sie war ähnlich hibbelig wie ihre Mum und besaß dazu einen ganz eigenen, heimtückischen Zug. Mit gespitzten Ohren und geschürzten Lippen saß sie da, und ihr Blick schoss zwischen meinem Dad und ihrer Mum hin und her. Sie trug ihr Kleid auf merkwürdige Weise; die Träger verliefen hinten überkreuz, und die Enden, die zur Taille hinunterführten, hatte sie auf ihrer stämmigen Vorderseite ebenfalls überkreuzt. Bei ihrem Anblick wurde mir mulmig; wer nähte denn ein Kleid mit so langen Trägern? Es sah aus, als hätte sie ihren Kopf falsch herum aufgesetzt. Sie ignorierte mich, als wäre ich zu jung, um irgendwie von Bedeutung zu sein, worüber ich froh war.

Sie sprachen über Geld; ihre Mum wollte welches, und Dad erwiderte, dass Rollrock keins zahlen müsste, schließlich würden wir schon für die Kleidung und Unterkunft des Mädchens aufkommen. Er schien das Mädchen zu kaufen, schien etwas zu kaufen, das es tun konnte. Ehrlich gesagt sah dieser merkwürdige grauhäutige Mädchenklumpen nicht so aus, als wäre er zu besonders viel imstande. Sie wirkte eher wie jemand, der sich möglichst vor jeder Arbeit drückt.

Dad holte tief Luft. «Sie haben elf von der Sorte, Mrs. Callisher. Sind Sie nicht froh, dass Ihnen jemand zumindest eine Last von den Schultern nimmt?»

«Die hier isst wie 'n Vögelchen, auch wenn sie nicht so aussieht», spie ihm die Mum entgegen. «Warum nehmen Sie nicht eins von den größeren Mädchen, meine Gerty oder meine Lowie? Dünn wie Bohnenstangen sind die, obwohl sie das Essen wie hungrige Kälber in sich reinstopfen.»

«Sie wissen ganz genau, warum: Die hier hat die Gabe. Sie wird von unserer Misskaella angelernt, bis sie sich selbst nützlich machen kann.»

Misskaella? Was hatte denn die alte Krähe, die immer hustend und knurrend in ihren Flatterkleidern durch Potshead zog, damit zu tun?

«Nützlich wobei? Nützlich beim Meerjungfrauenfangen, das ist es! Dann sitzt sie den Rest ihres Lebens auf diesem verfluchten Rollrock fest, denn sonst braucht man nirgends auf der Welt jemanden zum Meerjungfrauenfangen.» Sie schielte zu mir herüber. «Ich will keine Enkelsöhne mit *Schwanzflossen*», sagte sie. «Und keine Enkeltöchter mit *Flossen.*»

Was faselte sie da nur? Sie mussten beide verrückt sein, sie und ihre Tochter.

«Wir zahlen ihr einmal im Jahr eine Fahrt nach Hause, wie wär's damit? Das Boot und den Bus, damit sie Sie jeden Frühling besuchen kann.»

Die Mum saugte an den Innenseiten ihrer verdrießlichen Visage. «Und niemanden zum Heiraten.»

«Sie kann genauso gut hier einen Mann kennenlernen, wenn

sie zu Besuch ist, Mrs. Callisher. Die Bedingungen sind doch wirklich akzeptabel. Ich bin sicher, Trudle wird zufrieden sein mit ihrem eigenen Zimmer im Haus der alten Frau und ihrem eigenen Auskommen.»

Trudle lachte wiehernd, und selbst ihr Lachen machte sie nicht weniger hässlich. Ihr Gesicht wirkte eher noch verschlagener, wenn sie es so zerknitterte.

Ihre Mum schüttelte den Kopf. «Die da wär auch auf 'nem Misthaufen glücklich. Hat vielleicht 'ne Gabe, ist aber nicht ganz richtig im Kopf.»

«Frag doch mal Fan Dowser, was ich sonst noch so für Gaben habe», sagte Trudle mit Reibeisenstimme.

Die Mum schoss vor und schlug ihr ins Gesicht. Das Mädchen rieb sich die Wange und funkelte zornig zu ihr auf.

«Also gut, nehmen Sie sie mit», sagte ihre Mum betont gleichgültig. «Aber beschweren Sie sich hinterher nicht bei mir über das, was sie mit Ihren hübschen Jungs anstellt.» Sie warf mir einen Blick zu, einen Mundwinkel verächtlich hochgezogen, doch aus ihren Augen sprach Angst. «Wie gesagt, in ihrem Oberstübchen ist nicht viel los. Mir schleierhaft, warum jemand nicht gleichzeitig 'ne Gabe und Verstand haben kann.»

«Die Aufgabe ist leicht verständlich», sagte Dad.

«Hmpf. Nichts davon ist verständlich. Geh und hol die Kiste mit deinen Sachen, Mädchen.»

Trudle bestand darauf, sich für die Reise mit einem abgetragenen altertümlichen Rüschenkleid in Schale zu werfen, zu dem sie einen dunkelblauen Hut aufsetzte. Dazwischen blickte ihr verschlagenes Gesicht hervor. Dad wickelte mit ihrer Mum das Geschäftliche ab, dann machten wir uns auf den Weg.

Ich war froh, aus diesem Haus raus zu sein und fort von dieser Frau, allerdings weniger glücklich, dass Trudle uns begleitete. Sie hatte einen eigenartig schaukelnden Gang, watete mit weit auseinanderstehenden Beinen unter ihrem beleibten Körper vorwärts, als hätte sie sich in die Hose gemacht. Sobald die Leute uns vorbeikommen sahen, brachen sie ihre Unterhaltung ab und starrten uns an. Mein Dad ging uns voraus, Trudles Kiste auf die Schulter gestemmt und eine Bettdecke obendrauf getürmt. Er lief recht schnell, sodass Trudles Wackelgang noch lächerlicher wirkte. Es war ein einziger Albtraum – die riesige Stadt, die Hektik, die abschätzigen Blicke und Kommentare, die die Leute ringsum auf uns abfeuerten, das späte Sonnenlicht, das kalt in den klammen Gassen aufflackerte. Weder Trudle noch ich sprach einen Ton; wir kämpften uns jeder für sich und doch gemeinsam weiter. Ich wäre lieber neben Dad hergelaufen, konnte ihn aber nie richtig einholen.

Dann lösten sich die Menschenmengen auf, und dort stand der Bus neben dem Unterstand. Die Tür ging gerade zu, doch mein Dad rief: «Halt!», und rannte winkend dem Bus hinterher, bis der Fahrer die Tür noch einmal für uns öffnete.

Trudle schob sich als Erste hinein. Sie wählte einen Sitz in der Mitte des Busses und nahm aufrecht und äußerst zufrieden darauf Platz. Als Dad sich neben sie setzen wollte, funkelte sie ihn an, also nahmen wir in der Reihe dahinter Platz.

«Das war knapp», sagte er, als der Bus ihn beim Anfahren zurück in den Sitz warf. «Hätt ich noch länger mit Mrs. Callisher feilschen müssen, hätten wir heut Nacht hier festgesessen.»

Ich konnte Trudle riechen – wie alt ihre Kleider waren und dass sie schon eine ganze Weile nicht mehr gebadet hatte.

«Du hast dich auf dem Markt also mit einem Mädchen unterhalten?», fragte Dad freundlich, als wir beide wieder zu Atem gekommen waren.

Ich nickte, sah die Ausläufer von Knocknee vorbeiwirbeln: ein Landhaus mit einem Garten, in dem sich jede Menge ungehacktes Feuerholz türmte, ein Hund mit Puschelschwanz, Stiefelabdrücke im Schlamm, in denen Wasserpfützen glitzerten.

«Und wie war's?», wollte er wissen.

Ich zuckte die Schultern – ich hatte keine Ahnung, wie es gewesen war, was ich darüber denken, was ich sagen sollte.

«War's nett, mit ihr zu reden?»

Ich rutschte mit dem Hintern zurück, um aufrechter zu sitzen. Kühe flogen vorbei, einige reckten die großen Köpfe und glotzten uns an. «Sie war ganz nett, glaub ich.» Hatte ich das Recht, jemanden, der mir so fremd war, zu mögen oder nicht? Ich fühlte mich heute wie der riesige leere Frachtraum eines Fischdampfers, in den nach und nach die Fische und Seewürmer der ganzen Welt hereingepurzelt kamen. «Wir haben uns nur kurz unterhalten.»

Irgendwas war doch mit diesen Rollrockfrauen, oder? Ich sah wieder die zusammengekniffenen Augen des Mädchens vor mir, die drahtigen Haare, die leuchtend ihren Kopf umgaben. Mit einem Schlag wünschte ich mir nichts sehnlicher, als bei *diesen Rollrockfrauen* zu sein; ich hatte genug von dem Abenteuer heute. Ich wünschte, ich wäre wieder ganz klein und läge zusammengerollt auf Mums Schoß, während ihr andauernder summender Gesang mich in dem ruhigen Zimmer umschwirrte und Dad zum Fischen oder in Wholemans Pub gegangen war.

Trudles Blick schweifte über die ländlichen Gegenden des Festlands. Sie schien es nicht für nötig zu halten, mit uns zu reden; sie hätte ebenso gut allein unterwegs sein können, so wenig Beachtung schenkte sie uns. Am Kai angekommen, marschierte sie uns voran an Bord des Schiffes, als gehörte es ihr, und blieb während der gesamten Fahrt über den Strait aufrecht und mit fröhlichem Gesichtsausdruck stehen.

Sobald wir in Rollrock an Land gegangen waren, schickte mein Dad mich nach Hause. Mr. Fisher gab mir eine Zitrone für meine Mum mit; ich bohrte den Fingernagel in die Schale und roch den ganzen Weg bergauf durch die Stadt daran, um den Trudle-Geruch aus meiner Nase zu vertreiben.

Wie ich mir später aus aufgeschnappten Gesprächsfetzen zusammenreimte, hatte man Trudle wie versprochen und ohne Gejammer bei Misskaella abgeliefert. Von da an bildeten die beiden ein festes Gespann – wie ein Mehltopf und eine etwas kleinere Teedose. Beide trugen Hexenkleider, die an den Armen und in der Taille eng anlagen und dann wie Glockenblumen aufgingen und fast bis zum Boden reichten; oben Käfig, unten Blume – wie ich es bei den Frauen in Knocknee und Cordlin gesehen hatte, die *auf ihr Äußeres bedacht* waren. Die Haare der einen leuchteten im Sonnenschein schmutzig orange, die der anderen waren überwiegend weiß wie Frost, nur ein paar rötliche Flecken verrieten, welche Farbe sie ursprünglich einmal gehabt hatten. Und Misskaella trug ihr schütter werdendes Haar kurz, während Trudle ihres wachsen ließ, um zu betonen, dass nur sie Haare von solcher Farbe und Fülle besaß.

Misskaella war nie höflich, grüßte nicht einmal, wenn man ihrem Blick begegnete, und Trudle schaute sich dieses Verhalten schnell ab und übernahm es, zumindest den Mums und Kindern gegenüber. Für die Männer verzog sie die Mundwinkel zu etwas, das als Lächeln durchgegangen wäre, hätte es nicht so halbherzig und verschlagen gewirkt. Ganz offensichtlich genoss sie es, unsere Männer zu verspotten. Die hätten lieber so getan, als würden sie sie nicht sehen, doch Trudle stellte sich ihnen einfach in den Weg und warf ihnen einen Gruß zu.

Doch meistens folgte Trudle ihrer Meisterin durch die Stadt und die umliegenden Landstriche. Misskaella allein hatte uns schon genug Angst eingejagt; jetzt gab es zwei von ihrer Sorte – die kleine Dose trippelte der großen hinterher, übernahm und verstärkte den krautartigen Kloakengeruch der Hexe. Zwei Glocken auf Beinen, die uns scheppernde Schauder über den Rücken jagten; zwei struppige Blumen, die über den Aussichtshügel krochen und sich schemenhaft am Himmel abzeichneten. Manchmal hielten sie sich auch an der Südmole auf, wo Misskaella aufs Meer oder zum Dorf hinaufblickte und Trudle vornübergebeugt und mit ausgestrecktem Hinterteil Fischschuppen für ihr Hexenwerk zusammenklaubte. Oder sie zogen als grausiges Duo über die Feldwege, den finsteren Blick starr geradeaus gerichtet, und taten so, als bemerkten sie gar nicht, wie wir Jungs an die gegenüberliegende Wand gepresst einen zaghaften Gruß murmelten, wenn sie an uns vorbeikamen.

An schönen Tagen gingen unsere Mums gemeinsam zum Meer hinunter, um ihre Trostdecken zu waschen. Sie setzten sich auf die Felsen am vorderen Teil der Südmole und vergruben die Zehen im gehäkelten Seetang. Das Wasser rauschte heran, bauschte sich auf, fuhr zischend durch die Decken und zog sich wieder zurück. Bei dieser Beschäftigung waren unsere Mums immer fröhlich, und wir Jungs hielten uns gern in ihrer Nähe auf, kletterten überall herum, in unsere eigenen Spiele vertieft, während sie sich unterhielten und ihre verschiedenen Sprachen miteinander vermischten, um sich gegenseitig zum Lachen zu bringen. Wie festgewachsen saßen sie dort und sahen mit einer solchen Inbrunst auf das wogende Meer hinaus, dass man sich gut vorstellen konnte, sie würden wie die Felsen die ganze Nacht über dortbleiben, um versonnen auf die schwarzen Wellen zu blicken, während das Wasser und die gehäkelten Seegrasdecken schlürfend um sie herumdümpelten.

Misskaella stapfte immer wieder vom einen zum anderen Ende der Mole, und Trudle hüpfte neben ihr her. In den Gürteln beider Frauen steckten jede Menge Seegrasstränge und baumelten wie seltsame Seitenschwänze an ihnen herab. Die Mums ließen die Decken langsam über ihre Knie gleiten, um das Gewebe auf Unregelmäßigkeiten und Abnutzung zu überprüfen, und schenkten den beiden keine Beachtung, riefen sie nur gelegentlich herbei, wenn sie einen Seetangfaden brauchten. Auf der Mole liefen immer ein paar Jungen herum und spielten; bereitwillig brachten sie die Seetangstränge von Hexe zu Mum und wurden zum Dank von den Mums liebevoll in die Wange gekniffen oder bekamen einen Kuss auf den Kopf gedrückt.

Es war ein herrlicher sonniger Tag, noch sehr früh am Morgen, und die Mums waren unter kleinen Schmerzensrufen mit nackten Füßen über die Felsen geklettert, hatten schwungvoll ihre Decken auf dem Wasser ausgebreitet und nahmen gerade auf den Steinen drum herum Platz, als ausgerechnet ein Boot aus Cordlin am Landungssteg festmachte – es war viel zu früh dran – und Besucher aus Cordlin ausspuckte. Sie waren mit Picknickkörben ausgerüstet, die Frauen trugen Sonnenschirme, die Männer vornehme Hüte und spiegelblank polierte Stiefel.

Und schon kamen die Damen vom Landungssteg auf die Südmole zugeströmt. Es war recht windstill, und ihre Stimmen waren so deutlich zu hören, als befänden wir uns im selben Raum: *Sind das da … diese Wesen? Die Robbenfrauen?*

Ich schätze schon. Was machen sie da wohl?

Offenbar waschen sie gerade etwas. Sie waschen …

Ja, was genau waschen sie da eigentlich, Davina?

Komm, wir gehen näher ran und sehen es uns an.

Die Gespräche der Mums waren verstummt; neugierig wandten sie den Besuchern die Gesichter zu. Ich saß auf denSteinen an der Mole, und die Cordlin-Damen liefen etwas oberhalb von mir den Weg entlang. Wie kompliziert ihre Kleider aussahen! Und wie phantasievoll sie ihr glänzendes Haar – braun, goldblond und rot, so wie bei einigen von uns Jungs – hochgesteckt und auf dem Kopf zusammengerollt hatten! Ich folgte ihren Blicken bis zu unseren Mums weiter unten, denen die Trostdecken um die Füße trieben und deren Gesichter nicht ansatzweise so verschlossen waren wie die der städtischen Damen. Sie offenbarten ihr ganzes Seelenleben, all ihre Gedanken und Gefühle, wie auf einem Silbertablett und ließen die Damen nach Belieben zugreifen. Es schien ihnen gar nicht in den Sinn zu kommen, dass die Frauen über sie lachen oder sie nicht verstehen könnten. Die Mums hielten ihre Decken fest, einige strichen immer noch über das Gewebe, als ob sie es untersuchten, obwohl ihre Augen nicht mehr der Aufgabe zugewandt waren. Die kleinen Wellen kräuselten die nassen Decken und ließen sie im Sonnenlicht funkeln. Man sah die nackten Schienbeine einiger Mums, von der Sonne gesprenkelt, vom Wasser verkürzt und grün gefärbt.

Auch unter den Cordlin-Damen breitete sich Stille aus. Misskaella und Trudle standen ganz hinten am Ende der Mole; hätte Misskaella schwimmen können, wäre sie bestimmt sofort ins Meer gesprungen und davongeschwommen. Wir Jungs sahen uns an. Einige verzogen das Gesicht, andere warteten einfach ab.

Schließlich trat eine der Damen, eine ältere mit rosafarbenen Puderwolken im Gesicht, an den Rand der Mole. «Was waschen Sie denn da, gute Frau?», wollte sie mit klarer, befehlsgewohnter Stimme von der Mum wissen, die ihr am nächsten saß – Bessie O'Day.

«Unsere Decken», antwortete Bessie, wobei ihre Stimme im Vergleich so schlicht klang, dass ich mich für sie schämte. «Wir waschen sie aber nicht», fuhr sie fort, «wir weichen sie ein. Und flicken sie.» Sie deutete mit der Hand zu den Hexen hinüber; Misskaella verschränkte die Arme und drehte sich mit schwingendem Seetangschwanz weg.

«Um was für eine Art Decken handelt es dich denn?», schrillte die Stimme der rosawangigen Dame. «Solche habe ich noch nie gesehen.»

Bessie setzte zu einer Erklärung an, doch ihr älterer Sohn Sumner kam von den Molenfelsen herübergesprungen. «Nein, Mum», sagte er. «Du brauchst das nicht zu erklären.» Er warf der Cordlin-Frau einen Blick über die Schulter zu, dann rief er erklärend zu ihnen hinauf: «Sie haben eine besondere Funktion bei uns zu Hause. Aber das ist Privatangelegenheit.»

Privatangelegenheit. Das Wort kannte ich nicht, doch seine Bedeutung erkannte ich sofort als Drohung den Damen gegenüber.

Die rosawangige Dame beäugte die Decken im Wasser. «Aber woraus sind sie denn gemacht? Können Sie mir das sagen?» Sie warf ihren Freundinnen einen Blick zu, der wohl sagen sollte: *Was glauben die, wer sie sind, dass sie meinen, Privatangelegenheiten haben zu dürfen?* Die Freundinnen kicherten.

«Aus Seegras», sagte Sumner.

«Seegras!», rief eine andere Frau. «Wie raffiniert! Ist das eine Fertigkeit, die sie aus dem Meer mitgebracht haben?»

«Ach, i wo, Elgin!», sagte eine von ihnen. «Hast du vielleicht schon einmal von Robben gehört, die *weben* können?»

Sumner deutete auf Misskaella. «Sie macht sie. Sie häkelt sie. Unsere Dads kaufen sie ihr ab.»

«Verscheucht sie mir nicht!», ertönte die Stimme eines Mannes. Alle Köpfe schwangen herum, sahen zu, wie er am Ufer entlang auf die Mole zueilte. Er trug einen Kasten mit einem Stock daran – oder mit mehreren Stöcken, die zusammengebunden waren. Er näherte sich den Cordlin-Damen, setzte die Stockenden ab, begutachtete die Mums und ihre Decken, hob die Stöcke wieder auf und flitzte ein Stück weiter auf die Mole hinaus. «Hier ist es besser. Das Licht ist indirekter, da gelingt eine künstlerischere Komposition.» Damit klappte er die Stöcke auseinander und verwandelte sie in eine Art Ständer für den komischen Kasten. An der Vorderseite besaß er einen Kreis, der wie ein flaches schwarzes Auge aussah.

«O nein», sagte Sumner, allerdings so leise, als wüsste er, dass er sowieso keinen Einfluss auf diesen geschäftig herumwuselnden Mann aus Cordlin hatte. Er drehte sich um und warf einen Blick zu Wholemans Pub hinauf, wo sich einige Dads aufhielten. Sie ahnten sicher nichts, weil das Boot so früh eingelaufen war; er blickte hilfesuchend zu Fishers Laden hinüber, doch die Männer dort unterhielten sich gerade mit dem Bootskapitän der *Fey* und drehten uns den Rücken zu.

Der Mann schnallte den Kasten ab, fächerte die Vorderseite

auf wie bei einer Ziehharmonika und warf ein schwarzes Tuch über Kasten und Holzbeine. Ich konnte den Blick nicht von ihm abwenden, er war so energisch und geheimnisvoll. Was er wohl als Nächstes vorhatte?

Doch da stieß Misskaella einen Pfiff aus.

«Nanu, was ist denn los?», fragten die Damen.

«Ja, was ist los? Die Mums haben doch gerade erst angefangen», sagte Os Cawdron von unten zu mir herauf. «Sie sind noch nicht fertig.»

Doch Misskaella hatte nicht gepfiffen, um das Waschen der Trostdecken zu beenden. Die Dads, die am Anleger standen, drehten sich zu ihr um. Sie sahen den Mann mit dem Kasten und rannten los. Oben bei Wholemans Pub strömten die Männer zur Tür heraus und liefen am Ufergeländer entlang. Zwei von ihnen duckten sich darunter durch und hasteten nach unten.

«Oje, Mr. Thornly», sagte eine der Damen, «ich glaube, sie wollen nicht, dass Sie Fotografien von ihren Frauen machen.»

Ah, Fotografien ... Mr. Paste hatte uns in der Schule davon erzählt. Dann war das da also eine Kamera – ein Kasten, um das Licht draußen zu halten, und ein Auge, um das Licht hereinzulassen.

«Entschuldigen Sie, Sir!», rief Mr. Bannister, der gerade vom Uferweg auf die Mole einscherte, «so was lassen wir hier nicht zu.»

Der Fotograf unterbrach die Tüftelei an seinem Kasten, richtete sich auf und sah die Schar Männer auf sich zueilen. Wenige Meter von ihm entfernt blieben sie stehen, und bei ihrem Anblick schoben sich die Damen aus der großen Stadt näher zusammen. Neben ihren Cordlin-Kleidern wirkte der Aufzug unserer Väter dunkel und nicht besonders sauber; neben ihren schmalen samtigen Gesichtern sahen die unserer Dads zerknittert und ebenfalls dunkel aus. Es ist aber kein Schmutz, verteidigte ich sie im Stillen; es kommt von der Sonne, vom Wind und Wetter – und bei einigen vom Whiskey, gestand ich mir ein.

Der Mann stemmte die Hände in die Hüften. «Aber ich bin eigens angereist, um einen fotografischen Bericht zu erstellen.»

«Und das dürfen Sie von uns aus auch sehr gern tun», versuchte Bannister die Wogen zu glätten, während einige der Männer hinter ihm vor Wut bebten. «Wir hatten Sie nur nicht so früh erwartet, und die Frauen wollten mit der Arbeit an ihren Decken fertig sein, bevor das Boot einläuft. Sie sind nicht schicklich gekleidet, und wir wollen ja nun nicht, dass Sie unschickliche Bilder mit aufs Festland nehmen, nicht wahr?»

«Ganz sicher nicht», sagte Bern O'Day brüsk und eine Spur bedrohlich.

«Und sie dort herumzeigen», fügte Bannister hinzu, «sodass die Leute in Cordlin denken, wir würden unsere Frauen immer so rumlaufen lassen, mit nackten Beinen.»

Die Mums sahen sich verblüfft an und blickten auf ihre Schienbeine, die vom Wasser verzerrt wurden.

«Was ist denn schlimm an Beinen?», murmelte Oswald und sah auf seine eigenen hinunter. Das Sonnenlicht schwirrte durch die roten Borsten an seinem Hinterkopf.

«Wir wollen Sie bestimmt nicht verärgern», dröhnte die rosawangige Dame. «Aber Mr. Thornly hier ist sowohl Anthropologe als auch Künstler. Ich denke, Sie können unbesorgt sein, dass er seine Bilder nicht zu unangemessenen Zwecken einsetzt.»

«Ach, tatsächlich?», zischte Corbell aus der Männermenge heraus.

«Bestimmt können wir das», sagte Bannister erneut in dem Versuch, die Wogen zu glätten.

«Er verfolgt ein Projekt», posaunte die Dame weiter und deutete mit einer ruckartigen Bewegung ihres Sonnenschirms an, dass es sich für sie und die anderen hier anwesenden Cordlin-Bewohner um eine überaus ernsthafte Angelegenheit handelte, «alle Gewohnheiten und Bräuche der umliegenden Inseln für die Nachwelt festzuhalten.»

«Ich finde Ihre Frauen wunderschön!», beteuerte der Fotograf. Wie weiß er neben unseren Dads wirkte – wie ein Porzellanmann –, und wie konnte er glauben, dass sie ausgerechnet so etwas aus seinem Mund hören wollten? Misskaella kam langsam vom Ende der Mole zu uns herübergeschlendert; Trudle tänzelte gelangweilt hinter ihr her. Alles war so seltsam, dass es mich nicht überrascht hätte, wenn Misskaella sich den Mann oder seine Fotokamera gekrallt und auf den Felsen zerschmettert hätte.

«Und wo die Frauen gerade mit dieser traditionellen Tätigkeit …» Zum ersten Mal betrachtete der Mann die Decken richtig. «Worum handelt es sich eigentlich genau?»

Die jüngere Dame sagte überdeutlich: «Sie weichen ihre privaten Decken ein und flicken sie.» Ich hörte, wie die Dame neben ihr leise losprustete; eine andere der jüngeren Frauen drehte sich in meine Richtung, um ihr Lachen zu verbergen, bemerkte, dass ich sie beobachtete, und hielt sich daraufhin den Sonnenschirm vors Gesicht, der dort leicht zitternd verharrte. Auf einmal hätte ich ihr den Sonnenschirm am liebsten aus der Hand gerissen und weggeschleudert, sie mit dem spitzen Schirmende gepikt oder ihr das schnörkelige Hütchen vom Kopf geschlagen.

«Private Decken?», fragte der Fotograf, als hätte man ihm damit völlig den Wind aus den Segeln genommen. «Nun, in diesem Fall nehme ich an …»

«Oh, aber ich bin sicher, das hat noch nie jemand aufgenommen!», rief eine der jungen Damen aus purer Bosheit – man brauchte sie nur anzusehen, wie genüsslich sie sich hin und her wiegte und dabei große Unschuldsaugen machte.

«Natürlich nicht, Georgette», sagte Mrs. Rosa-Bäckchen und ließ gewichtig die Hand auf Georgettes Arm sinken. «Weil es eine *Privatangelegenheit* ist.»

«Ich meine ja nur, wo es doch so ein wertvolles anthropologisches Zeugnis ist!»

«Jetzt lass gut sein.»

Der Fotograf legte sein schwarzes Tuch mit äußerster Präzision zusammen, und an den Falten im Stoff war zu erkennen, dass er es jedes Mal auf die exakt gleiche Weise zusammenlegte. Als er fertig war, ließ er seine Kamera zusammenschnappen und in ihrer Kiste verschwinden. Schließlich klappte er die Holzbeine zusammen.

Die Dads hatten die Schultern sinken lassen, und Job Cress und Michael Lexly gingen wieder zum Boot zurück. Misskaella verharrte auf halbem Weg zu uns. Die Mums saßen schweigend da und beobachteten die Damen, und wir Jungen drehten unsere Köpfe wie Hühner auf der Suche nach Getreidekörnern hin und her, damit wir alle im Auge behielten.

«Nun, wo hätten wir denn die besten Aussichten, ein paar schöne Landschaftsaufnahmen von der Insel zu machen?», fragte der Fotograf. «Wenn Sie *dagegen* keine Einwände haben.»

«Oben vom Aussichtshügel, würd ich mal sagen», schlug Bannister vor.

Während er dem Mann den Weg dorthin beschrieb, warfen die Cordlin-Damen einen letzten Blick auf unsere Mums, die mit ihren gurgelnden, blubbernden Decken im seichten Wasser saßen, dann zogen sie den Männern hinterher.

Robbenfrauen. Warum hatten sie unsere Mums Robben genannt? Sie kamen schon auf merkwürdige Ideen, diese Festlandbewohner, und sie schreckten nicht davor zurück, diese zu verbreiten.

John Abut löste sich aus der Gruppe der Dads und ging zu Misskaella hinüber, die sich wieder in Bewegung gesetzt hatte und neben den flickenden Frauen auf und ab schritt. «Bring sie so schnell wie möglich von hier weg», hörte ich ihn Misskaella zuraunen, «wo niemand sie sehen kann.»

«*Ich* hab die Fey nicht früher bestellt», entgegnete sie. Ich war froh, dass ich nicht Abut war, bei dem Blick, den sie ihm zuwarf.

«Natürlich nicht. Aber wir haben genug von wichtigtuerischen

Schnüfflern. Von Cordlin-Leuten, die sich über uns lustig machen.»

«Was kümmert's euch», gab Misskaella ziemlich laut zurück – die Cordliner hatten sich aber bereits zu weit von der Mole entfernt, um sie noch hören zu können –, «was kümmert's euch, was ein paar Leute aus Cordlin denken, wo ihr doch die schönsten Frauen der Welt habt?»

||||||||||

An einem kalten, windigen Nachmittag suchte eine Schar von uns Jungs im Hinterzimmer des Pubs Unterschlupf. Der erste Schnee war bereits gefallen, was aber schon mehrere Tage zurücklag, sodass nur noch klägliche Reste davon im Schatten der Mauern herumlagen, die zu nichts zu gebrauchen waren. Wir hatten aus dem, was wir hinten im Hof gefunden hatten, einen Schneemann gebaut, der mittlerweile nur noch ein pappiger Schneeklecks war. Wir hatten ihn allerdings mit einer schönen Rute ausgestattet – dem Bein eines kaputten Barhockers, den Wholeman hinters Haus gestellt hatte, um ihn zu reparieren –, sodass er immerhin noch als Schneemann-Klecks zu erkennen war.

Auf jeden Fall war es bitterkalt, der Wind biss und betäubte uns, und deshalb drängten wir uns durch die Hintertür ins Haus hinein, und die wenige Wärme, die uns im Flur aus dem Schankraum entgegenströmte, fühlte sich himmlisch an. Niemand war da, um uns zu sagen, wir sollten uns schleunigst aus dem Staub machen, bevor wir von den zotigen Gesprächen rote Ohren bekämen, also lungerten wir leise dort herum und tauten allmählich wieder auf.

Meine Hände wanderten über den Deckel der Truhe, die an der Wand stand, und ich wollte gerade versuchen, ihn aufzustemmen, als Aran Bannister uns mit verschwörerischer Stimme zuraunte: «Guckt mal hier, Jungs!», woraufhin wir alle zu ihm hochsahen.

Er stand vor der Tür zum Lagerraum und hielt das Vorhängeschloss in der Hand.

«Was ist das denn?», flüsterte Raditch. Die Tür stand einen Spalt weit offen. Die größeren Jungen erstarrten vor Überraschung – und vermutlich auch wegen des ausströmenden Geruchs nach säuerlich-kaltem Salzwasser.

«Wholeman hat bestimmt vergessen abzuschließen», mutmaßte Raditch. «Anscheinend lagert er hier noch andere Sachen.»

«Was für Sachen?», fragte Johnny Baker. «Ob's da drin wohl was zu essen gibt? Meint ihr, es fällt auf, wenn ein bisschen fehlt? Erdnüsse oder so was?»

Arans verängstigter Blick wich einem Ausdruck erwartungsvoller Durchtriebenheit, und er zog die Tür weiter auf. Wir drängten uns nach vorn, um mehr zu sehen, doch keiner ging in den Lagerraum hinein. Dadrinnen schien auch gar nicht genug Platz für uns zu sein.

«Lasst mich mal sehen!», sagte Kit Cawdron, schob sich an uns vorbei nach vorn und blieb staunend stehen. «Der ist ja voller … Pelzmäntel, oder was ist das?»

«Natürlich sind das Pelze, du Küken», entgegnete Aran. «Die gehören unseren Mums. Der von deiner Mum ist auch irgendwo dazwischen.»

«Blödsinn, Mums Mantel hängt zu Hause an der Garderobe, wo er hingehört», sagte Kit. «Warum sollte sie einen von denen da tragen?»

«Pscht, Kit», sagte Raditch, «sonst hören uns die Dads und ziehen uns eins mit dem Gürtel über. Mach die Tür wieder zu, Aran, und zwar richtig.» Doch auch er reckte den Hals wie alle anderen.

«Es ist ihr *Robbenpelz*», belehrte Aran Kit, beugte sich zu ihm herunter und sprach leise und überdeutlich, als wäre Kit schwer von Begriff. «Von ihrem Leben im Meer. Den sie abgeworfen hat, um dich und Os zu kriegen.»

Ich starrte die Dinger an. Mittlerweile konnte ich ihre Umrisse in der Dunkelheit besser erkennen. Ich erschauderte. «Die Köpfe sind so fies verzogen.»

«Es sind aber eher Umhänge als Mäntel, oder?», fragte Angast neben mir. «Sie haben keine Ärmel, zumindest sehe ich keine.»

«Aber sie laufen unten zusammen», hauchte Toddy Marten mir über die Schulter. «Das macht 'n Umhang nicht.»

«Es sind weder Umhänge noch Mäntel», sagte Grinny bestimmt. «Es sind Felle, Robbenfelle, deshalb sehen sie auch aus wie Robben.»

«Von unseren *Mums*?», fragte Kit ungläubig.

Aber ich wusste, dass er recht hatte. Mit der Wucht einer Flutwelle, die am Forward Beach aufschlägt, traf mich die Erkenntnis. *Ich komme aus dem Meer*, hörte ich Mum sagen. Ich hatte immer angenommen, sie meinte, dass sie von einem Boot dort draußen gekommen war; ich hatte mir vorgestellt, dass jede unserer Mums ihr eigenes Boot besaß und dort mit wehendem Haar hinterm Steuer stand, das Gesicht strahlend vor Glück, weil sie auf See war und das Kommando hatte. Aber nein, in Wahrheit war es das hier; das verrieten mir der Geruch nach Meer und der, der darin mitschwang – nach Tier. Es roch exakt wie Mum, wenn sie sich in ihre Trostdecke eingekuschelt hatte. Nur dass Mum warm war, während uns der Geruch, der hier zur Tür herausgeströmt kam, eiskalte Schauder über den Rücken laufen und uns alle zu einem einzigen Eisklumpen verschmelzen ließ.

Aus der Mitte unseres Gedränges zischte Johnny Baker: «Kann jemand die *Erdnüsse* sehen?»

Dass er selbst in dieser Situation nur an seinen Magen denken konnte, riss uns aus unserer andächtigen Stimmung. Ein paar prustende Laute waren zu hören und: «Johnny, ein bisschen mehr *Respekt* bitte!»

«Kommt, wir gucken mal nach», sagte Aran mit aufgesetztem Mut, und einige von uns folgten ihm in den Lagerraum – viele von uns passten allerdings nicht hinein, weil die Pelze den Platz fast vollständig für sich beanspruchten.

«Ganz schön merkwürdig, die Dinger, oder?», fragte Angast inmitten der düster schimmernden Umrisse. «Fast wie Menschen.»

«Sie sind *schön*», sagte Raditch. «Alle unterschiedlich gefleckt. Und weich. Fühlt mal!»

«Schön und weich, genau wie eine Mum», sagte Grinny von der Tür herüber. Ein paar Jungs kicherten, ein paar knufften Grinny geräuschlos.

«Ich wünschte, ich könnte mehr *sehen*», sagte Raditch. «Dann wären die Köpfe auch bestimmt nicht mehr so gruselig. Was haben sie bloß damit gemacht?»

«Nimm einen mit raus», schlug Angast vor, «ins bessere Licht.»

Erleichtert ging ich vor ihm auf den Ausgang zu. Dieser Raum war zu viel für mich – das Geraschel der dicht gedrängt hängenden schweren Dinger darin, die uns zusammenquetschten. Während wir uns an ihnen vorbeidrückten, gaben sie Geräusche von sich, als wären sie lebendig – sie seufzten, quiekten, und aus ihren Kehlen erklang ein Schnalzen. Und ihr unglücklicher Geruch, der schwer in meiner Brust hing, fühlte sich mehr nach Wasser an als nach Luft.

Es gelang uns, eines der kleineren Felle mit nach draußen zu nehmen. Aran zog den runden Holzaufhänger heraus, der den Kopf des Pelzes in Form gehalten und dessen Haken aus der Mundöffnung herausgeragt hatte. Wir reichten ihn von Junge zu Junge weiter, und jeder strich einmal über das düster glänzende Mantelmaterial, dessen Muster verblichener war als bei einer lebendigen Robbe. Und jeder Junge probierte die Haut einmal an, außer Kit Cawdron, der partout nicht wollte. Das Gefühl beim Überstreifen der Haut war unbeschreiblich. Es war, als fände man sich urplötzlich auf dem schleimigen Meeresgrund wieder, über einem nichts als schwarzes Wasser.

«Wie können sie bloß in den Dingern *schwimmen?*», fragte Raditch, steckte den Ellbogen in eine Flosse und wedelte damit herum.

«Sie sind fest damit verbunden», erklärte Aran. «Und außerdem werden sie vom Wasser getragen, das wisst ihr doch. Ihr habt doch schon genug Robben gesehen.»

Jakes Trumbell stülpte sich als Einziger das Kopfteil über. Aber als er uns durch die Augenlöcher anstarrte und auf uns zutaumelte, hielten wir ihn auf, denn er hatte dunkle Augen wie eine Mum, und es war einfach zu unheimlich.

«Der *Geruch*», sagte er, während er sich die Haut abstreifte. Ich schnupperte am Ärmel meines Wollpullovers, um zu prüfen, ob der Geruch an mir haften geblieben war. Schwer zu sagen. Die ganze Luft dort, der ganze Flur, glomm im späten Nachmittagslicht seegrasgrün. Ob Mum den Geruch später an mir riechen würde? Ob er sie traurig machen würde?

«Los, Kit», forderte Aran den kleinen Cawdron auf, «wir wollen dich auch mal dadrin sehen; du gibst bestimmt 'ne tolle kleine Mum ab, so hübsch wie du bist.»

«Nie und nimmer!», entgegnete Cawdron. «In dem Ding geh ich unter.»

«Jetzt mach schon; an dir sieht's bestimmt besonders gut aus.»

Und da wir nichts Besseres zu tun hatten, versuchten wir nun alle gemeinsam, Kit zu überreden. Jakes holte einen größeren Mantel hervor und zog ihn an, drängte Kit noch einmal, es ihm gleichzutun, und nach einer Weile hatten wir den armen Kerl so zermürbt, dass er sich das glänzende dunkle Ding überhängte.

Da ging die Tür zum Schankraum auf. In Windeseile versuchten wir zu verbergen, was wir gerade taten. Irgendwie gelang es uns, die Tür zum Lagerraum zu schließen, die Pelze selbst ließen wir hinter unseren Beinen verschwinden, und als Battons und Johnnys Dad auf dem Weg zum Klo an uns vorbeikam, taten wir so, als würden wir uns ganz unschuldig die Zeit vertreiben.

«Was führt ihr Jungs denn im Schilde?», fragte er und trat einen Schritt zurück, als er all unsere Augen auf sich gerichtet sah.

Doch niemand musste sich eine Antwort abringen, denn er öffnete schon die Tür zum Hof; der Wind schlug ihm entgegen und stieß ihn beinahe um.

«Da draußen ist übles Wetter, Mr. Baker», sagte Grinny in der perfekten Mischung aus mürrischem und respektvollem Tonfall.

«Wenn ich bei dem Wetter da draußen schiffen geh, frier ich mir den Schniedel ab», befand Baker und blinzelte in den dämmrigen Hof hinaus. «Wie ich sehe, ist da draußen schon einer erfroren», fügte er lachend hinzu. «'ne ganz schöne Latte hat der Kerl, wenn ich mich nicht täusche.»

Damit verschwand er auf dem Hof und knallte die Tür hinter sich zu.

«Wenn er auch nur einen Flossenzipfel sieht, sind wir geliefert», sagte Grinny in die erleichterte Stille hinein. «Dann gibt's 'ne Tracht Prügel, Stubenarrest und ewig kein Abendessen – und unsere Mums werden *so* enttäuscht sein.»

Wir hatten gerade noch Zeit, die Mäntel zu verstecken, als Baker auch schon zurückkam. Er schloss die Tür, schwankte ein wenig und warf uns einen Blick zu – wir standen alle wieder auf den gleichen Positionen wie vorher. «Tut nichts, was ich nicht auch tun würde», sagte er schließlich, tippte sich an die Nase und verschwand.

Und dabei hätten wir es belassen können, und alles wäre in bester Ordnung gewesen, alles wie immer.

Doch da flüsterte Jakes: «Jetzt komm schon, Kit. Du warst die perfekte Mum.»

Also zogen wir den Pelz noch einmal hervor und stülpten ihn Cawdron über. Jakes zog den anderen an, und wir lachten, als sie versuchten, den Gang einer Mum nachzuahmen, die zarten Bewegungen ihrer Hände, den sorgenvollen Gesichtsausdruck.

Cawdron lieferte natürlich die beste Darbietung, so feingliedrig und braunäugig wie er war. Dafür war Jakes' Aufführung witziger, weil er mit seinen Sommersprossen, orangeroten Haaren und Wurstfingern eigentlich mehr nach Dad aussah.

«Ich lieg schon seit Tagen im Bett, so schlecht geht's mir, Mrs. Cawdron», klagte er gramgebeugt, rollte mit den Augen und bemühte sich um einen singenden, trillernden Tonfall, und wir konnten uns kaum noch halten und klammerten uns wimmernd vor Lachen aneinander.

Und dann stieg Kit mit ein, und Himmel, war er gut! Er war noch nicht im Stimmbruch und hatte somit auch die richtige Tonhöhe für seine Rolle. «Ich krieg nämlich noch ein Bää-bieh», sagte er, und wir waren kurz davor, uns vor Lachen auf dem Boden zu wälzen.

«Ich dachte, Sie hätten gerade erst eins gekriegt?», fragte Jakes lachend.

«Ja, hmm, hab ich. Aber es war nur 'n Mädchen, deshalb hab ich's zum Meer runtergebracht und ertränkt.»

«Die werden doch nicht *ertränkt*, du Spinner!», rief Raditch.

Doch Jakes übertönte ihn: «Das ist wunderbar! Dann haben wir in sechzehn Jahren noch eine Robbenfrau, die wir für einen unserer Jungs aus dem Meer fischen können.»

«Das stimmt, aber ich wünschte, ich könnte noch einen Sohn bekommen – so wie meinen reizenden Christopher hier! Aber ich kriege leider nur eine Tochter nach der anderen!»

Er ging vollkommen in seiner übertriebenen Darstellung einer leidenden Mum auf, hielt sich den Handrücken vor die Stirn und wankte im Raum umher, als sein Blick plötzlich auf etwas hinter uns, über uns, fiel. Er riss die Hand herunter, stolperte über den Rand des Pelzes und stieß gegen die Wand. Keine Spur mehr von Mum auf seinem Gesicht, keine Spur mehr von Spielerei; mit einem Mal war er wieder der Kleinste von uns, der die größte Angst hatte.

Hinter uns standen Bakers Dad und Mr. Grinny, die sich lautlos vom Schankraum herübergeschlichen hatten, um uns wobei auch immer zu erwischen.

Wir schrumpften zu einem Häuflein zusammen, drängten uns vor Kit und Jakes an die Wand und starrten die Männer wie hypnotisiert an. Mr. Grinnys Gesicht war aschfahl und starr vor Entsetzen, doch Bakers bebte, und flammend rote Wut loderte darin auf – der fröhliche Mr. Baker, der uns sonst immer zuzwinkerte und durchs Haar wuschelte. Ich glaubte, ihm würde jeden Moment der Kopf platzen, so wie die Wut darin anschwoll und er daraus hervorstarrte.

«Was zum Teufel tut ihr da?», fauchte er in die Grabesstille hinein. Jemand ließ einen fiepsenden Furz fahren, doch niemand kicherte auch nur darüber; *jeder* von uns war kurz davor, sich vor Angst in die Hose zu machen.

Kit Cawdron sagte keinen Ton. Er *klebte* an der Wand hinter uns, wäre am liebsten mit ihr verschmolzen.

Ich dachte, Baker würde ihn packen und verprügeln. Jeder dachte das. Auch Grinnys Dad – und beschloss, dass es nicht dazu kommen sollte. Er legte Baker begütigend die Hand auf den Arm.

«Zieht das aus, Jungs», sagte er sanftmütig wie ein Lamm.

Unsere Schar löste sich ein winziges Stück voneinander. «Lass mich mal», raunte Raditch und half Cawdron mit der Rückseite des Pelzes. Nichts war zu hören außer ihrem unbeholfenen Gefriemel, Cawdrons stockendem Atem und dem Glitschen und Rascheln der Robbenpelze.

«Kommt, Jungs», sagte Mr. Grinny und streckte die Hände aus. Ich hatte keine Ahnung, was in ihm vorging – was geht im Dad eines anderen Jungen vor? –, aber sein Gesicht wirkte jetzt nicht mehr ganz so versteinert wie zuvor. Gut, dachte ich, sie werden sie wohl nicht verdreschen. Das hier ist einfach zu schlimm, um mit einer Tracht Prügel abgegolten zu werden. «Hängt die Pelze wieder auf, Jungs», sagte er, «und zeigt ein bisschen Respekt.»

Er umschloss Kits weißes Pfötchen mit einer sommersprossigen Pranke, mit der anderen hielt er Baker am Ärmel fest, der vor Wut kochte und kurz davor stand, auf etwas einzudreschen, während wir die verfluchten Dinger zurück in den Lagerraum verfrachteten und wieder aufhängten. Wir zitterten wie die Pappeln oben auf dem Aussichtshügel und mussten uns gegenseitig helfen. Die Kammer war angefüllt von unserem Atem und den Pelzen. Von draußen hörte ich Grinny zu Baker sagen: «Bring Wholeman her. Und seinen Jungen.»

Als wir fertig waren, schlossen wir kaum hörbar die Tür und drehten uns um, um unsere Bestrafung entgegenzunehmen. Mr. Grinny stand immer noch da und hielt Cawdron fest. «Wholeman?», brüllte Baker durch die Tür zum Schankraum, wo sofort Stille eintrat. «Und wo steckt Rab?» Flaschen klirrten, Gläser klopften auf die Tische, Stühle quietschten unter den Männern, die beiseiterückten.

Mr. Grinny beugte sich zu uns herunter. «Ihr rührt die Häute nie wieder an, ja?», fragte er sanft, fast traurig.

«Nein, Sir.»

«Nein, Mr. Grinny.»

«Machen wir nicht. Versprochen.»

«Auch wenn die Kammer nicht verriegelt sein sollte», sagte er. «Selbst wenn die Tür sperrangelweit offen steht, geht ihr nicht rein. Ihr rührt die Pelze eurer Mums nicht mehr an.»

«Wir rühren sie nie wieder an, Sir», beteuerten wir und schüttelten die Köpfe.

«Shan», sagte er zu seinem Jungen, «geh nach Hause zu deiner Mum. Ihr Jungs geht jetzt alle nach Hause, kümmert euch um eure Mums und guckt, ob sie irgendwas brauchen. Tragt ein paar Kohlen für sie rein. Macht ihnen einen Tee. Massiert ihnen die Füße. Oder setzt euch einfach nur zu ihnen und redet über schöne Sachen, die ihnen gefallen, den Frühling vielleicht, oder übers Fischen. Geht nach Hause und tut euren Mums was Gutes, jeder von euch Jungs. Ihr habt sie gekränkt, und jetzt müsst ihr's wiedergutmachen. Selbst wenn sie vielleicht nichts davon wissen – und keiner von euch wird ihnen auch nur ein Sterbenswörtchen erzählen –, habt ihr was bei ihnen gutzumachen: Kit und Jakes, weil ihr euch so über sie lustig gemacht habt, und ihr anderen, weil ihr darüber gelacht habt. Und selbst wenn ihr nichts davon getan habt – es reicht, dass ihr einfach in die Kammer reinmarschiert seid und sie angefasst habt!»

An diesem Punkt hielt er inne. Er hob den Blick, der bis jetzt stetig auf uns Jungs gerichtet gewesen war. Bis zu diesem Zeitpunkt war mir nicht klar gewesen, *wie* böse wir gewesen waren, zu sehr hatten uns der Spaß und die Angst in Beschlag genommen. Doch als Mr. Grinnys Blick auf die nun fest verschlossene Tür des Lagerraums fiel, kam ihm offenbar das, was er darin gesehen hatte, wieder in den Sinn, und sein Gesicht nahm einen derart verwunderten Ausdruck an, dass er kaum älter aussah als Kit neben ihm. Irgendetwas an diesem Ausdruck kam mir bekannt vor – ab und zu hatte mein Dad Mum in einem ruhigen Augenblick so angesehen. Doch als ich Mr. Grinny, der sich vor Jungen, die nicht seine eigenen Söhne waren, eigentlich zusammenreißen sollte, mit glänzenden Augen und offenem Mund dastehen sah, fing meine Kopfhaut an zu kribbeln, und sein plötzliches Schweigen jagte mir einen solchen Schauder durch den ganzen Körper, dass ich befürchtete, mir gleich in die Hose zu pinkeln.

Dann erklangen die Schritte der Männer im Flur, wir Jungs drückten uns aneinander, und Grinny wurde wieder erwachsen.

Baker war immer noch zornesrot im Gesicht und brachte Rab Wholeman und seinen Dad, der seine Gesichtszüge mühsam unter Kontrolle hielt, zu uns herüber. Rab war ein hochgewachsener Junge, fast selbst schon ein Mann, doch als er sah, dass das Vorhängeschloss nicht am Riegel hing, wich alle Farbe aus seinem Gesicht und ließ es um Jahre altern; einen Moment lang erstarb das Licht in seinen Augen, und er geriet leicht ins Wanken, konnte sich aber noch auf den Beinen halten.

«Wer hat es?», quetschte Wholeman hervor. Sein Kopf schwenkte wie die Laterne eines Leuchtturms herum. Als sein Blick mich streifte, stellten sich mir die Haare über den Ohren auf. «Wer hat das Schloss?»

«Ich, Mr. Wholeman», flüsterte Aran. Er schob sich nach vorn und reckte ihm seine zitternde Zwergenhand mit dem Vorhängeschloss entgegen. Wholeman riss es mit seiner Pranke an sich. Aran wich zurück und trat wieder zwischen uns. Aus dem Augenwinkel sah ich, wie Raditch ihm mitfühlend die Hand auf den Rücken legte.

Doch gerade schienen nicht wir die Schuldigen zu sein, denn Grinny wandte sich von uns ab, Baker ebenfalls, und Wholemans Leuchtturm-Blick schwenkte herum und traf seinen Sohn. Mit einem Mal war alle Aufmerksamkeit auf Rab gerichtet, der bei jedem Gesicht, das ihn anblickte, erbebte und ein weiteres Stück schrumpfte. «Ich hab nicht ... ich kann nicht ... wie ist das *passiert?*», heulte er schließlich. «Ich schließ *immer* ab, sobald ich die Kisten reingeräumt habe! Immer!» Er fing an zu schluchzen.

Wholeman wedelte Rab mit dem Vorhängeschloss vor der Nase herum und versetzte ihm einen heftigen Schlag auf den Hinterkopf. Rab taumelte und blinzelte die Tränen weg, während er den Schmerz ertrug. «Es tut mir *leid*», brachte er schließlich heraus. «Ich hab 'nen schrecklichen Fehler gemacht.»

«Das hast du», presste Wholeman hervor, als müsste er seine Kehle fast vollständig zusammenquetschen, um nicht in unbändiges Wutgebrüll auszubrechen. Er schleuderte Rab das Schloss gegen die Brust – der Haken stand offen und tat bestimmt fies weh. «Mach's wieder dran!», sagte Wholeman. «Und sorg dafür, dass es *richtig* einschnappt.»

Wir Jungs wichen zu beiden Seiten aus und ließen den armen Rab zwischen uns hindurchgehen. Er war allein mit seiner

Schmach, hochrot im Gesicht, und seine Augen schwammen in Tränen. Mit zitternden Händen klappte er den Türbeschlag über die Ringöffnung und steckte den Haken hindurch. Eine Träne tropfte ihm aufs Handgelenk und schimmerte silbrig im Lichtschein des Fensters. Wir alle hörten das Einschnappen des Schlosses und spürten die Erleichterung, die mit dem Geräusch einherging – alles war wieder so, wie es sein sollte.

Auch Wholeman stieß einen Seufzer aus, doch sobald Rab sich ihm zuwandte, straffte er sich wieder. Er hob den Zeigefinger und schwenkte ihn langsam hin und her, während er seinen Sohn aus zusammengekniffenen Augen anfunkelte. «Wenn du jemals, *jemals* –» Baker, der direkt neben ihm stand, schäumte auf die gleiche Weise.

Doch Mr. Grinny legte Wholeman besänftigend die Hand auf den Arm. «Ich glaube, der Junge hat's begriffen.»

Rab schob sich an den älteren Männern vorbei, stürzte zur Tür hinaus und knallte sie hinter sich zu.

«Hier gibt's noch Flaschen, die gespült werden müssen!», brüllte Wholeman ihm hinterher.

«Gib dem Jungen Zeit, sich zu beruhigen, Storn», sagte Mr. Grinny.

In diesem Moment kamen wir ihnen wieder in den Sinn, und Baker und Wholeman sahen uns voller Abscheu an.

«Aber haben *die* Jungs es auch begriffen?», fragte Wholeman.

«Ich bin sicher, das haben sie», sagte Grinny. In diesem Moment liebte ich ihn für seine besonnene Stimme und sein unverzerrtes Gesicht. «Sie gehen jetzt alle zu ihren Mums, tun ihnen auf irgendeine Weise etwas Gutes und lassen kein Wort von dem durchsickern, was heute passiert ist. Hab ich recht?»

«Ja, Mr. Grinny», sagten wir kleinlaut.

Er öffnete die Hintertür. Wir hasteten hinaus in den Wind, jeder von uns eingehüllt in seinen eigenen Teil der Schuld – so wie Rab. Wir verabschiedeten uns nicht voneinander, jeder schlug nur seinen Weg ein; einige von uns mussten dabei an dem armen rotäugigen Rab vorbei, der dort draußen an der Wand lehnte und mit verschränkten Armen und versteinertem Blick an uns vorbei ins Leere starrte. Ich dachte an Grinny und Raditch und strich Rab im Vorübergehen über den Arm. Er sah mich nicht an; doch sein Kinn kräuselte sich, als kämen ihm jeden Augenblick wieder die Tränen, also hastete ich davon, um ihm eine weitere Demütigung zu ersparen.

An diesem Morgen war ich zur Schule hochgerannt und hatte bis zum Klingeln Fußball gespielt, um mich warm zu halten. Jetzt stellten wir uns im kühlen Frühlingswind auf.

«Wo sind die Wright-Brüder?», fragte Mr. Paste stirnrunzelnd.

«Sie sind seine Cousins, Sir!», rief jemand.

«Oh.» Er wandte sich ab und nahm seine Position an der Tür ein.

«Seine Cousins?», sagte ich verständnislos zu Eric Cartney neben mir, der wegen der Kälte auf der Stelle trampelte und sich die Arme warm rubbelte.

«Cousins von Tom Dressler.»

«Ja, und? Was ist denn mit ihm?»

«Er hat seine Frau verloren. Sag mal, kriegst du gar nichts mit? Ganz Potshead weiß Bescheid!»

Seine Frau verloren. Ich stellte mir vor, wie Tom Dressler die Hügel und Strände durchkämmte und weinend nach ihr rief. «Und jetzt helfen sie ihm suchen?»

Eric riss vor Erstaunen über meine Dummheit die Augen auf und fasste sich an den Kopf.

«Du hast doch gesagt, er hat sie verloren», verteidigte ich mich.

Erics glotzäugiges Gesicht kam so plötzlich auf meins zugeschossen, dass ich zurückwich. «Sie ist tot», fauchte er mir so leise wie möglich entgegen. «Hat sich an 'nem Küchenbalken erhangen!»

«Das weiß *jeder*, Eric», sagte Raditch genervt hinter ihm.

«Daniel aber nicht», sagte Eric. «Anscheinend ist es Daniels Aufmerksamkeit irgendwie entgangen», fügte er hochnäsig, aber sehr gedämpft hinzu, weil wir uns Mr. Paste näherten, dessen Aussprache er soeben imitiert hatte.

«Außerdem heißt es ‹erhängt›, sagt mein Dad», erklärte Jakes Trumbell von hinten. «Nicht ‹erhangen›.»

«Ob ‹erhängt› oder ‹erhangen› – das macht sie auch nicht weniger tot», pflaumte Eric ihn an. Doch mittlerweile standen wir direkt vor Paste, der die Hand hob und Eric aufs Ohr schlug.

Missmutig trottete Eric zu seinem Pult, und ich steuerte mechanisch auf mein eigenes zu. *Sie hat sich erhangen. Sie hat sich erhängt* – keins von beidem ergab Sinn. Erhängen war etwas für Diebe und Mörder; dafür brauchte man ein Schafott, einen Priester und einen Mann, der die Kapuze aufsetzt, oder etwa nicht? Wie konnte man sich *selbst* erhängen? Mir war nicht klar, wie das gehen sollte, schon rein praktisch nicht. Die Frage, *warum* jemand so etwas tun sollte, wagte ich gar nicht erst zu stellen.

Erst letzten Sommer hatte ich auf der Kirchenmauer gesessen und Amy Dressler lächelnd am Arm ihres frischgebackenen Ehemannes aus der Kirche heraustreten sehen. Sie trug das wunderschöne Hochzeitskleid, das auch Mum getragen hatte, das alle unsere Mums getragen hatten. Und ich hatte natürlich schon tote Tiere gesehen – Millionen toter Fische, verwesende Möwen zwischen dem angeschwemmten Strandgut, Jodpers frischgeschlachtete Kühe und Schafe und ein einziges denkwürdiges Mal vierzehn gestrandete Wale am Six Mile Beach. Ich konnte mir die Braut neben dem toten Wal vorstellen, aber es erschien mir unmöglich, beides miteinander zu verbinden. Ein lebendiger Mensch, der zu einer toten Sache wird, und das aus freien Stücken? Es widersprach jedem gesunden Menschenverstand.

Entwurzelt von allem, was ich bis dahin zu wissen geglaubt hatte, taumelte ich durch den Tag, hin- und hergestoßen von verstörenden Gedanken. Ich hatte nicht gewusst, dass Menschen einfach beschließen konnten, ihr Leben selbst zu beenden. Eine neue Gefahr breitete sich vor mir aus – wer wohl sonst auf diese sinnlose Idee kam, wenn die lächelnde Amy Dressler es getan hatte? Welche andere Mum, die unter ihrer Seegrasdecke weinte oder still vor sich hin litt, würde noch auf den Gedanken kommen, uns zu verlassen? Warum sollte meine eigene Mum es nicht auch tun? Schließlich hatten wir in der Küche ebenfalls Deckenbalken – wenn das alles war, was man dazu brauchte.

Als die Schule an diesem Tag aus war, waren die Boote bereits im Hafen eingelaufen. Mum war nicht zu Hause, als ich heimkehrte, doch Dad war im Garten und grub die Beete für seine Frühlingsbepflanzung um. «Schule aus, Sohn zu Haus!», rief er, als ich zur Hintertür hinaustrat.

«Mrs. Dressler», sagte ich nur.

Das halbherzige Lächeln floh aus seinem Gesicht. «Das ist eine sehr traurige Sache.» Gemächlich grub er weiter.

Ich ging langsam durch den Garten auf ihn zu. «Wie macht man das, sich selbst erhängen?»

Er musterte mich von oben bis unten. «Das brauchst du nicht zu wissen», befand er schließlich. «Solltest du es jemals wissen müssen, wirst du's schon rausfinden. Deine Mum ist natürlich sehr traurig deswegen. Sie sind alle traurig. Haben sich unten versammelt, um gemeinsam zu trauern.» Wütend fuhr der Spaten in die festgepappte Erde; der ausgehobene Dreck brach äußerst zufriedenstellend auseinander. «Und wenn sie zurückkommt, reden wir nicht mehr drüber, hast du gehört? Kein Wort über die Dresslers, weder die toten noch die lebendigen.»

Ich nickte und sah ihm bei der Arbeit zu. Nach einer Weile begann ich, ihm zu helfen, klaubte Steine aus der umgegrabenen Erde und stapelte sie zu einer Seite auf. Es schien eine gute Beschäftigung zu sein, um meinen Geist zur Ruhe zu bringen, mich von einem Stein auf den nächsten zu konzentrieren und dabei über Samen, Keime und wachsende Dinge nachzudenken.

Wir waren noch dort draußen zugange, als Mum heimkehrte; wir sahen sie am Küchenfenster stehen, doch sie winkte uns nicht und kam auch nicht in den Garten, um uns zu begrüßen. Als wir ins Haus gingen, um Tee zu trinken, war sie noch ruhiger, als sie es sowieso immer war, und die Haut um ihre Augen war aufgedunsen, aber nicht gerötet; sie hatte heute geweint, aber es war schon einige Stunden her. Mir schien, als berührte Dad sie ein wenig liebevoller als sonst, wenn er in ihrer Nähe war, doch außer mir wäre niemandem etwas Ungewöhnliches an diesem Abend aufgefallen – abgesehen vielleicht von den durchdringenden, wachsamen Blicken, die ihnen ihr Sohn zuwarf, verstört von den Ereignissen, die sich heute außerhalb ihres Hauses abgespielt hatten, und zutiefst besorgt, was der morgige Tag bringen würde.

Als wir noch am Rockzipfel unserer Mums hingen, nahmen sie uns immer mit, wenn sie sich bei der einen oder anderen zu Hause trafen. Zunächst wurden Höflichkeiten ausgetauscht, es gab Tee, man musste gerade sitzen und wurde von allen beäugt. Die Mums unterhielten sich über ihre Männer und deren Launen; dann sprachen sie über uns, darüber, wie wir uns entwickelten, aßen und wuchsen.

Schließlich stand eine von ihnen seufzend vom Tisch auf und setzte sich auf einen Sessel, ein Sofa, einen Kaminhocker oder einfach auf den Boden. Schlagartig veränderten sich die Bewegungen der Mums, wurden langsamer, verschwommener, und ihre glockenhellen Stimmen glitten in tiefere Töne hinab, ab und zu erklang ein kehliges Lachen. Wir tollten währenddessen im Haus umher, und jedes Mal, wenn wir ins Zimmer zurückkamen, hatten sich mehr Mums um die sitzende versammelt, sich an sie gelehnt oder zu sich herangezogen, um sie zu stützen. Klammern wurden entfernt, Haare gelöst und Kämme herbeigeholt, und sie begannen mit dem Kämmen. Es gibt nichts Schöneres als das sorgenfreie Gesicht einer Mum, während ihr das Haar gekämmt wird. Als wir jünger waren, kamen wir immer vom Spielen hereingelaufen und legten uns zwischen sie, wurden getätschelt und verhätschelt, und die Mums kämmten uns die Haare, verglichen sie miteinander, wie unterschiedlich gewellt und rot sie waren. Manchmal erlaubten sie uns auch, ihnen die Haare zu kämmen, doch unsere Arme waren einfach nicht lang genug, um es so gut zu machen, wie sie es untereinander konnten – mit langen, langsamen seidigen Strichen fuhren sie von der Kopfhaut zu den Spitzen hinunter, Kämmende und Gekämmte in verträumter Eintracht.

Ihre Gespräche wurden unverständlicher, und es mischten sich immer mehr Seufzer darunter – und mehr Robbenlaute: Dem hohen sehnsüchtigen Singen, Pfeifen und Hüsteln, das bei ihren Versuchen herauskam, folgte immer ein Lachen oder Kopfschütteln. Es entzückte sie, wenn die ganz kleinen Jungs, die gerade erst sprechen lernten, versuchten, diese Laute nachzuahmen; nichts erheiterte sie mehr, als wenn einem solchen Winzling ein kleines Häppchen Robbengesang gelang und seine Mum ihm singend antwortete.

Diese Treffen waren der einzige Rahmen, in dem wir diese Gesänge und die Versuche der Mums, sich in ihrer Robbensprache zu unterhalten, zu hören bekamen. Als ich noch ziemlich klein war, kam mir irgendwann der Gedanke, dass wir in dem Maße, in dem wir zu Männern heranwuchsen, den Gefallen an diesen Geräuschen verlieren würden. Männer wollten vermutlich gar nicht wissen, was sie bedeuteten, wollten kein sinnloses Gebrabbel hören.

Ich erinnere mich, wie meine Mum und ich einmal am Six Mile Beach in der Sonne auf einer Decke im Sand lagen, als plötzlich ein Gedanke aus meinem Mund heraussprudelte: «Wenn ich mal eine Frau habe, dann erlaube ich ihr, bei uns zu Hause Robbensprache zu sprechen.»

«Ach ja?», fragte sie überrascht. «Und warum willst du das tun, mein Daniel?»

«Weil die Frauen glücklich sind, wenn sie Robbensprache sprechen, und ich möchte, dass meine Frau glücklich ist.»

Zufrieden mit mir und meinem Wunsch lag ich dort – zufrieden, dass ich so nett gewesen war, ihn Mum gegenüber geäußert zu haben, zufrieden mit meinem Plan für mein zukünftiges Ich, das ein liebens- und bewundernswerter Mann werden würde. An diesem Tag war einfach alles gut, die wärmende Sonne, meine Mum und ich auf unserer Deckeninsel, andere Mums etwas weiter entfernt, andere Jungen, die durchs Wasser liefen und hüpften.

Mum drehte sich zu mir, stützte den Kopf in die Hände. «Mein Liebling», sagte sie sanft, «wenn du möchtest, dass deine Frau glücklich ist und die Robbensprache richtig sprechen kann, dann wirst du sie nicht zur Frau nehmen.»

Einen Augenblick lang ergab unser Gespräch keinen Sinn mehr. Stirnrunzelnd blickte ich zu Mum auf, die Hände immer noch unter dem Kopf verschränkt, ganz der kleine entspannte Gentleman.

«Oh!», sagte ich dann. «Aber wer kocht dann mein Essen und wäscht meine Wäsche? Wer fegt mir das Haus?»

Sie pikte mich in den Bauch. «Nun, das könntest du wohl selbst erledigen. Du bist ein guter Feger, sehr gründlich.»

«Aber wer wird die Mum meiner Söhne?»

«Eine Frau», sagte sie. «Eine Frau vom Festland, eine von deiner Art. Mit so einer Frau könntest du auch Töchter haben. Töchter sollen ein großer Trost sein, habe ich gehört.»

In einem Anflug von Eifersucht auf diese Töchter, die sie nicht hatte, und den Trost, den sie ihr nicht bringen konnten, warf ich mich auf sie. «*Söhne* sind ein großer Trost!», rief ich, klammerte mich an ihr fest und drückte ihr herrische Küsse auf, küsste den ernsten Ausdruck von ihrem Gesicht und brachte sie zum Lachen, schob das ganze Gerede über die Zukunft *in* die Zukunft, wo es hingehörte.

«Das stimmt. Sie sind ein großer Trost!» Und beim Anblick meines drängenden Gesichtsausdrucks musste sie noch mehr lachen. «Ganz besonders mein Sohn, mein Daniel!»

Ich war so sehr damit beschäftigt, ihr diese Beteuerungen zu entlocken, mein Bedürfnis danach zu befriedigen, dass ich gar nicht auf die Idee kam, mich – und erst recht nicht sie – zu fragen, warum sie denn überhaupt Trost brauchte.

Ich lungerte vor Grinnys Haus herum. Er war krank, saß drinnen im Armsessel, und wir unterhielten uns durchs Fenster hindurch, das einen Spalt offen stand. Es war ein bitterkalter grauer Tag, wie man ihn sich schlimmer nicht vorstellen konnte, und in allen Häusern brannte Licht, obwohl es erst kurz nach Mittag war.

Ein weißer Geist kam den Hügel heruntergerannt, lief aber viel schneller als ein Geist, mit klatschenden Schritten und rasselndem Atem. In dem Moment, in dem ich hinsah, war sie schon vorbeigelaufen.

«Was zum Teufel …?», fragte Grinny und stemmte das Fenster weiter auf, obwohl seine Mum es ihm verboten hatte.

Das Haar floss ihr wie schwarze Farbe den Rücken hinunter, ihre geschundenen Füße rannten – vom Schuhetragen waren sie verbogen und voller Blasen –, die Fußsohlen grau vor Dreck.

«Das war Aggie Bannister», sagte Grinny verdattert.

«Aggie Bannister?», fragte ich dümmlich.

Sie lief bergab durch das Dorf, in der Düsternis so blass wie ein herabfallender Lichtstrahl. Schon seit geraumer Zeit hatte sie sich von uns abgeschottet. Aran war seit dem Vorfall oben in Wholemans Pub kaum noch zum Spielen nach draußen gekommen – Timmy und Cornelius auch nicht –, keiner der Bannister-Jungs. Bannister selbst hatten wir seit letztem Frühling kaum zu Gesicht bekommen; damals hatten sie ihr neugeborenes Töchterchen dem Meer übergeben müssen. Seine Trauer um sie war so groß gewesen, dass er sich nur mit Mühe und Not zu einem der Boote und nach getaner Arbeit wieder zurück schleppen konnte.

«Los, lauf ihr hinterher!», rief Grinny. «Und dann komm zurück und erzähl mir, was los ist!» Er scheuchte mich mit einer Handbewegung fort und schloss das Fenster, nickte mir mit fiebrigen Augen zu.

Also rannte ich bergab, so wie ein paar andere Jungs auch. Es waren genug Leute draußen unterwegs – eingepackt in Mäntel und Hüte, das Gesicht vor Kälte verkniffen –, um mit ihrem Lärm andere aus dem Haus zu locken; überall, wo wir vorbeiliefen, hinterließen wir eine Spur aus geöffneten Haustüren, aus *Was-ist-los?* und *Wo-rennt-ihr-Jungs-denn-hin?*

Ich verlangsamte meine Schritte nicht, um ihnen zu antworten. Aggie bog gerade in die Low Corner ein. Ich befürchtete, sie könnte dort ausrutschen und hinfallen, und nahm weiteres Tempo auf. Wir schlitterten um die Ecke herum; sie war direkt dahinter gestürzt. Männer rannten auf sie zu, wollten ihr aufhelfen, wussten aber plötzlich nicht mehr, was sie tun sollten, denn sie war nackt. Einer zog sich den Mantel aus. Den Frauen blieb kaum Zeit, «Aggie!» zu rufen, als Aggie sich auch schon wieder aufrappelte und weiterlief. Der Sturz hatte sie ordentlich erschüttert, und um ein Haar wäre sie frontal gegen eine Hauswand geknallt, wie eine entlaufene Kuh, die keine Ahnung von Häusern und Straßen hat und nicht weiß, wie man durch sie hindurchläuft.

Sie sammelte sich kurz, dann rannte sie weiter. Einige Mums wollten ihr nachsetzen, doch ihre Männer hielten sie zurück. «Ist doch klar, wo sie hinwill», sagte Robert Dunkling, während er seine Frau an der Hand zum Anfang der Totting Lane zog. Wir begriffen, dass er recht hatte, und rannten alle hinterher – unser kleiner Jungentrupp überholte sie und lief ihnen voraus die Totting und Fishhead Lane hinunter, wo Leute die Fenster aufrissen und uns etwas hinterherbrüllten; an der nächsten Wegabzweigung schlüpften wir unter dem Geländer hindurch und stolperten zum

Ufer hinunter, den Blick nach Süden gerichtet, wo Aggie noch nicht wieder aufgetaucht war.

Und dann sahen wir sie, ein schimmerndes schmales Strichmännchen, das entschlossen durch den einsetzenden Regen stürmte. Mehrere Mums rannten ihr hinterher, ließen sich von den Männern nicht aufhalten.

«Sie sind nicht schnell genug», sagte ein Mann auf dem Weg oberhalb der Promenade.

«Ja, sie wird sie problemlos abhängen.»

Und schon war Aggie auf der Promenade angelangt. Sie entdeckte die anderen Mums, beschloss, nicht auf die Treppen zuzulaufen, wo man sie abfangen konnte, und kletterte stattdessen über die Steinblöcke an der Südmole nach unten.

«He! Halt!»

«Auf den Steinen da verletzt sie sich. Sie bricht sich – oh!» Aggie war ausgerutscht und zwischen die Felsblöcke gestürzt.

«Aber sie steht schon wieder. Sie blutet!»

Wir Jungs hatten mittlerweile das Ufergeländer erreicht, die Erwachsenen kamen angestürmt, um sich neben uns dagegenzulehnen, das ganze Dorf reihte sich dort auf, um zuzuschauen. Die jüngeren Männer wandten das Gesicht ab, verbargen ihr verlegenes Grinsen voreinander. Die älteren Männer blickten mit gefasstem Gesichtsausdruck zu Aggie hinüber. Die Mums schlugen sich die Hände vor die besorgten Gesichter; keine von ihnen sprach ein Wort, weder mit den Männern noch miteinander, und sie ließen Aggie nicht einen Moment aus den Augen.

Irgendwie war es ihr gelungen, sich bis zum Strand vorzukämpfen. Mit blutigen Knien, Hüften und Ellbogen hastete sie hinkend über die Steine. Jetzt rannten einige Männer, darunter ein paar Dads, doch noch die Stufen hinunter, um Aggie auf diesem Weg zu fassen zu bekommen, doch sobald sie die Männer entdeckte, hielt sie schnurstracks aufs Wasser zu, stolperte schwerfällig vorwärts, als würde sie sich bereits dort unten in eine Robbe verwandeln und als müsste sie sich den Rest der Strecke arm- und beinlos vorwärtshieven.

«Wo steckt denn ihr Mann?», fragte jemand. «Ist der so in seine Trauer versunken, dass er sie einfach wegschwimmen lässt?»

Und dann war Aggie nur noch ein nackter Rücken und ein nackter Po inmitten des weißen Wasserwirbels. Die grün-weiße Gischt schäumte über ihr auf, schleckte ihr das Blut ab und schluckte es herunter, klebte ihr die Haare platt an den Kopf. «In der eisigen Kälte!», schluchzte eine Frau hinter mir, doch Aggie stürzte sich in die Wellen und schwamm mit kräftigen Zügen; dort draußen war sie nicht mehr schwerfällig, und die Kälte schien ihr nichts auszumachen.

«Sie sollte besser im Windschatten der Mole bleiben», sagte Prentice Meehan über mir. «Weiter draußen wird es noch kälter.»

«Sie schwimmt nicht, weil es so *gesund* ist», sagte seine Frau. «Und sie hat auch nicht vor, irgendwo zu *bleiben.*»

Die Mums, die Aggie gefolgt waren, liefen flehend und winkend über die Südmole. Die Männer hatten sich an der wogenden Wasserlinie aufgereiht, versuchten, Aggie ausfindig zu machen, riefen und starrten vergebens. Ich musste wieder an Rab Wholeman denken, wie er an jenem Tag im Pub ganz allein mit seiner Schuld gewesen war, während wir vor ihm zurückwichen, als wären selbst seine Berührungen giftig. Das hier war das genaue Gegenteil: Alle drängten vorwärts, riefen um Hilfe oder brüllten ihre Besorgnis hinaus, und trotzdem ließ Aggie sich nicht zurückhalten, sondern schwamm mühsam, aber entschlossen ins kalte Meer hinaus, als wäre keiner von uns da.

«Sie ertrinkt lieber», sagte Mrs. Meehan mit einer Mischung aus Gewissheit und Ungläubigkeit in die kleine Stille hinein, die sich über uns gelegt hatte. Wir konnten Aggie nur noch hinterherstarren, ihrem winzigen Körper auf dem offenen Meer; mittlerweile war sie jenseits der Wellen angekommen und kraulte über die riesige, vom Wind durchpflügte Fläche, erweckte spritzend das Grün im Grau zum Leben und zog ihre ungerade weiße Linie immer weiter hinaus.

«Bei der Kälte gehen ihr bald die Kräfte aus», flüsterte ein Mann.

Das Heulen des Windes verwandelte sich in das Heulen eines Mannes – «Aggie!», rief Bannister, der jetzt am hinteren Ende der Häuserreihe auftauchte und angerannt kam.

«Er hat ihren Pelz!» Die Robbenhaut umflatterte ihn; es sah aus, als wäre sie zufällig auf Bannister zugeweht worden und als versuche er, sich davon zu befreien.

«Dafür ist's jetzt zu spät», sagte Whisky Jock.

Bannister stolperte verzweifelt weiter; Aggie war ein Punkt im Wasser, ein kurz aufblitzender weißer Hüftknochen, ein spritzender weißer Fuß, dann nichts mehr, verborgen hinter einer glasiggrün aufwogenden Welle.

Bannister rannte wie von Sinnen mit ausgestreckten Armen über die Mole, seinem sonstigen Kummer gewaltsam entrissen, den Mund sperrangelweit geöffnet wie ein brüllendes Baby. Der Wind und die Wellen zerfetzten seine Schreie und schleuderten uns die Fragmente entgegen, seltsame Laute, die von einem verletzten Tier zu kommen schienen, nicht von einem Menschen, einem erwachsenen Mann.

Er lief bis ans Ende der Mole, machte aber auch dort nicht Halt. Er versuchte, dahinter hinabzuklettern.

«Mach keinen Blödsinn, Mann!», rief einer der Männer.

«Das Wasser wird ihn wegreißen!», sagte eine Frau wie in Trance.

Das Meer setzte zum Sprung an und klatschte auf den Rand der Mole, eine gigantische Gischtfanfare. Bannister taumelte durchnässt zurück. Er blieb einen Moment dort stehen, hielt den Pelz fest umklammert und starrte aufs Meer hinaus, wo Aggie auf- und abtauchte, sich hin und her wippend durch die wilderen Wellen kämpfte, die in unregelmäßigen Abständen und aus allen Richtungen über ihr zusammenschlugen.

Die Sonne stach ein Loch in die Wolken, schnitt eine Schneise in den Schaum und den einsetzenden Regen, warf hinter dem Ende der Mole einen Lichtfetzen aufs Meer. Bannister schleuderte den Pelz ins Wasser. Weit flog er nicht, dafür war er zu schwer, und der Wind blies aus der Gegenrichtung. Er flog wie ein Klumpen durch die Luft, platschte aufs Wasser und war verschwunden. Dann tauchte er wieder auf und kämpfte, wie Aggie, darum, sich über Wasser zu halten.

Unser Schweigen an der Uferbrüstung wurde noch angespannter – der Robbenpelz und Aggie schwammen weit voneinander entfernt, und keiner bewegte sich auf den anderen zu. Ein Zipfel des Pelzes brach durch die Wasseroberfläche hindurch, der Rest schwebte in einer riesigen sonnenbeschienenen Welle wie der Schatten eines fliegenden Falken. Aggies Gesicht tauchte auf, ihr Mund, ihr Arm, ihre Brust, dann brach eine Welle über ihr zusammen und wickelte sie ins Meer ein. Obwohl er vor Gram fast den Verstand verlor, sprang Bannister nicht hinein. Er stand nun mit eingeknickten Beinen ein Stück vom Molenende entfernt, die klauenartigen roten Hände auf die Knie gestützt, und beschwor Aggie brüllend, nicht zu sterben.

Sie gehorchte ihm nicht. Als wir sie das nächste Mal zu Gesicht bekamen, trieb sie zusammengesackt auf der Wasseroberfläche; nur ihr Rücken war zu sehen, das Wasser schob ihr schwarzes Haar darüber. Die Sonne verschwand. Einige der Mums weinten auf ihre stille Art, es war kaum mehr zu hören als ein tiefer Atemzug und ein Schniefen dann und wann. Alle starrten wortlos und ohne zu blinzeln zu Aggie hinüber – Männer, Mums und wir Jungen.

Das Meer spülte Aggie zwischen die beiden Molen zurück. Durch den grauen Regen und die gekräuselten Reihen des grüngrauen Wassers schob es sie langsam schaukelnd Richtung Ufer. Die Mums zogen einige der kleineren Jungen mit sich fort – *Komm, Dav. Komm, Phillip.* Wir standen am Ufergeländer, unfähig, den Blick auch nur einen Moment von der toten Frau zu lösen, die auf uns zugeschwemmt wurde.

«Wie ruhig sie jetzt aussieht», flüsterte ein Mann. «Jetzt kämpft sie nicht mehr.»

«Jetzt muss sie nicht mehr leiden», sagte eine Frau.

«Ist ja schön für sie», grollte einer der Ehemänner. «Aber was ist mit ihren Kindern?» Die Frage traf mich wie ein Faustschlag. Ja, wie konnte sie nur so grausam sein? Wie konnte sie nur so schrecklich *traurig* gewesen sein, dass sie so grausam sein konnte?

«Und guckt euch mal Bannister an.» Der Mann saß völlig in sich zusammengesackt auf den Steinen an der Mole – wir konnten ihn von hier aus zittern sehen. Mehrere Mums gingen zögernd auf ihn zu, blieben zwischendurch stehen, um klagend die Arme gen Himmel zu recken oder sich gegenseitig in den Arm zu nehmen.

«Hätten sie das kleine Mädchen doch bloß behalten können», seufzte eine Mum.

«Es bringt nichts, so zu denken», sagte Trotter Trumbell. «Wir mussten alle schon Töchter aufgeben; so ist es nun mal.»

«Und es ist ja nun nicht so, dass die kleinen Mädchen *tot* wären», stimmte Martin Dashwell zu.

Einige Mums senkten den Blick und zogen sich die Tücher weiter ins Gesicht. Andere sahen zum Meer und zu Aggie hinüber; sie waren erschöpft, hatten keine frischen Tränen mehr. Mrs. Cawdron bemerkte, wie besorgt ich die Frauen ansah; sie schenkte mir ein angedeutetes Lächeln, warmherzig und traurig zugleich, den Kopf zur Seite geneigt.

«Sie hätte sich auch *mit* dem Mädchen elend gefühlt», sagte Garvis Marten unverblümt, und wir alle wichen ein Stück vor ihm zurück. «Sie sind doch alle von Natur aus so. Und es wird auch nicht dadurch besser, dass sich die Jungs reinschleichen, wo sie nichts zu suchen haben, und beim Nachhausekommen riechen wie –»

«Genug jetzt, Marten», wies Trotter ihn scharf zurecht. «Es ist keinem damit geholfen, sich schon wieder darüber auszulassen.»

Die Wellen trieben Aggie fast genau dorthin zurück, wo sie ins Wasser gegangen war, und keine drei Meter von der Stelle entfernt, an die der Robbenpelz angespült worden war. Die Männer liefen überall am Strand herum, die Kiesel knirschten und kratzten unter ihren Füßen, als nage ein Hund an einem Knochen.

Die Mums lösten sich paar- und grüppchenweise aus unserer Ansammlung und gingen am Ufer entlang; auch diejenigen, die versucht hatten, Aggie einzuholen und aufzuhalten, gesellten sich jetzt zu ihnen; drei Frauen redeten am Ende der Mole auf den gebrochenen Bannister ein, er solle mit ihnen kommen. Jemand hatte sich auf die Suche nach Misskaella gemacht, und sie kam gerade ganz hinten vom Strand herbeigeeilt, hielt eine ihrer Decken im Arm, deren Zipfel herabbaumelten. Jetzt standen nur noch wir Jungen am Ufergeländer.

«Er ist selbst schuld», bemerkte James Starr abfällig, «so 'n Drama, wie er um die Tochter gemacht hat. Timmy hat erzählt, Bannister hätte beim Abendessen jedes Mal losgeflennt und vor sich hin gejammert. So benimmt ein Mann sich nicht.»

«Sie sind *alle* schuld», sagte Raditchs großer Bruder Edward wütend und trat gegen einen Geländerpfosten. «Schließlich haben sie unsere Mums überhaupt erst aus dem Meer geklaut.»

«Das kannste ihnen aber nicht verübeln», meldete sich der kleine Thomas Davven neben mir zu Wort. Jetzt, wo ihn keine schützende Menschenmenge mehr umgab, wurde er vom kalten Wind durchgeschüttelt, und er hielt sich selbst umklammert. Mit einem Kopfnicken deutete er auf Misskaella, die sich Richtung Ufer durch die Dünen kämpfte. «Wofür würdest *du* dich denn entscheiden, wenn du zwischen 'ner Frau wie der da und unseren schönen Mums wählen müsstest?»

«Stimmt schon, Ed, da hat man nicht grad die Qual der Wahl», sagte Gordon Crockett.

Auch Edward blickte jetzt zu Misskaella hinüber. «Trotzdem», sagte er, die Zähne fest zusammengepresst, damit sie nicht klappernd aufeinanderschlugen. «Trotzdem hätten sie's niemals tun dürfen. Sie gehören nicht hierher. Ihr Zuhause war unter den Wellen, und da gehören sie auch immer noch hin.»

«Sie gehören zu *uns*, zu ihren *Kindern*», fuhr Kit Cawdron ihn an und rannte zu seiner Mum, um nicht noch mehr hören zu müssen. Ich spürte, dass sich meine Altersgenossen um mich herum genau wie ich wünschten, jung genug zu sein, um es Kit gleichzutun; stattdessen mussten wir zwischen den älteren Jungs ausharren und so tun, als machten uns ihre Bemerkungen nichts aus.

Aggies Körper hob sich leuchtend vor dem grün-grauen Meer und dem grau gesprenkelten Kiesstrand ab. Auch die blassen Füße der Männer leuchteten, als sie sich bereit machten, Aggie aus dem seichten Wasser herauszuziehen. Spielerisch stupste das Wasser Aggie an, als wäre es stolz auf das, was es getan hatte, und als erwarte es, dafür von uns gelobt zu werden. Ganz in der Nähe lag Aggies schwärzlich schimmernder Pelz – wie ein Schatten, den sie abgeworfen hatte und der sich ohne sie nun nutzlos in den kleinen Wellen kringelte und von ihnen herumgeschubst wurde. Die übrigen Männer und einige Mums kamen über den Strand herbeigelaufen, lauter Mützen und Mäntel, Stiefel und dunkle Röcke, hier und da ein farbenfroheres Tuch. Alle waren gut eingepackt – nur Aggie nicht, die nackt und ungeniert in ihrer Mitte lag; die Männer blickten abwechselnd zu ihr hin und wieder weg.

Misskaella eilte herbei, ein Wirbelwind aus rot-weißen Haaren über einem schmutzigen schwarzen Mantel mit Aschespuren um die Hüften. Die Decke schleifte zu beiden Seiten über den Boden, bis Misskaella den Wassersaum erreichte und sie hineinwarf. Sie fiel über Aggie und bedeckte sie sittsam, sodass der Bergungsaktion der Männer nichts mehr im Wege stand.

Und nun war mir egal, was die größeren Jungen oder meine Altersgenossen von mir dachten – ich musste meine Mum sehen, und sie war nicht unter den Mums, die aus dem Dorf heruntergeströmt gekommen waren, um zuzuschauen. Sie lag unter ihrer Decke im Bett, und kein Geschrei auf der Straße hätte sie darunter hervorlocken können.

Ich rannte bergauf, fort von der Menschenmenge, der Hexe und dem Unglück. Es war mir gleich, ob Mum unter ihrer Decke redete, weinte, schlief oder sich vor mir versteckte; alles, was ich wollte, war, mit ihr in einem Raum zu sein, ihre hügeligen Umrisse zu sehen und zu wissen, dass sie nicht nackt und ertrunken dalag, während ganz Potshead sie anstarrte.

Ich öffnete die Haustür, ging hinein und setzte mich in Mums Zimmer ans Fenster. Mein Atem, der während des Laufens immer stockender und schluchzender geworden war, beruhigte sich recht schnell, wurde ruhiger als der Wind draußen, ruhiger als das Meer, das anschwoll, innehielt, in sich zusammenfiel. Mums Atem ging sogar noch ruhiger – ich konnte ihn nicht hören, sah nur, wie er sich auf und ab bewegte.

Dann und wann brach die Sonne durch die Wolken, brachte das Meer zum Leuchten, und silbrige Spiegelungen schwammen über die Zimmerdecke. Die Möbel standen schlicht und stabil an ihren Plätzen; der Teppichvorleger – ich erinnerte mich, wie Mum ihn gemacht hatte, an die Drehbewegungen ihrer Finger und ihr singendes Gesicht – lag neben dem Bett, wie er es immer getan hatte und immer tun würde. Auf dem Tisch verteilten sich ihre Muscheln und Steine, die ihr etwas bedeuteten, ihre roten, blauen und milchweißen Strandglassteine, die das Meer glatt und schön geschliffen hatte. Beim Anblick dieser Dinge vergaß ich die Bannisters, die anderen Mums und die Männer.

Mum erwachte – oder bemerkte meine Anwesenheit – und drehte sich plötzlich aus ihrem Haar- und Deckenknäuel heraus zu mir. Auf ihrer Wange prangten Abdrücke von Haarsträhnen,

Seegrasgewebe und Kissenfalten. Sie hatte ihren Gesichtsausdruck nicht für mich unter Kontrolle gebracht; einen Moment lang schien sie mich nicht einmal zu erkennen. Doch dann tat sie es. Hinter ihren Augen schimmerte meine Mum hindurch, auch wenn sie noch sehr weit weg war.

«Kann ich irgendwas für dich tun, Mum?», fragte ich und stellte fest, wie zart meine eigene Stimme klang, so als wäre ich noch wesentlich jünger und unschuldiger. Mit dieser Stimme, so wurde mir klar, sprach ich immer in diesem Zimmer, mit dieser zugedeckten Mum. «Soll ich dir einen Tee machen, schön süß? Es sind auch noch ein paar von den Keksen da, die Dad und ich gebacken haben, weißt du noch?» Ich konnte einfach nicht aufhören, in diesem idiotischen Tonfall auf sie einzureden, ihr irgendetwas anzubieten.

Sie schüttelte den Kopf. «Ich hab keinen Hunger und auch keinen Durst, Daniel.»

«Soll ich dir vielleicht die Füße massieren? Oder die Haare kämmen? Guck mal, sie sind ganz durcheinander.»

Wieder schüttelte sie den Kopf, der in dem Durcheinander lag, in ihrem ungezähmten schwarzen Haar, das ich nicht von dem schwarz-grünen Seegrasgewebe unterscheiden konnte. Sie lächelte mir zu. «Nein, Liebes», sagte sie. «Ich brauche im Moment nichts. Ich fühle mich ganz wohl hier.»

Mit einem tiefen Seufzer schlief sie wieder ein. Ich beobachtete sie, während ihre Worte sanft in meinem Kopf nachhallten. Sie hatte mich angelogen. Sie hatte gelogen, um mich loszuwerden. Sie fühlte sich nicht wohl – sie fühlte sich hundeelend. So wie Aggie, so wie Amy Dressler, so wie alle Mums, alle Ehefrauen war sie unglücklicher, als ich es je gewesen war; sie waren unglücklicher als alles Unglück, das ein Junge wie ich sich überhaupt vorstellen oder verstehen konnte. Und auch Dad fühlte sich elend – so wie alle Dads; denn welcher Mann konnte schon glücklich sein, wenn seine Frau in einem solchen Zustand war?

Der Grund für all das Elend um mich herum war für meinen Verstand ebenfalls zu wenig greifbar und zu groß geraten. *Ihr Zuhause war unter den Wellen, und da gehören sie auch immer noch hin,* hatte Edward gesagt. Seine Bemerkung hatte mich ebenso getroffen wie Kit. Wie konnte meine Mum irgendwo anders hingehören als in unser Haus oder später in meine Nähe, wenn ich hinaus in die Welt ging? Aber es war natürlich die Wahrheit – sie hatte es mir ja oft genug selbst gesagt: *Ich komme aus dem Meer.*

Ich nahm ihr nicht übel, dass sie mich jetzt anlog. Eigentlich war ich ihr sogar dankbar, dass sie sich im Gegensatz zu Aggie oder Amy bemühte, ihre Sorgen von mir fernzuhalten. Meine eigene Unbekümmertheit, meine eigene Freude waren doch auch eine Lüge, oder etwa nicht? Meine Stimme nahm zwar mühelos diesen hohen, süßlichen, hilfsbereiten Tonfall an, aber auch er war letztlich eine Täuschung. Wen hoffte ich damit hinters Licht zu führen? Auch ich war unglücklich – wir Jungen waren es alle, wenn wir sahen, wie schlecht es unseren Mums ging. Wir konnten ihnen zwar die Haare kämmen, auf einen Finken vor dem Fenster deuten, ihnen Katzen und Tee bringen, aber wie sollten wir unseren Eltern – und uns selbst – mit solchen Kleinigkeiten die schwere Last des Elends von den Schultern nehmen? *Ihr könnt nichts für mich tun,* hatte Mum oft genug zu mir oder Dad gesagt oder zu uns beiden, wenn wir sie gemeinsam in die Arme schlossen.

Wer konnte dann etwas für sie tun? Ich lehnte mich in meinem Stuhl zurück, den Blick auf das sonnengefleckte Meer gerichtet, um mir eine Pause vom Anblick meiner traurigen Mum zu gönnen. Der Geruch der feuchten Seetangdecke war wärmer und behaglicher als der durchdringende Meeresgeruch der Robbenpelze, zwischen denen wir Jungs uns in Wholemans Lagerraum herumgedrückt hatten. Es war aber eindeutig der gleiche Geruch, und ich musste sofort wieder an die Pelze denken. Mir wurde klar, was für eine fürchterliche Sache wir Jungen dort angestellt hatten, besonders nach dem, was mit Amy und Aggie passiert war. Woher hatten wir den Mut genommen und den Leichtsinn besessen, uns auch nur in einen Raum mit den Pelzen zu begeben, geschweige denn, sie vom Haken zu nehmen und anzuprobieren? Es waren keine *Kostüme*; es waren die abgestreiften Häute unserer Mütter; wie sollten unsere Mums ohne sie ihr *wahres* Ich sein können, ihr Unterwasser-Ich, das Ich, in das sie hineingeboren worden waren? Sie liefen hier an Land umher, ungeschützt vor der Kälte, vor der Liebe unserer Väter und vor uns Jungen, die sie Tag und Nacht beanspruchten.

Mir fiel wieder ein, wie entsetzt Aran mit dem Vorhängeschloss in der Hand vor der Tür zum Lagerraum gestanden hatte, während wir alle darauf starrten. Doch es war ja nicht das Schloss, das die Häute in dem Lagerraum gefangen hielt, sondern das, was überhaupt erst dazu geführt hatte, sie dort aufzuhängen und einzuschließen: Die Übereinkunft der ganzen Insel. *Lasst uns den rechtmäßigen Eigentümerinnen ihre Pelze abnehmen – mit Gewalt oder Trickserei*, hatten Rollrocks Männer einst beschlossen, *und dafür sorgen, dass sie nie wieder zueinanderfinden.* Sie mochten geglaubt haben, sich damit ihr eigenes Glück zu sichern, aber ebenso gut hätten sie schwören können: *Lasst uns alle gemeinsam unglücklich werden – Dads, Mums und Jungen – bis ans Ende unserer Tage!*

Und *alle* Männer hatten zugestimmt, selbst ein so gutmütiger Mann wie mein eigener Vater. Wie konnte ein einzelner Junge angesichts so vieler erwachsener Männer und dem, was sie wollten, überhaupt darauf hoffen, seiner armen Mum und seinem armen Dad Trost spenden zu können – oder sie sogar glücklich zu machen?

Aus dem schwarzen Gewirr auf dem Kissen kam ein weiterer Seufzer, dann Mums Stimme: «Na ja, vielleicht eine Tasse Tee.»

Ich wusste, dass sie keinen Tee wollte, dass sie mich nur darum bat, damit ich mich nützlich fühlte. Trotzdem erhob ich mich vom Stuhl, um ihr den Gefallen zu tun, bereitwillig wie eh und je. Doch als ich zu ihr sagte: «Ich hole dir eine Tasse», tat ich es mit meiner eigenen Stimme, die weder gezwungen noch süßlich klang.

||||||||||

Am nächsten Tag nach der Schule, als alle Boote ausgelaufen waren, beschloss ich, nicht direkt nach Hause zu gehen, wo mich die Traurigkeit meiner Mum einen weiteren Nachmittag über bedrücken würde, weil kein Dad da war, den sie umsorgen konnte und für den sie ein fröhliches Gesicht aufgesetzt hätte. Stattdessen schlenderte ich zum Ufer hinunter. Die Sonne ließ sich so gut wie gar nicht blicken, und es wehte ein scharfer Wind, der mich immer wieder aus dem Gleichgewicht brachte. Auf dem Weg begegnete ich fast keiner Menschenseele, und die wenigen Leute, die ich traf, hasteten von einem Unterstand zum nächsten. Mein Dorf hatte sich in einen reizlosen, düsteren Ort verwandelt, und Aggies Tod warf einen Schatten darüber wie tiefhängende Wolken oder wie Nebel, der vom Meer heranzieht und sich durch die Straßen schiebt.

Ich erreichte den Strand am Hafen und lehnte mich ans Ufergeländer, blickte auf die weit entfernten grauen Wassermassen. Sie schienen sich bis über meinen Kopf zu türmen, aber aus irgendeinem wundersamen Grund kamen sie nicht auf mich zugerollt, um über mir zusammenzuschlagen. Weiter vorn warf sich das Wasser auf die Steine, als wäre es wütend auf sie, und es fiel mir schwer, nicht wieder Aggies weißen Körper vor mir liegen zu sehen, ihren schwarzen Pelz, der ganz in ihrer Nähe ans Ufer gespült worden war. *Jetzt muss sie nicht mehr leiden*, hatte eine der Mums aus unserer Gruppe gesagt, als hätte es auf dieser Insel nichts für Aggie gegeben, keinen Mann, der sie liebte, keine Söhne, die sie brauchten, keine prächtigen Vögel, kein gemeinsames Lachen mit ihren Schwestern, nichts, was den Schmerz darüber, nicht im Meer leben zu können, hätte aufwiegen können.

Vom Wind bekam ich Ohrenschmerzen, deshalb drehte ich ihm das Gesicht zu und stapfte an der Nordmole vorbei, dorthin, wo sich die wirklich weite See erstreckt, wo der richtige Sandstrand beginnt und der Wind den Dünen hinter dem aufgepeitschten Wasser die feinen Härchen aus der Stirn pustet. Irgendwo dazwischen verbarg sich das Hexenhaus, in dem Misskaella und die fast ebenso furchterregende Trudle wohnten – und Trudles ungestüme Töchter, die beide nicht zur Schule gingen und auch von niemandem dazu gezwungen wurden. Beim Gedanken an die wilde Truppe in der merkwürdigen Hütte überfiel mich ein Schauder. *Sie* könnten all unserem Leiden ein Ende bereiten, diese Hexen. Sie könnten sich einfach weigern, Frauen aus dem Meer zu holen. Sie könnten die Männer so einschüchtern, dass sie den Lagerraum mit den Pelzen aufschließen würden. Vielleicht könnten sie sie sogar irgendwie verhexen? Ich wusste so gut wie gar nicht, wozu sie imstande waren. Doch wenn jemand etwas daran ändern konnte, wie auf Rollrock Ehen geschlossen wurden, dann diese beiden Frauen.

Nur: Warum sollten sie? Schließlich profitierten sie ja davon, von all dem Geld, das sie für das Frauenherausholen und Deckenhäkeln bekamen. Warum sollte das Flehen eines Jungen sie davon überzeugen, seine Mutter in ihre Heimat zurückzubringen, damit sie wieder glücklich werden konnte, wieder dort war, wo sie hingehörte? Misskaella hatte ein Herz aus Stein und lehrte Trudle, ebenso herzlos zu werden wie sie selbst. Noch war es ihr nicht gelungen, Trudle das Interesse an jedem erwachsenen Mann, der ihr über den Weg lief, auszutreiben, aber die Meerfrauen und Kinder ignorierten mittlerweile beide.

Wieder blickte ich aufs Meer hinaus, auf den Horizont und den Himmel darüber, aus dem jeglicher Hoffnungsschimmer verschwunden war. Doch dann sah ich, wie jemand zwischen den

Molenfelsen den Arm hob und wieder fallen ließ. Ich konnte ein Stück Schwarz ausmachen, Haare, die im Wind umherflatterten, und einen blassen Fleck, das Gesicht eines Jungen. Mir war egal, wer es war; es war weder eine Mum noch ein Dad, noch eine Hexe, und er würde mich aus meiner düsteren Stimmung reißen. Ich schlitterte über den Sand zum Strand hinunter, ging an den Molenfelsen entlang und bis zu ihm nach unten. Es war Toddy Marten; er hatte sich einen Platz ausgesucht, an dem er ungestört sitzen und in die Ferne blicken konnte, ohne selbst gesehen zu werden. Er wiegte sich singend hin und her, spazierte durch seinen eigenen Kopf, schwamm in seinem privaten Meer. Dann zog er etwas zwischen seinen Füßen hervor – eine Taschenflasche – und trank daraus.

«Daniel Mallett!», rief er, als er mich von den Felsen, die auf ihn zuzuklettern schienen, unterscheiden konnte. «Was bringt Sie denn an so ’nem herrlichen Tag hierher, werter Herr?» Und er streckte mir wie ein Opa auf einer Dorfbank die Hand entgegen.

Ich schüttelte ihm die froschkalte Hand. «Was treibst du denn hier draußen?», fragte ich. Ich setzte mich mit dem Hintern in den nassen Sand neben ihn, und sofort erschloss sich mir der Reiz dieses Ortes – Potshead war wie vom Erdboden verschluckt, die Mole hinter uns verdeckte das Dorf vollständig.

«Was ich hier treibe? Na, trinken.»

«Das sehe ich. Wird dein Dad dich nicht verdreschen, weil du ihm den Schnaps geklaut hast?»

«Vielleicht», entgegnete Toddy fröhlich. «Vielleicht schlag ich auch zurück – vielleicht sogar meinen Großvater und vielleicht auch meinen Urgroßvater, weil die uns in diesen Riesenschlamassel verwickelt haben. Hier, Daniel, nimm ’nen Schluck. Fühlt sich an, als hättste heiße Kohlen im Magen. Macht dich am ganzen Körper warm, bis zu den Fußnägeln.» Er drehte den Korken heraus und hielt mir die Flasche hin.

Ich hob sie an die Lippen und kippte einen Schluck hinunter. Der Alkoholdunst strömte aus dem Flaschenhals heraus und zwickte mir in die Nase, während mir der kalte Schnaps in die Zunge biss; ein wenig floss seitlich vorbei, tropfte mir auf den Kragen und hinterließ von meinem Mundwinkel abwärts eine eisige Brandspur. «Brrrr!» Ich gab ihm die Flasche zurück und wischte mir das Kinn ab.

Er nahm einen weiteren Zug. «Und das Zeug hilft dir, Dinge zu vergessen. Vernebelt dir das Hirn. Man kann einfach nur hier sitzen und singen. Und dann kommt auch noch 'n Freund vorbei» – er legte mir den Arm um die Schulter und brummte zufrieden, und wir beide lachten über seine vorgetäuschte Begeisterung –, «und schon ist alles wieder in Butter! Guck dir das wunderschöne Wasser an, Daniel. Und seh ich da etwa 'nen Albatros? Haben wir nicht 'n Glück?»

«Wenn's ein Albatros wär, schon, aber das da ist ein Tölpel.» Ich versuchte immer noch, mit dem Schnaps in meinem Magen klarzukommen; es fühlte sich an, als ob er mir Löcher in die Speiseröhre fraß und sie in feine Spitze verwandelte.

«Is doch 'n toller Vogel, dein Tölpel da, oder?»

«Ein ganz toller Vogel.»

«Is 'n *ganz* toller Vogel.» Er zog den Arm weg und knallte den Korken wieder in den Flaschenhals. Dann änderte sich seine Stimmung. «Was soll das alles, Daniel? Ist doch nicht auszuhalten, was hier abläuft, findste nicht?»

«Mit den Mums, meinst du?»

«Mit den Mums, mit den Dads, mit *jedem.*» Er breitete die Arme aus, als befänden sich diese Leute alle vor uns auf dem offenen Meer, nicht hinter uns, und als wollte er sie alle gleichzeitig umarmen.

«Keiner von uns ist mehr glücklich», gab ich zu.

«War denn überhaupt jemand jemals wirklich glücklich? Mir kommt's vor, als wären wir Rollrock-Jungs nur glücklich, solange wir zu jung sind, um zu kapieren, dass wir eigentlich gar nicht glücklich sein *dürften*. Sobald wir mitkriegen, dass wir Schwestern haben könnten, *aber keine haben* und dass wir unsere Mums und Grandmas nur 'nem Hexenwerk verdanken …» Ungeduldig schüttelte er den Kopf in meine Richtung, dann wartete er, dass seine Augen der Bewegung folgten. «Ich versteh sowieso nicht, warum alle so 'n Theater drum machen», fügte er plötzlich gereizt hinzu. «Wer braucht schon Mädchen? Wozu sind die überhaupt gut?»

«Ich weiß nicht», sagte ich. «Außer Trudles Töchtern hab ich noch keins kennengelernt.» Nun ja, da war das Mädchen aus Knocknee mit der feuerroten funkelnden Mähne und dem neugierigen Blick gewesen, mit dem sie mich von oben bis unten gemustert hatte. Aber ich konnte nicht behaupten, sie richtig zu kennen.

«Und dann auch noch als Babys? Gott, wenn ich an das letzte denke! Hat Tag und Nacht nur geschrien, bis Mum sie runtergebracht hat. Dad war genauso froh wie ich, als wir sie los waren und das Geschrei vorbei war. Danach konnten wir endlich mal wieder schlafen.»

In unserer geschützten Nische lauschten wir seinen herzlosen Worten. Dann zog er den Korken mit einem *Doink!* erneut aus der Flasche, hielt sie mir unter die Nase und drängte mich, halb entschuldigend, halb herausfordernd, mehr zu trinken.

Der zweite Schluck war schon etwas weicher; er linderte die Auswirkungen des ersten. Während ich Toddys Kehlkopf bei seinem nächsten Zug hüpfen sah, ermahnte ich mich im Stillen, nicht gleich den nächsten Schluck zu nehmen. Es war einfach zu verführerisch, zu angenehm wärmend bei der Kälte. Noch mehr davon, und ich würde Toddy Marten beipflichten, würde jedem Toddy Marten in diesem Dorf beipflichten, würde alles über meine Mum ausplappern – wie sie in ihrem Zimmer allein unter der Seetangdecke lag und wie hilflos wir mit unseren Hilfsangeboten dastanden, obwohl wir jedes erdenkliche Heilmittel ausprobiert hatten, wie *schwer* das alles zu ertragen war und was für eine große Bürde Frauen doch waren, oder?

Nach dem dritten Schluck schaffte ich es, mit dem Trinken aufzuhören; ich leistete Toddy nur noch Gesellschaft, während er sich zukippte, und hielt ihn davon ab, sich in einen allzu üblen Zustand zu bringen. Sobald er wieder ansatzweise stehen konnte, half ich ihm auf und schleppte ihn nach Hause.

Als wir vor seiner Haustür ankamen, sagte er mit hängendem Kopf: «Geh einfach rein. Brauchen gar nicht erst zu versuchen, meine Mum zu wecken.»

Ich ließ ihn eingerollt in einem Sessel im Wohnzimmer zurück, stellte ihm ein Glas Wasser hin und eine Schüssel, falls er sich übergeben musste. Das Haus roch genau wie unseres, als hätte säuerlich kalter Meeresnebel es bis auf die Knochen durchdrungen. Ich war erleichtert, dass ich es verlassen konnte, ebenso erleichtert, wie ich gewesen war, meinem eigenen zu entkommen.

Ich stieg den Hügel hinauf, weil ich nicht mit einer Schnapsfahne nach Hause zurückkehren wollte. Ich ging über die Kuppe des Aussichtshügels und dahinter wieder hinunter, bog auf den Weg rechts ein, der über den Grat bis weit draußen zum Windaway Peak führt. Dort stand ich im Regen und lauschte dem Klappern meiner Zähne. Kamen meine Kopfschmerzen vom Alkohol oder vom Trommeln des kalten Regens? Sollte ich nach Hause zurückkehren, in mein Dorf, zu all den unglücklichen Menschen, oder sollte ich hier draußen im gewaltigen, grausamen Wetter ausharren, im schwindenden Licht? Eins erschien mir ebenso wenig verlockend wie das andere.

Am Ende wandte ich mich um, ohne den Entschluss dazu gefasst zu haben, und rief meinen Beinen in Erinnerung, wie das Gehen funktionierte. Mit schweren Schritten schleppte ich mich heimwärts, ging immer schleppender und schleppender. Ich glaubte, mein Zuhause nie mehr zu erreichen. Doch natürlich kam ich irgendwann an, und natürlich war es drinnen nicht besser als draußen im wilden Wetter, nur ein wenig wärmer und ohne die Aussicht auf einen Erfrierungstod.

Als ich morgens erwachte, wusste ich, was ich zu tun hatte. Mir tat alles weh, von den Haarspitzen bis in mein Herz. Ich setzte mich auf und ließ den Blick über die veränderte Gewöhnlichkeit meines Zimmers und der Möbel darin schweifen, über die Lichtflecken an den Wänden neben den Vorhängen, während ich mir meine Idee durch den Kopf gehen ließ, sie von allen Seiten betrachtete. Sie schien gut zu sein – sofern auf Rollrock, in Potshead, überhaupt irgendetwas gut sein konnte. Zumindest würde sie uns in ein *anderes* Grauen führen.

Nachmittags kehrte ich nach einem Abstecher in Wholemans Pub heim und hatte den ersten Teil meiner Mission bereits erfüllt. Dad war noch eine Weile mit Pfeife und Freunden dort geblieben, um mit den Männern jenen langweiligen Altherrenplausch zu halten, den ich nicht ausstehen konnte, an dem die Dads aber offenbar ihre Freude hatten.

Ich betrat unser Haus und durchbrach die seetanggeschwängerte Stille darin. Ich summte ein paar Takte einer einfachen Melodie, die Jerrolt Harding im Schankraum gepfiffen hatte.

Ich ging zu Mum. Wie eine dunkle Düne lag sie dort. Doch sie war wach, ihr Atem durchzogen von Gedanken und Pausen.

Es war nicht besonders hell; sie hatte die Vorhänge immer noch zugezogen. Ich setzte mich neben den Rand ihres Kopfkissens, neben ihr tränensalziges Haar. In einem Schüsselchen auf dem Kissen dahinter lag ein ausgelöffeltes Seeherz, das schon ranzig wurde. Der Löffel war so sauber abgeleckt wie frisch poliert.

«Mum», sagte ich – weder kindlich noch aufgesetzt fröhlich, «ich habe Neuigkeiten für dich.»

Sie verkroch sich noch ein wenig tiefer in ihre Decke.

«Dein Sohn», verkündete ich, «hat sich eine Arbeit als Flaschenwäscher in Wholemans Küche besorgt.»

Sie war mir schon vorher reglos erschienen, doch nun lauschte sie gebannt; nicht ein einziger Seetangfaden bewegte sich.

«Mr. Wholeman sagt, ich bin ein guter Junge. Er sagt, er kann mir vertrauen.»

Die Düne erbebte, und Mums weißes Gesicht kam daraus hervorgerollt. «Hat er dich wegen der Sache mit den Pelzen letzten Winter ins Gebet genommen?», fragte sie.

«Du weißt davon?» Welcher der Jungs hatte den Mums die Geschichte erzählt? «Er hat's angesprochen», sagte ich. «Ich hab ihm versichert, dass ich den Raum immer mit dem nötigen Respekt behandeln werde.»

Sie kroch zu mir herüber. Eine mächtige Woge ihrer Wärme und des angewärmten Seetangs drang unter der Decke hervor. Mir fiel wieder ein, wie ich diesen Meergeruch an mir selbst wahrgenommen hatte, in der Kammer mit den Pelzen. Vielleicht hatte gar keiner der Jungen etwas ausgeplappert; vielleicht hatten die Mums einfach an uns allen gerochen, was wir getan hatten.

«Hast du einen Plan, Daniel?», flüsterte sie. «Heckst du was aus?»

«Das tue ich», sagte ich. Es verschlug mir den Atem, sie so nah, so wach, so aufmerksam zu sehen. Die Hoffnung, die ich in ihr geweckt hatte, jagte mir Angst ein. «Aber ich weiß noch nichts Genaues. Ich muss erst eine Weile da arbeiten und ihnen zeigen, dass sie mir vertrauen können, und beobachten, wie und wann dort was gemacht wird. Dann schmiede ich weitere Pläne.»

Sie nickte. «Wo ist dein Dad?», zischte sie.

«Noch oben im Pub», sagte ich.

Mum stützte sich schwankend auf Hände und Knie. Obwohl sich der leichte Lichteinfall des Fensters in ihren Augen spiegelte, waren sie trüb, schwebten wie Höhlen in ihrem blassen Gesicht. Trotzdem strömte ein Schwall Aufmerksamkeit aus ihrem Blick auf mich zu.

«Ich weiß, ich muss dir das eigentlich nicht sagen», sagte sie gedämpft und fügte mit fast ersticktem Flüstern hinzu: «Aber du darfst niemandem ein Wort davon verraten.»

«Niemandem», sagte ich mit beruhigender Ernsthaftigkeit. «Mach dir keine Sorgen. Ich verrat's nicht mal mir *selbst.*»

Plötzlich begann sie zu lachen, schubste mich wie früher bei unseren Spaßkämpfen aufs Bett und drückte mir dabei fast die Luft ab. Sie war immer noch die Stärkere, aber ich war immerhin schon alt genug, um als Flaschenwäscher zu arbeiten, und mir wurde klar, dass ich in nicht allzu ferner Zukunft eine echte Chance gegen sie haben würde. Eine Weile bestand alles um uns herum nur noch aus Dunkelheit, Anspannung und Kampf, unterdrücktem Lachen und Drohungen. «Du kannst mich nicht festhalten!» – «Und ob ich das kann!» – «Schwächling!» – «Landratte!»

Sie drückte mich nieder, dann ließ sie mich los, sprang wieder in die Hocke, und damit war der Kampf beendet. «Sie werden dich bestrafen, Daniel», sagte sie. «Nicht weil du mich befreist, sondern weil du den anderen Jungs zeigst, dass es möglich ist.»

«Das ist mir egal», schnaufte ich. «Bis dahin bist du längst zu Hause.»

«Dummer Junge», sagte sie liebevoll, und ihre dünne Hand kam durch die Dunkelheit hindurch auf mich zu, strich mir die Haare hinter die Ohren, fuhr mir kitzelnd den Hals hinunter und übers Schlüsselbein. Dann versetzte sie mir zwei leichte Klapse auf die Wange. «Lass mich drüber nachdenken. Und jetzt raus mit dir, mein Junge, bevor dein Dad kommt. Er braucht nur einen Blick auf uns zu werfen und weiß sofort, dass wir was im Schilde führen. Los, raus mit dir.»

Schon bald entglitten die Dinge meiner Kontrolle, wie es so ist, wenn einem Jungen ein Geheimnis rausrutscht, und sei es nur einem anderen Jungen gegenüber. Zunächst vertraute Mum mir an, dass Kits Mum auch ins Meer müsste. Dann sollten auch alle anderen Frauen mit. Als Nächstes sollte auch Kit mitkommen, und schließlich wollten alle Mums ihre Jungen mitnehmen. «Dich sowieso, Daniel», sagte Mum, «weil du mit der härtesten Strafe rechnen musst. Ich kann dich nur beschützen, indem ich dich mitnehme.»

«Das kannst du? Du kannst mich mitnehmen?» Eine irrwitzige Hoffnung flammte in mir auf. «Aber wie denn? Ich hab doch keinen Pelz.»

«Für dich nehmen wir einfach irgendeine Tierhaut, von einem Fisch, Schaf, Vogel oder Kaninchen, und nähen sie mit Seetang zusammen.»

«Und zaubert Misskaella sie dann an mir fest?»

«Misskaella?», lachte sie. «O nein! Die brauchen wir dafür nicht. Ich mache einfach das, was ich mit dir getan hätte, wenn du ein Mädchen geworden wärst – ich nähe dich in die Haut und den Seetang ein, trage dich zum Wasser runter und singe dich hinüber –, mein Landkind wird zum Meerkind. Du hast genug Robbe in dir; der Mond und der Gesang wird diesen Teil mit dir verbinden. Wir wissen alle, wie wir das anstellen müssen.»

Sie übertrug mir die Verantwortung für die Häute der Jungen; dafür, genug zu sammeln, um alle Jungen darin einwickeln zu können, ohne ihnen von unserem Plan zu erzählen. Das gelang nur, indem ich vorgab, ein geheimes Theaterstück für die Dads vorzubereiten, bei dem jeder Junge, egal ob klein oder groß, eine Rolle spielen und dabei ein Kostüm tragen sollte. Ich musste das Stück immerhin so weit entwickeln, dass es den Mitspielenden überzeugend erschien – die Gesangs- und Tanzeinlagen konzipieren, die kleinen Jungen zum Seetanggarn-Sammeln aussenden, gutgemeinte Vorschläge abwehren, uns mit Stoffen oder Krepppapier zu verkleiden –, was mich fast zur Verzweiflung brachte, vor allem der Spott und Widerstand einiger älterer Jungs. Doch unsere Hautvorräte wuchsen, und unser Vorhaben machte allmählich die Runde, sodass gelegentlich sogar ein Dad uns ein Stück Leder anbot, das er übrig hatte, damit wir es bei unserer Aufführung einsetzen konnten.

«Steh jetzt bloß still, Daniel.» Mums Hände fuchtelten vor meinem Gesicht herum, zogen die Haut zurecht und steckten sie fest. «Sonst steche ich dir noch ein Auge aus.»

«Es ist aber schrecklich eng», sagte ich. «Darin kann doch kein Junge atmen.»

«Nicht hier», stimmte sie mir zu. «Aber sobald du mit Wasser in Kontakt kommst, gibt die Haut nach, und du bekommst Unterwasserlungen und kannst mit einem Atemzug mehrere Minuten lang tauchen. Du hast uns ja gesehen.»

«Hab ich. Und funktioniert meine Nase dann auch so, geht sie über meiner Schnauze auf und zu?»

«Ja, Liebes.»

Ich versuchte, es unter der Kapuze mit meiner Jungennase zu üben, zuckte und schnüffelte damit.

«Mein armer Junge … So, fertig», sagte sie. «Und pass auf, dass du beim Ausziehen nicht die Stecknadeln mit rausreißt. Es muss ganz genau vernäht werden, damit es richtig sitzt und sich deiner Körperform anpasst.»

Seitdem die Mums mit von der Partie waren, glaubte ich nicht mehr daran, dass sie sich jemals auf einen Plan würden einigen können. Als sie es dann doch taten, konnte ich mir nicht vorstellen, wie wir alles Notwendige in die Tat umsetzen sollten. Irgendjemand würde doch sicher den Dads unser Vorhaben verraten, entweder aus Versehen oder aus Mitleid? Selbst ich war schon mehrmals kurz davor gewesen, vor meinem Dad mit allem herauszuplatzen, weil er mir so leidtat.

Doch dann war der geplante Zeitpunkt gekommen. Der Mond trat in die richtige Phase ein, um die Pelze aus dem Lagerraum zu entwenden – und um direkt danach zu fliehen, denn sobald die Mums ihre Häute wiederhätten, würde es sie sofort zum Meer hinunterziehen. Und immer noch merkten unsere Dads nichts.

Meine zweite Hauptaufgabe bestand darin, dafür zu sorgen, dass die Tür zur Lagerkammer nicht verschlossen sein würde. Dies musste frühmorgens geschehen, wenn Mr. Wholeman über seinen Geschäftsbüchern brütete und keine Gefahr bestand, dass er seinem Sohn auf Schritt und Tritt folgte, ihn herumscheuchte, schikanierte und an allem herumnörgelte, was er für ihn erledigte. Wenn Rab dann die Vorräte einräumte, würde ich irgendeinen kleinen Notfall herbeiführen, um den er sich sofort kümmern musste, währenddessen seine Aufgabe zu Ende bringen und ihm danach wie nebenbei den Schlüssel zurückgeben. Das dürfte nicht allzu schwierig sein; Rab war morgens zu nicht besonders viel in der Lage, schon gar nicht dazu, einen unbescholtenen Jungen wie mich beim Vorbereiten eines Diebstahls zu ertappen. Trotzdem war ich erleichtert, als ich es hinter mich gebracht und keiner der Wholemans Verdacht geschöpft hatte.

Gleichzeitig wurde mir beim Gedanken an das, was noch kommen würde, ganz schlecht. Ich signalisierte den anderen, dass ich meinen Teil erledigt hatte, indem ich die gesäuberten Barmatten draußen in der Sonne vor der Wand des Pubs in einer bestimmten Reihenfolge aufhängte. Ich wusste nicht, was die Mums auf dieses Signal hin geplant hatten; einiges hatten sie mir absichtlich nicht erzählt, damit die Männer mir kein Geständnis entlocken konnten. Jetzt blieb uns nur noch die Aufgabe, uns den Tag über möglichst nicht anders zu verhalten als an jedem anderen, was mehr Schauspielkunst erforderte, als uns Jungs bisher abverlangt worden war. Und weder Trudle noch Misskaella durfte davon Wind bekommen, sonst würden sie die Männer alarmieren oder unsere Pläne gleich selbst vereiteln.

Von Wholemans Pub machte ich mich auf den Weg zur Schule und brütete dort über meinen Zahlen und Buchstaben. Kleine Schauder liefen mir über den Körper, und ich musste mich immer wieder ermahnen, mich bei allem so ruhig und normal wie möglich zu verhalten. Die Mums arbeiteten derweil im Verborgenen weiter. Obwohl nichts zu hören oder zu sehen war, verblüffte mich, dass niemand sonst dieses Jucken verspürte, diese unterdrückte Aufregung. Keiner meiner Kameraden gab durch Gesten oder Worte zu erkennen, dass der Startschuss gefallen war und sich unser Leben noch heute Abend ändern würde – hatte ich mir das ganze großartige Komplott vielleicht nur letzte Nacht in einem ausschweifenden Traum ausgedacht und ausgeführt?

Während Mum mir mein Mittagessen auftischte, mieden wir jeden Blickkontakt und verloren kein Wort über das, was in Kürze geschehen sollte. Ich ging wieder hoch zu Wholemans Pub. Als ich an Cartwrights Haus vorbeikam, wehte aus dem Fenster eine Meerfrauen-Melodie zu mir herüber; die besondere Art, wie die Mum einige Töne hielt und andere ineinander übergehen ließ, jagte mir Schauder über den Rücken, und ich trat die Flucht an. Mit stampfenden Schritten rannte ich über die Kopfsteine meiner Kindheit, vorbei an den sonnenbeschienenen Häusern meiner Freunde und ihrer Dads, ihren Leben, die mir allesamt so vertraut waren.

Am Nachmittag war ich davon überzeugt, irgendjemand müsste einfach bemerken, dass etwas an mir anders war, eine Verbindung zu den seltsamen Vorkommnissen im Dorf herstellen und uns auf die Schliche kommen. Jedes Mal, wenn ein Mann mich im Schankraum ansah, mich grüßte, etwas bestellte oder mir auftrug, etwas abzuräumen, zwang ich mich, nicht vor Schreck zusammenzuzucken, und schluckte einen Angstkloß nach dem anderen hinunter. Hatte er erkannt, dass ich nicht der Junge war, für den Wholeman mich hielt, der Junge, dem man vertrauen konnte, der mit ihnen verbündet war – gegen ihre Frauen, unsere Mütter?

Wie vereinbart traf ich Grinny und Batton draußen vorm Hintereingang. Ich schloss sie im Lagerraum ein, hängte das Vorhängeschloss wie zuvor über den Riegel, ließ es aber nicht zuschnappen. Mit ein paar Kerzen als einziger Lichtquelle sollten sie die Pelze abhängen und zusammenschnüren, damit die Jungs sie nach Anbruch der Dunkelheit leichter forttragen konnten. Ich war sicher, sie würden sich dadrinnen selbst in Brand setzen oder die gebündelten Häute so ungeschickt aufschichten, dass sie von ihrem Stapel herunterplumpsen und Lärm machen würden, doch den ganzen Nachmittag über hörte ich nicht ein einziges Geräusch.

Als der Abend hereinbrach, passte ich einen günstigen Moment ab und klopfte den vereinbarten Code an die Tür zum Lagerraum. Die Antwort kam in leisen, aber deutlichen Klopfzeichen zurück, und ich hastete auf den Hof hinaus und hinter das Klohäuschen, wo sich Angast postiert hatte. Ich nickte ihm bestätigend zu und berichtete, wer sich heute Abend zum Trinken eingefunden hatte, wer wahrscheinlich noch bleiben und wer bald aufbrechen würde und damit möglicherweise zu dem Zeitpunkt, an dem die Jungen mit den Pelzen zu den jeweiligen Mums rennen sollten, durch die Straßen schlendern würde.

Im Schankraum gab es eine Uhr, deren Läuten noch hinten im Flur zu hören war. Jetzt war es an mir, die Männer davon abzuhalten, zwischen viertel nach zehn und halb elf zum Klo zu gehen. Unterstützung bekam ich von Jerrolt, dem Geiger, den ich gebeten hatte, ausschließlich langsame Trauermelodien zu spielen. Es wäre nämlich äußerst unhöflich, währenddessen einfach aufzustehen, um pinkeln zu gehen: ‹Die Nacht, in der meine Mutter starb›, ‹Tief trieb das Boot im Hafen› und ‹Der wildeste Sturm›. Es gelang ihm, die Männer dort in rührseliger Stimmung auf ihren Plätzen zu halten, einige sangen mit, andere weinten, und ich stahl mich hinter die Theke, von wo ich ein Warnsignal an die Wand zum Lagerraum klopfen konnte, falls einer der Männer zwischen den Stücken von seinem Stuhl aufspringen sollte. Doch Jerrolt übertraf sich an diesem Abend selbst, was die Gefühlsseligkeit seines Spiels anging, und alle Männer hielten ihre Blase unter Kontrolle, als wären sie eingeweiht und wollten nicht stören, während die Jungen auf der Rückseite des Pubs eine Kette bildeten und die Häute in Windeseile weiterreichten – bis zu Lonna Trumbell am Ende der Kette, die an jedem Pelz schnupperte und dem nächsten bereitstehenden Läufer sagte, wem er gehörte.

Während des Sturmlieds schlug es halb elf. Sobald das Lied zu Ende war, sprang Nerdnor Prout auf, stürzte auf die Tür zum Flur zu, und ich klopfte sicherheitshalber Alarm, falls Grinny und Batton beim Ausräumen des Lagerraums die Zeit überschritten hatten. Bestimmt waren fünfzehn Minuten nicht genug gewesen! Bei so vielen Mums! Bei so vielen Pelzen!

«Jetzt spiel mal was Fröhliches, Jerrolt!», rief jemand. «'nen Volkstanz oder so was – ‹Der Ball der armen Leute› oder ‹Die Tochter des Elfenkönigs›, eins davon!»

Ich harrte mit angehaltenem Atem aus. Da tauchte Nerdnor wieder auf, trat an die Theke, und ich wartete von Grauen gepackt darauf, dass er Wholeman berichtete, der Hintereingang rieche nach Robbenhäuten und auf dem Hof wimmle es von kreischenden Kindern, die geheimnisvolle Bündel bei sich trugen.

Doch er sagte nur: «Gib mir noch 'n Schlückchen von dem Gorgon, Storn!», und durchsuchte seine Taschen nach den passenden Münzen.

War es also vollbracht? Hatten wir es tatsächlich geschafft? Eilten die Mums gerade zum Ufer hinunter, um die Jungen singend in die Flickenhäute einzunähen und mit ihnen fortzuschwimmen? Und was wäre beängstigender – wenn uns ein paar Schnüffler oder ein unvorhergesehenes Ereignis einen Strich durch die Rechnung gemacht hatten oder dass unser Plan reibungslos abgelaufen war und dass mein Wunsch, meine Mum möge glücklich sein, Potshead aller Frauen und Söhne beraubt hatte?

Ich ging durch den Schankraum und sammelte Flaschen und Gläser ein, dann hastete ich in die Spülküche und spülte, was das Zeug hielt, wünschte mir, diesen Plan niemals ausgeheckt zu haben und dass die Pelze noch immer aufgereiht hinter der verriegelten Tür des Lagerraums hingen. Ich stapelte die Flaschen auf, schob das Tablett mit den Gläsern zur Theke durch und verschwand dann durch den Hintereingang – für jeden im Schankraum musste es aussehen, als wollte ich lediglich meine Blase erleichtern, doch in Wahrheit verließ ich meinen Arbeitsplatz, schmiss meinen Job hin, verließ meinen Dad, der dort drüben mit Fernly Ashman und Michael Clift plauderte, ließ das einzige Leben zurück, das ich kannte.

Nachdem ich die Tür hinter mir geschlossen und Jerrolts erneutes Aufspielen und die wiederanschwellenden Gespräche ausgesperrt hatte, war es plötzlich still. Der Flur war leer und roch nur ein bisschen mehr nach Meer als gewöhnlich. Ich lief zum Lagerraum hinüber, wo das Vorhängeschloss ordnungsgemäß verschlossen vor seinem Riegel hing. Ich hob den Deckel der Truhe an, die neben der Tür stand, und darin lag wie versprochen die zusammengerollte Robbenhaut meiner Mum. Die Jungen hatten sie ihr nicht direkt übergeben, falls Mum der Drang überkommen sollte, auf direktem Weg zum Meer zu laufen und sich ohne mich hineinzuwerfen. Ich riss mir die Schürze herunter, schnappte mir die Haut, schloss den Deckel der Truhe, verschwand durch die Hintertür nach draußen und wickelte das Bündel im Gehen in meine Schürze ein.

Das Wetter war aufgewühlt. Die Geheimnisse wurden zusammen mit den Blättern und Abfällen durch die Straßen gepustet, hingen so schwer in der Luft, dass es mir den Atem verschlug. Ich bemühte mich um einen möglichst ruhigen Gang und Gesichtsausdruck, aber es war weit und breit niemand zu sehen, also fing ich kurz darauf an zu rennen. In jedem der Häuser, an denen ich vorbeilief, sollte eigentlich Licht im Fenster brennen, doch sie waren stockdunkel, und in keinem der Häuser war eine Bewegung oder ein Gespräch zu hören. Mir gefror das Blut in den Adern. Auf einmal war ich wie besessen von sinnlosen Ängsten – was, wenn ich mein Haus ebenso leer und ausgestorben vorfand, wenn meine Mum auf Nimmerwiedersehen verschwunden war, wenn nicht nur alle Frauen und Jungen fort wären, sondern auch alle Väter, sodass ich als einziger Mensch auf der Insel zurückbleiben, von niemandem zu niemandem laufen und nie wieder Freunde oder eine Familie finden würde?

Doch in unserem Haus brannte Licht, und ich stürmte ins Wohnzimmer, wo Mum auf und ab schritt. Sie hob mich hoch und drückte mich eine ganze Weile fest an sich. «Solange ich noch Arme habe, mit denen ich das tun kann», sagte sie.

Dann setzte sie mich ab, und ich warf ihr das schürzenumwickelte Bündel zu. «Ah!», rief sie und drückte es an sich, fuhr mit Lippen und Nase an den Rändern entlang, um den Geruch aufzusaugen.

«Erinnerst du dich noch an den Pelz und wie du damals aus ihm rausgesprungen bist?» Mit meinen Flaschenwäscher-Händen tätschelte ich die glitschige Haut.

«Nein», sagte sie. «Aber es ist meiner, ganz eindeutig, das sehe ich, und das rieche ich. Dann lass uns aufbrechen.» Flüsternd fuhr sie fort: «Alle anderen sind schon weg, Daniel. Komm, wir schließen das Haus ab und gehen ihnen nach.»

Ich hatte meinen Mantel oben in Wholemans Pub gelassen. Mum nahm ihren vom Haken, zog ihn über, knöpfte ihn aber nicht zu. Sie griff sich ihren eingewickelten Pelz und die Flickenhaut, die sie für mich genäht hatte. Ich legte eine Hand an den Riegel, die andere um den Türknauf. Wir blickten einander an, Dads Abwesenheit umtoste uns wie ein Unwetter. Um das Geräusch nicht länger ertragen zu müssen, schob ich den Riegel hoch und öffnete die Tür. Zu zweit traten wir in die Nacht hinaus, und ich zog die Tür hinter uns zu.

Als wir losgingen, nahm Mum meine Hand; ihre fühlte sich kalt und angespannt an. Ich meinte, im Schein der Sterne zu erkennen, dass sie mir zulächelte, doch das Licht war sehr schwach, und ihre Haare warfen Schatten auf ihr Gesicht; es hätte ebenso gut ein unabsichtliches Zucken sein können.

Mit schnellen Schritten hasteten und rutschten wir bergab, während uns der Wind, der in den engen Gassen gefangen war, um die Ohren pfiff und an uns zerrte. Von Zeit zu Zeit blies uns das Meer seinen grünen, stürmischen Atem ins Gesicht. Mum verfiel daraufhin immer für ein paar Meter in Laufschritt, als sei der Ruf, dem sie folgte, noch eindringlicher geworden.

Das Wasser zwischen den Molen war aufgepeitscht und wüst. Ich meinte, dort draußen zwei oder drei Robbenköpfe zu sehen, doch als ich erneut hinsah, konnte ich sie nicht mehr ausfindig machen. Als Nächstes glaubte ich, auf dem Kiesstrand lägen Robben in allen Schattierungen herum, aber es waren nur Kleidungsstücke – Mäntel, Kleider, Hosen und Jacken. «Oh!» Der Anblick jagte mir ebenso viel Angst ein, als wären es die Leichen aller Jungen und Mums, die ich kannte.

Mum drückte meine Hand. «Lass uns noch ein Stück weitergehen», sagte sie. «Ich will nicht an dieser Stelle hier ins Wasser. Ich möchte wildere Wellen.»

«Wilder als die hier?» Ich stolperte hinter ihr her und warf dabei einen Blick auf die kreuz und quer schäumende Gischt zwischen den Molen. Ich hoffte, alles wäre nur ein Traum; außer in meinen Albträumen hatte ich noch nie solche Angst gehabt.

Mum war sich ihrer Sache dafür umso sicherer; vielleicht würde ja etwas von ihrem Selbstvertrauen auf mich abfärben, wenn ich mich ganz in ihrer Nähe hielt. Ich watete die Düne am Ende der Hafenfront hinunter und rannte über den Sand des Nordstrandes hinter ihr her. Die Fenster des Dorfes, seine Augen, tauchten hoch hinter uns auf und ließen die Haut an meinem Rücken erstarren; ich sah hinauf – am Hügel waren die beiden orangefarbenen Rechtecke zu erkennen, die zu Wholemans Haus gehörten. Der Wind blies hier, wo ihn keine Gebäude mehr einengten, noch stärker; das Wasser bäumte sich auf und warf sich auf den Sand zu unseren Füßen.

Lass uns nach Hause laufen, hätte ich gern gesagt, *und so weiter-*

leben wie bisher. Doch auch hier lagen verstreute Kleidungsstücke herum, die Hälfte davon im seichten Wasser, und dazwischen die Schnüre, mit denen Grinny und Batton die Bündel zusammengezurrt hatten. Wie viele Mums und Jungen schon weg waren! Mum hatte sich vor mich hingekniet, knöpfte mir summend das Hemd auf, und ihr Gesicht leuchtete hell im Mondlicht – strahlte wie der Mond selbst –, und ich war erst zu sehr damit beschäftigt, mich über ihre Freude zu freuen, um meine Zweifel zu äußern, und dann zu erschrocken über die eisige Meeresbrise und die Gischtspritzer auf meiner nackten Haut.

Zuletzt zog sie mir Stiefel und Hose aus. Ich stützte mich auf ihren Schultern ab, suchte auch deshalb Halt, weil mir der Gedanke zusetzte, dass sie gleich keine Schultern mehr *haben* würde, dass wir beide weder Schultern noch Hände haben würden. Nun war ich nur noch in die Kälte der Nacht eingehüllt und in mein Grauen vor dem Wasser, ich zitterte und war von Kopf bis Fuß mit Gänsehaut überzogen.

«Schlüpf rein», forderte sie mich auf, und schon war ich ganz damit beschäftigt, mich in den Anzug aus Schafshaut mit den kratzigen Seetangnähten hineinzuquetschen und nicht das Gleichgewicht zu verlieren, während meine Füße in dem engen Schwanz des Anzugs steckten. Seit sie die Haut für mich genäht hatte, war ich ein winziges Stück gewachsen; ich japste nach Luft, beschwerte mich aber nicht, als sie mich einschnürte, denn sie sang währenddessen auf eine besondere Weise, baute verschiedene Melodien auf einer sich stetig wiederholenden Tonfolge auf, und ich befürchtete, sie würde ganz von vorn anfangen müssen, wenn ich sie unterbrach. Dann müsste ich noch länger in dem engen, steifen Anzug ausharren, der nach Lamm und Meer-Moder stank, und wir würden diesen albtraumübersäten Strand mit noch mehr Verspätung verlassen.

Sie überprüfte, ob meine Zehen und Finger vollständig in den fest verschnürten Ärmelenden steckten. Sie zog mir die raue Kapuzenmaske über das Gesicht und begann, sie am Kragen zu befestigen. Es fühlte sich an, als würde sie mir den Mund zunähen und mein Kinn an die Brust – so schnell und energisch hatte sie noch nie genäht. Ich hielt still, während sie mir den Nacken schmerzhaft nach hinten zog; meine zaghaften Wimmerlaute gingen in ihrem Gesang unter, der jetzt entschlossen klang und beinahe ein wenig verrückt, mir lauter vorkam und mir mehr Angst einjagte als das Prusten und Krachen des Meeres.

Durch die Augenlöcher sah ich ihr, so gut es ging, zu, um nicht auf die Wellen blicken zu müssen, um nicht darüber nachdenken zu müssen, was wir gerade taten. Sie schleuderte ihr Kleid zwischen die anderen, zog ihre Unterwäsche aus, hielt sie in die Höhe und ließ sie sich fröhlich lachend vom Wind aus der Hand reißen, und dann war sie nur noch Haut und fliegendes Haar, unbeeindruckt von der Kälte, unbehelligt von einengenden Menschenkleidern.

Mit einem einzigen freudigen Ruck löste sie den Knoten des Pelzbündels. Die Robbenhaut entfaltete sich auf den Felsen, und mit einem Schrei unter meiner Maske sprang ich zurück, so lebendig breitete sich die Haut dort in ihrer schimmernden Schwärze aus, wurde vor meinen Augen dicker und weicher. Ich japste in meiner trockenen Ledermaske nach Luft, und durch meine angeklatschten Haare krabbelte der Angstschweiß.

Mum stürzte auf mich zu, küsste mein Maskengesicht und rief etwas – vielleicht in Robbensprache, denn ich konnte keinen Sinn heraushören. Dann hob sie den anschwellenden Pelz in die Höhe, und er sank auf sie herab, legte sich um sie, klammerte sich an ihr fest und schloss sich um sie herum. *Klapp* und *klopp* und *slip* machte er und *snick*, bis sie ganz darin verschwunden war. Und dann fiel sie aus dem Stand mit zusammengepressten Hinterflossen direkt in die kleinen Wellen hinein, wurde zur Robbe und schwamm schwungvoll auf das tiefere Wasser zu.

Sie wandte sich um, und in der Robbe war noch genug von

meiner Mum, dass ich als ihr Sohn nicht anders konnte, als ihr zu folgen, also ließ auch ich mich fallen und fiel zappelnd durch die geronnene Luft in den schaumigen Wassersaum des Meeres. Dort nahmen mich das Wasser und die Magie auf, und das, was an mir Robbe war, überlagerte den Jungenteil in mir. Ich hörte auf, zu denken, zu planen und zu entscheiden, wie es in einer Erzählung Sinn ergeben würde, folgte nur noch meiner Mum, heulte ihr in unserer dunklen Welt hinterher, nahm die Gezeiten und Temperaturen wahr. Ich spürte ihrer Luftblasenspur mit meinen Barthaaren nach und schwamm hinterher, zu den Tiefen und Wundern und Freunden und Feinden, die neben uns, vor uns und unter uns warteten.

Während der Zeit, die ich im Meer lebte, geschah nichts auf eine Weise, die uns Menschen vertraut ist. Robben sitzen nicht beisammen und unterhalten sich, so wie Menschen es tun, und ihr Leben ist nicht auf die gleiche Weise ereignisreich; sie durchkämmen nicht ein ums andere Mal dieselbe Geschichte in der Hoffnung, ihr mit jedem Strich mehr Sinn zu entlocken. Das Robbenleben ist bereits von sich aus mit Sinn angefüllt und bedarf keiner Erklärungen. Wenn ich versuche, es mit meinem Menschenverstand zu beschreiben, zerfällt mein Leben als Robbe in flüchtige Eindrücke und Erinnerungsfetzen: Sonnenlicht durchbohrt das Grün, über uns kräuselt sich das gläserne Dach, pfeilschnell gleiten die Mums vor uns durch die Säle, Kathedralen und über die Höhenstraßen des Meeres; Bootsbäuche schaukeln im Gegenlicht, darüber gehen Männer murmelnd und spritzend ihrer Arbeit nach; die Robbenmänner wirbeln ihre wuchtigen Körper mit den filigranen Schwanzflossen so mühelos herum wie ein Junge einen Holzkreisel an Land, schießen nach vorn, nach oben, nach draußen. Sich im Meer zu bewegen ist, als flöge man durch grüne Luft, in der winziges Leben wimmelt und größeres gemächlicher vorbeitrudelt.

Die Robbenmänner waren unseren Dads sehr ähnlich – besitzergreifend und besorgt bewachten sie die Grenzen unseres Territoriums. Jedes Mal, wenn wir einen Strand anschwammen, verdrängten sie dort andere Robbenmänner und kehrten verletzt und blutend zurück. Manchmal versuchten meine Gefährten und ich, es den Robbenmännern gleichzutun, doch wir prallten nur mit unseren Gummiköpfen gegeneinander, ohne Zähne und ohne große Absicht dahinter, und die faulenzenden Mums um uns herum lachten.

Und dann gab es dort unsere Robbenschwestern, so groß wie wir, aber keine Kämpferinnen. Einige der barthaarigen Meermädchen waren halbmenschlich, die meisten ganz Robbe, und gemeinsam glitten wir zwischen den Säulen aus Sonnenstrahlen hindurch. Sie blinzelten neben uns durch das Dach unserer Welt in die windige Luft; kratzend fuhr uns der frische Atem durch die Nasen. Sie schnellten wie fliegende Samenkörner oder Steinchen durchs Wasser, wie Pfeile oder Kugeln, wie Tang, der sich durch die Strömung schlängelt oder einen mit den Enden seiner langen Blätter im Gesicht kitzelt.

Ich weiß nicht, wie ich von alldem erzählen soll. Die Gefühle der Robben, ihre Zuneigung und ihr Miteinander sind anders als bei Menschen. Mir bleibt nur, das Grunzen, Locken, Singen, Fliegen und Untertauchen des Robbendaseins mit einer Schicht aus Menschenworten zu überziehen.

Unsere Mums waren unter Wasser mehr zu Hause, als sie es an Land je gewesen waren. Es verlieh ihnen Flügel, wenn man so will. Ohne zu jubeln, zu schwelgen oder zu feiern, schlüpften sie einfach in ihr richtiges Dasein zurück und gingen ihren früheren Beschäftigungen nach. Unsere massigen Mums waren nicht nach Männermaßstäben hübsch, aber mit den Augen einer Robbe betrachtet, waren sie in ihrer soliden Schnelligkeit wunderschön, wenn ihre schwarzen, tränenförmigen Körper blitzartig auf- und abtauchten, sich durch die heimatlichen Gründe wanden. Jede besaß ihren eigenen Charakter, ihr eigenes Muster aus großen und kleinen Flecken, ihre eigene Art und ihren eigenen Gesang – jede Robbe war deutlich als Freund oder Fremder erkennbar.

Die Tage waren lang und strukturlos; die Jahreszeiten lockten uns herbei und stießen uns an ihrem Ende wieder von sich; über uns zogen die Sterne, die bootsförmigen Halb- und bauchigen Vollmonde dahin; die Städte waren verkrustete Körnchen im Augenwinkel unserer Welt, die Menschen darin umherkrabbelnde Milben. Sollte ich meinen Vater während dieser Zeit gesehen haben, so kann ich mich nicht mehr daran erinnern, auch nicht daran, irgendeinen anderen Mann aus Potshead erkannt zu haben, geschweige denn, Potshead selbst! Ich hätte mit Mühe und Not sagen können, ob es die Crescent Cove war, in der ich gerade herumlag oder kämpfte; um einen Ort wiederzuerkennen, ist für eine Robbe die darüberliegende Landschaft nicht von Bedeutung, sondern das ans Meer grenzende Gebiet, die Felsen, Untiefen und nahegelegenen Seetangbänke, der Zugang und die Fluchtmöglichkeiten – und ob bereits Freunde oder Rivalen vor Ort sind. So wie das Meer jenseits der Stellen, an denen man noch bis zum Grund sehen kann, für die Männer nur aus Tiefe besteht, in der sie ihre zukünftigen Frauen und ihre Nahrung finden, so erscheinen die darüberliegenden Gefilde den Robben nur als eintöniges, kalt-gleißendes Licht, von dem das Wetter und gelegentliche Gefahren niedergehen.

Ich fühlte mich nicht vom Land angezogen. Mir war kaum bewusst, dass ich das Land überhaupt *kannte*. Die Landgedanken verließen mich, und ich dachte weder über die Vergangenheit nach, noch machte ich mir Sorgen um die Zukunft. Ich *war* einfach; ich wusste – oder lernte es durch Nachfolgen und Nachahmen –, wohin ich zu schwimmen hatte, wie ich mich verhalten musste; ich folgte den Schwärmen aus Freunden und Fischen, floh vor Feinden, sang die Lieder, die aus mir herausdrängten. Ich schwamm an Land und aalte mich in der Sonne; ich rutschte dem beschaulichen schlummernden Leben auf festem Grund wieder davon, sprang zurück in mein Unterwasserleben.

|||||||||||

«Die Robbenjäger haben es rausgefunden», sagt mein Dad, nachdem er seine Pfeife wieder angesteckt hat. «Aber das hast du wahrscheinlich schon gehört.»

«Hmm …»

«Vielleicht wussten sie's auch schon längst – ihre Großväter und Urgroßväter haben ihnen wahrscheinlich davon erzählt. Ich schätze mal, Geschichten überleben auf diesen Booten einfach länger, weil die Männer so lange nicht an Land gehen und sich irgendwie bei Laune halten müssen.» Es wird heller im Raum, als die Rauchwölkchen aus seiner Pfeife das Licht einfangen, das durchs Fenster hereinfällt. «Jedenfalls war Will Canker die erste Robbe, die sie als das erkannt haben, was sie wirklich war. Es war nicht zu übersehen, meinten sie – er hatte überall Nähte, mit denen seine Mum die Kaninchen- oder Lammhäute zusammengenäht hatte. Also taten sie das, was sie sonst auch tun: Sie schnitten die Robben an den Nähten auf. Und als die Haut sich zurückzog und er drinnen zu strampeln anfing, schnitten sie ihn ganz raus und verfrachteten ihn aufs Boot. Und die Haut wurde wieder zu … zu Lammhaut, ja, das war's in Wills Fall. Als er sechs Wochen später hier in Potshead an Land ging, trug er sie bei sich. Die Robbenjäger brauchten also keine Hexe, und wir haben es uns bei ihnen abgeschaut; man braucht nur Messer und das Tier selbst, damit sein wahres Wesen zum Vorschein kommt.»

Der Pfeifenrauch hat eine Wolke um Dads Kopf herum gebildet. Es wird Abend. Ich bin froh, dass wir den Kamin angefeuert haben, um dem trostlosen blaugrauen Licht etwas entgegenzusetzen.

«Bevor Willem Canker zurückkam, wusstet ihr also nicht», frage ich, «dass man Jungs aus den Robben rausschneiden kann?»

«Wir wussten nicht mal, dass man Jungs reinstecken kann!», sagt er mit bitterem Lachen. «Hätten wir das gewusst, hätten wir 'nen kühleren Kopf bewahrt. Nein, Daniel, als ihr weg wart, hatten wir keine Hoffnung mehr, auch nur einen von euch jemals wiederzusehen. Erst als Willem aus dem Boot da rauskam, fing die Welt wieder an, sich zu drehen. Die Männer erwachten zu neuem Leben, hörten auf, zu trinken und zu heulen, und zogen sich was Ordentliches an, weil ihre Söhne sie nicht in diesem jämmerlichen Zustand sehen sollten, falls sie aus dem Meer zurückkämen. Ein paar Männer sind im Frühling und Sommer mit Messern runter zur Crescent Cove gegangen und haben nach jungen Bullen Ausschau gehalten, die von Nähten übersät sind, aber nur dein Freund Raditch und Feenly Cooper sind dort aufgetaucht.»

Dad legt die Pfeife beiseite und räuspert sich. «Wir sind mit ein paar Leuten zu Misskaella gegangen und haben gefragt, ob sie euch rausholen kann – als Robben, wohlgemerkt. Wir wollten gar keine Zauberei von ihr; das Rausschneiden hätten wir selbst übernommen. Tja, ich weiß nicht, vielleicht ist das Herholen auch der wirklich schwierige Teil, jedenfalls wollte sie nichts davon wissen. Sie hat sich auch damals, nachdem ihr gerade weg wart, nicht drauf eingelassen, für die paar Männer, die sich's leisten konnten, neue Frauen rauszuholen. Daraufhin verloren wir nach euch Jungs auch noch alle heiratsfähigen jungen Männer. Alle Junggesellen haben sich aufs Festland abgesetzt, und die, die dort eine Frau fanden, brachten sie nicht mit zurück nach Rollrock, sondern suchten sich dort Arbeit – auf Cordlins Schiffen oder auf einer Farm in Knocknee. Ich bin froh, dass Misskaella sich auch nicht drauf eingelassen hat, zumindest eine allerletzte Meerfrau rauszuholen – ein paar üble Kerle hatten ihr Kleingeld zusammengeworfen, um sich eine Frau zu teilen, sie von einem Mann zum nächsten weiterzureichen. Die Hexe hat gesagt, sie hätte genug von uns und wir sollten sie mit unserem Gejammer in Ruhe lassen. Sie wollte nichts mehr mit Robben und Robbenzauber zu tun haben.

Das kann man ihr nicht wirklich übelnehmen; sie war schon ziemlich alt und krank. Außerdem schuldeten einige Männer ihr immer noch Geld – sie haben sich nicht mehr an die Vereinbarung gehalten, nachdem sie ihre Frauen ans Meer verloren hatten. Haben ihren ganzen Lohn versoffen, und sie hat keinen Penny davon gesehen. Nicht, dass sie's nötig gehabt hätte – weder sie noch Trudle oder Trudles Töchter. Misskaella hat sich 'ne goldene Nase an uns verdient – du hast ja ihr Haus oben auf dem Hügel gesehen. So vollgestopft mit Kostbarkeiten, dass man kaum noch reinkommt. Und Trudle hat's an nichts gemangelt, seit sie das erste Baby bekommen hat. Also hatte *sie* natürlich erst recht keinen Grund, sich für uns einzusetzen. Jeden von euch, den wir rausgefischt haben, haben wir allein aufspüren müssen. Also, wie gesagt, einige behielten Crescent Cove im Auge, andere kreisten jedes Mal, wenn die Robben da waren, um die Skittles Rocks herum – das weißt du ja. Manche Dads sind noch weiter aufs Meer raus und haben die anderen Inseln abgeklappert. Und seit damals sind in jeder Jagdsaison ein paar von euch zurückgekommen, wurden irgendwo da gefunden, wo die Segelschiffe vor Anker gegangen sind – die Häute, die ihr im Arm haltet, verraten, was ihr wart.»

Ich erschaudere. «Toddy Marten hat jetzt noch Albträume von diesen Booten. Sie hatten ihn zwar unter Deck eingeschlossen, aber trotzdem war da überall dieser Gestank, hat er gesagt.» *Nach abgeschlachteten Mums*, erzählte er mir, und seine Worte dröhnen mir im Kopf herum, doch ich bringe sie nicht über die Lippen, so wie auch Toddy sie kaum aussprechen konnte.

«Wir können genauso wenig aus dem Robbengeschäft aussteigen, wie wir die Sonne davon abhalten können, morgens aufzugehen», sagte Dad. «Einigen von uns hat der Gedanke an das, was sie da taten, schwer zugesetzt, aber auch wenn ich's nur ungern zugebe, gab's auch einige, die regelrecht darauf brannten, es den Mums und den Robbenherden heimzuzahlen und sie leiden zu sehen. Aber wir sind alle jeden Tag runtergegangen, wenn die Boote einliefen, weil wir hofften, was Neues zu erfahren – oder einen Jungen zu sehen, am besten natürlich den eigenen, der über den Steg auf uns zukommt. Ich bin jeden Tag hingegangen, bis du wiederkamst. Und hätte ein Robbenjäger mir dich zurückgebracht, Daniel, statt einer von unseren Männern, hätte ich ihn umarmt und bis ans Lebensende meinen Bruder genannt, selbst wenn er von oben bis unten mit Meerfrauenblut besudelt gewesen wäre, ein blutiges Messer im Gürtel stecken und 'ne Robbenzahnkette um den Hals gehabt hätte.»

Seine Augen glänzen, und er sieht mich eine ganze lange Minute mit diesem Glitzern an, bevor er ein schiefes Lächeln zustande bringt. «Diese Frauen haben uns nie wirklich gehört», sagt er, «da können wir sie noch so sehr geheiratet haben, um sie bis an unser Lebensende unsere Frauen zu nennen. Aber unsere Söhne ... na ja, ihr wart zumindest zur Hälfte von uns. Ich schätze, wir dachten, wir hätten ein Recht darauf, euch zurückzuholen. Denn wer», sagt er, während er sich mit der Pfeife in der Hand zu mir hinbeugt, «sollte uns sonst die Pfeifen stopfen und uns Enkelkinder schenken, um uns im Alter aufzuheitern? Oh, es gibt 'ne Menge Leute, die niemanden mehr haben», fährt er fort und sieht mir zu, wie ich den Pfeifenkopf am Kamin ausklopfe und zum Tabaksbeutel greife. «Aber selbst die haben die Hoffnung noch nicht aufgegeben, glaub mir. Die Männer, die gar keine Hoffnung mehr hatten, haben sich vom Chisel Top gestürzt oder sind mitten im heftigsten Wintersturm vom Six Mile Beach rausgeschwommen. Die anderen machen sich vielleicht nicht selbst auf die Suche, gehen aber jeden Tag zum Hafen runter, weil der eigene Junge ja doch noch auf einem der Boote auftauchen könnte, man weiß ja nie.»

Ich wurde wiedergeboren und kam schreiend aus dem Robbenleib heraus – das war wohl bei vielen so, hat man uns erzählt. Aber schließlich kann auch niemand so herzzerreißend heulen und schreien wie eine Robbe. Ich wurde in strömenden Regen rausgezerrt, steckte zum Teil noch in der Schafshaut, die Mum für mich gemacht hatte, und platzte an anderen Stellen schon daraus hervor. Jedes einzelne Geräusch tat mir in den Ohren weh – der fauchende Regen auf den Felsen und die Stimmen der Männer: «Daniel Mallett! Willkommen zu Hause, Junge!»

«Mallett? Ist das nicht der Junge, der oben bei Wholeman gearbeitet hat? Der den Schlüssel vom Vorratsraum geklaut hat, als sie in der Nacht damals abgehauen sind? Den sollten wir direkt wieder reinschmeißen, und zwar ohne seine Haut!»

«Willst du Dominic Mallett dann die Haut bringen, Clift, und ihm erzählen, sein Sohn wär über Bord gekippt?»

«Haltet den Mund, ihr beiden! Der Junge hat Ohren, falls euch das noch nicht aufgefallen ist!»

«Ach, pfft. Die verlernen unsere Sprache doch da unten; du hast sie ja gehört.»

«Hör gar nicht hin, Junge. Dein Dad wird sich freuen, dich zu sehen.»

Sie schnitten die Haut auf und zogen sie von mir herunter. Ich plumpste mit meinem ganzen Gewicht daraus hervor und auf einen abschüssigen Felsen, der vom Blut rot getränkt war; es lief in Strömen darüber und tropfte über die Felskante bis ins Meer. Überall um mich herum ragten Beine auf, und ich sah weit entfernte, grinsende Gesichter; direkt vor mir hockte der Mann mit dem Messer und verpasste mir ein paar Ohrfeigen, grinste und wischte sich über die Augen. Hinter ihnen ragte einer der Skittles Rocks empor, den ich für einen noch größeren Menschen hielt – mit überbreiten Schultern und ohne Gesicht. Ich versuchte, mir schützend die Arme vorzuhalten, aber mir fehlte jegliche Kraft dazu; ich hatte vergessen, wie man sie benutzt.

Mitten in dem brutalen Lärm und dem Trubel erkannte ich die verschwommenen Umrisse eines Fischerbootes. Sie trugen mich an Bord und legten mich mit meiner wunden Haut und den knochigen Schultern aufs Deck. Ein Mann schob mir ein zusammengerolltes Seil unter den Kopf, das drückte und schmerzte. Ich versuchte, mich wieder an meine Menschenaugen zu gewöhnen und an das, was sie mir dort oben in der Luft zeigen wollten. Die ganze massige Haut war von mir abgefallen, warum also fühlte ich mich jetzt so viel schwerer? Und auch um mich herum war alles schwerer, wie ans Deck geklebt; die Männer schlurften bleiern über die Bretter, keiner von ihnen konnte fliegen, auch ich nicht mehr.

Um mich herum lärmte die Luft; jede Bewegung war schnell und schaurig, jeder Kontakt unvermittelt und laut und löste noch mehr Lärm aus. Die Land-Männer bewegten sich ohne Rhythmus, fluchten und friemelten herum – die Männer aus meiner Stadt, aus meinem Leben an Land –, während die Seevögel durch die Luft ruckelten. Und ich lag festgepresst auf den Überresten meines Robbenfells, die Seetangdecke drückte mich auf die klammen Planken, ließ die wenige Wärme in mir nicht entweichen. Der Wind konnte mir nur die feuchten Haare über den Augenbrauen hin und her wehen; er konnte mich nicht hochheben und ins Wasser zurückbringen; er konnte nicht einmal das verknotete Häkelding von mir herunterwehen.

Dieser Traum machte mich ganz krank; die Männer liefen grinsend an mir vorbei, tätschelten und trösteten mich auf der ganzen Fahrt nach Hause.

«Niemand nimmt dir übel, was du getan hast, Daniel, mach dir keine Sorgen.»

«Na ja, höchstens so Typen wie Clift, und auf deren Meinung legt nun wirklich keiner Wert.»

«Ein Junge, der seine Mutter über alles liebt – haben wir sie nicht auch über alles geliebt?»

Sie verlangten nichts von mir; sie erwarteten nicht, dass ich mit meinem merkwürdig vollgepfropften Mund etwas sagte, meine neue gequetschte hohle Stimme in diesem platten Gesicht mit dem neuartig geformten Kiefer benutzte. Der Himmel blieb, kein Meerwasserschleier legte sich mehr darüber, wenn ich nach dem Luftholen wieder abtauchte. Die Krankheit dauerte an, und durch sie hindurch glitt das summende Gemurmel der Männer ineinander, fügte sich zu sinnvollen Elementen zusammen. («Und wollten wir letzten Endes nicht auch, dass sie glücklich sind?», «Nur war von uns keiner bereit, sich selbst zurückzunehmen und auf seine Bequemlichkeit zu verzichten.» – «Stimmt schon, die Jungs haben eigentlich nur das getan, was wir hätten tun sollen.») Sie hießen mich willkommen, willkommen zurück. Sie sprachen über ihre Erleichterung und darüber, wie wertvoll und selten Söhne doch waren. Anscheinend gehörte ich zu diesen Söhnen. Es waren nicht mehr die gleichen Männer wie damals, an die ich mich erst ganz allmählich wieder erinnerte.

«Du wirst dich 'ne Weile ziemlich schwerfällig fühlen», sagte einer über das Schleifen der Bootsflanke am Landungssteg und über die heftigen Geräuschexplosionen in meinem Rücken und Schädel hinweg. Er zog die Seetangdecke von mir herunter, und ich wartete darauf, abzuheben und hoch in die Luft zu fliegen. Aber nichts passierte. Hilflos lag ich da.

Sie legten zwei Männern meine Arme um die Schultern und versuchten mir beizubringen, wie ich auf meinen neuen langen Beinen über das Deck gehen sollte, das mit Kisten, Bolzen und Spulen vollgestopft war; als es mir einigermaßen gelang, brachten sie mich eine klapprig wirkende Laufplanke hinunter, die mich nur knapp davon abhielt, ins dreckige Wasser zu fallen, in eine unbekannte, gemiedene Ecke meines Zuhauses unter Wasser. Halb schleiften sie mich, halb trugen sie mich an Land, das nicht nachgab und sich nicht bewegte; der Steg stand felsenfest, während das Wasser kämpferisch unten dagegenklatschte. Meine Füße schleiften über den Boden, und meine Beine versuchten, sie hinterherzuziehen – wie sollte ich mich bloß auf diesen zwei Stelzen halten können? Die Männer hatten mir ein Hemd und eine Hose angezogen, doch die fremdartigen Knie schlackerten und knickten unter meiner verschwommenen Sicht, meinem schweren Schädel ein. Ich wusste, dass sie zu mir gehörten, konnte mir aber beim besten Willen nicht vorstellen, wie ich sie jemals unter Kontrolle bringen sollte.

Jemand holte meinen Vater, und er kam die Straße herunter auf mich zu, doch ich konnte ihn nicht sehen, hörte nur stampfende Stiefel und ein paar Männer, die sagten: «Siehst du, Dominic? Hier ist er!» Dann fragte eine Stimme, die aus weit zurückliegenden Jahren, direkt aus meinen Knochen zu kommen schien: «Ist er das wirklich? Ist das mein Daniel? Seid ihr sicher?»

Vor mir tat sich plötzlich eine Lücke auf. Mühsam hob ich den Kopf. Ich sah ein Paar verschwommene Stiefel und seine vertraute Gürtelschnalle, dann kam schlagartig der Rest von ihm ins Bild, scharf umrissen und wundersam, die großen Hände nach mir ausgestreckt, dazwischen sein zu neuem Leben erwachendes Gesicht.

«Daniel», sagte er. «Dad», brachte ich heraus; sogar die Wörter fühlten sich hier schwer an, trugen das Gewicht all der Jahre und meiner neuen Stimme. Mein Kopf sackte unter dem Gewicht wieder nach unten, und ich sah nur noch grün-schwarz-blaue Pflastersteine, umringt von einem Halbkreis aus Stiefelspitzen und den Beinen der staunenden Männer.

«Komm, ich nehm ihn dir ab», sagte mein Dad zu dem Mann rechts neben mir, und sie hakten mich aus und wieder ein. Ich tat mich mit dem Laufen noch schwerer als zuvor, lehnte mich an meinen Dad, mein Kopf ruhte schwer auf seiner Schulter.

«Du kommst schon wieder auf die Beine, mein Junge», sagte er. «Wirst wieder putzmunter.» Er stützte mich und half mir beim Gehen. Auf seinem Hemd erschien ein Fleck in noch dunklerem Blau; ich hatte gar nicht bemerkt, dass es regnete oder dass er weinte. Ich versuchte zu sprechen, ihm zu sagen, dass ich mich an ihn erinnerte, dass ich überrascht war, dass es mir leidtat und dass ich irgendwie in diesen seltsamen, langen, falschgewachsenen Körper hineingeraten war. Aber alles, was ich im Moment zustande brachte, waren robbenartige Quietschlaute, die gar nichts aussagten, aber im Moment alles waren, womit ich dem Mann neben mir überhaupt etwas sagen konnte.

«Ich erinnere mich noch genau an den Tag, als der erste Junge wieder zu uns zurückkam», erzählt mein Vater vor dem Kamin. «Das Wetter, die Jahreszeit, alles war wie nagelneu, strahlte und blühte. Auf einmal war die Luft voller Farbe, und auf den Hügeln wuchsen Blumen. Ich zog die Vorhänge auf, und da marschierte er bergauf durch das Dorf, der Goldjunge, hochgewachsen und geschmeidig wie ein richtiger Mann – so wie du, Daniel, nur dass ich dich damals natürlich noch nicht gesehen hatte. Es war nicht sicher, ob ich dich überhaupt jemals wiedersehen würde, das musste ich mir immer wieder sagen. Ich weiß noch, wie er den Kopf hob – nicht um mich oder jemand anderen anzusehen, sondern um sich das Dorf anzugucken, die Mauern und vielleicht die Hügel und den Himmel darüber –, und als ich ihn ansah, sein Gesicht, in dem alle unsere Jungen, unsere Frauen und wir selbst vereint waren, hat's mich fast zerrissen. Die fünf Jahre davor hatten wir bei Wholeman jedes einzelne Wort, das ihr je gesagt hattet, immer wieder umgedreht, mit unseren Tränen befeuchtet und mit unseren Erinnerungen poliert.

Und Canker, der draußen vor ihm herging, brauchte nicht zu singen – sein Gesicht hat gesungen, die Freude darin. Neid ist eine Sünde, heißt es. Du sollst nicht begehren, heißt es. Nun, Daniel, dein alter Herr ist ein Sünder. Ich hoffe, es macht dir nichts aus. Ich war von Neid zerfressen, habe Joel Canker *gehasst*, weil er das hatte, was ich nicht hatte. Zumindest noch nicht, und wer wusste schon, ob ich es je bekommen würde?»

Er strahlt um seine Pfeife herum, zieht sie mit einer Hand zwischen den Zähnen hervor und tätschelt mir liebevoll die Wange.

Dann schiebt ein Gedanke sein Lächeln beiseite. «Natürlich gibt's 'ne Menge Leute, denen nur ihr Neid blieb und sonst gar nichts. So wie Corris Snow, Gott segne ihn, und die Green-Brüder – von ihren Jungs ist keiner zurückgekommen.» Dad berauscht sich an meinen Anblick und fühlt sich deswegen schuldig.

Einige der Jungen hielten es auf Rollrock ohne die Mums und unter den vielen trauernden Männern nicht mehr aus. In der Hoffnung, dort aufgeheitert und abgelenkt zu werden, flohen mehrere von ihnen aufs Festland, und viele andere sprachen ebenfalls davon, hatten dann aber doch nicht den Mut fortzugehen.

Diejenigen, die blieben, fuhren zum Fischen raus. Dankbar überließen die älteren Männer uns ihren Platz auf den Booten, und die weniger alten hatten noch genug Feuer im Hintern, um an Bord das Kommando zu übernehmen und uns einzuweisen.

Für uns war es eine gute Arbeit, allemal besser, als bei den traurigen Dads an Land zu sitzen. Es fühlte sich richtig an, auf dem Meer zu sein, auf halber Strecke zwischen unseren zwei Heimatorten, und die meiste Zeit hielt uns die Arbeit zu sehr in Atem, um traurigen Gedanken nachzuhängen. Manchmal fiel es uns schwer, keine Parallele zwischen einem reichen Fang im Schiffsraum und unseren Erinnerungen an einen Schwarm schöner Fische unter Wasser zu ziehen; ab und zu wurde ein sich verzweifelt windendes Tier im Netz hochgezogen, das sich zuvor anmutig, flink und faszinierend im Wasser bewegt hatte, und es nun so zu sehen, wie es sich auf dem Deck hin und her warf und abstrampelte, war, als winde sich dort mein eigenes Herz im Todeskampf, weil ihm das übergeordnete System fehlte, das es am Leben hielt. Doch dies waren nur kurze Augenblicke während der langen Arbeitstage, mit denen wir unseren Lebensunterhalt verdienten; das Beste an unserer Arbeit war, dass sie uns körperlich erschöpfte – tagsüber wurden wir kräftiger, und nachts schliefen wir besser.

Einige Jungen blieben trotzdem unglücklich, vor allem die, deren Väter sie nicht freudig empfangen hatten, weil sie schon vorher nichts mit ihren Söhnen anzufangen gewusst hatten oder sie nach der langen Zeit im Meer als Fremde empfanden. Die Unglücklichsten unter ihnen liefen in mondbeschienenen Nächten am Forward Head, Six Mile Beach oder in der Crescent Cove wütend am Wassersaum entlang und riefen nach den Robben, dass es einem das Herz brach. Die Allerunglücklichsten schwammen sogar raus und riefen auf offener See nach den Robben, darunter auch James, mein Freund aus Kindertagen. Eines Nachts schwamm er mit reichlich Alkohol im Blut ins Meer hinaus und wurde am nächsten Morgen kalkweiß am Forward Beach angeschwemmt. Sein Dad überlegte in seiner Qual, ob er ihn einwickeln und mit Gewichten behängt wieder dem Meer übergeben sollte, brachte es letztlich aber doch nicht über sich und ließ ihn auf dem Friedhof beerdigen, damit er immer wusste, wo sein Sohn zu finden war.

Ich kehrte früher von meiner Aushilfsarbeit in Fishers Laden nach Hause zurück. Der Geruch zog sich durchs ganze Haus: Es roch wild und salzig nach Mums und Meereshöhlen. Der Duft schien die Luft blaugrün zu färben, dazwischen schoben sich Sonnenstrahlen; mit ausgebreiteten Armen trat ich hinein und ließ die Strahlen um meine Arme herumwirbeln.

In der Küche, im Herzen des Geruchs, im Herzen meines Zuhauses, saß Dad mit seinem weißen Teller und einem Löffel in der Hand am Tisch. Er versuchte, so zu tun, als wäre alles wie immer, fragte dann aber vorwurfsvoll: «Was machst du denn jetzt schon hier?»

«War mit allem fertig.»

Er reckte das Kinn, seine Augen blickten stur, und eine leichte Röte bahnte sich den Weg über sein Gesicht. Und dann sah ich das Seeherz auf dem Teller liegen – außen haarig und mit orangefarbener, gummiartiger Masse gefüllt, ein orangefarbener Breitropfen am Rand. Dads Löffel schwebte in der Luft.

«Da ist noch eins», sagte er und deutete mit dem Daumen auf den Topf, der auf dem Herd stand. Als wäre es ein ganz gewöhnliches Abendessen.

Ich tat uns beiden den Gefallen und spielte mit. Ich durchquerte die Küche und hob den Topfdeckel ab.

«Aber wolltest du nicht beide essen?»

«Eigentlich schon», sagte er und räusperte sich. «Aber ich merke gerade, dass eins davon… genug ist.»

Ich zog das Seeherz an einer festgewachsenen Seegrassträhne heraus, legte es in eine Schüssel, nahm mir einen Löffel und setzte mich an den Tisch. Ich griff mir Dads orangeverschmiertes Messer und schnitt das Herz mit meinen großen Händen geschickt oben auf. Im Geiste formulierte ich eine Bemerkung, die ich aber nicht aussprach: *Als ich das letzte Mal so eins gegessen hab, musste Mum die harte Schale noch für mich aufschneiden.*

Mit dem Dampf stieg der Geruch auf: Körper, nasse Haare, gekochte Schalentiere, säuerliches Meerwasser, kuschelige Winterabende, ihre klare blasse Haut mit einem Stich ins Grüne, ihr Haar ein erstarrter Strom schwarzen Wassers.

Ich löffelte etwas Brei heraus und schmeckte meine ganze Kindheit – ihre Wärme und Unbekümmertheit. Die Mums lachten miteinander; auch Mum und Dad lachten, blickten einander an, hielten sich im Arm. Ich dachte mir alle möglichen Dinge aus, um sie voneinander abzulenken: Ich führte etwas vor, machte einen Handstand an der Wand, damit sie wieder zu mir hinsahen, mich einbezogen. Wenn Dad da war, hatte ich immer nur das eine Ziel vor Augen – dass Mum ihren Blick und ihre Aufmerksamkeit wieder mir zuwandte.

Nun, das war mir wohl gelungen. Der Brei kühlte auf meiner Zunge ab; er glitt mir die Kehle hinunter, durchweichte meinen Kopf mit salziger Süße. Tränen stiegen mir in die Augen.

Ich sah auf und begegnete Dads aufmerksamem Blick; er hielt einen Löffel voll Brei in der Hand. «Wie geht's meiner Neme denn?», fragte er. «Wie ging's ihr, als du sie das letzte Mal gesehen hast?» Er aß den Brei, ließ den Blick aber auf mir ruhen, ersparte mir die Antwort nicht.

«Ich weiß es nicht», wurde mir klar. «Sie war da. Sie war gesund. Dort unten ist alles so anders; es ist nicht wie hier.» Ich war beschämt, etwas so Offensichtliches zu sagen, aber Dad lachte nicht über mich und wirkte auch nicht ungeduldig. Er bewegte den Brei in seinem Mund hin und her, als könnte er mehr über diesen Ort erfahren, über die mehr als fünf Jahre, die ihm mit uns verloren gegangen waren, indem er genau hinschmeckte und mich genau beobachtete.

«Sie hieß dort nicht einmal Neme», sagte ich und zuckte hilflos die Schultern.

«Wie hieß sie dann? Was war ihr richtiger Name?»

Ich versuchte, ihn auszusprechen, aber er glitt wie Wasser durch meinen Mund, wie ein Windhauch, und es gehörten hohe Töne dazu, die ich mit meiner Menschenstimme nicht erreichen konnte, und heraus kam ein Krächzen, das in einem Menschenzimmer grob klang, nur nach Tier klang, und in dem nicht einmal die Hälfte seiner wahren Bedeutung mitschwang. Die Robbensprache und der Robbengesang verschwanden allmählich aus meinem Gedächtnis. Wenn ich noch einmal untertauchen, den Kopf unter Wasser halten würde – vielleicht käme die Erinnerung dann zurück. Aber hier oben entglitt sie mir immer mehr. Ich machte einen neuen Versuch. «Nein», sagte ich, «es klingt mehr so …»

Er hörte meinen Versuchen zu, ohne zu lachen.

«Es klingt nach nichts», sagte ich. «Es klingt überhaupt nicht wie – eigentlich ist es etwas schriller am Ende und etwas lang gezogener …»

Meinen nächsten Versuch ahmte er nach; er gab sich wirklich Mühe, aber trotzdem … Ich schüttelte den Kopf.

«Nicht so ungefähr?», fragte er traurig.

«Oh doch, schon so ungefähr.» Ich kratzte den Boden der Seeherzschale aus. «Aber nur ein kleines bisschen.»

Er wiederholte die Laute, versuchte, sich ihnen mit seiner Menschenstimme anzunähern. «Was bedeutet ihr Name denn? Was sagt er über sie aus, oder wie unterscheidet er sie von all den anderen … all den anderen dort unten?»

Wieder dachte ich: Wäre ich doch nur dort unten, könnte ich doch nur einen Moment lang schwimmen. Mit dem Breigeschmack auf der Zunge schloss ich die Augen, hielt mir mit den Handballen die Augen zu und versuchte, es mir vorzustellen. Das Zucken eines Robbenmuskels, eine Schwanzflosse, die ich nicht mehr hatte. «Ich glaube, es geht darum … wie schön es ist, sich zu bewegen. Wie wunderbar es ist, geschmeidig dahinzugleiten, oben unter der Wasseroberfläche, wo das Licht hinkommt. Ich glaube, es –», ich ließ die Hände sinken. Hier saß ich mit einem anderen Menschen in diesem Menschenkasten, wo wir in unseren schlaksigen, langgliedrigen Körpern feststeckten, mit denen wir niemals so würden schwimmen können. «Ich glaube, das war's so in etwa», sagte ich entschuldigend. Ich leckte den Löffel sauber und legte ihn neben das haarige Herz auf meinen Teller.

«Das ist gut!», sagte er. «Viel besser, als gar keine Ahnung zu haben.» Er grub mit dem Löffel in den Ecken seines Seeherzens herum. «Und komischerweise so ähnlich wie der Name, den ich ihr damals gegeben habe – er bedeutet so viel wie helles Strahlen. Mir gefällt der Gedanke, dass ich vielleicht von selbst darauf gekommen bin.» Verschämt lächelte er mir zu und löffelte den restlichen Brei heraus.

Ich lächelte zurück, aber er war schon wieder ernst geworden. «Wie war sie denn sonst so, da unten?», fragte er. «War sie froh, mich los zu sein? Hat sie sich überhaupt noch an mich erinnert, Daniel?» Er hielt sich die Hand vor den Mund, damit nicht noch weitere Befürchtungen daraus hervorsprudelten.

Ich konnte nicht zu diesen flehenden Augen sprechen. Ich drehte mich auf dem Stuhl zur Seite, tat, als wollte ich meinen Teller vom Tisch abräumen, verharrte aber in der verdrehten Haltung und versuchte, mich zu erinnern. «Ach Dad, wer weiß das schon? Sie fühlen nicht die gleichen Dinge. Und sie denken auch nicht so wie wir hier oben. Sie reden auch nicht so – so wie wir jetzt reden.» Ich konnte ihn nicht anblicken; er würde so schrecklich niedergeschlagen aussehen. «Du willst von mir hören, dass sie dich vermisst hat. Aber willst du, dass ich dich anlüge? Mir ist nichts aufgefallen. Aber muss das bedeuten, du hast ihr deshalb *nicht* gefehlt?»

Sein Gesicht brachte meine Gedanken durcheinander, und ich überlegte, was ich ihm Tröstliches sagen konnte. «Aber wegen deiner Frage, wie es ihr ging: Sie war im Meer sie selbst, das ist alles.» Ich suchte nach einer Möglichkeit, es ihm zu erklären. «Ihr taten endlich die Füße nicht mehr weh, weißt du, und sie konnte sich ganz frei und leicht bewegen, war nicht so bedrückt wie hier unter ihren schweren Decken –»

«Dann war sie also glücklich», sagte er.

Ich schüttelte den Kopf. «Das auch nicht. Aber sie war befreit von … sie schleppte nicht dauernd diese Traurigkeit mit sich herum, wie hier oben. Also nehme ich schon an, dass sie glücklich war, ja. Aber nein –»

«Schon gut, Daniel – es ist *gut*, dass sie von ihrem Elend befreit war.» Er lächelte schmerzlich. «Ich wäre zwar froh, wenn sie mich in guter Erinnerung behalten hätte, aber ich will nicht das alte Elend durch ein neues ersetzen. Sonst hat das, was du getan hast, keinen Sinn.»

«*Hat* es denn einen Sinn?» Ich blickte zum Fenster, als könnte die Antwort dort hereingeflogen kommen.

«Aber ja, absolut. Irgendjemand musste es tun, und keiner von uns verhexten Männern hätte es je getan.»

Wieder schüttelte ich den Kopf, weder zustimmend noch ablehnend, sondern weil ich darüber nachsann, dass man die Schmerzen des einen Menschen nicht lindern konnte, ohne einem anderen wehzutun.

«Und was ist mit dir, mein Junge?», fragte er sanft.

«Mit mir?» Ich selbst kam mir unwichtig vor verglichen mit der Tatsache, dass Mum für immer weg war.

«Was ist mit dir – und den anderen Jungs, falls du das weißt, falls ihr euch unterhalten habt? Jetzt, nachdem ihr selbst da unten wart, im Meer gelebt habt, sehnt ihr euch genauso dahin zurück wie eure Mums?»

«Ich weiß nicht.» Ich zog abwehrend die Schultern hoch.

«Jetzt sag schon – wenn du könntest, wenn dir jemand den passenden Anzug nähen und für dich zaubern würde?»

Ich versuchte, unter dem Tisch zu verschwinden. Ich stützte die Ellbogen auf die Knie und das Gesicht in die Hände und litt eine Weile darin vor mich hin. «Ja, aber nur weil … Weißt du, da unten hab ich mir keine Gedanken gemacht und nicht *gefühlt*. Aber hier –» Ich ließ den Kopf auf die Arme sinken; er konnte jetzt wohl nur noch meinen vorgebeugten runden Rücken hinter dem Tisch erkennen. «Hier geht's immer um Gefühle und um Sorgen, und das macht mich so müde», murmelte ich in meinen Schoß.

Sein Stuhl fuhr scharrend zurück. Er kam zu mir herüber, beugte sich über meinen Kopf, strich mir übers Haar. Er quälte mich nicht mit weiteren Worten, fuhr mir nur eine Weile kraulend über den Kopf – wie bei einer Katze –, dann drückte er einen Kuss darauf und trug unsere Teller zur Spüle.

Wenn der Wind stark genug aus nordöstlicher Richtung blies, liefen Toddy und ich hoch zum Windaway Peak. Dort oben gab es eine kleine Erhebung, zu der alle Winde von Gambrel Wood bis Oaten Share wie durch einen Trichter hinaufbliesen, und wir standen darauf und krallten uns mit den Zehen an der Felskante fest, als wären es Adlerklauen, breiteten die Arme aus und ließen uns vom Wind tragen. Er drückte und schob sich um uns herum, schubste uns nach hinten auf den Pfad zurück, oder er setzte aus, sodass wir lachend vornüberpurzelten – in eine seichte Grube auf der Südseite. Toddy war eine genauso lange Bohnenstange wie ich; es brauchte keinen allzu starken Wind, um uns aufrecht zu halten. Toddy war nicht froh darüber, dass man ihn wieder an Land geholt hatte, weil er nie besonders gut mit seinem Dad klargekommen war, aber er hatte eins von Wholemans mit Gerümpel vollgestopften Zimmern ausräumen und sich darin einquartieren dürfen und verrichtete als Gegenleistung meine frühere Arbeit.

«Man kann's sich fast vorstellen, oder?», rief Toddy, wenn es uns über längere Zeit gelang, im Luftstrom das Gleichgewicht zu halten.

Und das konnte man tatsächlich beinahe, auch wenn der Wind viel schwächer und unbeständiger war als die Gezeiten und der Seegang und unsere Köper so anders geformt waren und sich von innen so anders in dem Strom anfühlten, so grob und hochgewachsen. Aber es reichte immerhin, um uns vorzustellen, dass wir Längs- und Querschneisen in die Wassermassen schnitten, dass das Flattern des Mantels die Berührung einer Schwester war, dass andere, große und kleine Artgenossen singend in Formationen um uns herumschwammen. Wir konnten die Aufregung beinahe spüren, das Ausbrechen der Familie an den Rändern, das Gewühl in der Mitte, das Drängeln, die feinen Kurskorrekturen, das Abbremsen und Vorwärtsschnellen.

Schweigend gingen wir zurück, den Kopf von allen Sorgen freigepustet.

«Wenn erst Sommer ist», sagte Toddy, «und man schwimmen kann, ohne sich die Eier abzufrieren, gehen wir runter zum Six Mile Beach.»

«Ja, dann sind wir näher dran.»

«Das fühlt sich garantiert noch ähnlicher an.»

Ein paar schweigsame Schritte. Auf dem Spine fühlten wir uns wie auf dem Dach der Welt, überall um uns herum nur Himmel.

«Aber nie genauso, Toddy.»

«Nein, das nicht. Ist mir schon klar. Aber vielleicht … ist es das Nächstbeste. Vielleicht ist ganz nah dran nah genug, was meinst du?»

Lory Sevener

Also packte ich meine Sachen und machte mich auf den Weg nach Rollrock Island. Jetzt gab es schließlich niemanden mehr, der mir reinreden konnte.

Keinen Fuß würde ich auf diese Insel setzen, sagte meine verstorbene Mum in meinem Kopf, *nach alldem, was sie den Frauen dort angetan haben. Was sie deiner eigenen Grandma angetan haben.*

Aber der Mann hat gesagt, das ist längst vorbei. Schon seit Jahren.

So viele Jahre ist es nun auch wieder nicht her. Und das haben sie beim letzten Mal bestimmt auch gesagt.

Aber ich hörte nicht auf Mum.

Eine Insel voller Männer!, hatte meine Freundin Sally gesagt. *Klingt großartig – und beängstigend! Ich würde dich gern noch zum Bus bringen, aber ich muss in der Bäckerei arbeiten.*

Ist nicht schlimm – ich bring mich selbst zum Bus.

Du bist so mutig, Lory. Ich würde mich so was niemals trauen.

Ich war weder mutig, noch hatte ich Angst. Als ich Mrs. Mickles' Pension verließ, war ich nicht einmal aufgeregt. Der Schlüssel zu dem Haus in Potshead war so schwarz und rau, als hätte er jahrelang auf dem Meeresgrund gelegen, und kratzte meine Hand in der Manteltasche. Mums kleiner Koffer, den ich immer geliebt und gewollt hatte, gehörte nun mir – ich wünschte, es wäre wieder ihrer –, und als ich jetzt den Bus bestieg, war ihr Koffer bei mir, angefüllt mit den Kleidern, die ich zu Mrs. Mickles mitgenommen hatte. Ich hob ihn auf die Ablage und nahm darunter

Platz; wie eine kleine Wolke schwebte er über mir und verdeckte die Sonne.

Knocknee glitt davon. Ich hatte den Bus schon vorher abfahren sehen, voll mit Schulmädchen auf dem Weg zu einem Picknick oder umstellt von fröhlichen Gratulanten, die ein Ehepaar in die Flitterwochen verabschiedeten. Heute saßen darin nur Ladeninhaber, die geschäftlich in Cordlin zu tun hatten, eine Mutter mit ihrer Tochter, die dort zum Zahnarzt musste, und der reiche Mr. Crowly Hunter, der ständig zwischen den Städten pendelte, um zu zeigen, dass er die Zeit und das Geld dafür hatte – und ich, unter meiner Wolke, das Herz wie eine Hülse in meiner Brust.

Wir brausten durch die Landschaft dahin. Ich versuchte, mir die Form jedes Landstrichs und der Dinge darauf einzuprägen. *Das siehst du jetzt für eine ganze Weile zum letzten Mal*, sagte ich zu mir selbst. Aber es war mir ziemlich egal. Ich war nur froh, aus Knocknee wegzukommen, von den drei Sterbebetten, von der Vermieterin mit den vorwurfsvoll gespitzten Lippen und den verhärmten Gesichtern der Fuhrmänner, die versucht hatten, ein trauerndes Mädchen, das unbedingt wegwollte, auszunutzen. Ich war allen gegenüber standhaft geblieben, so wie Grandma und Mum es immer getan hatten; es gab nichts, wofür ich mich schämen musste. Ich verließ die Stadt mit reinem Gewissen. Ich konnte jederzeit zurückkehren. *Brich nicht alle Brücken hinter dir ab*, hatte Gran gesagt, und das hatte ich befolgt. Und in meinem Koffer befand sich der notarielle Beweis für die Brücke, die *sie* nicht abgebrochen hatte – das Haus auf Rollrock, inmitten all der wilden, traurigen Männer.

Die Hafenstadt reckte sich aus ihrem Tal heraus und lotste uns zum Wasser hinunter. Warum hatte man die beiden Felsformationen eigentlich *Heads* genannt? Sie sahen viel eher aus wie Arme, die das Hafenbecken vor Strömung und Seegang schützten. Wir fuhren bergab durch die Stadt, die mich an jedem anderen Tag meines Lebens in ihrer Fremdartigkeit fasziniert hätte: die schicken Häuser, die Menschen in Anzügen, der kleine Milchwagen dort drüben. Aber die ganze Welt erschien mir im Moment fremd, ohne Mum oder Dad oder meinen Bruder Donald. Selbst die vertrautesten Dinge – meine eigenen Hände, mein Gesicht über der Waschschüssel im Spiegel heute Morgen – kamen mir ungewohnt vor. Ich war froh über die neuen Eindrücke, weil sie mich ein wenig aus meinem Kummer herausholten, aber ich war nicht mehr das aufgekratzte Mädchen, das ich zuvor gewesen war. Und ich war auch nicht mehr so verängstigt – noch vor einem Jahr hätten mir die Bus- und die anschließende Bootsfahrt furchtbare Angst eingejagt; doch nach den drei Todesfällen, den drei Beerdigungen in der letzten Zeit, erschien es mir jetzt wie ein Kinderspiel.

Die Fähre trug den Namen *Fleet Fey*. Selbst in meinem ausgehöhlten Zustand musste ich zugeben, dass sie ein romantischer Anblick war. Adrett lackiert dümpelte sie im Hafen vor sich hin und schien uns gar nicht zu beachten, hatte nur Augen für die Heads und das offene Meer.

«Die Fahrkarte kannst du an Bord kaufen, Mädchen», sagte der Bootsjunge, der die Laufplanke sicherte, also ging ich mit meinem Koffer an Bord und setzte mich nach hinten, wo ich die ganze Kabine im Blick hatte und zu allen Fenstern hinausschauen konnte. Während der Motor im Leerlauf den Sitz und meinen Rücken durchruckelte, sah ich zu, wie die Postbeutel und einige Säcke Kartoffeln an Bord gebracht wurden. Die Wolken rissen auf, ab und zu brach die Sonne durch, um mich mit den vielen Farben und Bewegungen der Hafenfront und Stadt zu beeindrucken, dann zog sie sich, von der Anstrengung ermüdet, wieder zurück und ließ alles wieder zu seinem ursprünglichen Grau verblassen. Hier war ich also – auf der Reise, von der ich seit meiner Kindheit geträumt hatte, doch immer in dem Glauben, dass ich nie die Möglichkeit dazu bekommen oder den Mut dafür aufbringen würde, und trotzdem fühlte ich mich so lustlos und ausgelaugt wie damals, als ich mich um das ganze Trara nach Donalds Tod kümmern musste. Ich wusste, was zu tun war, kannte die richtige Reihenfolge aller Aufgaben und ging ihnen grimmig nach, bereitete mich während der einen schon auf die nächste vor, auf die Leute, mit denen ich mich auseinandersetzen musste, und die Tricks, auf die ich nicht hereinfallen durfte.

Der Kapitän kam vorbei und verschanzte sich im Steuerhaus. Der Bootsjunge zog die Laufplanke ein, löste die Leinen und wickelte das durchnässte Tau auf. Die Anlegestelle glitt davon; die anderen Boote zogen an ihren Ankerplätzen vorbei. Es brachte mir ein wenig Erleichterung, dass sich das Wasser zwischen mir und dem Festland mit all seinen Gräbern und seinem Kummer ausbreitete.

Dabei war mir durchaus bewusst, dass noch weitere Gräber auf mich warteten. Bei der nächsten Gelegenheit würde ich sie besuchen: Die Gräber von Großvater Odger Winch und Onkel Naseby, den beiden Halunken, für die Mum nichts als Abscheu und Grandma nur eisiges Schweigen übriggehabt hatte.

Wir fuhren zwischen den Heads hindurch; wie ungerade Torpfosten türmten sich die Felsen zu beiden Seiten auf, während das Schiff im Seegang schwankte. Als wollte sie uns zujubeln, kam die Sonne heraus, das Wasser leuchtete in einem wunderschönen Blaugrün, und auf einigen Wellen kringelte sich der Schaum wie Sahne. Wir ließen die Heads hinter uns, und dann lagen vor uns nur noch der Himmel und das weite Meer mit ihrem jeweiligen Wetter. Ich schüttelte die Städte und Bauernhöfe mit ihrer ganzen Geschäftigkeit und dem Wirrwarr aus Erinnerungen ab wie einen schweren Mantel und segelte mich frei.

Der Bootsjunge machte die Runde und sammelte das Geld für die Überfahrt ein. «Sagst du mir Bescheid, sobald Rollrock in Sicht kommt?», bat ich ihn.

Ich saß dort im Dröhnen des Motors, trieb meinem Abenteuer entgegen und betrachtete alles zu aufmerksam, um noch nachzudenken, bis er mir Bescheid gab. Dann stand ich auf und stellte mich an den Bug.

Die Insel ragte am Horizont auf. Sie sah selbst aus wie eine bucklige Riesenrobbe, die den Kopf in unsere Richtung drehte, während sich ihr klumpiger Körper dahinter wölbte und im Nordosten in der Schwanzflosse mündete. Die Hänge waren von Grün überzogen, die vordere Flanke voller Felsen und Klippen, an denen das Meer genagt, sie aber nicht vollständig verschlungen hatte. Die Buchten und Höhlen erschienen mir allesamt unzugänglich, tückisch und abweisend.

Doch als wir näher kamen, steuerten wir nicht auf den rauen Küstenteil zu, sondern schlugen Kurs Richtung Westen ein und fuhren um den Kopf herum, und direkt dahinter fiel das Gelände weniger steil ab und machte Platz für ein Dorf an den Hängen oberhalb der beiden langgezogenen Molen, die vom Ufer ins Meer ragten. Über den Häusern zogen sich kreuz und quer Feldmauern entlang, die aussahen, als könnten sie jederzeit den Hügel herunterpurzeln. Die Felder, die sie begrenzten, waren kleiner und steiniger als die, die ich aus der Gegend um Knocknee kannte.

Ziemlich unvermittelt schob sich die Landzunge zwischen uns und den Seegang, und der Motor musste nicht länger über die Wellen klettern. Wir glitten das letzte Stück dahin, der Horizont hörte auf zu schwanken, und die Insel machte nicht mehr den Eindruck, als könnte sie jeden Moment im Schlaf vornüberkippen und uns unter sich begraben. Welches Haus wohl meins war? Ich versuchte, mit den Augen dem Pfad zu folgen, von dem Grandma mir in ihren Gutenachtgeschichten erzählt hatte, als ich noch ganz klein war. *Ein kleines schwarzes Haus,* hatte sie gesagt; ob es *das* kleine schwarze Haus dort an der Böschung war, direkt hinter dem Kirchturm?

Die Fähre wurde langsamer, das Wasser peitschte ans Heck. Wir prallten gegen den Landungssteg. Es schien, als hätte sich das ganze Dorf versammelt, um uns zu begrüßen, und das ganze Dorf bestand aus Männern, genau wie unser Besucher Tom Grease es Mum und Grandma erzählt hatte – Männer, die einfach nur herumlungerten oder am Ufer Netze flickten, in Grüppchen vor dem Laden standen, die Häuserreihe am Hafen entlangspazierten oder aus dem Dorf herunterkamen.

Ich nahm meinen Koffer, stellte ihn auf dem Sitz ab und blieb daneben stehen, sah zu, wie der Bootsjunge die Leinen vertäute. Hinter ihm tauchte an der Uferzeile eine kleine, krummbeinige, stämmige Frau auf und eilte auf uns zu. Sie hielt ein Baby im Arm und hatte vier Töchter mit flammend roten Haaren im Schlepptau, die unterschiedlich groß waren, aber alle geblümte Kleider trugen.

Das konnte doch nicht Misskaella sein? Grandma hatte uns jede Menge Geschichten über diese Frau erzählt – hatte uns sogar mit ihr gedroht, wenn wir uns als Kinder schlecht benommen hatten. *Die Hexe kommt übers Meer gelaufen,* hatte sie uns erzählt, *und wird euch schrecklich bestrafen.* Ich spürte einen kleinen Stich und war ein wenig wütend auf Donald, weil er tot war und nicht mehr vor Schreck erzittern konnte, wenn ich ihm erzählte, dass ich der echten Misskaella von Angesicht zu Angesicht begegnet war.

Aber nein, das konnte nicht sein – eine so junge und quietschlebendige Frau mit dieser Kinderschar. Ah, das musste ihre *Schülerin* sein, von der Mr. Grease Grandma erzählt hatte, als Mum mich zur Tür hinausscheuchte. Eine Hexe war sie also immerhin, aber nicht die legendäre; sie war eins von den wilden Callisher-Mädchen, kam ursprünglich aus Knocknee, das ganz bei uns in der Nähe lag. Doch die Kunst, andere Menschen in Angst und Schrecken zu versetzen, hatte sie bereits von Misskaella gelernt; meine Kindheitsängste tobten in mir, als sie so energisch und böse auf das Boot zustampfte.

Mittlerweile hatten die Männer den Bootsjungen begrüßt,

ihm beim Aufsetzen der Laufplanke geholfen und die Kartoffelsäcke ausgeladen. Die Kartoffeln waren wohl für Fishers Laden bestimmt, der genau so aussah, wie Großmutter ihn mir beschrieben hatte – neben der Kirche war es das solideste Gebäude im Dorf. Es war merkwürdig, den Laden zu sehen und zu wissen, wie drinnen alles angeordnet war, ohne ihn jemals selbst betreten zu haben.

Jetzt war es also so weit – mir blieb nur noch, von Bord zu gehen. Ich lief an den neugierigen Passagieren vorbei, die zu den abgelegeneren Inseln weiterfahren wollten, trat aus der Kajüte und setzte den Fuß oben auf die Laufplanke. Die Rollrock-Männer verstummten, reckten mir die Gesichter entgegen. Es gab zwei grundsätzlich verschiedene Arten: rund oder länglich, blass oder etwas dunkelhäutiger, von roten Locken umrahmt oder von seidigem schwarzem Haar; dazu gab es ältere Vertreter dieser beiden Typen mit wettergegerbten Gesichtern, deren Haar nur noch von roten oder schwarzen Strähnen durchzogen wurde oder bereits vollständig weiß war. Kleine helle oder große dunkle Augen musterten mich, einige unerschrocken, andere schüchtern – manche wichen meinem Blick ganz aus.

Die Hexe drängelte sich durch die Männermenge, baute sich ganz vorn am Ende der Laufplanke auf und stemmte die freie Hand in die Hüfte; die Mädchen hasteten hinter ihr her, wirbelten erst um sie herum und scharten sich dann direkt um sie.

«Was gibt das denn», rief sie, und es klang, als würde sie mit Steinen gurgeln, «wozu der Koffer? Was hamse hier zu suchen?»

Ich führte mir meine Großmutter vor Augen, wenn sie zu kämpferischer Form auflief und *es ihr jetzt aber reichte*. Ich war schließlich nicht hergekommen, um mich darum zu kümmern, was Fremde von mir dachten, rief ich mir ins Gedächtnis. Ich schritt die Laufplanke hinunter, als hätte ich jeden Tag mit zornigen Hexen zu tun. «Und wer sind Sie?», fragte ich den kleinen Zankteufel, während ich mich noch ein ganzes Stück über ihr befand. Ich sprach geradeheraus, ohne hämisch oder ängstlich zu klingen. All die Toten in mir – Grandma, Mum, Dad und Donald –, die vier Menschen, die ich nun stellvertretend verkörperte, verliehen meiner Stimme die nötige Gewichtigkeit. «Wer sind Sie, dass ich mich vor Ihnen rechtfertigen müsste? Sind Sie die Bürgermeisterin? Sind Sie von der Polizei oder einer anderen offiziellen Stelle?»

«Was für 'n Geschäft hamse hier auf Rollrock zu erledigen?»

«Geschäft? Ich wohne hier. Ich besitze hier Eigentum.» Ich trat seitlich von der Planke auf den Kai hinunter und ging an der Hexe und ihren Töchtern vorbei.

«Eigentum? Was für 'n Eigentum?», fragte sie und lief mir hinterher.

Meine Güte, wie groß einige dieser Jungen waren. «Ist das etwa die Art, mit der man hier eine Frau zu Hause willkommen heißt?», fragte ich, weder laut noch wütend, sondern sehr deutlich, Silbe für Silbe. «Lässt man einfach zu, dass sie belästigt und angekeift wird, bevor sie überhaupt einen Fuß an Land gesetzt hat?»

«Zu Hause? Welches Zuhause?» Die Hexe schob sich vor mich.

«Beruhig dich, Trudle», sagte einer der älteren, stämmigeren Männer.

Trudle Callisher reckte ihm das Kinn entgegen und sich selbst, so hoch sie konnte. Ihre vier Töchter ahmten es ihr nach und funkelten den Mann an. Zu jedem anderen Zeitpunkt hätte ich über diesen Anblick gelacht.

«Wie heißt denn Ihre Familie, junge Frau?», fragte mich der Mann.

«Winch», sagte ich. «Ich bin Lory Severner, die Tochter von Bet Winch, der Tochter von Nance Winch.»

«Ah!» Nicken, Blicke und Gemurmel liefen durch die Reihen.

«Dann war Odger Winch also Ihr Großvater, Gott hab ihn selig.»

«Und Naseby Winch mein Onkel, Gott hab ihn ebenfalls selig. Sie haben beide christlich bestatten lassen, habe ich gehört?»

Die jüngeren Männer blickten fragend zu den älteren hinüber, sahen sie nicken und beobachteten uns wieder gebannt.

«Das haben wir. Dann waren Sie und die anderen Winch-Frauen also die ganze Zeit in Cordlin?»

«In Knocknee. So weit wie möglich vom Meer und den Robben weg. Aber man hat mir gesagt, dass es hier auf Rollrock keine Meerfrauen mehr gibt. Stimmt das?»

«Das stimmt. Sind alle weg», sagte der Mann. «Alle weggeschwommen.»

«Und es wurden auch keine neuen mehr hergeholt, seitdem sie weg sind? Denn wenn auch nur noch eine einzige da ist, fahre ich direkt wieder zurück nach Knocknee.»

«Keine mehr da», sagte der Mann hastig in die Stille hinein.

Alle schauten herüber und lauschten so angespannt, als hinge ihr Leben davon ab. Mehrere von den Jungen hier konnten der sein, den ich suchte, aber vermutlich sah er als Mann ganz anders aus. Was sie alle für *Augen* machten! Hatte ihnen denn niemand beigebracht, dass es unhöflich war, so zu starren? Aber keiner von ihnen schien mich zu kennen.

«Nein, nein», versicherte der Mann direkt neben dem stämmigen. «Keine einzige mehr da. Seit gut sieben Jahren keine Robbenfrau weit und breit.»

Der stämmige Mann trat von einem Fuß auf den anderen. «Also *gute* Jahre waren das nun wirklich nicht.» Und um das unangenehme Schweigen, das darauf folgte, zu durchbrechen, warf er hastig hinterher: «Sollen wir Ihnen den Koffer zum Winch-Haus hochtragen?»

«Ja, danke, das wäre sehr nett», sagte ich.

Einige Väter stießen ein paar der jüngeren Männer an, die sich schweigend zum Koffer durchdrängelten. Dann machten wir uns auf den Weg, stiegen die sonnigen Gassen hinauf, gefolgt von der

Hexe Trudle und sechs oder sieben Männern. Trudles Gesicht war immer noch misstrauisch verkniffen; ihre Töchter schwärmten um sie herum; ihr kleiner Junge gaffte uns an. Er sah ein wenig seltsam aus; vermutlich stimmte irgendetwas nicht mit ihm. Die ungebändigten roten Haarmassen der Mädchen loderten im Sonnenlicht – im Vergleich dazu erschienen mir meine eigenen dicht am Kopf und den Rücken hinuntergeflochtenen Haare unauffällig und brav. Der stämmige Mann stellte sich als Torrens Baker vor. «Ihre Grandma hätte sich bestimmt noch an meinen Dad erinnert.»

«Sagen Sie, Mr. Baker», fragte ich, «gab es da nicht irgendwelche Nachkommen aus der Ehe meines Großvaters oder meines Onkels, die Anspruch auf das Haus haben?»

«Ja, die gab es», sagte er.

Hatte ich es doch *gewusst* – so wie Mum und Grandma mit Tom Grease getuschelt hatten, während ich den Tee zubereitete.

«Es gab mehrere Söhne aus den Ehen», sagte Baker. «Aber von den Winch-Jungs ist keiner zurückgekommen, nachdem die Mums sie mitgenommen haben. Odger und Nase hatten beide Pech, was das angeht. Alle Jungen, die Sie hier sehen, sind irgendwann zurückgekommen – wir haben sie in der Crescent Cove oder bei den Skittles Rocks aufgegriffen, oder die Robbenjäger haben sie weiter draußen gefunden.»

Unauffällig betrachtete ich die Gesichter der Jungen, ihre dunklen oder roten Haare; was für Spuren es wohl hinterließ, wenn man im Meer gelebt hatte? Diese Jungs schienen sich mühelos an Land zu bewegen; aus ihren Gesichtern sprach mehr Intelligenz, als Trudles Söhnchen zu besitzen schien, und soweit ich es erkennen konnte, ohne sie anzustarren, hatten sie keine Schwimmhäute zwischen den Fingern.

«Und Töchter gab es keine?», fragte ich. «Ach herrje», sagte ich, weil die älteren Männer bei meiner Frage allesamt zusammengezuckt waren und die jüngeren schlagartig traurig guckten. «Mit den Mädchen hatte es ja irgendetwas Schreckliches auf sich. Verzeihung.»

«Die Winchs haben mehrere kleine Mädchen bekommen», sagte Baker, dann machte er eine Pause, als stünde er im Begriff, eine unangenehme Wahrheit auszusprechen. «Aber …»

«Ich habe ein bisschen darüber gehört», sagte ich schnell in die unbehagliche Stille hinein. «Aber über manche Themen redete Grandma nie länger als eine Minute; sie sprang dann bei der ersten Gelegenheit auf und war plötzlich beschäftigt.»

Baker nickte dem Boden zu. Ich zwang mich zu schweigen. «Es ist so», fuhr er schließlich gedämpft fort, «die Töchter, die ein Mann mit einer Meerfrau bekommt, können sich an Land nicht richtig entwickeln. Der Robbenanteil in ihnen ist größer als bei den Jungs. Sie müssen zurück ins Meer, damit sie nicht sterben. Sie müssen von ihrem eigenen Volk aufgezogen werden. Die Frauen waren darüber todunglücklich; viele von uns erinnern sich noch gut daran.»

«Ganz davon zu schweigen, was sie sonst noch alles unglücklich gemacht hat», sagte ein Mann zu meiner anderen Seite.

«Da wären wir», übertönte Baker ihn. «Das ist das Winch-Haus.»

Ich musste fast lachen – das Haus war winzig wie ein Puppenhaus. Und es sah ganz schief aus; durch das abfallende Gelände wirkte es, als lehnte sich das Haus haltsuchend an den Hügel. Gras und Unkraut wucherten die Zäune hinauf und bis zu den Fensterbänken hoch, wie Wildsalat über den Rand einer Schüssel. Büschel aus Grasnelken rankten sich am Zaun entlang, und zwischen den Latten schlängelte sich Strandrauke bis über die Grenzen des Grundstücks hinaus.

«Einer von den Jungs kann das für Sie runterschneiden, Miss Severner», unterbrach eine zaghafte Stimme mein Schweigen.

«Wie bitte? Ach, das Unkraut? Ja, gern.»

Ich drückte das Tor mit aller Kraft gegen die Unkrauttriebe auf dem Weg und bekam es ein Stück weit aufgeschoben, quetschte mich daran vorbei und ließ mehrere junge Männer zurück, die angeboten hatten, mir zu helfen. Ich drängte mich zwischen die wuchernden Gewächse zu beiden Seiten und ging den vom Unkraut rissigen Weg entlang. Ich zog den großen schwarzen Schlüssel an seinem Band hervor, steckte ihn ins Schloss und drehte ihn herum, umfasste die Türklinke, schob den Riegel hoch und stieß die Tür weit auf.

Staub wirbelte vom Boden auf und ließ meinen Blick die tapezierten Wände hinaufgleiten und über die Bilder, die dort hingen – zwei stürmische Meerlandschaften, fast vollständig zu dunklem Braun verblasst. Hinter dem Flur warf die Rückenlehne eines Küchenstuhls einen bogenförmigen Schatten; ein fadenscheiniger fransiger Vorhang hing an der Gardinenstange in der Küche, vom jahrelangen Sonnenlicht verblichen.

«Sollen wir die Bretter vor den Fenstern abmachen, Miss?», erbot sich einer der jungen Männer, während ich ins Haus hineinstarrte.

«Vielleicht demnächst», sagte ich. «Im Moment würde ich mir das Haus gern erst mal allein anschauen, wenn es Ihnen nichts ausmacht.»

Ich ging zurück über den Weg, um meinen Koffer zu holen. Der junge Mann reichte ihn mir über das Gartentor herüber. «Danke», sagte ich, und nachdem mein Blick sie alle gestreift hatte – Trudle, die sich mühsam im Zaum hielt, und ihre ganzen argwöhnischen Töchter –, setzte ich nach: «Vielen Dank, dass Sie mir den Weg gezeigt haben.»

Ein älterer Mann räusperte sich. «Wenn Sie irgendwas brauchen …»

«Dann melde ich mich.»

Die Männer schlenderten den Hügel hinunter. «Komm, Trudle», sagte Mr. Baker zu der kleinen krummbeinigen Frau, die entschlossen schien, zu bleiben, zu gucken und ihr Missfallen noch ein wenig länger zu demonstrieren.

«Was will die hier?», hörte ich sie mit ihrer Gurgelstimme fragen, als sie mit ihm fortging. «Wer kommt denn hierher und haut nicht noch am selben Tag wieder ab?»

Ich hörte Mr. Baker etwas murmeln, verstand aber nicht, was er sagte. Ich nickte den Männern zu, die gerade im Aufbruch waren, einige tippten sich zum Abschied an den Schirm ihrer Mütze.

Dann wandte ich mich dem Haus zu, den dunklen Zimmern mit den geschlossenen Fensterläden, dem dicken Staub, der bedrückend schlichten Einrichtung. Genau so würde es sich wohl anfühlen, in meinem eigenen verwundeten Herzen einzuziehen, dachte ich. Dann ging ich den Weg hinauf und trat ein.

|||||||||||

Ich klopfte an die sonnenbeschienene Tür der einzigen Person, die ich zumindest ansatzweise kannte.

Sein Vater öffnete und musterte mich von Kopf bis Fuß, als hätte er so etwas wie mich noch nie gesehen.

«Mr. Mallett?»

Mallett nickte, dann fiel ihm auf, dass er etwas sagen sollte, und krächzte: «Ja.»

«Ich heiße Lory Severner. Wäre es möglich, mit Ihrem Sohn Daniel zu sprechen?»

Er senkte den Blick wieder, senkte das ganze Gesicht, wandte sich von mir ab und ging durch das geräumige Wohnzimmer. Weiter hinten im Haus hörte man Tellerklappern und Wasser. Die Morgensonne schien mir warm auf den Rücken und tauchte genüsslich alles in Gold. Ich drehte das Gesicht der Wärme entgegen.

«Lass das ruhig stehen; ich spül's gleich zu Ende», erklang die Stimme des jüngeren Mannes, und ich wandte mich um, um ihn mir anzusehen. Er war deutlich größer als sein Vater und zog den Kopf ein, als er hinten in den Flur trat.

«Guten Morgen», sagte ich zu seinem Schatten.

Er trat ins Wohnzimmer und wurde vom Sonnenlicht angestrahlt, das von der Stufe, auf der ich stand, nach oben geworfen wurde. «Morgen.»

Er war sehr groß und schlaksig, aber es war eindeutig er. Mittlerweile war er in seine Augen und seinen Mund hineingewachsen. Er trug Arbeitshosen und ungeschnürte Stiefel, ein rot-weiß kariertes Hemd mit zerfranstem Kragen und einen sehr alten abgetragenen grauen Pullover, der an einem Ellbogen aufribbelte. Seine Haare hätten dringend einen Schnitt gebraucht; sie fielen ihm in die Augen, sodass er sie sich aus dem Gesicht schütteln musste. Ich fand ihn unwiderstehlich.

Er blieb kurz vor der Tür stehen, hoffte wohl, dass mein Gesicht ihm irgendetwas verriet. Ich verschränkte die Arme. «Du erinnerst dich also *nicht* an mich.»

Er kniff die Augen zusammen, dann klappte ihm die Kinnlade herunter. «Knocknee-Markt!», rief er.

«Na bitte! Das erste Mädchen, das du je gesehen hast.»

Er nickte bedächtig, suchte nach Spuren meines früheren Ichs, das er kennengelernt hatte. «Ist Jahre her.»

«Hast du seitdem noch mal welche gesehen?»

«Nun ja», sagte er. «Ich hab an dem Tag damals noch andere Mädchen gesehen, aber nicht mit ihnen geredet. Und dann waren da noch meine Schwestern.» Er blickte auf seine Füße.

«Deine Schwestern? Aber ich dachte –» Ich fühlte mich, als wäre ich im Moor stecken geblieben und würde jeden Moment darin versinken, verschlungen werden, untergehen.

«Im Meer.»

«Ah», sagte ich. Vielleicht stellt er mich auf die Probe, dachte ich, aber auf seinem Gesicht lag kein prüfender Ausdruck. Er lief rot an und wirkte überrascht.

«Ich glaube, dich habe ich gestern nicht gesehen», sagte ich, um das Gespräch wieder in Gang zu bringen. «Warst du da, als das Boot eingelaufen ist?»

«Gestern? Nein, war ich nicht. Aber Toddy hat mir davon erzählt, Toddy Marten. Er war da.»

Ich streckte ihm die Hand entgegen. «Ich heiße Lory Severner.»

«Daniel Mallett.» Er hatte sehr große und vermutlich starke Hände, aber er ergriff meine so vorsichtig, als hätte er Angst, sie mir vom Handgelenk abzureißen. «Severner? Aber Toddy hat gesagt, du bist eine Winch.»

«Meine Mutter war eine Winch. Bet Winch. Sie hat in Knocknee einen Severner geheiratet.»

Er verdaute die Information, dann kam ihm ein neuer Gedanke: «Aber wie hast du mich gefunden? Wir haben uns an dem Tag in Knocknee doch gar nicht gesagt, wie wir heißen.»

«Ich hab mich unten im Laden erkundigt. Sie meinten, das könnten nur du und dein Vater gewesen sein, denn außer euch ist in den letzten fünfzehn Jahren niemand nach Knocknee gefahren, um wegen eines Mädchens zu verhandeln. Alle anderen fahren nur bis nach Cordlin, wenn's um Geschäftliches geht. Sagt zumindest Mr. Fisher.»

«Da hat er wohl recht», sagte Daniel Mallett. «Und … hast du dich schon im Winch-Haus eingerichtet?»

«Bin noch dabei», sagte ich. «Bin noch dabei, mich einzurichten.»

«Das Gras hat aber noch niemand runtergeschnitten?»

Ich folgte seinem Blick bis zu meinem Rocksaum; er war über und über mit Grashalmen bedeckt. «Nein, bis jetzt nicht», sagte ich und sah lachend zu ihm auf. Er lächelte zaghaft zurück, als ob er das Lächeln gerade erst lernte.

«Dann hol ich wohl am besten mein Messer, was?»

Erstaunt blickte ich ihn an.

«Eine Sense – für das Gras.»

«Oh, danke. Aber ich habe noch nie mit einer Sense gemäht.»

«Das sollst du auch nicht. Haben unsere Mums auch nie gemacht.»

Die Mums hingen zwischen uns in der Luft. Er stellte mich tatsächlich auf die Probe, ob absichtlich oder ungewollt. Ich hielt seinem Blick stand.

«Lass mich nur gerade noch das Geschirr zu Ende abwaschen», sagte er, «danach komme ich direkt zum Winch-Haus rüber.»

«In Ordnung», sagte ich. Ich nickte im Sonnenlicht, er nickte aus dem schattigen Zimmer zurück.

Also ging ich durch das Dorf zurück nach Hause. Ich blieb einmal stehen und blickte zu dem sonnenbeschienenen Hauseingang zurück, wo jetzt niemand mehr stand, hielt beim Überqueren der Hauptstraße noch einmal inne, um den Ausblick auf das im Sonnenlicht strahlende Meer zu genießen. Daniel Mallett. Während ich weiterging, betrachtete ich eingehend beide Seiten meiner Hand, die er so vorsichtig geschüttelt hatte, als wäre sie ein wertvolles Relikt oder irgendein unbekanntes, möglicherweise äußerst empfindliches Lebewesen. Ja, Lory Severner, sagte ich mir mit ruhigem Herzen, das war doch schon einmal ein sehr guter Anfang.

TRUDLE CALLISHER

W*ir könnten doch einfach noch mal von vorn anfangen*, schlug ich Miss immer mal wieder vor, wenn mir irgendetwas im Dorf auf die Nerven ging, wenn ein Mann mich zappeln ließ oder mich nicht mit genügend Geschenken und Gefälligkeiten umwarb. *Ein paar von den Männern haben sich schon geschützt, haben sich vorn und hinten überkreuzt, weil du's ihnen gesagt hast oder sie's aus der Vergangenheit gelernt haben. Aber nicht alle. Wir könnten ein Meermädchen holen und in der Crescent Cove auf die Felsen setzen – oder direkt hier an den Forward Head Beach, dann hätten wir auch noch 'n prima Ausblick auf den ganzen Spaß. Die Männer behaupten vielleicht, sie hätten kein Interesse mehr oder kein Geld oder so was, aber ob sie wirklich widerstehen können, wenn eins von den Mädels plötzlich auftaucht?*

Aber Misskaella schüttelte jedes Mal den Kopf. *Ein paar von ihnen hätten sicher ihren Spaß*, sagte sie. *Die haben schon danach gefragt – völlig egal, was für eins, Hauptsache, irgendein Mädchen. Denen will ich schon mal gar keinen Gefallen tun. Und die anderen? Die leiden so schon genug, sehnen sich nach ihren verlorenen Meerfrauen und weinen ihren Söhnen hinterher.* Ich erinnere mich noch gut an ihr Lächeln, das sie mir daraufhin zuwarf: neunzig Prozent Mitleid, zehn Prozent reine Boshaftigkeit. Das besänftigte meine Stimmung jedes Mal.

Du böse Hexe, sagte ich dann.

Sie grinste noch breiter. *Wir lassen alles genau so, wie es ist.*

Pennylope hilft mir, Misskaella auf den Tisch zu heben. Halfpenny und Farthing tragen jeweils eine Hand. Tuppence ist zu sehr mit Weinen beschäftigt – macht gern aus allem ein Drama, meine Tuppence. Serena heißt sie mit richtigem Namen – die Heitere –, es gab wohl noch nie ein Kind mit unpassenderem Namen.

Wir ziehen ihr das kalte, durchgeschwitzte Nachthemd vom Körper, und Penny bringt das Waschwasser. Ich zeige ihr, wie sie den Oberkörper säubert, und kümmere mich um die untere Hälfte. Danach ziehen wir der alten Hexe das sauberere Nachthemd über. Für den Augenblick muss das reichen.

Ich öffne die Tür einen Spalt, um die Schüssel auszukippen. Der Wind schlägt mir derart heftig entgegen, dass ich den Rand der Schüssel fast in den Sand drücken muss, damit mich das Leichenwasser nicht von oben bis unten nass spritzt. Am liebsten würde der Wind die Tür ganz aufreißen und Graupelschauer hereinregnen; mit Mühe und Not gelingt es mir, sie festzuhalten und wieder zu schließen.

«*Ihr* könnt mit dem Waschen noch warten», sage ich und stelle die Schüssel neben dem Eingang ab. «Dass mir das ja keiner anrührt!»

Penny betrachtet Miss, die zarten Hände ans Kinn gelegt.

«Was ist denn nun schon wieder?»

«Es ist so kalt», wimmert sie. «Müssen wir sie im Kalten liegen lassen?»

«Warum nicht? Das spürt sie doch gar nicht mehr. Was willst du denn machen?»

«Sie zudecken. Sie warm einwickeln.»

Ich will schon laut loslachen, als ich das Gesicht des armen Kükens sehe, die kleinen Tränen darin – Juwelen in ihren schönen Augen! «Penny, du Dummerchen. Dann hol eben eine Decke! Halt den armen Leichnam schön warm.»

Die anderen stehen aufgereiht neben Tups Bett, blicken mit schreckgeweiteten Augen zu mir, Pen und ihrer toten Kaella herüber. «Jetzt hört mal zu», sage ich im Türrahmen. «Ich geh jetzt rauf ins Dorf. Ihr bleibt alle schön hier und kümmert euch um Bartholomew, falls er aufwacht, und passt auf, dass er sich beim Herumkrabbeln nicht wehtut.»

«Nein, lass uns nicht alleine!», heult Tup. «Ich will nicht *damit* hierbleiben! Wir wollen mitkommen!» Sofort erscheint auf den Gesichtern der anderen ein verzweifelt flehender Blick.

«Eine tolle Idee!», sage ich. «Ja, wir ziehen alle zusammen los und gehen im Sturm verloren. Dann hat Kaella gleich Gesellschaft auf dem Tisch da!»

«Wir bleiben auch ganz nah bei dir! Wir halten uns ganz fest!» Farthing wackelt mitleiderregend hin und her. «Wir bleiben auch alle zusammen!»

«Oh, das wird ja immer großartiger! Damit ich euch alle an meinen Rockzipfeln in der Eiseskälte da draußen hinter mir herziehe? Nein», sage ich, als gerade die nächste Idee aus ihrem Mund herausgesprudelt kommen will. «Ich geh allein, ihr bleibt hier, und Kaella passt auf euch auf. Und wehe, ihr benehmt euch nicht und lasst euren Bruder schreien oder sich vollsauen, dann springt sie tot vom Tisch runter und fängt euch!» Ich stakse mit Krallenhänden und irrem Blick auf sie zu, und sie fangen alle an zu schreien und weinen.

«Nein, Mum», schluchzt Penny an der Tür.

Ich blicke auf die zitternde Bande hinunter. «Ich kann nicht glauben, was für Heulsusen ich da großgezogen habe», sage ich. «Meine Brüder hätten euch schon längst mit den Fäusten bearbeitet. Ich bin jetzt weg.» Ich ging auf meinen Mantel zu, der an der Tür hing.

«Bitte, Mum, bitte!» Farthing wirft sich gegen mich. Sie krallt sich an mir fest, stolpert seitlich neben mir her, während ich weitergehe, hält mich zwischen sich und Miss und jault wie ein getretener Hund.

«Schluss jetzt mit dem Theater!», sage ich. «Das ist eure alte

Kaella. Sie hat euch seit eurer Geburt ein Dach über dem Kopf gegeben, euch durchgefüttert und war immer liebenswürdig zu euch.» Wie bitte? *War immer liebenswürdig zu euch?* Das sind Mums verlogene Worte, die da gerade aus mir herausgesprudelt sind. Mum, deren Gebeine schon seit fünf Jahren unter der Erde liegen. Das passiert vermutlich, wenn jemand stirbt; alle anderen Toten fangen an, vor sich hin zu murmeln, während Miss sie beiseiteschiebt, um für sich selbst Platz im Grab zu machen. «Also seid schön dankbar und bleibt bei ihr sitzen.»

«Der dicke Baker-Junge hat aber gesagt, die *Männer* haben uns durchgefüttert», jammert Tup von ihrem Bett herüber. «Er sagt, jeder Mann im Dorf hat seinen kleinen Teil dazugetan, weil er vorher sein Teil bei dir reingetan hat.»

«Was redest du da bloß, Tup?», sagt Penny in ihrem vernünftigsten Tonfall.

«Hör gar nicht auf sie», sage ich und gebe Pen einen Schubs. Sie wirft mir einen verwirrten Blick zu. Ein Lachen will aus meiner Kehle heraushüpfen, aber ich drücke es gerade noch rechtzeitig zurück und blicke zu Miss auf dem Tisch hinüber. «Ihr bleibt jetzt alle schön brav hier. Wenn's sein muss, in dem Zimmer da, und holt den Kleinen zu euch rüber, falls er jammert.»

«Es ist sehr kalt, Mum», sagt Penny über den Lärm der anderen hinweg. «Warum ziehst du nicht Kaellas Mantel über deinen drüber?»

Ich verziehe das Gesicht, um irgendetwas Grobes zu erwidern, aber mir will nichts einfallen. *Weil er nach ihr riecht und mich das traurig macht?* Das würde ich niemals laut sagen.

Aber als ich mich angezogen habe, in Schal, Mantel und Stiefeln stecke, blicke ich erst zu Miss' Mantel an seinem Haken und dann zum Fenster hinüber, über das jetzt richtige Schneeflocken fegen. «Ja, warum eigentlich nicht?» Ich nehme ihn vom Haken und schnuppere an der Brust. «Puaah! Oh ja, das riecht nach Seegrassammeln im Schlamm! Es macht dir doch sicher nichts aus, mir deinen alten Stinkemantel zu leihen, Miss, damit ich mich um deinen letzten Willen und deine letzten Wünsche kümmern kann?»

Miss liegt dort sauberer und würdevoller, als ich sie je zuvor gesehen habe. Nichts kann sie jetzt noch ärgern; nichts wird sie aufstacheln. Kann es wirklich sein, dass sie nie wieder herumtoben wird? Werde ich nie wieder kichernd dasitzen, meine Mädchen wie ein Pilzbüschel um mich geschart, während sie zur Hütte herein- oder hinausstürmt und sich brüllend Luft macht – über Männer, Frauen, Kleinkinder und das furchtbare Leben, das eine Hexe führen muss?

«Mach jetzt keine Witze, Mum!», sagt Penny und schielt zu Miss hinüber, um zu schauen, ob sie beleidigt ist, weil ich mir wünsche, dass Miss sich wieder bewegt, böse wird und uns wie gewohnt wüst beschimpft.

Ich ziehe mir den Mantel über und knöpfe ihn zu. Na, ich werd's mollig warm haben. «So, und jetzt gib mir den Korb. Nein, den mit dem Deckel, sonst fliegt alles sofort raus.»

Ich schnalle ihn mir auf den Rücken und wende mich den Augen zu, die aus dem Schlafzimmer zu mir herüberstarren. «*Kein* Schritt vor die Tür. Niemand von euch!»

«Machen sie schon nicht, Mum», sagt Pen, ganz die besonnene kleine Frau.

Der Wind reißt mir die Tür beim Öffnen aus der Hand, wehrt sich dann gegen meine Versuche, sie zu schließen, und bestraft mich schließlich dafür, dass es mir doch gelingt: Er bläst mir wüst gegen den Kopf, wirft sich gegen Miss' Mantel und peitscht mir die Rocksäume gegen die Schienbeine. Aber ich hab's geschafft – sie sind eingesperrt. Ich habe sie für eine Weile abgeschüttelt, die kleinen Kletten.

Ich gehe am besten durch die Dünen, denke ich; am Strand kann ich mich wahrscheinlich kaum aufrecht halten – und dann noch die stürmische Brandung, nein, die ist heute Morgen wirklich zu stark; der Wind reicht voll und ganz. Ich ziehe los durch den Schneesturm und den umherfliegenden Sand – wenn ich nicht blind werden will, muss ich mir den Schal fast vollständig vor die Augen wickeln, und der Wind würde mir am liebsten den Korb entreißen, so wie er darauf einprügelt und daran zerrt. Ich kann nicht vorhersehen, aus welcher Richtung mich der nächste Windstoß treffen wird, weil die Dünen ihn zerstückeln und umleiten. Immer wieder werde ich von einer Bö überrascht und torkle wie eine Betrunkene vorwärts. «Vielleicht sollte ich mir 'n Gläschen gönnen!», rufe ich, eine behandschuhte Hand in der Flanke einer Düne versunken. «Oben im Haus gibt's jede Menge Weinflaschen. Ich sollte mit mir selbst anstoßen!»

Ich stapfe stolpernd weiter. *War immer liebenswürdig zu euch*, höre ich mich, höre ich meine Mum sagen. Nun, sie hat mich immerhin bei sich aufgenommen, die alte Miss, und mich sogar noch bei sich behalten, als aus mir sechs Personen wurden. *Diese kleinen Schreihälse*, hat Miss immer gesagt, wenn sie am Strand oder in der Hütte um uns herumstolperten und schrien. *Ich weiß nicht, wie du das aushältst. Ich bin so froh, dass ich selbst keine habe.*

Mir ist Sand ins Auge geflogen. Ich würde ihn rausreiben, wenn nicht auch der Rest von mir über und über mit Sand bedeckt wäre. Einäugig orientiere ich mich an dem bisschen weiter, was ich zwischen dem Blinzeln sehe.

Na, sie hat es doch ganz schön lang mit mir ausgehalten, oder? Oft genug stürmte sie stinkwütend davon und blieb eine Weile weg. *Sehr* oft regte sie sich darüber auf, wie viel Lärm und Unordnung Kinder machen und wie dumm sie sind – so oft, dass ihr Gebrüll den Mädchen schon gar keine Angst mehr einjagte, solange sie dabei nicht noch auf sie zusprang und sie erschreckte. Aber sie ließ immerhin extra ein Zimmer anbauen, als Farthing unterwegs war.

Und sie blieb bei uns. *Du hast das ganze riesige Haus da oben*, sagte ich einmal zu ihr, als wir vor dem Kamin saßen und die

Mädchen nach einem ihrer Wutanfälle mucksmäuschenstill an der Wand klebten. *Du musst dich nicht mit uns rumschlagen, wenn du nicht willst.*

Und was soll ich da oben?, blaffte sie mich an.

Na, deine Ruhe haben – das willst du doch unbedingt, sagst du ständig.

Selbst als ich zwischen den Dünen hinaustrete und die volle Wucht des Schneetreibens auf McCombers Feldern zu spüren bekomme, steht mir noch der Blick vor Augen, den sie mir daraufhin zuwarf – als hätte ich ihr einen Dolch ins Herz gerammt. *Wär's dir lieber, wenn ich gehe?*, fragte sie. *Ist es das, was du willst?*

Nein! Und das war die Wahrheit. *Überhaupt nicht. Aber du beschwerst dich andauernd über uns.*

Der Ausdruck verschwand von ihrem Gesicht. *Beschweren? Ach, das ist nur Gerede*, winkte sie ab. *Ganz allein da oben in dem Haus? Das war ich lang genug.*

Ich schleppe mich über die Felder. Irgendwo dort muss eine Mauer und eine Straße sein, auch wenn ich nichts von beidem sehe. Gut, dass es ein Gefälle gibt, sonst wüsste ich gar nicht, wo ich langmuss. Ich könnte in dem ganzen Weiß die Orientierung verlieren, in einer Mauerecke festfrieren und fünf Kindern die Mutter nehmen.

Aber in dem Fall würde sofort das halbe Dorf angekrochen kommen, um als Dad einzuspringen, stimmt's nicht, Tuppence? «Ha!»

Da, sieh mal – ein winziges Stück Welt, das sich nicht bewegt. Das ist die Mauer; und da ist der Zaunübertritt.

Schließlich erreiche ich das Dorf. Der Wind hat die Straßen leergefegt, sodass ich mit niemandem reden muss. Die Männer haben sich alle eingeigelt und sitzen vor dem Kamin, einige immer noch allein, viele mit ihren Festland-Frauen, mit denen sie so schnell wie möglich versuchen, die schändlichen Spuren der Robbenfrauen wegzuzüchten. Überall in der Stadt kommen in letzter Zeit kleine rothaarige Jungen und Mädchen zum Vorschein, dazwischen noch ein paar dunklere oder zarter gebaute, die allseits für missbilligendes Brummen sorgen. Weißt du noch, wie sehr du es mit der Angst zu tun bekommen hast, als damals das Severner-Mädchen auf die Insel kam? *Hier wird's genauso werden wie in Knocknee*, sagte ich zu Miss, nachdem ich an jenem Tag vom Winch-Haus heimgekehrt war. *Alle sind hübscher als wir und machen sich über uns lustig.*

Mach dich nicht verrückt. Wie eine Königin lag sie auf ihrem Krankenlager, hochrot vom ersten der vielen Fieberschübe, die sie schließlich das Leben kosteten. *Sie wissen jetzt, wie sie eine Hexe auf dieser Insel zu behandeln haben. So schnell vergessen sie das schon nicht.*

Und es *ist* besser – ein wenig mehr Leben in den Straßen, umhertollende Kinder, die nicht meine eigenen sind, ein paar Männer und junge Kerle mit einem Lächeln im Gesicht, nach all diesen Jahren des Elends. Ich hätte nie gedacht, dass mir das lieber wäre, aber es ist besser als das Ödland, das es bis dahin war, ganz ohne Ehefrauen, ohne irgendwelche anderen Frauen. Und auch jetzt gibt es noch den einen oder anderen Mann, der sich um der guten alten Zeiten willen ab und zu mit mir vergnügt oder weil er sich keine Ehefrau leisten kann oder mit dem Thema Heiraten ein für alle Mal abgeschlossen hat.

Und wer könnte ihnen einen Vorwurf daraus machen, nach dem, was die Robbenfrauen ihnen angetan haben?

Als Ostler Grinny an jenem Morgen angerannt kam, hielt ich das zuerst für Misskaellas Machwerk. So eine verschlagene Hexe, dachte ich, sogar vor mir hat sie es geheim gehalten, damit ich es nicht meinen Mädchen verrate und die jemand anderem. Wir alle folgten Ostler und Miss nach draußen und bis zum oberen Absatz der Stufen, die zum Strand hinunterführen. Von dort aus sahen wir weiter südlich die ganzen abgeworfenen Kleider und die Männer, die umherstolperten, mit den Armen ruderten, auf die Knie fielen oder sich heulend aneinanderklammerten; aus der Entfernung wirkten sie winzig, ihr winziges Wehklagen segelte auf dem Wind bis zu uns herüber.

Aber die wedeln da unten ja auch mit ganz kleinen Kleidern rum!, rief ich.

Ja, ich sag doch, sie haben alle Jungen mitgenommen, sagte Ostler. *Bis auf den letzten! Meinen Banter und meinen Toby! Ich flehe dich an, Misskaella, wenn du irgendwas tun kannst, um sie zurückzuholen –»* Er begann zu schluchzen.

Ich weiß nicht, wie sie's angestellt haben, und erst recht nicht, wie man sie wieder rausholen kann. Was für eine großartige Schauspielerin, dachte ich.

Du hast den Plan für die Frauen ausgeheckt und sie ausgerüstet, stimmt's?, sagte ich, nachdem Ostler schluchzend von dannen gezogen war, um sich unten am Ufer zu den anderen Weinenden zu gesellen.

Doch: *Nein, nein, nein*, gab sie zurück. *Ich hab damit nichts zu tun, Trudle.*

Und ob du das hast!, sagte ich und gab ihr einen Schubs. *Du hast die kleinen Häute mit einem Zauber belegt, damit sie sich verwandeln, wenn sie das Meerwasser berühren.*

Hab ich nicht, ich sag's dir doch. Wie sollte ich das auch anstellen? Ihr Blick wanderte über den Strand. *Kein Sterbenswörtchen hab ich davon gewusst. Sie sind alle weg – und alle Landjungen auch!*

Ich erinnere mich, wie Penny Misskaella und mir einen ihrer typischen Blicke zuwarf. *Seid ihr froh, dass sie weg sind?*

Froh? Ich schätze schon, antwortete Miss ziemlich ernsthaft. *Das hätte ich diesen verweichlichten Weibchen niemals zugetraut!*

Die Männer sind bestimmt ganz schön traurig, sagte Pen.

Ha!, rief ich. *Geschieht ihnen ganz recht, nicht wahr, Kaella?*

Ich kann nicht behaupten, dass mir das missfällt, sagte sie zuckersüß.

Ich stehe auf der höchsten Straße und blicke zu dem riesigen

Haus empor. Jetzt gehört es mir, und das muss ich erst mal sacken lassen. Miss hatte zwar immer gesagt, dass sie es mir vererben würde, aber was hieß das schon? Ich hätte nie gedacht, dass sie wirklich einmal sterben würde; sie war wie ein Fels oder ein großer alter Baum – schon immer da gewesen und für immer da.

Oh, ist das kalt. Ich lehne mich gegen den Wind und öffne das Tor, torkle auf die Eingangstür zu. Sie geht nur ein Stück auf, bis sie gegen etwas Klumpiges im Flur stößt – gegen den Sessel, der sonst nirgendwo mehr hinpasst. Ich sperre das Tosen aus und trete in die Finsternis hinein. In fast völliger Dunkelheit schüttele ich meinen Korb ab, stelle ihn auf den Sessel und lege die beiden Mäntel darüber.

Dieses Haus ist mir unheimlich, so vollgestopft mit Möbeln und Kinkerlitzchen. Jetzt gehört alles mir. Was zum Teufel soll ich mit all dem Zeug?

Ich schleiche die Treppe hoch, bleibe immer wieder an der Ecke einer Kiste oder einem Stuhlbein hängen, schlängle mich immer langsamer voran, weil der Durchgang zum vorderen Schlafzimmer immer noch enger wird. *Dadrin ist ein Bett,* hatte Miss gesagt, als sie mich damals mit hergenommen hatte, ohne mir genau zu zeigen, wo es stand.

Umso klarer sagte sie mir, was sie mir zeigen wollte. *Siehst du den großen Schrank da, den mit dem Spiegel?*

Oje, sagte ich beim Anblick des Bergs zwischen uns und dem Spiegel.

Keine Sorge, man kommt dran vorbei. Hier, schau mal. Und sie zeigte mir eine Reihe von Kisten, die ich verschieben konnte. *Die passen alle hier in die Nische unterm Fenster. Jetzt verrücken wir sie aber nicht. Ich tu's manchmal, wenn ich hier hochkomme, um es zu bewundern. Es ist direkt hinter dem Spiegel, und die Schuhe stehen darunter. Du siehst sie sofort. Und dann …*

Ich kann mich noch gut erinnern, dass ich nur noch wegwollte – weg von diesem ganzen Gerede über Tod, weg von dem ganzen Durcheinander. Ich war damals schwanger mit Halfpenny und kugelrund; der Ort schnürte mir die Kehle zu, und mir war schlecht. Ich brauchte frische Luft. *Und was dann?*, fragte ich schnaufend.

In der obersten Schublade, sagte sie und blickte darauf, obwohl die Schranktür und die Schubladenfront sie verbargen. *Da liegt auch was drin. Leg es zu mir ins Grab. Niemand darf davon erfahren.*

Ich nehme die erste Kiste und beginne mit dem Hin-und-her-Räumen, lege den Pfad bis zum Schrank frei. Die untersten Kisten sind so schwer, dass ich sie über den Holzboden schieben muss – was da bloß drin ist?

Schließlich habe ich mich durchgearbeitet. Seht euch bloß diese hagere Hexe im Spiegel an! Wie wirr sie aussieht! Und wie frech sie die Zunge rausstreckt! Ich öffne die Tür, um ihr hässliches Gesicht zu verstecken.

Das Kleid hängt darin; darunter warten die leeren Schuhe.

Du findest es bestimmt altmodisch.

Das Kleid ist lang, dunkel, hochgeschlossen und kunstvoll gefertigt – das würdevollste Kleid, das ich jemals gesehen habe. Ich hebe den schweren Rock an, um die Bordüre des Rocksaums besser betrachten zu können – übereinandergelegte Stoffbahnen mit herausgefalteten Spitzen –, keine albernen Rüschen für unsere Miss. Ich drehe einen der Schuhe herum und bewundere das Fabrikat, die Schnalle und den geschwungenen Absatz, den zu einer kecken Schleife geformten Schnürsenkel – sie kommen mir fast wie kleine Tiere vor. *Es ist alles maßgefertigt*, sagte sie damals, und dann musste sie mir erklären, was *maßgefertigt* bedeutet. Sie war wegen der Sachen nach Cordlin gefahren, hatte einen Damenschneider für das Kleid Maß nehmen und es nähen lassen. Ein Schuster aus der Stadt, der in London gelernt hatte, entwarf und fertigte die Schuhe für sie. Das Leder hatte sie selbst ausgewählt, genau wie den edlen schweren Stoff – eine Schande, es zu beerdigen!

Ich nehme das Kleid heraus; geschmeidig lässt es sich von mir zusammenfalten. *Da liegt auch ein Päckchen mit Unterwäsche, sehr schöner Unterwäsche, mit einer Schnur umwickelt.* Ja, dahinter ist es; ich hole es hervor.

Ich öffne die andere Schranktür, die, an der kein Spiegel ist, und ziehe die Schublade heraus. (*Leg es zu mir ins Grab*, sagte sie. Und dann kam Penny hereingeplatzt und umklammerte quengelnd meine Knie, sodass ich nicht mehr dazu kam, sie zu fragen, *was* ich ihr mit ins Grab legen sollte.)

Was es auch sein mag, es ist in Seidenpapier eingeschlagen, das ganz zerknittert ist, weil es oft, sehr oft, auf- und zugewickelt wurde.

«Wahrscheinlich ein Geschenk», flüstere ich und drücke das weiche Päckchen ein wenig zusammen, «von einem unvermuteten Verehrer, einem achtbaren Mann. Wenn ich das jemandem aus dem Dorf zeigen würde, gäb's sicher einen Skandal.»

Ich löse die ausgeblichene Schleife und entfalte das Seidenpapier.

Vor mir liegt ein winzig kleines Nachthemd – es sieht aus, als gehöre es einer Puppe. Keins meiner Babys war so winzig, nicht einmal mein kleiner Junge, nicht einmal direkt nach der Geburt. Auf der Brust ist mit einer silbernen Anstecknadel ein Papierschnipsel befestigt: *Ean.*

«Ean?», hauche ich. Ganz langsam, als könnte es zu Staub zerfallen, wenn ich nicht vorsichtig bin, halte ich das Hemdchen ins etwas hellere Licht. Ich kann es auf einer Hand ausbreiten.

«Ah!», rufe ich und drücke es an meine Brust. In dem Päckchen schimmert unter einem kleineren Stück Seidenpapier ein weiteres Nachthemd hindurch – als sei es der Geist des Hemdchens in meiner Hand. Ich nehme das Stück Seidenpapier herunter. Dieses Hemdchen ist nicht so alt und weniger vergilbt. *Froman* steht auf dem festgesteckten Stück Papier.

«Froman!»

Ich komme der alten Frau immer mehr auf die Schliche, falte

das Froman-Hemd zusammen und schiebe es zur Seite: noch ein Stück Seidenpapier, noch ein Geisterhemd – das letzte.

Raschelnd schiebe ich das Papier beiseite. Draußen schleudert der Wind sich selbst durch die Gegend. Das dritte Nachthemd ist ein Festland-Fabrikat: feiner und weicher. Unter dem angesteckten Papierschnipsel ranken gestickte Kornblumen heraus.

Hugh. Stumm forme ich den Namen mit den Lippen, kein Laut kommt aus mir heraus. Drei Babys. Drei Jungen. *Niemand darf davon erfahren.*

Vor lauter Staunen kann ich nicht mehr klar denken. Ich setze mich auf eine Kiste und bleibe eine Weile dort sitzen, flüstere die Namen immer wieder vor mich hin.

Da fällt mir wieder ein, wie ich sie damals, als ich mit Penelope schwanger war, fragte: *Sollte ich mir nicht eine Hebamme suchen?*

Du hast schon eine, antwortete sie.

Wieso das, wem hast du denn bei der Geburt geholfen? Den Robbenfrauen? Sind die untenrum genauso gebaut wie wir?

Nein, es waren keine Robbenfrauen.

Von wem waren die Babys denn dann?

Sie muss sich ins Fäustchen gelacht haben, schließlich stand die Antwort direkt vor mir. *Es waren Menschenbabys, sagte sie. Du brauchst dir keine Sorgen zu machen.*

Ean, Froman, Hugh. Wo fange ich an mit den Fragen, die ich ihr nicht mehr stellen kann?

Ich breite Klein Eans Nachthemd auf meinem Schoß aus. «Vielleicht warst du zu klein, um zu überleben. Ihr alle», fügte ich mit einem Kopfnicken in Richtung der anderen Hemdchen in der Schublade hinzu, «wart wahrscheinlich zu klein oder kränklich. Viele Frauen haben Kinder, die nicht richtig wachsen.»

Sie antworten nicht, verflucht! Sie liegen dort, wie seit jeher, ganz unschuldig und schweigsam.

«Aber von *wem*?», frage ich. «Von wem seid ihr? Wer von den Männern auf der Insel hat Miss mit euch geschwängert?»

Ich werde es herausfinden, das schwöre ich mir. Jedem Mann, dem ich die Nachricht von Miss' Tod überbringen werde, werde ich genau in die Augen sehen. Ich werde rumschnüffeln und mich umhorchen, ohne preiszugeben, was ich weiß, bis sich derjenige verplappert – der Vater oder die drei Väter, falls es drei verschiedene sind. Ich werde es herausfinden, und wenn es nur dazu dient, dass meine eigene Seele Ruhe findet. Ich lasse mich von der alten Krähe nicht übers Ohr hauen. Für wen hält die sich eigentlich, dass sie mir die ganzen Jahre nie etwas davon erzählt hat? Was hätten wir uns über die Väter vor Lachen gebogen, so wie wir uns über die Väter meiner Mädchen kaputtgelacht haben – sobald wir erkennen konnten, wer der jeweilige Vater war, einer von den alten Knackern, die sich nach heißblütiger Liebe mit einer Rothaarigen gesehnt hatten, oder einer von den schlaksigen Jungs, deren Geld noch nicht für eine Meerfrau gelangt hatte. Warum hatte mir die alte Missk diesen Spaß nicht gegönnt?

Ich lege die Nachthemdchen wieder zusammen, wickle sie in das Seidenpapier ein, nehme sie heraus und schließe die Schublade. Ich raffe alles zusammen, was ich gefunden habe, schleiche zurück zum Treppenabsatz und zur Haustür hinunter. Ich packe die Schuhe, das Bestattungskleid und die Päckchen in den Korb; ich wurschtle mich in die Mäntel und wickle mir den Schal um. Ich muss nur einmal an Miss' Mantelkragen schnuppern, und schon sehe ich sie vor mir, wie sie meine Farthing anblafft und finster aufs Meer hinausblickt. Ich schnalle mir den Korb auf und trete in das stürmische Schneetreiben hinaus.

Der Wind schubst mich wieder bergab durch die rutschigen Straßen von Potshead. Die ganze Strecke über zerrt und nestelt er an dem Korb auf meinem Rücken, als würde er ihn am liebsten aufstoßen und ihm die drei kleinen Geheimnisse entreißen, die Miss mit ins Grab nehmen will. Er würde sie hoch in die Luft schleudern, wenn ich ihn nur ließe, und eine Weile im Sturm und im Schnee mit ihnen herumtanzen. Dann würde er sie vielleicht weit draußen über dem Meer fallen lassen oder landeinwärts zwischen den Felsen hinter dem Windaway Peak – oder vielleicht sogar ganz in der Nähe auf einer Düne, einem Feld, einem Hausdach oder einer Kopfsteinpflasterstraße, ohne sich auch nur einen Deut darum zu scheren, wer sie zu sehen bekommt und wer davon erfährt.

DANKSAGUNG

Ich danke Keith Stevenson für sein Angebot, eine Geschichte für seinen Novellensammelband X6 (Coeur de Lion Publishing, Australien, 2009) zu schreiben. Damals entstand die Erzählung «Sea-Hearts».

Dani Napton und Jill Grinberg danke ich dafür, dass sie mich ermutigten, die Geschichte auszubauen, und Jodie Webster, Rosalind Price, Bella Pearson, Nancy Siscoe, Simon Mason und Linda Sargent für ihre wertvolle Beratung während des Schreibens, die mir half, die Erzählung in ihre jetzige Romanform zu überführen.

Margo Lanagan bei rotfuchs

Ligas Welt

Seeheerzen